D0881683

*Libro de los enxiemplos
del Conde Lucanor
e de Patronio*

Letras Hispánicas

Don Juan Manuel

Libro de los enxiemplos del Conde Lucanor e de Patronio

Edición de Alfonso I. Sotelo

DECIMOCTAVA EDICIÓN

CÁTEDRA

LETRAS HISPÁNICAS

Ilustración de cubierta: Miniatura del *Liber feudorum*

© Ediciones Cátedra, S. A., 1996
Juan Ignacio Luca de Tena, 15. 28027 Madrid
Depósito legal: M. 40.125-1996
ISBN: 84-376-0078-2
Printed in Spain
Impreso en Lavel, S. A.
Pol. Ind. Los Llanos. C/ Gran Canaria, 12
Humanes de Madrid (Madrid)

Índice

Introducción

EL CONDE LVCANOR.

Compuesto por el excelentisimo principe
don Iuan Manuel, hijo del Infante don Manuel,
y nieto del sancto rey don Fernando.

Dirigido

Por Gonçalo de Argote y de Molina, al muy Illustre señor
DON PEDRO MANVEL
Gentil hombre de la Camara de su Ma-
gestad, y de su Consejo.

Impresso en Seuilla, en casa de Hernando
Diaz.   Año de 1575.

CON PRIVILEGIO REAL.

Vida

Don Juan Manuel es un personaje que pertenece por partida doble a la cultura española. Su figura interesa tanto a la historia como a la literatura: señor de inmensos dominios, noble de gran prestigio y poder, nieto de un rey e hijo de un infante, actuó en primer plano de la vida política de la España de su tiempo y estuvo presente en los acontecimientos políticos de una de las etapas más confusas de la historia del reino de Castilla. Por otro lado, su obra literaria representa una etapa capital en el desarrollo de la prosa española: *El Conde Lucanor,* la pieza maestra del arte juanmanuelino, cerró con brillantez la tradición cuentística anterior llevándola a su punto más alto y a la vez desbrozó con su arte el camino de la nueva narrativa.

Hijo menor del infante don Manuel (nieto, por tanto, de Fernando III y sobrino de Alfonso X) y de su segunda esposa, doña Beatriz de Suabia, nació en Escalona —según nos dice en el *Libro de las armas*— el día 5 de mayo de 1282[1]. Huérfano muy pronto de padre («quando mio

---

[1] Los datos sobre la vida del autor proceden de la todavía fundamental obra de A. Giménez Soler, *Don Juan Manuel. Biografía y estudio crítico,* Zaragoza, 1932. Vid., además, H. Tracy Sturcken, *Don Juan Manuel,* Nueva York, Twayne, 1974, págs. 11-56; R. Brian Tate, «The Infante Don Juan of Aragón and Don Juan Manuel», en *Juan Manuel Studies,* ed. de I. Macpherson, Londres, 1977, págs. 169-179 (en lo que sigue citaremos *Studies).* Sobre el panorama social de la época es esclarecedor el trabajo de J. Valdeón Baruque, «Las tensiones sociales en Castilla en tiempos de don Juan Manuel», en *Studies,*

padre murió non avía yo más de un anno e ocho meses»)[2], su educación, que no debió de diferir de la que entonces recibía cualquier joven linajudo («sabet que el vuestro estado e el de vuestros fijos herederos —dirá a su hijo Fernando— que más se allega a la manera de los reys que a la manera de los ricos omnes»)[3], estuvo en manos de su madre hasta que ésta murió (1290). Más tarde ayos y educadores, como Martín Fernández Pantoja o Alfonso García, al que cita en el *Libro de las armas,* continuarían la labor. En el *Libro de los estados* Julio aconseja al infante un tipo de educación como la que el autor había recibido, una educación que intentaba conjugar lo físico y lo intelectual: «E desque pasaren de çinco annos adelante, deven começar poco a poco a les mostrar leer, pero con falago e sin premia. E este leer deve ser tanto, a lo menos, fasta que sepan fablar e entender latín. E después, deven fazer quanto pudieren por que tomen plazer en leer las corónicas de los grandes fechos de armas e de cavallerías que acaesçieron... Otrosí, devenle mostrar caçar e correr monte e bofordar e armarse e saber todos los juegos e las cosas que pertenesçen a la cavallería, porque estas cosas no enpesçen al leer, nin el leer a estas cosas. E devenlo fazer en esta manera e ordenar la semana en esta guisa: el domingo oír la missa... e después de missa, cavalgar e trebejar fasta que sea ora de comer. E desque ovieren comido e estudieren un rato con las gentes fablando e departiendo, entrar en su cámara si quisiere dormir... E desque fuere contra la tarde, puede ir trebejar de pie o de bestia en lo que tomare mayor plazer, fasta que sea ora de çena.

págs. 181-192. Vid. además, A. Pretel Marín, *Don Juan Manuel, señor de la llanura (Repoblación y gobierno de la Mancha albacetense en la primera mitad del siglo XIV),* Albacete, Instituto de Estudios Albacetenses, 1982.

[2] *Libro de las armas,* en *Obras completas,* vols. I y II, ed. de José M. Blecua, Madrid, Gredos, 1981, pág. 133. En lo que sigue citamos siempre por esta edición, adaptando la ortografía a nuestros criterios (vid. pág. 60).

[3] *El libro de los castigos o consejos...,* llamado por otro nombre *El libro infinido,* pág. 163.

E desque oviere çenado, deve estar una pieça departiendo e trebejando con sus gentes e non velar mucho el día del domingo, nin deve ler nin ir a caça.» El lunes, dedicar la mañana a ejercicios corporales y «en la tarde, deve oír su lección e fazer conjugaçión e declinar e derivar o fazer proverbio o letras. E otro día martes, después que oviere oído missa, deve oír su lección e estar aprendiendo fasta ora de comer; e desque oviere comido, folgar..., e tornar a leer e a repetir su lección e fazer conjugaçión e las otras cosas, commo es dicho; e pasar así toda la semana leyendo un día e caçando otro; e el sábado, repetir e confirmar todas las lecciones de la semana... E dígovos que me dixo don Johan... que en esta guisa le criara su madre en quanto fue viva; e después que ella finó, que así lo fizieron los que lo criaron»[4]. Muy pronto, tenía apenas doce años, inicia su vida pública: en 1294, estando en Murcia («me enviara el Rey allá a tener frontera...»), los moros invadieron sus tierras y sus vasallos vencieron a Iahazan Abenbucar Abenzayen; «a mí —dice el autor— avíen me dexado mios vasallos en Murçia, ca se non atrevieron a me meter en ningún peligro porque era tan moço»[5]. Desde este momento la lucha, junto con la intriga política, llenará la mayor parte de su vida; y en el comienzo del *Exemplo III* dirá: «... desde que fui nasçido fasta agora, que siempre me crié e visqué en muy grandes guerras, a vezes con cristianos e a vezes con moros, e lo demás siempre lo ove con reys, mis señores e mis vezinos».

En este mismo año de 1294, «ante de Sant Miguel, desque los panes e los vinos fueron cogidos en el Reino de Murçia», marchó a Valladolid y tras recibir al rey Sancho IV, el Bravo, su primo, en Peñafiel, acudió a Madrid, donde tuvo lugar la ya famosa conversación que don Juan Manuel nos cuenta en su *Libro de las armas*. Vuelto a Murcia, le llega la noticia de la muerte del rey.

[4] Páginas 324-326. Vid., además, el *Libro infinido*, cap. III, págs. 156 y ss.
[5] *Libro de las armas*, pág. 135.

Durante el reinado de su sucesor, Fernando IV, en el que se agudizaron los problemas derivados de los testamentos de su abuelo, el rey Sabio, don Juan Manuel se ve envuelto en los avatares de la política peninsular. El rey de Aragón había reconocido como rey de Castilla al sucesor de don Alfonso de la Cerda, y éste, en pago de su protección, le cedió el reino de Murcia, cuyo adelantamiento había heredado don Juan Manuel de su padre y donde poseía la ciudad de Elche con sus territorios y poblados. Jaime II de Aragón quiso hacer efectiva más tarde esta cesión hecha a su hermano Alfonso III y don Juan Manuel vio así comprometidas sus posesiones murcianas. «De la invasión —dice Giménez Soler— tanto fue víctima el rey de Castilla como el joven Adelantado, que tenía en este reino lo mejor de su patrimonio. Desapercibido para resistir y privado don Juan de auxilios, vio caer el fuerte castillo de Alicante y cómo las tropas enemigas venían sobre su villa de Elche, la principal de sus dominios en aquella parte. Como le hicieran proposiciones para salvarla con sólo reconocer por señor suyo al aragonés, pidió una tregua (24 de abril de 1296) y luego prórroga (17 de mayo), y, al fin, convencido de la inutilidad de la resistencia y de lo infructuoso de sostener un asedio, capituló, consintiendo en perder la jurisdicción, pero salvando la propiedad»[6]. A cambio de esta pérdida exigió y consiguió de doña María de Molina la entrega de Alarcón.

En mayo de 1303, a los dos años de la muerte de la infanta de Mallorca, doña Isabel, con la que había casado en 1299, don Juan Manuel se entrevistó con Jaime II en Játiva y le pidió como mujer a su hija, la infanta doña Constanza, niña de pocos años, con la que se casaría en 1311. Don Juan Manuel sólo pensaba «en la conservación de Elche y en asegurar su estado contra posibles contingencias»[7]. Jaime II le aseguraba protección, especial-

[6] *Ob. cit.*, pág. 11.
[7] Giménez Soler, *ob. cit.*, pág. 18.

mente contra el rey de Castilla, y don Juan Manuel se obligaba a seguirlo contra todos, salvo en caso de guerra con Castilla, en que se mantendría neutral. La cólera de Fernando IV por esto llegó a tales extremos, que incluso quiso matar a don Juan Manuel; Jaime II le hizo saber a través de Gonzalo García: «avemos sabido por cierto que tractamiento ha estado del Rey don Ferrando quel noble don Johan fijo del infante don Manuel se vea con él e an empreso que en la vista sea el dicto don Johan preso o muerto..., quel dito Rey don Ferrando e los que son de su parte no an la vista tractada por otra cosa sino por prender o matar al dito don Johan o echarle en mal lugar...» (9 de octubre de 1303)[8]. Y en el *Libro de los estados* nuestro autor alude a estos momentos cuando dice que «muchos omnes le quisieran matar tan bien con yervas como por manera de asesignos, como por armas a falsedat»[9].

Acordada la paz entre Aragón y Castilla en 1304, Elche pasó definitivamente a la corona de Aragón y don Juan Manuel cambió Alarcón por Cartagena, conservando Villena. Sólo algunas escaramuzas contra los moros turbaron en esos años la paz del noble.

En 1309, tras la entrevista de Ariza, a la que asistió don Juan Manuel, los reyes castellano y aragonés deciden atacar Granada. «No fue don Juan Manuel —dice su biógrafo— de los más entusiastas de la guerra y entró en ella, casi puede afirmarse con seguridad, con intenciones malsanas y decidido, de acuerdo con el infante [don Juan], su primo, a impedir a toda costa que diese honra al rey Don Fernando y provecho al reino; los dos tenían quejas del soberano: el primero pretendió Ponferrada y no se la dieron; quiso el segundo dirigir personalmente la campaña en su adelantamiento de Murcia y le hicieron ir ante Algeciras a ser uno de tantos y no el principal. Los dos iban sañudos y ninguno de los dos era de los que olvidan los

[8] En Giménez Soler, *ob. cit.*, pág. 292.
[9] Página 313.

agravios; ni uno ni otro se dieron por satisfechos de las mercedes recibidas al principio de la campaña, porque habiendo recibido análogas sus rivales no apreciaban las suyas»[10]. A principios de 1310, ambos abandonaron la campaña y anduvieron errantes por el reino de León, temerosos del castigo del rey, aunque poco más tarde se avinieron con él. En febrero de 1311, doña Constanza, recluida hasta entonces en Villena, cumple los doce años y por fin, en abril, don Juan casa con ella. Estando en el castillo de Garcimuñoz le llega la noticia de la muerte de Fernando IV, y don Juan Manuel se traslada a Murcia para prevenir las incursiones moriscas.

Durante la minoría de Alfonso XI y tras la muerte en 1319 de los regentes, los infantes don Pedro y don Juan, hermano de su padre uno y hermano de su abuelo otro, entra a formar parte de la nueva regencia con don Felipe, también tío del rey, y con don Juan *el Tuerto,* los cuales la habían disputado a doña María de Molina, que murió en 1321. Interviene entonces muy activamente en la política castellana.

En 1325, Alfonso XI fue declarado mayor de edad. Convocó Cortes en Toledo y dio los principales cargos de su reino a nobles partidarios de su tío don Felipe; entre ellos estaban Alvar Núñez de Castro y Garcilaso de la Vega, a quienes alude en el *Exemplo XLV.* Don Juan Manuel y don Juan *el Tuerto* se marcharon y pactaron entre sí: «dícese que uno de los vínculos que sobre sí echaron aquellos señores fue casar la hija de don Juan Manuel con el otro ex regente...»[11]. Pero el pacto fue deshecho al pedir el rey la mano de su hija Constanza, a lo que el ambicioso don Juan Manuel accedió de momento. Las Cortes en 1325 ratificaron el casamiento que nunca llegaría a realizarse; el rey encerró a doña Constanza en Toro y desposó con la hija del rey de Portugal. Indignado, herido en su

---

[10] *Ob. cit.,* págs. 38 y ss.
[11] Giménez Soler, *ob. cit.,* pág. 77.

orgullo —fue «el incidente de su vida que más amarguras le produjo y que jamás olvidó por completo»[12]— y frustradas sus ambiciones de ver a su hija, que ya se titulaba reina de Castilla, en el trono, muertos además su mujer y su suegro, Jaime II, don Juan Manuel se desnaturó del reino de Castilla y declaró la guerra a Alfonso XI, buscando la alianza con los moros. En el *Libro de los estados,* escrito al parecer entre 1327 y 1332, dice Julio: «... siempre le fallé en grandes guerras, a vezes con grandes omnes de la tierra, e a vezes con el rey de Aragón, e a vezes con el rey de Granada, e a vezes con amos. E agora, cuando de allá partí, estava en muy grant guerra con el rey de Castiella, que solía ser su señor»[13]. La contienda fue dura, hasta que finalmente llegó la concordia; sin embargo, continuaron en recíproca sospecha En 1330, un real decreto devuelve a don Juan el adelantamiento de Murcia. Desde este año (había casado con doña Blanca Núñez de Lara, de la que tuvo un hijo, don Fernando) hasta 1335 fue la etapa de mayor actividad literaria. Poco duró la avenencia con el rey, pues la concordia volvió a romperse al negarse don Juan Manuel a prestarle apoyo en el cerco de Gibraltar. Consiguió casar a su hija Constanza con don Pedro, heredero al trono portugués, tras una nueva etapa de ruptura con Alfonso XI en 1335. Quedaron definitivamente avenidos en 1337, tras numerosas vicisitudes. «No dejó, sin embargo, sus manejos con el rey aragonés...; mas, obligado a seguir al rey a la guerra, sus hechos no tienen el carácter personal que antes ni destacan en la historia general del reino castellano. Su anegamiento en la corte anuló políticamente su personalidad»[14]. Con Alfonso XI intervino

---

[12] Giménez Soler, *ob. cit.,* pág. 93.

[13] Página 233. Sobre las relaciones de don Juan Manuel con Alfonso XI es interesante el trabajo de J. Gautier Dalché, «Alphonse XI a-t'il voulu la mort de don Juan Manuel», en *Don Juan Manuel. VII Centenario,* Murcia, Universidad de Murcia, Academia Alfonso X el Sabio, 1982, págs. 135-147. (En lo que sigue citaremos *VII Centenario.)*

[14] Giménez Soler, *ob. cit.,* pág. 112.

en la victoria del Salado (1340) y en la toma de Algeciras (1344). Apartado de la política activa y retirado en su castillo de Garcimuñoz, arregla la boda de su hijo con una hija de Ramón Berenguer, infante de Aragón, muriendo el día 13 de junio de 1348[15]. Su cadáver fue enterrado en el monasterio de los frailes predicadores de Peñafiel, fundado por él en 1318, «y donde según un privilegio de su hija, la Reina doña Juana [muerto ya don Juan Manuel, su hija casó con el futuro rey de Castilla, Enrique de Trastamara], dado el 29 de mayo de la era 1414, año 1376, y existente en el dicho monasterio, había elegido sepultura»[16]. Allí mandó también guardar el códice con todos sus escritos, perdido como sus restos.

Si su obra es importante en la literatura, su vida también lo fue para la historia política española. Típico representante del señor feudal enfrentado a sus reyes, estuvo presente y ejerció su influencia en los principales acontecimientos históricos de una época caracterizada por una inestabilidad política que frecuentemente degeneró en guerras civiles. Su vida, que discurrió a lo largo de varios reinados, fue una constante lucha. Pocas veces consiguió —quizá sólo al final de su vida— la serenidad y el tiempo necesarios para la creación literaria. Turbulento personaje, tuvo una existencia agitada y no ignoró nada de política, diplomacia y arte de la guerra. Se alió con el más fuerte según sus intereses personales: luchó contra los moros, pero también se alió con ellos; contemporizó con unos y con otros intentando por todos los medios a su alcance acre-

---

[15] Derek W. Lomax, «The date of D. Juan Manuel's death», en *Bulletin of Hispanic Studies*, 40 (1963), pág. 174. L. Rubio García («La fecha de la muerte de don Juan Manuel», en *VII Centenario*, págs. 325-336), aportando nuevos testimonios, retrasa unos meses esta fecha: «aun sin poderla precisar con exactitud, la muerte de don Juan Manuel debe situarse entre finales del año 1348, primeros meses de 1349» (pág. 334).

[16] Giménez Soler, *ob. cit.*, págs. 117 y 653. Sobre la vinculación del autor con Peñafiel, vid., entre otros, J. Valdeón Varuque, «Don Juan Manuel y Peñafiel», en *VII Centenario*, págs. 385-395.

centar su influencia, poder y riqueza. Su ambición era tan grande como su poder: «de la vuestra heredat podedes mantener çerca de mill cavalleros, sin bien fecho del rey, e podedes ir del reino de Navarra fasta el reino de Granada, que cada noche posedes en villa çercada o en castiellos de los que yo he. E segund el estado que mantovo el infante don Manuel, vuestro abuelo, e don Alfonso, su fijo, que era su heredero, e yo después que don Alfonso murió e finqué heredero en su lugar, nunca se falla que infante, nin su fijo, nin su nieto tal estado mantoviesen commo nos tenemos mantenido»[17]. Obsesionado por su honra («non tan solamente la guerra, en que ha tantos males, mas aun la muerte que es la más grave cosa que puede seer, deve home ante sofrir que pasar e sofrir deshonra»[18]) y convencido de su noble ascendencia, llegó a equipararse a los reyes, y ninguno de los que conoció mereció su alabanza.

Según su biógrafo, «don Juan Manuel es uno de estos hombres contradictorios de sí mismos: entre su vida y sus obras hay oposición enorme, antagonismo completo». En él existió una doble personalidad: «la que actuó en sociedad y la que escribió, porque su modo de pensar difiere tanto de su manera de obrar que realmente son dos tendencias y dos inteligencias distintas, una que se mueve y vive y otra que piensa y consigna sus pensamientos»[19]. Existe, pues, un acentuado contraste entre el contenido de sus escritos y su conducta de noble rebelde y en constante intriga; sin embargo, a medida que avanza su vida su actitud moral va acercándose a la que preconiza en sus obras[20].

---

[17] *Libro infinido*, págs. 162-163. Vid. A. L. Molina Molina, «Los dominios de don Juan Manuel», en *VII Centenario*, págs. 215-226.

[18] *Libro de los estados*, pág. 332.

[19] Giménez Soler, *ob. cit.*, pág. 119.

[20] Vid. A. Ballesteros Beretta, «El agitado año de 1325 y un escrito desconocido de don Juan Manuel», en *Boletín de la Real Academia de la Historia*, 124 (1949), págs. 9-58.

Cortesano, político, hombre de acción fundamentalmente, fue también un hombre culto —quizá más de lo que era normal en su época— y amante del saber: «en sí, la mejor cosa que omne puede aver es el saber», dice al comienzo de *El Libro infinido*. Si bien la actividad literaria ocupó fundamentalmente los años finales de su vida, siempre pensó «que es mejor pasar el tiempo en fazer libros que en jugar los dados o fazer otras viles cosas»[21], y desde su niñez simultaneó la actividad física (fue un gran apasionado de la caza durante toda su vida) y la intelectual; fue educado como noble, y esto llevaba aparejado el conocimiento de las artes marciales y el de la historia y latín. Su modestia, sin embargo, en este sentido contrasta con su orgullo personal. Si en el *Prólogo general* a sus obras dice que «non sabría oy gobernar un proverbio de terçera persona», justo al lado, en el prólogo del *Libro del cavallero e del escudero,* inmediatamente antes de proclamar como en otras ocasiones ignorancia («yo que só lego, que nunca aprendí nin leí ninguna sciencia»), recuerda que su cuñado le envió «la muy buena e muy complida e muy sancta obra que vos fiziestes en el *Pater Noster,* porque lo trasladasse de latín en romançe»[22]. Así, pues, aunque podamos dudar que conociese el árabe, «no cabe duda razonable de que don Juan Manuel supiese latín»; lo había estudiado, y «no sin elegante displicencia alardeaba de haberlo olvidado». Nuestro autor conocía los autores latinos entonces en boga por Europa, glosa términos latinos y algunas de sus fuentes son latinas. «Es evidente —como afirma María Rosa Lida— que don Juan Manuel se propone disimular su familiaridad con estas obras latinas, de igual modo que rebaja su conocimiento del latín y reduce a un mínimo las citas y alusiones doctas. Toda esta esfera del saber le parecería quizá demasiado clerical e impropia de un ca-

---

[21] Página 183.
[22] Página 40.

ballero...»[23]. Si confiesa en el Prólogo del *Lucanor* que «fizo todos sus libros en romançe, e esto es señal çierto que los fizo para los legos e non de muy grant saber como lo es él», más bien se trata de un tópico de modestia o de cortesía[24], y como clarifica Devoto, «Don Juan Manuel no hace sus libros en romance *porque* no sabe latín (lo lee, lo cita, lo traduce): lo hace en romance *para* los que no saben latín»[25].

Obra

La actividad literaria de don Juan Manuel presenta variadas facetas: poeta, historiógrafo, tratadista, apologista de sí mismo y, fundamentalmente, narrador. Si de su obra poética *(Libro de las cantigas,* o *de los cantares)* no conocemos nada, excepto los dísticos que cierran los capítulos de *El Conde Lucanor,* su producción que ha llegado hasta nosotros le convierte en el máximo prosista de la literatura de su siglo.

Toda su obra tiene como denominador común el didactismo, y en esto se nos muestra, como en otros aspectos, fiel continuador de la obra de su tío Alfonso el Sabio. Pero, si acentuado es su didactismo, también lo es el empeño político y social que recorre su obra: el perfil de escritor austero, moralizador —muy semejante al del canciller Ayala—, va siendo cambiado por la figura problemática de un noble comprometido con los difíciles problemas de la sociedad de su tiempo y consciente de la

[23] «Tres notas sobre don Juan Manuel», en *Estudios de literatura española y comparada,* Buenos Aires, Eudeba, 2.ª ed., 1969, págs. 124 y 127.

[24] Vid. K. R. Scholberg, «Modestia y orgullo: una nota sobre don Juan Manuel», en *Hispania,* 42 (1959), págs. 24-31.

[25] D. Devoto, *Introducción al estudio de don Juan Manuel, y en particular de «El Conde Lucanor». Una bibliografía,* Madrid, Castalia, 1972, pág. 281.

crisis que atravesaba la clase social a la que pertenecía, una nobleza que iba perdiendo progresivamente sus privilegios y poder político frente a una burguesía cada vez más resuelta y agresiva[26]. Don Juan Manuel se convierte así en el representante del mundo noble medieval que caminaba hacia su ocaso.

Uno de los aspectos más reiteradamente señalados por la crítica ha sido el hecho de que don Juan Manuel es el primer escritor de la literatura castellana con clara conciencia de su oficio, conciencia que determina principalmente el progresivo perfeccionamiento de su obra. Fue también el primer escritor que guardó celosamente el manuscrito de sus libros, el cual se preocupó de corregir de su propia mano. La ambición y sobre todo el orgullo que dominó toda su vida, se refleja en la obra de quien concibió en gran medida la literatura como un modo de autoexaltación. No sólo su conciencia artística, sino también su orgullo y ambición de fama, son los que le hicieron sentirse celoso de su obra y preocuparse por su fiel transmisión: «Así como ha muy grant placer —dice en el *Prólogo general*— el que faze alguna buena obra, sennaladamente si toma grant trabajo en la fazer, quando sabe que aquella su obra es muy loada e se pagan della mucho las gentes, bien así ha muy grant pesar e grant enojo quando alguno, a sabiendas o aun por yerro faze o dize alguna cosa por que aquella obra non sea tan preciada o alabada commo devía ser [...] E recelando yo, don Johan, que por razón que non se podrá escusar, que los libros que yo he fechos non se ayan de trasladar muchas vezes, e porque yo he visto que en el trasladar acaesçe muchas vezes, lo uno por desentendimiento de escrivano, o porque las letras semejan unas a otras, que en trasladando el libro porná una razón por

---

[26] Vid. E. Caldera, «Retorica, narrativa e didattica nel *Conde Lucanor*», en *Miscellanea di Studi Ispanici*, 14 (1966-1967), págs. 5-120. Sobre el contenido ideológico de la obra juanmanuelina, vid. el excelente estudio de Peter N. Dunn, «The structures of Didacticism: Private Myth and Public Fictions», en *Studies,* págs. 53-67.

otra, en guisa que muda toda la entençión e toda la sentençia e será traído el que la fizo, non aviendo ý culpa; e por
guardar esto quanto yo pudiere, fizi fazer este volumen en
que están escriptos todos los libros que yo fasta aquí he fechos [...] E ruego a todos los que leyeren qualquier de los
libros que yo fiz que, si fallaren alguna razón mal dicha,
que non pongan a mí la culpa fasta que bean este volumen
que yo mismo concerté»[27]. Prueba también de su conciencia de escritor, como de su orgullo de literato y noble, son
las numerosas citas y referencias a su propia obra[28]. Pero es
sobre todo la preocupación formal, la plena conciencia de
los recursos estilísticos que utiliza, lo que le convierte en el
más grande prosista del siglo XIV.

A pesar de la inquietud constante por la transmisión
fiel de sus escritos, no conocemos toda la obra de don
Juan Manuel. Lástima que el códice («emendado, en muchos logares, de su letra») que confió a la custodia de los
dominicos de Peñafiel se haya perdido[29]. El número de libros que dice haber escrito difiere en el ya citado *Prólogo
general* y en el del *Lucanor*:

Lucanor	*Prólogo general*
Crónica abreviada	Libro de las armas
Libro de los sabios	Castigos e consejos...
Libro de la cavallería	Libro de los estados
Libro del infante	Libro del cavallero...
Libro del cavallero e del escudero	Libro de la cavallería
Libro del Conde	Crónica abreviada
Libro de la caça	Crónica complida
Libro de los engeños	Libro de los engenios
Libro de los cantares	Libro de la caça
	Libro de las cantigas
	Reglas cómmo se deve trobar

---

[27] Páginas 31 y ss. Cfr. Prólogo del *Lucanor*.

[28] Vid. K. R. Scholberg, «Juan Manuel: personaje y autocrítico», en *Hispania*, 44 (1961), págs. 457-460.

[29] Hoy conocemos las obras del escritor castellano por el manuscrito general que se conserva en la Biblioteca Nacional (núm. 6.576).

Comparando las dos listas, se observa que en la segunda no aparece *El Conde Lucanor* (aunque dice que «son doce» los libros que «yo fasta aquí he fechos»), mientras que se incluyen obras nuevas y desaparece también el *Libro de los sabios,* que según Giménez Soler fue refundido en otro libro, «probablemente en el de los *Estados*»[30]. Se piensa[31] que la diferencia estriba en las fechas de redacción de ambos prólogos: las obras que no aparecen en el del *Lucanor* son posteriores a 1335, año en que fue terminado (su prólogo fue escrito posiblemente en 1340), mientras que el *Tractado de la Asunción de la Virgen María,* sin duda obra más tardía, no se menciona.

Perdido, pues, el códice de Peñafiel, no conocemos todas las obras escritas por el autor; nos falta, como ya dijimos, toda su obra poética (excepto los versos del *Lucanor)* y retórica *(Reglas cómmo se deve trobar),* uno de sus libros históricos (la *Crónica complida),* el sin duda curioso e interesante *Libro de los ingenios* (tratado de máquinas de guerra) y el *Libro de la caballería,* varias veces citado en el *de los estados* y del que ofrece algunos extractos en los capítulos LXVI y LXXXV.

Finalmente, sobre la fecha de redacción de los libros podemos aceptar, aunque con alguna reserva, la cronología propuesta por Giménez Soler[32]: *Libro de la caballería,* antes de 1325; *Libro del cavallero e del escudero,* 1326; *Libro de los estados,* 1327-1332; *Libro de los exemplos,* 1330-1335;

---

[30] *Ob. cit.,* pág. 152.

[31] Para este problema y el de la cronología de las obras, véase D. Devoto, *ob. cit.,* págs. 227 y ss.

[32] *Ob. cit.,* pág. 176. Germán Orduna ha establecido dos etapas, claramente separadas, en la producción literaria de don Juan Manuel: una —anterior a 1326— dentro de la tradición de Alfonso X el Sabio y otra —a partir de dicho año— que corresponde a su plena madurez artística. Vid. «Los prólogos a la *Crónica abreviada* y al *Libro de la caza:* la tradición alfonsí y la primera época en la obra literaria de don Juan Manuel», en *Cuadernos de Historia de España,* LI-LII (1970), págs. 123-144; «¿Un catálogo más de obras de don Juan Manuel?», en *Bulletin of Hispanic Studies,* L (1973), págs. 217-223, y «El *exemplo* en la obra literaria de don Juan Manuel», en *Studies,* págs. 119-142.

Crónica abreviada, después de 1337; *Libro de la caza,* después de 1337; *Prólogo del Conde Lucanor,* 1340; *Libro de los castigos,* 1342-1344; *Tratado de las armas,* 1342; *Prólogo general,* 1342; *Tratado de la beatitud [de la Asunción de la Virgen],* después de 1342.

De desigual valor literario, todos tienen la huella de la personalidad del autor. «Si se hubieran perdido sus libros —dice M. Gaibrois de Ballesteros—, y sólo se conservara su correspondencia política y otros documentos que de él existen, no se hubiera sabido nunca la condición de escritor del turbulento magnate. En cambio, como contraposición, queriéndolo o no, don Juan Manuel vuelca en su obra casi su vida entera. Puede decirse que sus libros son como unas memorias en que, abierta o encubiertamente, se encuentra incorporada la biografía del autor; en todos ellos repercuten sonoras las grandes crisis que sacudieron el vibrante espíritu del príncipe escritor»[33].

A continuación damos breve noticia del contenido de las obras conservadas:

Del *Libro del cavallero e del escudero*[34], al que faltan algunos capítulos, dice su autor por boca de Julio: «Sabed, sennor infante, que es muy buen libro e muy aprovechoso. E todas las razones que en él se contienen son dichas por muy buenas palabras e por muy fermosos latines que yo nunca oí dezir en libro que fuese fecho en romance; e poniendo declaradamente e complida la razón que quiere dezir, pónelo en las menos palabras que pueden seer»[35]. Es una especie de enciclopedia de los conocimientos de la época, estructurada en una serie de preguntas y respuestas (procedimiento propio de la época —lo encontraremos en otras obras— muy adecuado para proporcionar un am-

[33] *El príncipe don Juan Manuel y su condición de escritor,* Madrid, Publicaciones del Instituto España, 1945, pág. 23.

[34] Fue editado por S. Gräfenberg en *Romanische Forschungen,* 7 (1893), págs. 427-550, y por Castro y Calvo y Martín de Riquer, *Obras, I,* Barcelona, CSIC, Clásicos Hispánicos, 1955; en la edición de J. M. Blecua, págs. 39-116.

[35] *Libro de los Estados,* pág. 389.

plio contenido didáctico). La trama novelesca («fizlo en una manera que llaman en esta tierra fabliella») es muy débil y queda oculta entre las consideraciones doctrinales: un rey convoca cortes a las que asiste un joven escudero; un anciano caballero, convertido en ermitaño, le instruye acerca de la caballería («el mayor e más onrado estado que es entre los legos es la cavallería. Ca commo quier que entre los legos ay muchos estados, así commo son mercadores, menestrales e labradores, e otras muchas gentes de muchos estados, la cavallería es más noble e más onrado estado que todos los otros»[36]). Marcha a las cortes donde el rey lo arma caballero y lo envía a su tierra «muy rico e muy onrado». De regreso a su tierra, «non pudo olvidar nin sacar de su coraçón el deseo que avía de fablar con el cavallero ançiano que fincaba en la hermita», y vuelve a él temiendo que muriese antes de contestar a sus preguntas, «que por aventura non fallaría otro que tan complidamente le pudiese responder»[37]. El caballero anciano instruye al novel, siempre tras un tópico de modestia, sobre los ángeles, el paraíso, el infierno, los cielos, los elementos, los planetas, el hombre, los animales, los árboles, las piedras, los metales, etc. El libro se convierte así en un repertorio de conocimientos tanto teológicos como de la naturaleza. Finalmente, el anciano ermitaño le ruega que no se marche hasta su muerte; y «el caballero mançebo estudo ý tanto fasta que fue enterrado muy onradamente, e cumplió por el su cuerpo todas las cosas así commo se devían fazer». Ya en su tierra, «fue muy amado e muy preçiado, e viscó muy onradamente» hasta su muerte[38].

Sobre las fuentes utilizadas, el mismo don Juan Manuel nos dice: «fiz este libro en que puse algunas cosas que fa-

---

[36] Antes ha aludido a la salvación dentro del estado: «los estados del mundo son tres: oradores, defensores, labradores. Cada uno destos son muy buenos en que puede omne fazer muncho bien en este mundo e salvar el alma» (pág. 44).

[37] Páginas 55 y 56.

[38] Páginas 115-116.

llé en un libro... E otrosí puse ý algunas otras razones que fallé escriptas e otras algunas que yo puse que pertenecían para seer ý puestas»[39]. La crítica ha señalado como fuente principal el *Llibre del ordre de cavallería*, de Raimundo Lulio, sin que de ningún modo pueda hablarse de plagio; otras fuentes señaladas han sido San Isidoro, Alfonso X el Sabio, etc. Devoto destaca «la ágil libertad con que se evade de lo que está tratando para hablar de lo que le preocupa profundamente»[40]: el sentimiento religioso, la crianza de los señores, adecuación del caballero a su estado, etc.

El *Libro de los estados* y el *Lucanor* son las obras más representativas del autor. Si éste es la cumbre máxima de su progresivo perfeccionamiento como narrador, aquél es la expresión de su pensamiento sociopolítico[41]. Al igual que en el *Libro del cavallero e del escudero*, don Juan Manuel refleja en él no sólo su propio pensamiento, junto a numerosas alusiones autobiográficas, sino también la estructura y peculiaridades de la sociedad castellana de su tiempo[42]. El libro («porque los omnes non pueden tan bien entender las cosas por otra manera como por algunas semejanças, compús este libro en manera de preguntas e respuestas que fazían entre sí un rey e un infante, su fijo, e un ca-

---

[39] Página 41.
[40] *Ob. cit.,* pág. 245.
[41] Vid., por ejemplo, M. Torres López, «El arte y la justicia en la guerra en el *Libro de los estados* de Don Juan Manuel», en *Cruz y Raya*, 8, 1933, págs. 33-72; y del mismo y en la misma revista (2, 1933, págs. 61-90), «La idea del imperio en el *Libro de los estados* de Don Juan Manuel».
[42] Vid. L. de Stefano, «La sociedad estamental en las obras de Don Juan Manuel», en *Nueva Revista de Filología Hispánica*, 16, 1962, págs. 329-354, para quien este libro «es el único tratado de la baja Edad Media destinado específicamente a estudiar la estructura social, para lo cual utiliza el autor un esquema común al occidente europeo de la época...» (pág. 330). De la misma autora, «Don Juan Manuel y el pensamiento medieval», en *VII Centenario*, págs. 337-351. Y, además, José A. Maravall, «La sociedad estamental castellana y la obra de don Juan Manuel», en *Estudios de historia del pensamiento español*, Madrid, 1967, págs. 453-472; J. R. Araluce, El «*Libro de los Estados*». *Don Juan Manuel y la sociedad de su tiempo,* Madrid, Porrúa, 1976.

vallero que crió al infante e un filósofo. E puse nombre al rey, Morabán, e al infante Johas, e al cavallero, Turín, e al filósofo, Julio»[43]), esencialmente didáctico, «fabla de las leyes e de los estados en que biven los omnes, e ha nombre el *Libro del infante*, o el *Libro de los estados*, e es puesto en dos libros: el primero libro fabla de los estados de los legos, e el segundo fabla de los estados de los clérigos»[44]. La trama novelesca, aunque no tan débil como la del *Libro del cavallero e del escudero*, se ahoga también entre el elemento didáctico: «En este nuestro tiempo andava por el mundo predicando a las gentes un buen omne, e muy letrado, que avía nombre Julio; e llegó a una tierra de un rey pagano que avía nombre Morabán... Este rey Morabán, por el grant amor que avía a Johas, su fijo el infante, reçeló que si sopiese qué cosa era la muerte, o qué cosa era pesar, que por fuerça avría a tomar cuidado e despagamiento del mundo, e que esto seríe razón porque non biviese tanto ni tan sano. E por ende fabló con un cavallero que él criara, que avía nombre Turín... E... acomendól' que criase al infante Johas, su fijo, e rogól' e mandól' que le mostrase las maneras e costumbres que él pudiese» (capítulo IV). «E entre todas las cosas le mandó que guardase que por ninguna manera que el infante non tomase pesar, nin sopiese qué cosa era muerte.» Un día, andando por la calle («el rey Morabán, su padre, tovo por bien que el infante andudiese por la tierra porque le conosçiessen las gentes, e porque fuese aprendiendo él en qual manera mantoviese el reino después de los días de su padre») (capítulo VI), vio un entierro («e bió que avía façiones e figura de omne, e entendió que se non movía, nin fazía ninguna cosa... marabillóse ende mucho...») y preguntó sobre ello a su ayo Turín, el cual se resistió a contestar; pero

---

[43] Pág. 208 de la citada edición de Blecua. *El Libro de los Estados* ha sido editado con introducción y notas por I. R. Macpherson y R. Tate en Madrid, Castalia, 1991.

[44] Página 195. Vid. J. Gimeno Casalduero, «El *Libro de los Estados* de Don Juan Manuel: composición y significado», en *VII Centenario*, págs. 149-161.

«tanto le afincó el infante», que tuvo que decirle qué era la muerte. Incapaz de responder a otras preguntas del infante, «se partió del rey e fue a buscar a Julio, el omne bueno que andava predicando por la tierra» (XIX), el cual se apresura a ir y comienza a enseñarles la religión cristiana, contestando a sus dudas y objeciones y logrando, finalmente, convertirlos al cristianismo (XLII). A partir de aquí el elemento didáctico ocupa el eje central (nunca lo perdió del todo): don Juan Manuel trata de los diferentes estados y de sus obligaciones: de los emperadores y su elección, educación de los señores, infantes, duques, príncipes, *ricos homes,* infanzones y mesnaderos, escuderos, etc. La segunda parte del libro «fabla de la clerezía, e tiene cincuenta capítulos», y en ella confiesa su admiración por los dominicos: «esta orden —dice— de los predicadores fizo Sancto Domingo de Caleruega, e bien cred que como quier que muchas órdenes ay en el mundo muy buenas e muy sanctas, que segund yo tengo que lo es esta más que otra orden»[45]. El libro se convierte en una detallada exposición de la concepción estática y teocéntrica de la sociedad, junto a un inmenso caudal de noticias sobre las costumbres de la época.

El núcleo argumental del libro se lo suministra a don Juan Manuel el *Barlaam y Josafat,* de amplia difusión en la Edad Media[46], pero se sirve de la novela india, eminentemente ascética, para exponer su doctrina afirmadora de la sociedad[47]. La ficción narrativa es sólo un pretexto para una exposición didáctica, cuyo hilo central es el problema de la salvación dentro del estado («la salvación de las almas ha de ser en ley e en estado»). Finalmente, uno de los

---

[45] Página 494.
[46] Vid. G Moldenhauer, «De los orígenes de la leyenda de Barlaam y Josafat en la literatura española», en *Investigación y progreso,* I, 8, noviembre 1927, págs. 57 y ss.; y del mismo, *Die Legende von Barlaam und Josaphat auf der iberischen Halbinsel,* Halle, Niemeyer, 1929, en especial el cap. II; editada por John E. Keller y Robert W. Linker, Madrid, CSIC, 1979.
[47] Cfr. María Rosa Lida, *ob. cit.,* pág. 99.

rasgos más característicos del libro, señalado por María Rosa Lida, es «cómo, a pesar de lo abstracto del tema y de lo tradicional del marco, el autor no puede hacerse a un lado, y a partir del capítulo XX de la Primera Parte aparece y reaparece sin cesar como modelo, como autoridad, como fuente... Pero no es sólo la persona del autor sino también sus libros los que se introducen en el *Libro de los estados,* insinuando una concepción del plano literario y del biográfico que no coincide con las netas categorías grecorromanas a las que está habituado el lector occidental»[48].

Perdida la *Crónica complida* —son del todo inadmisibles las identificaciones que de ella se han hecho[49]—, sólo nos ha quedado una obra historiográfica de don Juan Manuel: la *Crónica abreviada*[50], que viene a ser un extracto de la *Crónica General* de su tío Alfonso el Sabio, al que admira y cuya labor elogia: «... Dios puso en el rey don Alfonso... [e] en el su talante de acresçentar el saber quanto pudo, e fizo por ello mucho... E por que don Johan su sobrino... se paga mucho de leer en los libros que falla que conpuso el dicho rey, fizo escrivir algunas cosas que entendía que cumplía para él de los libros que falló que el dicho rey abía compuesto, señaladamente en las crónicas de España...»[51].

Dentro también de la tradición alfonsí («... llegó a leer en los dichos libros que el dicho rey ordenó en razón de la caça, por que don Johan es muy caçador...»), el *Libro de la caza* es un tratado cinegético que responde a la propia afición del autor («E quanto de la arte del pescar non lo

[48] Art. cit., pág. 118. Vid. la quinta parte del *Lucanor,* págs. 335 y ss.

[49] Vid. B. Sánchez Alonso, *Historia de la historiografía española. Ensayo de un examen de conjunto,* vol. I, Madrid, CSIC, 1941-1950, págs. 219-220.

[50] Editada por R. L. y M. B. Grismer, Minneapolis, 1958, quienes la fechan entre 1320-1324. En la edición de J. M. Blecua, págs. 511-815.

[51] *Libro de la caza,* págs. 519 y 520. Sobre la *Crónica abreviada,* vid. el interesante estudio de Diego Catalán, «Don Juan Manuel ante el modelo alfonsí: el testimonio de la *Crónica abreviada*», en *Studies,* págs. 17-51.

fizo escrivir por que tovo que non fazía mengua»[52]), y que nos da abundantes noticias de las costumbres venatorias de la época: cómo cazar con azores y halcones, cómo cazarlos, adiestrarlos y cuidarlos, cuáles son los lugares donde la caza es abundante («por que fuese más ligero de leer e de entender puso lo todo por obispados»[53]), etc. Aunque se trata de un libro técnico, está muy presente en él la personalidad del autor, que da cabida a algunos rasgos de humor; por ejemplo, conociendo la costumbre de los cazadores de exagerar sus proezas, don Juan Manuel se cuida de contar algunas cosas: «Pero non lo quiere él aquí nombrar por que non lo tengan por muy chufador; ca ésta es una cosa que aponen mucho a los caçadores. Pero dize don Johan que en todo quanto a dicho fasta aquí que en buena verdat non a dicho chufa ninguna»[54].

Tras un largo elogio del saber («la mejor cosa que omne puede aver»), el *Libro de los castigos o consejos,* por otro nombre el *Libro infinido*[55], «que tracta de cosas que yo mismo prové en mí mismo e en mi facienda, e vi que acontenció a otros de las que fiz e vi facer... E fizlo para don Fernando, mio fijo, que me rogó que le ficiese un libro... e porque sea más ligero de entender e estudiar es fecho a capítulos»[56], es obra de gran interés para la historia de la civilización y cultura españolas[57]. A lo largo de 26 capítulos, que comienzan con la misma fórmula introductoria («Fijo don Ferrando») y siguiendo una tradición consiliar —lo más inmediato es el libro de los *Castigos e documentos del rey don Sancho*—, don Juan Manuel trata de las

---

[52] Páginas 521-522. Sobre esta obra, vid. D. Menjot, «Juan Manuel: Auteur cynégétique», en *VII Centenario,* págs. 199-213.

[53] Página 578.

[54] Página 557.

[55] Editado por Castro y Calvo y M. de Riquer (antes citado) y por J. M. Blecua, junto con el *Tractado de la Asunción,* Universidad de Granada, 1952. Cito por la nueva edición de Blecua, págs. 145-189.

[56] Páginas 147-148.

[57] Vid. Giménez Soler, *ob. cit.,* pág. 209.

cosas que aprovechan «para salvamiento de las almas» y para la salud del cuerpo, de «la crianza de los niños e de los mozos, e de los mancebos que son de grand estado e de grand sangre», de cómo deben tratar los señores a los reyes, a sus amigos, a su mujer y a sus hijos, a sus vasallos; de los consejeros, de las rentas, tesoros, fortalezas, etc. La obra termina con un breve tratado «del amor que los omnes han entre sí». Las maneras del amor que don Juan Manuel distingue son quince: *amor complido, de linaje, de debdo, amor verdadero, de egualdat, amor de provecho, amor de mester, amor de barata* («cuando un omne ama a otro e le ayuda porque el otro amó ante a él, e le ayudó, e falla que esto le es buen varato; este amor es semejante del amor del mester»), *amor de la ventura*[58], *del tiempo, de palabra, de corte, de infinita* («es cuando un omne non ama a otro de talante, e por alguna pro que cuida sacar dél muéstral' quel'ama mucho»), *amor de daño* («cuando un omne muestra a otro quel'ama, e es en tal manera su fazienda de entramos, que lo que es pro del uno es daño del otro») y *amor de engaño* («cuando un omne desama a otro..., e por lo engañar, muéstrase por su amigo»[59]). Respecto a sus fuentes, si la principal es la experiencia propia, existen en el libro algunas reminiscencias, aunque muy escasas, de origen libresco.

El *Tractado de las armas..., o libro de las tres razones*[60], considerado entre las mejores páginas de la prosa castellana medieval, es de gran valor biográfico y una especie de exaltación personal y de su linaje. De él dice Américo Castro: «Debemos al infante don Juan Manuel la primera página, íntima y palpitante, de una confesión escrita en castellano, situada novelescamente en un tiempo y en un espacio dados; una conciencia se abre para que otra des-

---

[58] Cfr. *Exemplo XLVIII*.
[59] Páginas 183 y ss.
[60] Editado por Giménez Soler, *ob. cit.*, págs. 677-691, y por Castro y Calvo y M. de Riquer; en edición de Blecua, págs. 121-140.

cienda hasta su profundidad y surja cargada del precioso hallazgo»[61]. Las tres razones que el autor expone son éstas: «por qué fueron dadas estas mis armas al infante don Manuel, mio padre, e son alas e leones...; por qué podemos fazer cavalleros yo e mios fijos legítimos, non seyendo nos cavalleros, lo que non fazen ningunos fijos nin nietos de infante...; cómmo pasó la fabla que fizo conmigo el rey don Sancho en Madrit ante que finase, seyendo ya çierto que non podía guaresçer de aquella enfermedat nin bevir luengamente»[62].

Dedicado a fray Remón Masquefa, prior del convento de los dominicos de Peñafiel, el *Tractado de la Asunción*[63] es el último libro de don Juan Manuel y una prueba más, junto al silencio sobre el dogma de la Inmaculada, de su adhesión a la ideología de los dominicos[64]. En él expondrá «las razones... porque omne del mundo non deve dubdar que sancta María non sea en el çielo en cuerpo e en alma... E aun... dígovos que querría tan de buena mente aventurarme a cualquier peligro de muerte por defender esto, commo me aventuraría a morir por defendimiento de la sancta fe católica, e cuidaría ser tan derecho mártir por lo uno como por lo ál». Y tras unos breves argumentos teológicos acaba: «... tantas razones buenas podría omne dezir para provar esto, que non cabrían en diez libretes tales commo este; mas los que saben o entendieren más que yo, ý les finca asaz logar para las dezir». En su edición, Blecua señala como fuente el *Marialem Aureum*, de Jacobo de Vorágine[65].

[61] En *La realidad histórica de España*, México, Porrúa, 1954, pág. 369.
[62] Página 121. Vid. F. J. Díez de Revenga, «El *Libro de las armas* de don Juan Manuel: algo más que un libro de historia», en *VII Centenario*, páginas 103-116.
[63] Edición de J. M. Blecua, junto con el *Libro infinido*, ya citada; en la edición del mismo Blecua (Gredos, 1981), págs. 507-514.
[64] María Rosa Lida, art. cit., pág. 103.
[65] Páginas XLIII y ss.

El Conde Lucanor

El Conde Lucanor, o *Libro de los enxiemplos del Conde Lucanor e de Patronio,* fechado en 1335, representa el momento de mayor perfección del arte narrativo de don Juan Manuel y es, sin duda, su obra más importante y por la que
es reconocido universalmente como el mejor prosista del
siglo XIV español. Sus otras obras, si bien importantes,
quedan relegadas a un segundo lugar frente a ésta, de la
que debieron existir numerosas copias manuscritas[66] y
que gozó de gran difusión a partir de la edición de Argote de Molina en 1575.

El libro se compone de dos prólogos y cinco partes, diferentes entre sí: la primera —muchas veces publicada

---

[66] P. de Gayangos indica que «un ejemplar había entre los libros de la reina Isabel, como puede verse en el catálogo publicado por Clemencín» (BAE,
LI, pág. 231, nota 2). Y, según Giménez Soler, «la noticia más antigua de ser
leído este libro, es la que consta en el registro 3.168, folio 139, en donde la
reina doña María pide a Ferrán López de Stúñiga *los libros que se clamavan el
uno Florença el otro el conde Lucanor el otro de las ystorias despaña*» (*ob. cit.,* página 676). Han llegado hasta nosotros cinco manuscritos: **S** (S. 34, hoy número 6.376 de la Biblioteca Nacional de Madrid, el más completo de todos; contiene: el *Libro del cavallero et del escudero* [falto de algunos capítulos], el *Libro de
las armas,* el *de los castigos,* el *de los Estados,* el *Tratado de la Asunción* y el *Libro
de la caza* [incompleto], 216 folios, letra del siglo XV), **M** (M. 100 = 4.236,
también en la Biblioteca Nacional; contiene la primera parte, 188 páginas, letra de la segunda mitad del siglo XV), **H** (Academia de la Historia, Est. 27,
gr. 3, E-78; contiene también la primera parte, 108 folios, aunque faltan dos
intercalados, letra del siglo XV), **P** (Códice Puñonrostro, hoy en la Real Academia Española; además de la primera parte y dos apólogos, que no se admi-
ten como del autor, contiene otros textos medievales, letra del siglo XV) y **G**
(copia que perteneció a P. Gayangos, hoy en la Biblioteca Nacional, número 18.415; contiene el *Lucanor* completo, letra del siglo XVI). Para más detalles,
D. Devoto, *ob. cit.,* págs. 225 y 291. Vid. muy especialmente el libro de Alberto Blecua, *La transmisión textual de «El Conde Lucanor»,* Barcelona, Universidad Autónoma, 1980.

sola— contiene cincuenta y un ejemplos, «que son muy llanos e muy declarados»; en la segunda, además de un *Razonamiento* dirigido a don Jaime de Jérica, «ha cient proverbios e algunos fueron ya quanto oscuros e los más, assaz declarados»; la tercera, muy parecida a la anterior, contiene «çinquenta proverbios, e son más oscuros que los primeros çinquenta enxiemplos, nin los çient proverbios»; en la cuarta, «por affincamiento que me feziestes —sigue diciendo Patronio al conde— ove de poner en estos postremeros treinta proverbios algunos tan oscuramente que será marabilla si bien los pudierdes entender», y en la quinta y última —muy distinta de las anteriores— aparece el moralista medieval preocupado por la salvación del alma: «non quiero fablar ya en este libro de enxiemplos, nin de proverbios, mas fablar he un poco en otra cosa que es muy más provechosa»[67].

---

[67] La composición del libro ha planteado algunos problemas y ha dado lugar a diferentes interpretaciones. Aunque es clara su división en cinco libros (manuscrito **S**), puede la obra ser reducida a tres partes: primera, constituida por los *exemplos* (I); segunda, los proverbios (II, III y IV), y tercera, tratado doctrinal (V). Vid. J. Gimeno Casalduero (*«El Conde Lucanor:* composición y significado», en *Nueva Revista de Filología Hispánica,* XXIV [1975], páginas 101-112, publicado más tarde en *La creación literaria de la Edad Media y del Renacimiento,* Madrid, Porrúa Turanzas, 1977, págs. 19-34), para quien cada una de estas partes se diferencia «por el distinto método con que la materia didáctica se trata. Es decir, la parte primera utiliza ejemplos; la segunda, sentencias; la tercera, un *corpus* teórico organizado. Se crea de ese modo un movimiento ascendente gracias a la intensificación de los elementos doctrinales: primero al suprimir lo narrativo, después al presentar una doctrina que por su objeto es más importante que lo anterior y sin comparación más elevada. Este movimiento que da forma al conjunto se acentúa mediante otros interiores que caracterizan a las partes segunda y tercera. De ahí que se divida en tres libros la segunda, y que en cada uno de los libros aumente la oscuridad de la exposición acentuando la elevación de la materia. Además, al ir disminuyendo en cada libro el número de sentencias —100, 50, 30—, el movimiento, apuntándose, se eleva [...]. Así, pues, al enlazarse los movimientos —exterior y los interiores— pasamos gradualmente de lo narrativo a lo doctrinal, de lo claro a lo oscuro, de los negocios de esta vida a los negocios celestiales, del sueño al cielo, como siempre sucede en el Gótico» (la cita en las págs. 19 y 20). Cfr. G. Serés, «La *scala* de don Juan Manuel», *Lucanor,* IV (1989), págs. 115-133. Germán Orduna («Notas para una edición crítica de *El Conde Lucanor»,* en

Su intención didáctica

Don Juan Manuel concibe y escribe su obra con una misión específica: su vocación de escritor es fundamentalmente didáctica[68]. En este sentido se nos muestra dentro de una tendencia presente ya en las primeras manifestaciones de la prosa castellana y como digno continuador de la obra de su tío Alfonso el Sabio. La intención didáctica que preside *El Conde Lucanor* se inserta en un contexto general que había dado abundantes frutos: *El libro de los buenos proverbios*, las *Flores de filosofía*, el *Bonium o Bocados de oro*, el *Calila y Dimna*, *El libro de los gatos*, los *Castigos e documentos...*, *Libro de los ejemplos por A B C*, de Sánchez de Vercial, etc., y es también la misma que late en el *Libro de Buen Amor*, del Arcipreste de Hita, quien con don Juan Manuel «comparte la cumbre de la literatura didáctica castellana de la Edad Media»[69].

Boletín de la Real Academia Española, 51 [1971], págs. 493-511) propuso llamar a la primera parte *Libro de los enxiemplos;* a las partes II, III y IV, *Libro de los proverbios*, cada uno precedido por un prólogo en primera persona, y al conjunto, *Libro del Conde Lucanor et de Patronio*. Así dividió el libro en su edición (Buenos Aires, Huelmul, 1972). Cfr. la edición de R. Ayerbe-Chaux, Madrid, Alhambra, 1982, quien acepta la división propuesta por G. Orduna y considera además el *ejemplo LI* como epílogo de la primera parte (vid. nuestra nota 1 a este ejemplo). En estrecho paralelo, el titulado por Orduna *Libro de los proverbios* contendría también un prólogo en primera persona (el *Razonamiento),* tres partes y un epílogo, el tratado doctrinal (V).

Respecto a los dos prólogos, es clara la diferencia existente entre ellos. Alberto Blecua, tras un detallado análisis del problema, llega a la conclusión de que no fue don Juan Manuel el autor del primero, «sino otra persona que, por iniciativa propia o por requerimiento del autor», resumió una parte del *Prólogo general.* «Más que un resumen es, en realidad, una transposición de la primera a la tercera persona, como puede observarse cotejando ambos textos» *(ob. cit.,* págs. 103-104 y 111).

[68] Vid. R. Menéndez Pidal, «De Alfonso a los dos Juanes: auge y culminación del didactismo (1252-1370)», en *Studia Hispanica in Honorem R. Lapesa*, I, Madrid, Gredos, 1972, págs. 63-83.

[69] María Rosa Lida, «Nuevas notas para el *Libro de Buen Amor*», en *Estudios de literatura española y comparada*, Buenos Aires, 2.ª ed., 1969, pág. 52. Esta au-

No es, sin embargo, *El Conde Lucanor* —como tampoco lo es la obra de Juan Ruiz— un seco y árido tratado doctrinal, sino una obra de amenos ejemplos con una intención didáctica moral. Don Juan Manuel —dirá Gracián— «redujo la filosofía moral a gustosísimos cuentos»[70]. Su arte narrativo hace que sus ejemplos adquieran valor artístico propio, independiente de su contenido doctrinal; si en libros anteriores el elemento didáctico ahogaba la trama novelesca, en el *Lucanor* la hábil maestría narrativa de un autor ya ejercitado consigue la unión y el equilibrio perfecto entre ambas partes.

Ya en el prólogo, don Juan Manuel indica claramente su intención: «Este libro fizo don Johan... deseando que los omnes fiziessen en este mundo tales obras que les fuessen aprovechosas de las onras e de las faziendas e de sus estados, e fuesen más allegados a la carrera porque pudiessen salvar las almas. E puso en él los enxiemplos más aprovechosos que él sopo de las cosas que acaesçieron, porque los omnes puedan fazer esto que dicho es», y por si queda duda, repetirá lo mismo una y otra vez[71], porque «bien vos digo —dirá al final— que cualquier omne que todos estos proverbios e enxiemplos sopiesse, e los guardasse e se aprovechasse dellos, quel cumplían assaz para salvar el alma e guardar su fazienda e su fama e su onra e su estado». Es interesante señalar cómo a don Juan Manuel no sólo le preocupa la salvación del alma[72], como a cualquier moralista medieval, sino que junto a este tema la guarda de la *fama*, la *onra* y la *fazienda* se convertirán en las preocupaciones fundamentales del noble castellano.

---

tora es, junto con Leo Spitzer, la más acérrima defensora del didactismo de *El Libro de Buen Amor,* frente a la tesis contraria de Américo Castro y Sánchez Albornoz y la más templada de Menéndez Pidal.

[70] En *Agudeza y arte de ingenio,* t. I, edición de E. Correa Calderón, Madrid, Castalia, 1969, pág. 276.

[71] En la 2.ª, 4.ª y 5.ª partes.

[72] Sobre este tema trata fundamentalmente la última parte del libro.

La forma que elige es el *exemplum*[73], cauce apropiado para la finalidad que persigue, y esta elección —condicionada en cierto modo por toda una tradición narrativa de lejanos orígenes en la que el *exemplo* se había convertido en complemento necesario de un contenido moral, filosófico o religioso— la justifica el autor también en el prólogo: «... porque cada omne aprende mejor aquello de que se más paga, por ende el que alguna cosa quiere mostrar a otro, dévegelo mostrar en la manera que entendiere que será más pagado el que la ha de aprender... Por ende, yo... fiz este libro compuesto de las más apuestas palabras que yo pude, e entre las palabras entremetí algunos exiemplos de que se podrían aprovechar los que los oyeren»[74].

La utilización del *exemplo* por don Juan Manuel no sólo se explica por la tradición en la que estaba inmerso y de la que sería el exponente máximo a la vez que inicio del camino hacia nuevas fórmulas narrativas[75], sino sobre todo

---

[73] Sobre el *exemplum* medieval y el valor que don Juan Manuel da a este término, vid. D. Devoto, *ob. cit.*, 1972, págs. 161 y ss., quien reseña los principales estudios sobre el tema y recoge la definición —válida para los *exemplos* del *Lucanor*— de J. Th. Welter: «Par le mot *exemplum* on entendait, au sens large du terme, un récit ou une historiette, une fable ou une parabole, une moralité ou une description pouvant servir de preuve à l'appui d'un exposé doctrinal, religieux ou moral... Il devait renfermer trois éléments essentiels, à savoir: un récit ou une description, un enseignement moral ou religieux, une aplication de ce denir à l'homme» (*«L'exemplum» dans la littérature religieuse et didactique du moyen âge*, París-Toulouse, E.-H. Guitard, 1927, páginas 1 y 3). Vid. G. Orduna, «El *exemplo* en la obra literaria de don Juan Manuel», en *Studies*, págs. 119-142, donde estudia el proceso de desarrollo seguido por el autor desde el periodo en el que escribe tratados doctrinales ilustrados con citas, proverbios, anécdotas, comparaciones, etc., antes de llegar al género propiamente dicho.

[74] En el *Ex. XXI* Patronio dice: «E vos, señor conde, pues criastes este moço, e querríades que se endereçasse su fazienda, catad alguna manera que por exiemplos o por palabras maestradas e falagueras le fagades entender su fazienda, mas por cosa del mundo non derrangedes con él castigándol nin maltrayéndol, cuidándol endereçar.»

[75] E. Caldera, art. cit., págs. 31 y ss., especialmente donde entre otras cosas dice: «Il ricorso all'*exemplum,* che si verifica pertanto come un fatto non più incidentale o, al massimo, complementare ma dichiaratamente strutturale, si propone così come scelta consapevole di un genere ben determinato, il

por influjo de la orden dominica, cuyo interés por conseguir una predicación *(Ordo praedicatorum)* amena y asequible consagró la utilización de *exempla* y originó las primeras colecciones[76].

El afán didáctico, pues, preside todo *El Conde Lucanor,* no sólo la elección del *exemplum* («E fazervos he algunos enxiemplos porque la entendades mejor»), sino también la del marco (consejero-aconsejado), forma predilecta de la narrativa oriental, en la que aquéllos se insertan; y el mismo empeño condicionó su estilo: como el médico endulza la medicina, «... por razón que naturalmente el fígado se paga de las cosas dulçes... a esta semejanza... será fecho este libro, e los que lo leyeren si por su voluntad tomaren plazer de las cosas provechosas que ý fallaren, será bien; e aun los que lo tan bien non entendieren, non podrán escusar que, en leyendo el libro, por las palabras falagueras e apuestas que en él fallarán, que non ayan a leer las cosas aprovechosas que son ý mezcladas, e aunque ellos non lo deseen, aprovecharse an dellas...»[77]. Se trata del clásico *miscere utile dulci:* con el señuelo de la amenidad, se moraliza y enseña.

En cada ejemplo de don Juan Manuel la enseñanza proviene de varios elementos[78]: de la *historia,* ejemplar en sí (además de ser ilustración de un contenido doctrinal,

---

quale permette appunto a Juan Manuel di realizzare quell'accordo perfetto tra narrativa e didattica che era implicito nelle affermazioni del prologo. Quando lo scrittore vi si rivolse, l'*exemplum* stava, per così dire, avviandosi verso l'ultima tappa della sua storia, quando cioè i suoi fermenti narrativi avrebbero prevalso e l'avrebbero trasformato in novella. Juan Manuel se ne appropriò e lo fissò, ci si passi l'immagine, nel punto culminante della parabola, quando l'impeto didattico originario non s'era ancora esaurito ma già si ammorbidiva in più distesi moduli narrativi» (pág. 32).

[76] Vid. la primera de las «Tres notas sobre don Juan Manuel», de María Rosa Lida, art. cit., págs. 92 y ss.

[77] «Ca tengo —dice en otro lugar— que mejor es que la escriptura seya ya quanto más luenga, en guisa quel que la ha de aprender la pueda bien aprender, que non que el que la faze reçelando quel' ternán por muy fablador, que la faga tan abreviada que sea tan escura que non la puede entender el que la aprende» *(Libro de los Estados,* págs. 311 y 312).

[78] Cfr. A. Várvaro, «La cornice del *Conde Lucanor»,* en *Studi di letteratura spagnuola,* Roma, 1964, págs. 187-195. Vid. especialmente págs. 189 y ss.

adquiere por sí misma valor de demostración convincente); de la solución interna del problema que en ella se plantea y por la semejanza con la cuestión planteada en el marco se deduce una enseñanza[79]; del *marco mismo* (diálogo de Lucanor y Patronio, que abre y cierra la narración), y de los *versos finales,* que condensan y resumen la ejemplaridad (el autor en ellos parece abandonar de momento su papel de narrador y asume el de didáctico para acabar con unas palabras que, aunque suyas, parecen no pertenecerle: don Juan Manuel objetiva de algún modo su código personal de conducta haciéndolo universal)[80]. A estos tres elementos de los que proviene la moralidad cabría añadir las frases de contenido doctrinal[81] —podríamos llamarlas sapienciales»—, que, a modo de paréntesis hábilmente incrustados, aparecen a lo largo de todo el libro, tanto en el marco como en el relato. Así, don Juan Manuel logra reunir en su obra todos los procedimientos que la tradición oriental y

---

[79] Nótese cómo en algunos ejemplos la enseñanza que extrae Patronio no es la que podría esperarse de la historia; hay una adaptación de los contenidos a los intereses específicos del autor.

[80] Para Várvaro (art. cit.) se trata del tercer momento en que se fracciona la parte didáctica de cada ejemplo: «il terzo, quello di don Johan, affiora solo alla fine ed è addirittura esterno all'esempio vero e proprio, secondo la ben nota tendenza, caratteristicamente spagnola, a fare interferire il piano dell'autore con quello dell'opera» (pág. 189), remitiendo a las ya citadas *Tres notas...,* de María Rosa Lida. El mismo autor señala también una progresiva generalización y gradual abstracción de la parte didáctica: del caso particular del relato, vamos a su aplicación por Patronio al caso planteado por Lucanor al principio (Patronio «non interviene esclusivamente per illustrare in se stesso l'insegnamento contenuto nel racconto ma ha il preciso compito di riportarlo al piano del problema posto all'inizio...»), y de aquí, con la intervención del autor, a su máxima generalización. («Una funzione identica ha alla fine l'inatteso intervento di don Johan, che a sua volta si fa mediatore fra la fittizia realtà del piano del conte Lucanor e la quotidiana problematica del piano dei lettori», pág. 190.) En esta generalización progresiva está la causa —según él mismo— de que don Juan Manuel no elabore más el marco de su libro: «... un maggiore rilievo narrativo presupporrebbe un più segnato risalto della loro personalità e una più precisa caratterizzazione del loro piano e quindi inevitabilmente una maggiore distanza dal lettore» (pág. 191).

[81] Este tipo de frases, abundantísimas, recuerdan la literatura de carácter gnómico o sentencioso, tan abundante en la literatura medieval.

europea le ofrecían como recursos didácticos: el diálogo, el *exemplo,* el proverbio y la exposición o argumentación[82].

Finalmente, la intención didáctica del libro —don Juan Manuel no podía ser infiel a su vocación como hombre noble y culto ni a la herencia de su tío— está implícita en el deseo de abarcar todos los aspectos de la condición humana: «E sería maravilla —dice también en el prólogo— si de qualquier cosa que acaezca a qualquier omne, non fallare en este libro su semejança que acaesçió a otro»[83].

El público de su obra

Todo mensaje lingüístico —y, por tanto, toda obra literaria— está condicionado de algún modo por el destinatario o público al que va destinado. En el prólogo de *El Conde Lucanor,* don Juan Manuel circunscribe el público de su obra: «lo fizo por entençión que se aprovechassen de lo que él diría las gentes que non fuessen muy letrados nin muy sabidores. E por ende, fizo todos los sus libros en romançe e esto es señal çierto que los fizo para los legos e de non muy grand saber commo lo él es». El autor está contraponiendo dos estratos culturales existentes en la Edad Media que condicionan y, a la vez, explican la total manifestación literaria medieval: clérigos y legos. Y, como anota Caldera, «la contraposición *legos-letrados* no se basa, pues, en una relación entre cultura e incultura, sino entre cultura romance (laica) y erudición latina (eclesiástica)»[84]. El autor castellano —sigue diciendo— parece dirigir su obra («fizo todos los sus libros en romançe...»)[85]

---

[82] Vid. G. Orduna, art. cit. en nota 73, pág. 138.

[83] Vid. M. Ramona Rey, «El *Libro de Patronio* como guía de vida», en *Trabajos de historia filosófica, literaria y artística del Cristianismo y Edad Media,* México, El Colegio de México, 1942, págs. 283-320.

[84] Art. cit., pág. 65. Para este apartado tenemos muy en cuenta lo que dice.

[85] Al escribir *en romance* sus libros don Juan Manuel muestra tener conciencia —heredada de su tío Alfonso el Sabio— de la validez del castellano frente al latín y de la posibilidad de competir con éste como lengua de cultura.

a una *élite* de personas «cultas» en lengua vulgar, contrapuestas a los eruditos latinos[86], los clérigos; escribe para un selecto público perteneciente a su misma clase social y de parecida cultura («de non muy grand saber commo lo él es»), «en definitiva, al mundo de la nobleza que a partir del *Libro de los Estados* absorbe todo el interés del escritor».

No hay que pensar, sin embargo, que las enseñanzas del libro —aunque siempre dentro de una moral caballeresca, normal en un hombre de su condición— vayan dirigidas sólo y exclusivamente a la nobleza[87]; tienen validez universal y eran aplicables tanto a la nobleza como al vulgo. Lo que nos interesa destacar es que, aparte los temas —que veremos más tarde— y su posición de defensor de la concepción jerárquica de la sociedad, hay en el libro elementos que corroboran la idea de que don Juan Manuel escribió para la clase social a la que pertenecía. Su público oyente/lector condicionó la elección de los personajes del marco: Lucanor-Patronio *(defensores-oradores),* y los problemas serán planteados por el autor —representante de una clase orgullosa y segura de su poderío, no lo olvidemos— desde la perspectiva del conde, y ésta no será sino estamental («segund el mio estado»). «La fundamental constitución nobiliaria del *Libro de los estados* —dice Caldera— no se pierde ni siquiera en las más dúctiles estructuras narrativas del *Lucanor*»[88].

Y además no es sólo la elección del *exemplo* lo que responde también a este condicionamiento, sino el estilo[89] y

---

[86] Vid. *supra.*

[87] Cfr. I. Macpherson, «Dios y el mundo — the didacticism of *El Conde Lucanor*», en *Romance Philology,* 24 (1970), págs. 23-28.

[88] Art. cit., pág. 120.

[89] «La raffinatezza lessicale e descrittiva, la ricchezza dei mezzi espressivi, la dimostrazione di quanto la lingua romanza possa competere con la latina fino ad appropriarsene i moduli stilistici sono altrettanti sintomi della ricerca di un linguaggio *apuesto* alle peculiari esigenze dei lettori. Perfino l'adozione dell'*exemplum* sembra rispondere alle medesime finalità di parlare a una categoria di persone che istintivamente avrebbero rifiutato l'aggressiva inmediatezza di un discorso troppo diretto e incalzante, mentre si sarebbero compia-

algunos otros rasgos, como la minuciosidad con la que describe escenas y ambientes muy del gusto de la nobleza (palacios, presencia de juglares, escenas cortesanas, de caza, etc.), las alusiones a personajes históricos (Ricardo Corazón de León, Fernán González, etc.) o a pormenores como la rivalidad entre franceses e ingleses o a las tierras que repoblaron Alvar Fáñez y Pedro Ansúrez, detalles todos que sólo la nobleza recordaría; hay además alusiones y consejos propios para un determinado estamento social: sobre la guerra o cómo defender una fortaleza, etc. Finalmente, lo es también el situar temas tradicionales en su misma época o inmediatamente anterior.

Don Juan Manuel, pues, se dirige a los nobles *(defensores)* sin perder nunca de vista la finalidad didáctica que preside toda su obra. En *El Conde Lucanor,* su lector no sólo encontrará con «palabras falagueras e apuestas» personajes, ambientes y situaciones que le serán conocidos, sino que la meta final de su libro será hacer la apología de su propio estamento, delinear la perfecta y generosa figura del *noble defensor,* caracterizada por la magnanimidad, el sentido caballeresco, el amor por las cosas bellas y refinadas, no divorciado de un sentido práctico que se realiza en la sagaz defensa del *estado* y la *onra*[90].

Los temas

Los temas que trata don Juan Manuel en toda su obra, y en concreto en *El Conde Lucanor,* están del todo justificados no sólo por el público al que se dirige, sino también por su ideología personal y de clase. María Rosa Lida señaló[91] cómo buena parte del pensamiento, sobre todo re-

---

ciute di un insegnamento più garbato e allettante, affidato alla morbidezza della narrazione» (Caldera, art. cit., págs. 65 y ss.).

[90] Caldera, art. cit., pág. 86.
[91] Art. cit., págs. 97 y ss.

ligioso, del autor se remonta al ideario dominico; la defensa del orden social establecido, su doctrina afirmadora de la sociedad, se debe al contacto con la orden de los predicadores y, especialmente, a los hábitos mentales de una clase social que poco a poco veía menguado su poder. «Es don Juan Manuel —dice L. de Stefano— el que representa de modo más fiel el espíritu del hombre que pasa de la alta Edad Media a la baja, y más restringidamente el de una "clase" guerrera que a la vez reunía poder y riqueza»[92]. Por sus ideas políticas[93], por su visión del mundo, nuestro autor pertenece a una clase social en decadencia enfrentada a la nueva sociedad que va naciendo en la Península. En este momento de crisis, don Juan Manuel parece querer superarla volviendo a los valores de la tradición caballeresca, revalorizando la figura del *defensor* perfecto.

En general, podría decirse que don Juan Manuel trata los mismos temas que preocupaban a cualquier moralista de la época y que podrían concretarse en los siguientes: aspiraciones y problemas en los dominios espiritual (angustia metafísica: problema de la salvación) y material, político y social (la guerra y la paz: problema de la riqueza, etc.); observaciones sobre el comportamiento humano (el autor parece analizar los hábitos mentales y morales de sus contemporáneos), con predilección marcada por determinados vicios y virtudes considerados como esenciales (engaño, mentira, soberbia, fidelidad, amistad, etc.). Estos últimos son planteados más dentro de una necesidad de moralización que de sátira, y todos son problemas del hombre en general más que propios de una clase social determinada, aunque sea la perspectiva desde la que los plantea el autor la que confiere una concreta dirección a su didactismo, la que relaciona sus *exemplos* con la situación concreta del noble.

---

[92] Art. cit., pág. 353.
[93] Vid. J. M. Castro y Calvo, *El arte de gobernar en las obras de Don Juan Manuel,* Barcelona, CSIC, 1945.

Los principios ordenadores y que estructuran temáticamente el libro pueden ser resumidos en los mismos que el autor reclama en tantas ocasiones: «salvamiento de las almas e aprovechamiento de sus cuerpos e mantenimiento de sus onras e de sus estados». En torno a estos tres ejes giran todos los principios morales y enseñanzas prácticas (no tiende a dar reglas morales, sino reglas de conducta práctica), que se concretan y toman vida en cada uno de los *exemplos.*

En un plano trascendente (hombre en relación con Dios) —no olvidemos que la sociedad medieval es esencialmente teocéntrica—, el principal problema es el de la salvación, y ésta dentro del propio estado (no se olvide que ha sido el eje central del *Libro de los Estados);* en torno a él aparecen otros temas como la predestinación, la providencia, la amistad con Dios, etc.; la última parte del libro es una especie de ensayo, no muy original, sobre lo que se debe saber «para ganar la gloria del Paraíso». En otro plano (hombre en relación consigo mismo y con los demás), los temas tratados están condicionados y se basan en la honra y prez del caballero: la fama, la amistad, el desinterés, la gratitud, la prudencia, las malas consecuencias de la ira, la codicia, la soberbia, la adulación, etc. La posición, sin embargo, de don Juan Manuel ante la vida no siempre se puede decir que se inspira en la moral más estricta: el disimulo y la cautela son consejos frecuentes en el libro.

Entre tan variados temas destaca el del consejero, que, además de formar parte de la base estructural de la obra, se convierte en central; del consejero se hace una continua alabanza y se insiste en su necesidad: «que non vos fiedes en vuestro seso e que vos guardedes que vos non engañe la voluntad, e que vos consejedes con los que entendiéredes que son de buen entendimiento e leales e de buena poridat»[94].

---

[94] Cfr. *Ex. II.*

Estructura

Si *El Conde Lucanor* no tiene unidad temática, sí la tiene estructural; con sus elementos artísticamente trabados y en recíproca exigencia, su estructura llama poderosamente la atención y, sin embargo, no representa novedad alguna en el panorama literario de su tiempo; los relatos insertados en un marco eran procedimiento frecuente y predilecto en la narrativa oriental. En este apartado vamos a analizar muy brevemente la composición de la primera parte, que frente a las cuatro restantes ha usurpado el título de toda la obra; una serie de planos interrelacionados hábilmente dan una unidad formal y una estructura que se repite a lo largo de los cincuenta y un ejemplos.

Toda la primera parte del libro es una larga línea constituida por una serie de sucesivas cuestiones en la que se insertan unas historias que funcionan como argumentos probatorios *(exempla)* y se estructura sobre un eje dialogístico[95] («en manera de un grand señor que fablava con su consegero»); ante una pregunta (deseo de saber) del conde, Patronio contesta con un relato (hecho probatorio) del que se extrae (explícitamente) una enseñanza que, con

---

[95] E. Caldera señala que el diálogo es una vocación constante de don Juan Manuel, en sus obras aparecen siempre personajes que dialogan: el caballero y el escudero, Julio y Johas, el propio autor y su hijo, etc., y cuando falta el «deuteragonista», se lo inventa, como en el caso de Fray Johan Alfonso en el *Libro de las armas*. En *El Conde Lucanor*, el diálogo «investe propriamente la struttura dell'opera, conferendole quell'andamento rigorosamente dualistico che si manifesta attraverso un gioco di perfette simmetrie. Il dialogo che s'instaura fra Lucanor e Patronio si ripropone infatti in altre coppie di rapporti dialettici: cornice-esempio, didattica-narrativa, formule iniziali-formule finali, particolare-universale e via discorrendo...» (art. cit., pág. 68). Vid. además F. Gómez Redondo, «El diálogo en *El Conde Lucanor*», en *Manojuelo de estudios literarios ofrecidos a J. M. Blecua*, Madrid, MEC, 1983, págs. 45-58.

la presencia del autor, que la resume en unos versos, pasa a la vez a un plano de validez general[96].

En cada *exemplo* existen fundamentalmente tres elementos o tres planos que se repiten invariablemente y que

---

[96] Al revisar el libro para la 9.ª edición (la 1.ª apareció en 1976) creemos importante destacar el desarrollo alcanzado en el análisis estructural de la obra de don Juan Manuel, análisis que intentamos esbozar entonces en lo que sigue de esta breve introducción y en la nota 1 de algunos ejemplos. Cfr., entre otros, A. Díaz Arenas, «Intento de análisis estructural del *Exemplo XVII* de *El Conde Lucanor* y formulación de una estructura válida para todos los otros», en *VII Centenario*, págs. 89-102. También J. Romera Castillo, en *Estudios sobre «El Conde Lucanor»*, Madrid, UNED, 1980, quien, en términos de crítica semiótica, estructura cada ejemplo en tres *secuencias,* que a su vez constan de tres *funciones núcleo.* Así, distingue:

«S_1 **Petición y donación de consejo ante una situación vital:**

F_1 Planteamiento de una pregunta por Lucanor a Patronio.
↓
F_2 Medios que pone Patronio para aconsejar al conde.
↓
F_3 Resultado positivo al aceptar Lucanor el consejo.

S_2 **Relato de un enxiemplo:**

F_1 Planteamiento del caso ejemplar.
↓
F_2 Desarrollo del ejemplo.
↓
F_3 Conclusión.

S_3 **Formulación de una sentencia:**

F_1 Constatación por don Juan Manuel de que el ejemplo es bueno.
↓
F_2 Medios empleados: lo manda escribir en el libro.
↓
F_3 Síntesis conceptual plasmada en los *viessos.*»

«Desde el punto de vista de la sintagmática textual [...], podemos constatar que S_2 está enclavada en la S_1, que es la de mayor extensión, y que la S_3 es consecuencia de las dos anteriores» (pág. 15). El esquema de cada ejemplo sería, según Romera Castillo, el siguiente (vid. lo que decimos en las páginas siguientes):

se relacionan entre sí, tanto en lo didáctico[97] como en lo narrativo[98]; son el *marco,* la *historia* y los *viessos.* Pasamos a analizarlos muy brevemente.

El marco

Anunciado ya en el prólogo («de aquí adelante començaré la manera ['materia'] del libro, en manera de un grand señor que fablava con un su consegero. E dizían al señor, conde Lucanor, e al consegero, Patronio»)[99], tiene un valor meramente funcional: abre y cierra cada relato y sirve de engarce entre ellos. Generalmente tiene un breve

$$
S_1 \begin{cases} F_1 \\ \downarrow \\ F_2 \longrightarrow S_2 \begin{cases} F_1 \downarrow \\ F_2 \downarrow \\ F_3 \end{cases} \\ \downarrow \\ F_3 \Longrightarrow S_3 \begin{cases} F_1 \downarrow \\ F_2 \downarrow \\ F_3 \end{cases} \end{cases}
$$

Vid. también María del Carmen Bobes Naves, «Sintaxis narrativa en algunos *ensiemplos* de *El Conde Lucanor*», en *Comentario de textos literarios,* Madrid, Cupsa, 1978, págs. 43-66.

[97] Cfr. *supra,* pág. 40.

[98] Sería interesante analizar los hábiles recursos con que el autor enlaza estos tres planos, e incluso las diferentes partes en que éstos a su vez se subdividen, los cuales refuerzan la unidad estructural de cada *exemplo.* Valga como muestra el intencionado enlace entre la historia del halcón, el águila y la garza, que termina: «... tornó el falcón a la garça e matóla. E esto fizo porque tenía que la *su caça* non la devía dexar, luego que fuesse desenbargado de aquella águila que gela enbargava», y lo que llamaremos *envío* o vuelta al problema planteado por el conde a Patronio; éste dice: «E vos, señor conde..., pues sabedes que la *vuestra caça* e la vuestra onra e todo vuestro bien...» *(Ex. XXXIII).*

[99] Sobre la procedencia de los dos nombres, M. de Riquer, «Lucanor y Patronio», en *Estudios ofrecidos a Emilio Alarcos Llorach,* II, Oviedo, 1978, páginas 391-400. R. Tate, «*El Conde Lucanor:* the name», *La Corónica,* XV (1986-87), págs. 247-251.

desarrollo —ocupa a veces unas breves líneas[100]—, en el que se desecha todo tipo de enredo novelesco; el autor no le confiere verdadera autonomía estética[101], quedando desdibujado; sin embargo, tampoco se contenta con la simple sucesión de historias: su finalidad didáctica así se lo exigía, y como hemos señalado antes, en él se contiene gran parte de la enseñanza que se propone dar.

Tras una breve frase introductoria[102], en la que se reitera la presencia de los dos interlocutores[103] («Acaesçió una vez que el conde Lucanor estava fablando en su poridat con Patronio, su consegero e díxol... Otra vez acaesçió que el conde Lucanor fablaba con Patronio, su consegero, e díxol cómmo estava...»)[104], el conde inicia el diálogo. Este segmento puede ser dividido en varias partes, que, aunque no siempre, suelen aparecer en un orden fijo[105]: tras una llamada («Patronio»), el conde plantea el problema, aludiendo a la persona o situación causa del mismo y refiriéndolo siempre a un nivel personal[106] («a mí acaes-

---

[100] En ocasiones el marco se agranda y adquiere valor sustantivo; la estructura casi esquemática se rompe y tanto el planteamiento como el *adelanto* o el *envío* final se hacen más extensos, por ejemplo, *Ex. III.*

[101] Vid. A. Várvaro, art. cit., pág. 191. Vid. *supra,* nota 80.

[102] Caldera anota que en los 51 ejemplos existen 33 fórmulas iniciales diversas (23 aparecen una sola vez, 7 dos veces, 1 tres, 1 cinco y 1 seis veces) y 35 finales (29 una sola vez, 2 dos veces, 3 tres veces y 1 nueve veces), y afirma: «Come pure dimostrazioni di abilità sembra pertanto di dover classificare... le numerose varianti apportate alle formule iniziali e conclusive, le quali, per la loro stessa collocazione, meglio sono destinate a colpire chi legge» (art. cit., págs. 32 y ss.).

[103] Los personajes del marco, aunque no parecen tener otra función que la de simples presentadores de las historias, adquieren a lo largo del libro cierto relieve psicológico. Cfr. E. Caldera, art. cit., págs. 70 y ss.

[104] Existen muestras de estilo directo e indirecto, aunque presentan mucha mayor proporción las primeras. En las historias, sin embargo, es habitual la forma indirecta.

[105] Somos conscientes de la generalización que supone lo que sigue, al igual que de lo discutible de los términos utilizados: *adelanto, envío...*

[106] Es evidente que la utilización de la primera persona o nivel personal (valor de experiencia) —al igual que la fórmula autobiográfica del *Libro de Buen Amor* (cfr. María Rosa Lida, art. cit. en nota 67, págs. 17 y ss.), por ejemplo— tiene mayor validez como vehículo didáctico.

çió..., yo he un amigo..., dos hermanos que yo he..., muchos omnes me dizen...»); una duda, un temor, una sospecha..., da lugar a una petición de consejo[107] («... dezitme e aconsejadme lo que vos pareçe..., que cuidedes e me consejedes..., ruégovos que algún conorte ['consuelo'] me dedes para esto...»), unida a una breve alabanza del consejero («e por el buen entendimiento que vos avedes.... vos avedes tal entendimiento que omne de los que son agora en esta tierra non podría dar tan buen recabdo a ninguna cosa quel preguntassen commo vos...»).

La respuesta de Patronio no se hace esperar: comienza también por un vocativo («Señor conde Lucanor») y un tópico de humildad («vien entiendo que el mio consejo non vos faze grant mengua..., bien sé yo que vos fallaredes muchos que vos podrían consejar mejor que yo...»)[108], a los que sigue un propósito de aconsejar al conde y un *adelanto* o anticipación tanto de la solución didáctica final (en alguna ocasión muy extensa) como de la historia (ésta siempre es, al menos, enunciada).

Tras una breve aparición del narrador («El conde le preguntó cómmo / qué fuera aquello», con rarísimas variaciones) comienza la historia. Tras ésta se vuelve al marco. Este segundo segmento se distribuye a su vez en dos partes que enlazan con el primero: el *envío,* que no es sino una vuelta desde la narración al problema planteado al principio (se enlazan aquí con frecuencia el problema, el adelanto, la historia) y donde se le da la solución. Se abre también con una llamada («E vos, señor conde») y en él se contiene fundamentalmente la parte didáctica del *exemplo:* el consejero extrae la ejemplaridad de la historia contada y la aplica a la situación particular del conde. Una segunda parte señala el *límite del marco;* en ella se hace pre-

---

[107] En alguna ocasión, el consejo de Patronio es resultado de una situación o estado de ánimo del conde; por ejemplo, *Exemplo XXXVI.*

[108] A medida que el libro progresa, estas expresiones de modestia van disminuyendo, mientras que no desaparecen los elogios que Lucanor hace de la sabiduría del consejero.

sente el narrador, que brevemente lo cierra («al conde plogó esto mucho..., tovo este por buen consejo..., fízolo segund Patronio le aconsejó..., e fallóse dello muy bien...»), antes de dar paso a la presencia del autor, quien con los versos rubrica todo el ejemplo.

La historia

Es esta parte del *exemplo* la que hoy todavía conserva un inapreciable valor; en ella don Juan Manuel se nos muestra en toda su plenitud como narrador, y al conocer las fuentes de casi todos los cuentos, podemos comprobar su arte y originalidad[109].

Entre las historias (fábulas, apólogos, relatos heroicos, etc.) no existe otro nexo que el que proporciona el marco. El paralelismo del tema de la historia con el de aquél es a veces tan estrecho que podría pensarse que en la mayoría de las ocasiones el autor parte de la historia para la creación del diálogo del marco.

Sus asuntos son muy variados: los hay de origen oriental, clásico, arábigo-hispano, de historia o seudohistoria española, etc., y, en general, su estructura narrativa es muy simple: tras la aparición del personaje o personajes y su situación en el espacio y tiempo[110] sigue inmediatamente el nudo, el desarrollo del mundo novelesco estructurado por el acontecimiento y los personajes; en alguna ocasión se anticipa parte del desenlace, estableciéndose una especie de puente o arco narrativo.

Muy difícil sería establecer una línea general de desarrollo que abarcase la amplia gama y los diferentes recursos

---

[109] Vid. R. Ayerbe-Chaux, *El Conde Lucanor. Materia tradicional y originalidad creadora*, Madrid, Porrúa, 1975.

[110] Su imprecisión recuerda a veces la del cuento popular: «En una tierra de que me non acuerdo el nombre, avía un rey...» *(Ex. LI)*. Cfr. John England, «'¿Et non el dia del lodo?'': The Structure of the Short Story in *El Conde Lucanor*», en *Studies*, págs. 69-86.

del cuento de don Juan Manuel. Todos ellos, cada uno con características distintas e irrepetible, tienen algunos rasgos en común que la crítica ha señalado repetidamente: la medida arquitectura de su trama, el fino trazado de los caracteres de los personajes[111], menos descritos que captados en sus hechos y palabras, el sabio manejo del tiempo, etc.; pero, sobre todo, la creación de ambientes, distintos en cada cuento, y más sugeridos que descritos[112].

Los versos finales

El cierre de cada *exemplo* se produce con la intervención del propio autor, el cual se convierte en mediador entre el universo narrado y el lector («E porque entendió don Johan que este enxiemplo era muy bueno fízolo poner en este libro..., e fizo estos viessos en que está avreviadamente toda la sentençia deste enxiemplo»)[113]. Esta intromisión de don Juan Manuel, que aparece en algunas otras de sus obras, es —según María Rosa Lida— resultado de la tendencia española a hacer interferir el plano del autor con el de la obra[114] y una prueba más de su conciencia de escritor.

Los versos[115] en que se condensa la enseñanza de cada

---

[111] Son muy numerosos y diversos los personajes que aparecen en los cuentos tanto históricos como ficticios. Todos ellos están actualizados (por ejemplo, el avaro o prestamista de los ejemplarios se convierte en genovés, *Ex. IV;* el nigromante, en don Illán de Toledo, *Ex. XI,* etc.) e incluso cuando se trata de una figura genérica reciben un complemento de especificación (deán de Santiago, conde de Provenza, etc.). Don Juan Manuel profundiza y transforma la elemental psicología de los personajes de sus fuentes y los convierte en seres vivos y complejos. Vid. R. Ayerbe-Chaux, *ob. cit.,* cap. I, páginas 1 y ss.

[112] Vid. nota primera de cada *exemplo,* donde aparte señalar sus fuentes indicamos algunos de sus caracteres estilísticos y estructurales.

[113] Cfr. lo dicho sobre la intención didáctica.

[114] Art. cit., págs. 118 y ss. y nota 78.

[115] Sobre ellos, vid. F Hansen, «Notas a la versificación de don Juan Manuel», en *Anales de la Universidad,* Chile, 1901, págs. 539-563 (tirada aparte, Santiago de Chile, 1902).

exemplo —con frecuencia repiten palabras e incluso frases enteras del mismo— son frecuentes en la literatura didáctica[116].

Otros aspectos del libro: las fuentes, la influencia oriental, su autobiografismo

La crítica literaria ha sido minuciosa en la búsqueda y análisis de las fuentes de la obra de don Juan Manuel y en especial de *El Conde Lucanor,* y porque conocemos hoy la filiación genética de casi todos sus *exemplos,* podemos hablar de su originalidad y su arte como narrador; Don Juan Manuel utiliza relatos conocidos en su tiempo, ampliamente divulgados por otras colecciones y utilizados con parecida función didáctica y moralizadora[117]; lo importante, pues, y en eso radica su arte, es la recreación que hace de ellos[118]: sólo él supo darles categoría artística y abrir con ellos el camino hacia la futura novela[119]. Al igual

---

[116] Cfr., por ejemplo, el *Libro de los enxemplos por a, b, c,* de Sánchez de Vercial, edición de J. E. Keller, Madrid, CSIC, 1961.

[117] A. Steiger dice que don Juan Manuel «ha relatado magistralmente lo que su siglo le había contado» («El Conde Lucanor», en *Clavileño,* 4, 23 [1953], págs. 1-8).

[118] Vid. R. Ayerbe-Chaux, *ob. cit.*

[119] Es obligada la referencia a Boccaccio, quien sólo trece años después de fechado el *Lucanor,* compuso el *Decamerón.* J. B. Trend considera a don Juan Manuel y a Boccaccio «the inventors of the craft of fiction in modern Europe» (en su edición de *Count Lucanor, or the Fifty pleassant tales of Patronio,* Londres, s. f., pág. XXII). Ya Menéndez Pelayo señaló al trazar el paralelo entre ambas obras que «el cuadro de la ficción general que enlaza los diversos cuentos es infinitamente más artístico en Boccaccio que en don Juan Manuel; las austeras instrucciones que el conde Lucanor recibe de su consejero Patronio no pueden agradar por sí solas como agradan las introducciones de Boccaccio cuyo arte es una perpetua fiesta para la imaginación y los sentidos. Ade-

que Boccaccio en Italia y Chaucer en Inglaterra, recogió toda una tradición cuentística anterior y la llevó a su más alta cumbre, y sólo en contados ejemplos puede asegurarse la versión del cuento preferida por el autor[120]. Don Juan Manuel asimila, combina y transforma con plena conciencia artística un material narrativo ya existente; varía la construcción, insiste en los detalles y situaciones que sirven a su propósito, gradúa los elementos de la intriga, varía la relación de las diferentes partes, los actualiza incrustando en ellos observaciones de la realidad contemporánea y, sobre todo, humaniza los personajes y confiere atmósfera novelesca, transformando los esquemáticos cuentos de los ejemplarios en verdaderas novelas cortas[121].

Las fuentes más numerosas parecen ser dominicas y arábigas[122]. En relación con estas últimas hay que remarcar que uno de los aspectos más significativos de la historia y de la literatura españolas durante la Edad Media es la prolongada y fructífera interacción de dos culturas diferentes dentro del mismo territorio: la islámica y la cristiana; desde el siglo VIII al XIV, con su continuación por la supervivencia del reino de Granada hasta fines del XV, España fue el punto de contacto entre Oriente y Occidente[123].

---

más, el empleo habitual de la forma indirecta del diálogo comunica cierta frialdad y monotonía a la narración; en este punto capital, Boccaccio lleva notable ventaja a don Juan Manuel y marca un progreso en el arte. Y, sin embargo, el que lea los hermosísimos apólogos... no echa de menos el donoso artificio del liviano novelador de Certaldo y se encuentra virilmente recreado por un arte mucho más noble, honrado y sano, no menos rico en experiencia de la vida y en potencia gráfica para representar e incomparablemente superior en lecciones de sabiduría práctica...» (*Orígenes de la novela*, vol. I, Madrid, 1925, pág. LXXXIX).

[120] S. D. Devoto, *ob. cit.*, pág. 353, prefiere hablar de relatos «paralelos» más que de fuentes. Para éstas, vid. nota 1 de cada *exemplo*.

[121] Vid. S. Bataglia, «Dall'esempio alla novela», en *Filologia Romanza*, VII (1960), págs. 21-84.

[122] María Rosa Lida, art. cit., págs. 96 y ss., subraya también (págs. 111 y ss.) la actitud de don Juan Manuel al no señalar sus fuentes, contraria a la de los otros escritores medievales.

[123] Vid. Menéndez Pidal, *España, eslabón entre la Cristiandad y el Islam*, Madrid, Espasa-Calpe, 1956.

Era natural que una cultura más avanzada, como era la islámica, se constituyese en polo de atracción para don Juan Manuel; no es difícil imaginar su inclinación y simpatía hacia una cultura literaria y científica que había gozado de la protección de su tío Alfonso el Sabio, en cuya corte se tradujeron obras que, sin duda, debió conocer.

La influencia árabe en el escritor castellano es incuestionable. En toda su obra —como en tantas otras de los siglos medievales[124]— se hace patente la relación que durante toda su vida tuvo con los árabes, unas veces aliados, las más enemigos.

Para María Rosa Lida, don Juan Manuel «parece deber al árabe relatos que no existían en latín ni en romance *(XX, XXI, XXIV, XXX, XXXII, XXXV, XLI, XLVI, XLVII)* y en ellos suele mantener el ambiente árabe original»[125]. A éstos Diego Marín[126] añade el *XXV*, y de su examen extrae las siguientes características que lo confirman: los temas, «la técnica típicamente oriental del *arco lobulado* o encasillamiento de narraciones subsidiarias dentro del marco general de la historia que las enlaza a todas», las citas de dichos proverbiales árabes[127] y la conservación de la atmósfera árabe (idealización del esplendor cortesano, alusiones a costumbres de los moros, etc.)[128].

---

[124] Cfr. el *Libro de Buen Amor,* que con la obra de don Juan Manuel viene a ser «la expresión literaria más perfecta del impacto árabe en la vida castellana de mediados del siglo XIV» (María Rosa Lida, art. cit. en nota 67, pág. 74).

[125] Art. cit., pág. 97.

[126] En «El elemento oriental en don Juan Manuel: síntesis y revaluación», en *Comparative Literature,* VII, 1, Eugene, Oregon, 1955, págs. 1-14.

[127] Vid. A. R. Nykl, «Arabic phrases in *El Conde Lucanor*», en *Hispanic Review,* 10 (1942), págs. 12-17.

[128] D. Devoto, al referirse al *Ex. XXXV,* distingue atinadamente entre «cuento árabe», «cuento de origen árabe» y «cuento de ambiente árabe». Del primer tipo («cuento propio de los árabes, narrado por ellos») «no puede decirse que muchos de los del *Conde Lucanor* [lo] sean»; pueden pertenecer a esta categoría los *Exemplos XXX* y *XLI,* que recogen tradiciones históricas arábigas. Los «cuentos de origen árabe» son aquellos «cuya introducción en Europa se debe a los árabes», y «de esta procedencia figuran en tantos ejemplarios que es difícil aceptar que don Juan Manuel bebía en la fuente arábiga to-

El mismo autor señala también como fruto de la influencia oriental «el elemento personal y autobiográfico del libro»[129]. Si a aquélla debe algunos recursos estilísticos, rechazó otros como «la construcción informe, la retórica florida y los vuelos imaginativos entre la realidad y la fantasía, sustituyéndolos por un sobrio sentido de la forma estructural y del desarrollo psicológico que representan la mayor contribución a la creación de la novela occidental». En resumen, la influencia árabe en don Juan Manuel «debe buscarse no tanto en las fuentes literarias que utiliza, más indirecta que directamente, como en el espíritu árabe que en él alienta inconscientemente y que contribuye en parte a integrar su mentalidad»[130].

Finalmente, otro de los aspectos del libro que se han señalado es el del autobiografismo. Si bien en el *Lucanor* como en sus otras obras hay una presencia constante del autor que incorpora a él su vida[131], no quiere esto decir que haya de interpretarse el libro —como quería Giménez Soler— desde un punto de vista biográfico[132]. Como

---

das estas ficciones que, en su tiempo, eran a la vez europeas y latinas». Respecto al tercer tipo y refiriéndose al *Exemplo XXXV* dice: dictaminar que un cuento es de origen oriental «basándose sobre la presencia de elementos orientales... me parece una simplificación excesiva. Los elementos orientales abundan en la obra de don Juan Manuel, y no podía ser de otro modo, dada la peculiar constitución de su país. Pero creo, firmemente, que un gran número de elementos orientales están allí *porque él los puso*» (*ob. cit.*, pág. 433). Se trata, pues, de una preferencia estética del escritor.

[129] «Cuando la literatura occidental —añade D. Marín— era esencialmente anónima y colectiva, dedicada sobre todo al género épico y didáctico, los árabes cultivaban formas personales de literatura en el sufismo, el lirismo y el autobiografismo. Con don Juan Manuel y Juan Ruiz irrumpe en la literatura medieval española este sentimiento del yo con un estilo personal de escribir que era nuevo en la tradición occidental, pero familiar en la islámica» (art. cit., pág. 9). Vid., además, C. Wallhead Munuera, «Three Tales from *El Conde Lucanor* and their Arabic Counterparts», en *Studies*, págs. 101-117. Vid. R. Hitchcock, «Don Juan Manuel's Knowledge of Arabic», *MLR*, LXXX (1985), págs. 594-603. Cfr. Introducción, pág. 22.

[130] Art. cit., págs. 13 y ss.

[131] Vid. *supra*, págs. 26 y ss., nota 33.

[132] *Ob. cit.*, págs. 199 y ss.

cualquier otro autor, don Juan Manuel plantea en su obra los temas y problemas que le preocupan profundamente y vuelca en ella su conocimiento de las cosas y sus experiencias personales, haciendo a sus personajes vehículo de sus ideas, pero esto dista de hacer posible una lectura de *El Conde Lucanor* en clave autobiográfica. Sin duda existe una identificación psicológica del autor con sus personajes y especialmente con el conde Lucanor, pero ésta no es mayor que la de todo escritor con sus criaturas de ficción[133].

Lengua y estilo

Si don Juan Manuel, el primer escritor castellano consciente de su oficio, se preocupa de la corrección, conservación y transmisión fiel de sus escritos, también es plenamente consciente de los recursos estilísticos que utiliza y toda su obra es el resultado de una búsqueda constante de un estilo personal. Si para Alfonso X la lengua tenía un valor esencialmente instrumental, en su sobrino la lengua se hace arte; su ideal fue la selección, claridad y concisión a la vez[134], como correspondía a la finalidad didáctica de su obra («fizo en la manera que entendí que sería más ligero de entender»). Condicionado por su público, intentó y consiguió hacer amena y agradable una enseñanza; fue consciente de que un lenguaje adornado («por las palabras falagueras apuestas que en él fallarán...») captaría mejor la atención del lector/oyente; la retórica así se pone

---

[133] Cfr. E. Caldera, art. cit., págs. 69 y ss. Vid. G. Orduna, «La autobiografía literaria de don Juan Manuel», en *VII Centenario,* págs. 245-258.

[134] En el *Libro de los estados,* Julio elogia el estilo del autor «... es muy buen libro e muy provechoso. E todas las razones que en él se contienen son dichas por muy buenas palabras e por los más fermosos latines que yo nunca oí dezir en libro que fuese fecho en romançe. E poniendo declaradamente complida la razón que quiere dezir, pónelo con las menos palabras que pueden seer» (pág. 389).

al servicio de la narrativa y la didáctica en el *exemplo*[135]. Sin embargo, su prosa, precisa siempre, conserva aún ciertos rasgos reveladores de la inmadurez de la lengua pese al esfuerzo que supuso la obra de Alfonso X[136], como la presencia abrumadora de la copulativa *e... e,* el uso reiterado del verbo *dezir,* aunque inserto en la narración y reemplazado a veces por *contar, preguntar, responder, rogar, hacerse entender* y *dar a entender*[137], etc. Pero también, al igual que aquél, tiene clara conciencia de la autonomía lingüística del castellano; no utiliza sino palabras conocidas de todos, y si utiliza algún latinismo, lo hace constar. Aunque purista en el léxico —abundantísimo por la variedad de asuntos que trata—, los modelos de su prosa son latinos: la estructura del periodo, las simetrías, los paralelismos[138], etc., provienen de su conocimiento del latín[139]. Don Juan Manuel se balancea a lo largo del libro entre la amplificación y la brevedad, dos procedimientos entre los que todo autor debía escoger para elaborar artísticamente su tema; si en la primera parte domina la *amplificatio* (digresiones, iteración sinonímica[140], etc.), en las partes finales, que «revelan —según María Rosa Lida— una consciente

---

[135] Vid. E. Caldera, art. cit., págs. 30 y ss., quien analiza algunas de las figuras retóricas que utiliza.

[136] En relación con la evolución de la prosa española ha sido destacada la influencia que ejerció Sancho IV sobre don Juan Manuel. Vid. Richard P. Kinkade, «Sancho IV, puente literario entre Alfonso el Sabio y Juan Manuel», en *Publications of the Modern Language Association of America,* LXXXVII, 1972, págs. 1039-1051.

[137] K. R. Scholberg, «Sobre el estilo del *Conde Lucanor»,* en *Kentucky Foreign Language Quarterly,* 10, 4 (1963), págs. 198-203. Vid. también del mismo autor «Figurative Language in Juan Manuel», en *Studies,* págs. 143-155.

[138] R. Esquer Torres señala el «paralelismo terminológico y fraseológico» y el «equilibrio y simetría en la distribución terminológica», es decir, la constancia en el orden de repetición «que podría representarse con la fórmula ABBA, y con frecuencia ABCCBA, en perfecto equilibrio» (pág. 432). Aporta numerosos ejemplos. («Dos rasgos estilísticos de don Juan Manuel», en *RFE,* 47 [1964], págs. 429-435.)

[139] Cfr. María Rosa Lida, art. cit., págs. 130 y ss.

[140] G. Marrone, «Annominazione e iterazioni sinonimiche in Juan Manuel», en *Studi Mediolatini e Volgari,* 2, 1954, págs. 57-70.

avidez de experimentación estilística nada común en la literatura medieval castellana»[141], prevalece la *abrevatio,* procedimiento que el autor justifica como intento para agradar a su amigo Jaime de Jérica[142].

El léxico rico y selecto, la adjetivación precisa y colorista, la frase cargada de intención, el equilibrio perfecto entre las partes del periodo, la estructura unitaria de cada uno de sus *exemplos,* convierten a don Juan Manuel en un «estilista cuidadoso siempre de los menores detalles de su lengua, de manifiesta y ferviente inclinación por los medios expresivos más selectos»[143]; en definitiva, en el máximo prosista del siglo XIV[144].

---

[141] Art. cit., pág. 131.

[142] Vid. E. Caldera, art. cit., págs. 33 y ss., y G. Serés, «Procedimientos retóricos de las partes II-IV de *El conde Lucanor*», en *Revista de Literatura Medieval,* VI, 1994, págs. 147-170.

[143] J. Vallejo llega a esta conclusión tras analizar la «expresión concesiva» y «algunos puntos relativos a la expresión adversativa» en la obra de don Juan Manuel. («Sobre un aspecto estilístico de don Juan Manuel», en *Homenaje ofrecido a Menéndez Pidal,* t. II, Madrid, Hernando, 1925, págs. 63-85.)

[144] Vid. F. Abad, «Lugar de don Juan Manuel en la historia de la lengua», en *VII Centenario,* págs. 9-15, y L. Alcalde Cuevas y C. Real Ramos, «El lugar histórico-literario de don Juan Manuel en la naciente prosa artística castellana», en *Manojuelo...,* antes citado, págs. 35-43.

Esta edición

La presente edición reproduce fielmente el texto del manuscrito S (número 6.376, de la Biblioteca Nacional), que, además de *El Conde Lucanor,* contiene otras obras de don Juan Manuel*. El folio 160, que falta, se suple por el manuscrito P. Se han tenido en cuenta las correcciones de otros códices y las de J. M. Blecua en su edición. En algunos casos, cuando se ha creído necesario, se han tenido en cuenta las correcciones de A. Blecua (1980).

Se ha respetado la ortografía del texto, pero:

— Se emplea *i, u* con valor vocálico *(creýa:* creía; *ystoria:* historia; *cuyta:* cuita; *avn:* aun; *vn:* un), y *j, v* con valor consonántico *(conseio:* consejo; *semeia:* semeja; *sobeiana:* sobejana; *cueruo:* cuervo; *touiesse:* tuviese).

— Ante *b* o *p* la tilde de la abreviatura se transcribe *m;* se mantiene en casos como *engañar, daño...*

— Los adverbios *ý, ó* se acentúan, lo mismo que *ál,* cuando significa *lo demás, otra cosa.*

— El signo τ se edita como *e,* a la vez que se unifica la copulativa que muchas veces aparece *et.*

— Respecto de la unión o separación de palabras se siguen criterios modernos.

* Vid. nota 66 de la Introducción.

Bibliografía

Damos a continuación una breve relación de las principales ediciones de *El Conde Lucanor,* así como una selección de las monografías y estudios más importantes sobre el mismo. Prescindimos de las obras generales de historia de la literatura española.

Ediciones

El Conde Lucanor..., dirigido por Gonçalo de Argote y de Molina al muy ilustre señor don Pedro Manuel... Impresso en Sevilla, en casa de Hernando Díaz, año de 1575 (reeditado en 1642 en Madrid). Reimpresión facsímil con prólogo de Enrique Miralles, Barcelona, Puvill, 1978.

El libro de Patronio, o El Conde Lucanor..., edición de M. Milá y Fontanals, Barcelona, Juan Oliveres, 1853.

Libro de Patronio, edición de P. Gayangos, en *Escritores en prosa anteriores al siglo XV,* Madrid, Rivadeneyra, Biblioteca de Autores Españoles, tomo LI, 1860, págs. 367-439.

El libro de Patronio, o por otro nombre El Conde Lucanor..., 2 vols., Vigo, Librería de Eugenio Krapf, 1898; 2.ª ed. en Vigo, 1902.

El libro de los enxiemplos del Conde Lucanor et de Patronio. Text und Anmerkungen aus dem Nachlasse von Hermann Knust. Herausgegeben von Adolf Birch-Hirschfeld, Leipzig, Dr. Seele & Co., 1900.

El Conde Lucanor, prólogo y notas de F. J. Sánchez Cantón, Madrid, Biblioteca Calleja, 1920.

El Conde Lucanor..., edición, observaciones preliminares y ensayo bibliográfico por Eduardo Juliá, Madrid, Librería General de V. Suárez, 1933.

Don Juan Manuel y los cuentos medievales, selección y notas por María

Goyri de Menéndez Pidal, Madrid, Instituto Escuela, Biblioteca Literaria del Estudiante, tomo XXVII, 1936.

Libro de los ejemplos del Conde Lucanor y de Patronio, introducción, edición y notas de Pedro Enríquez Ureña, Buenos Aires, Losada, 1939; reimpreso en 1942, 1947 y 1965.

El Conde Lucanor, edición, estudio y notas por Ángel González Palencia, Zaragoza, Ebro, Biblioteca Clásicos Ebro, núm. 6, 1940; reeditado en 1942, 1945, 1956, 1960 y 1965.

El Conde Lucanor, texto íntegro en versión de Enrique Moreno Báez, Valencia, Castalia, 1953; reeditado en 1962, 1965, 1967, 1969 y 1970; en 1974 (7.ª) incluye la 2.ª, 3.ª, 4.ª y 5.ª partes.

Libro de los ejemplos del Conde Lucanor y de Patronio, prólogo y vocabulario de Juan M. Lope Blanch, México, Universidad Nacional Autónoma, Col. Nuestros Clásicos, núm. 14, Serie de Literatura, 1960.

El Conde Lucanor, o Libro de los Enxiemplos del Conde Lucanor et de Patronio, edición, introducción y notas de José Manuel Blecua, Madrid, Castalia, Clásicos Castalia, núm. 9, 1969.

Libro del Conde Lucanor et de Patronio, edición de Germán Orduna, Buenos Aires, Huelmul, 1972.

Libro del Conde Lucanor, edición, estudio y notas de R. Ayerbe-Chaux, Madrid, Alhambra, 1983.

El Conde Lucanor, en *Obras completas de don Juan Manuel,* tomo II, edición, prólogo y notas de J. M. Blecua, Madrid, Gredos, 1983.

Libro del Conde Lucanor, ed. modernizada, estudio y notas de R. Ayerbe-Chaux y A. Deyermond, Madrid, Alhambra, 1985; reeditado en 1988 y 1989.

El Conde Lucanor, ed. de María Jesús Lacarra, Madrid, Espasa-Calpe, 1990.

El Conde Lucanor, ed. de C. Alvar y P. Palanco, Barcelona, Planeta, 1990.

El Conde Lucanor, ed. de G. Serés, estudio preliminar de G. Orduna, Barcelona, Crítica, 1994.

El Conde Lucanor, ed. modernizada sobre el presente texto de A. I. Sotelo, Madrid, Alianza, 1995.

Bibliografía*

Aparte la *Bibliografía de la literatura hispánica,* tomo III, vol. I, de J. Simón Díaz, Madrid, CSIC, 1963, págs. 257-270, y su *Manual de bibliografía de la literatura española,* Barcelona, G. Gili, 1966, páginas 77-78, es obligada la consulta del libro:

---

* En las notas a cada exemplo citamos generalmente con el nombre del autor y el año de edición.

Devoto, D., *Introducción al estudio de Don Juan Manuel, y en particular de «El Conde Lucanor». Una bibliografía,* Madrid, Castalia, 1972.

Biografía

— Giménez Soler, A., *Don Juan Manuel. Biografía y estudio crítico,* Zaragoza, Tip. La Académica, de F. Martínez, 1932.

Estudios y monografías

Además de otros citados en nota, los más importantes son:

Ayerbe-Chaux, R., *El Conde Lucanor. Materia tradicional y originalidad creadora,* Madrid, Porrúa, 1975.

Barcia, P. L., *Análisis de El Conde Lucanor,* Buenos Aires, Centro Editor de América Latina (Enciclopedia Literaria, España e Hispanoamérica, 27), 1968.

Bataglia, S., «Dall'esempio alla novella», en *Filologia Romanza,* 7, Nápoles, 1960, págs. 21-84.

Battesti, J., *Proverbes et aphorismes dans le «Conde Lucanor», de don Juan Manuel,* en *Hommage à André Joucla-Ruau,* Aix-en-Provence, Université, 1974, págs. 1-61.

Biglieri, A. A., *Hacia una poética del relato didáctico. Ocho estudios sobre «El Conde Lucanor»,* Chapell Hill, North Carolina University Press, 1989.

Blecua, A., *La transmisión textual de «El Conde Lucanor»,* Barcelona, Universidad Autónoma, 1980.

Caldera, E., «Retorica, narrativa e didattica nel *Conde Lucanor»,* en *Miscellanea di Studi Ispanici,* 14, Pisa, 1966-1967, págs. 5-120.

Castro y Calvo, J. M., *El arte de gobernar en las obras de don Juan Manuel,* Barcelona, CSIC, 1945.

Doddis Miranda, A., y Sepúlveda Durán, G., *Estudios sobre don Juan Manuel,* 2 vols., Santiago de Chile, Ed. Universitaria, 1957.

Don Juan Manuel. VII Centenario, Murcia, Universidad y Academia Alfonso X el Sabio, 1982.

Gubern, S., *Sobre los orígenes de «El Conde Lucanor»,* México, Instituto de Estudios Iberoamericanos, 1972.

Hoyos Hoyos, María del C., *Contribución al estudio de la lengua de «El Conde Lucanor»,* Valladolid, Universidad, 1982.

Huerta Tejadas, F., *Gramática y vocabulario de las obras de don Juan Manuel,* Madrid, 1956. Publicado en el *Boletín de la Real Acade-*

mia Española, 34, 1954, págs. 85-87, 88-134, 285-310 y 413-451; 35, 1955, págs. 85-132, 277-294 y 453-455; 36, 1956, págs. 133-150.

LACARRA, M. J., *Cuentística medieval en España: los orígenes,* Zaragoza, Departamento de Literatura Española de la Universidad, 1979.

LIDA DE MALKIEL, María R., «Tres notas sobre Don Juan Manuel: I. Don Juan Manuel y la orden de los dominicos; II. Los refranes en las obras de Don Juan Manuel; y III. Don Juan Manuel, la Antigüedad y la cultura latina medieval», en *Estudios de Literatura Española y Comparada,* Buenos Aires, Eudeba, 2.ª ed., 1969, págs. 92-133.

MACPHERSON, I. (ed.), *Juan Manuel Studies,* Londres, Tamesis, 1977.

MARÍN, D., «El elemento oriental en don Juan Manuel: síntesis y revaluación», en *Comparative Literature,* 7, Eugene, Oregon, 1955, págs. 1-14.

MARSAN, R. E., *Itinéraire espagnol du conte médiéval (VIII-XV siècles),* París, Klincksieck, 1974.

METZELTIN, M., «Los aspectos argumentativos de los ejemplos del *Conde Lucanor*», en *Studia in honorem profesor Martín de Riquer,* IV, Barcelona, Quaderns Crema, 1991, págs. 247-261.

PRETEL MARÍN, A., *Don Juan Manuel, señor de la llanura (Repoblación y gobierno de la Mancha albacetense en la primera mitad del siglo XIV),* Albacete, Instituto de Estudios Albacetenses, 1982.

RICO, F., *El pequeño mundo del hombre,* Madrid, Alianza, 1986.

— «Crítica del texto y modelos de cultura en el *Prólogo general* de don Juan Manuel», en *Studia in honorem profesor Martín de Riquer,* I, Barcelona, Quaderns Crema, 1986, págs. 409-423.

ROMERA CASTILLO, J., *Estudios sobre «El Conde Lucanor»,* Madrid, UNED, 1980.

RUFFINI, M., «Les sources de don Juan Manuel», en *Les Lettres Romanes,* 7, Lovaina, 1953, págs. 27-49.

STEIGER, A., «El Conde Lucanor», en *Clavileño,* 4, 23, 1953, págs. 1-8.

VÁRVARO, A., «La cornice del *Conde Lucanor*», en *Studi di letteratura spagnuola,* Roma, Fac. di Magisterio y Fac. di Lettere dell'Università di Roma, 1964, págs. 187-195.

VELASCO Y ARIAS, M., *«El Conde Lucanor» y sus mujeres. Interpretaciones de tipos femeninos en el sexto siglo de su existencia literaria,* Buenos Aires, L. J. Rosso, 1935.

Libro de los enxiemplos
del Conde Lucanor
e de Patronio

Este libro fizo [1] don Johan, fijo del muy noble infante don Manuel, deseando que los omnes fiziessen en este mundo tales obras que les fuessen aprovechosas de las onras [2] e de las faziendas [3] e de sus estados [4], e fuessen más allegados a la carrera [5] porque pudiessen salvar las almas. E puso en él los enxiemplos [6] más aprovechosos que él sopo de las cosas que acaesçieron, porque los omnes puedan fazer esto que dicho es. E sería maravilla si de qualquier cosa que acaezca a qualquier omne, non fallare en este libro su semejança que acaesçió a otro.

---

[1] *Fizo:* la F inicial se mantuvo en la lengua literaria hasta los albores del siglo XVI. [Agradezco la ayuda de Elías Serra Martínez en la elaboración de las notas léxicas.]

[2] *Onra:* Dice Blecua que para don Juan Manuel, honra y estado «casi son dos palabras claves de su obra literaria» (1969, página 14), lo que no es de extrañar si conocemos las líneas maestras de su biografía y las características de la sociedad estamental en la que se desarrolló. Tendremos ocasión de ver que en torno a estos conceptos, e interrelacionados, se barajan a lo largo de toda la obra otros *(mengua, pro, poder, nombre, merced, facienda, amistad…)* que configuran con claridad la escala de valores del noble medieval, con un deseo constante de armonizar lo material y lo espiritual.

[3] *Fazienda:* término multivalente, en el que predomina la acepción de «propiedades», «posesiones materiales». En otros casos *(Ex. IV),* significa «asunto», «negocio» o también «dificultad».

[4] *Estado:* condición jurídico-social de una persona, o «la manera en que los omes viven o están». *Partidas,* t. XXIII, lib. 4.

[5] *Allegados a la carrera:* cercanos al camino.

[6] *Enxiemplos:* cuento o narración de la que se desprende una lección moral. *E fazervos he algunos enxiemplos porque lo entendades mejor,* dice más adelante. Su intención didáctica le aconsejó, pues, esta forma de relato claro y asequible a todos. Vid. nota 71 de la Introducción.

E porque don Johan vio e sabe que en los libros contesçen muchos yerros en los trasladar[7], porque las letras semejan unas a otras, cuidando[8] por la una letra que es otra, en escriviéndolo, múdase toda la razón e por aventura confóndesse, e los que después fallan aquello escripto, ponen la culpa[9] al que fizo el libro; e porque don Johan se reçeló desto, ruega a los que leyeren qualquier libro que fuere trasladado del que él compuso, o de los libros que él fizo, que si fallaren alguna palabra mal puesta, que non pongan la culpa a él, fasta que bean el libro mismo que don Johan fizo, que es emendado, en muchos logares, de su letra. E los libros que él fizo son éstos, que él a fecho fasta aquí: la *Crónica abreviada,* el *Libro de los sabios,* el *Libro de la cavallería,* el *Libro del infante,* el *Libro del cavallero e del escudero,* el *Libro del Conde,* el *Libro de la caça,* el *Libro de los engeños,* el *Libro de los cantares*[10]. E estos libros están en 'l monesterio de los fraires predicadores que él fizo en Peñafiel[11]. Pero, desque vieren los libros que él fizo, por las menguas[12] que en ellos fallaren, non pongan la culpa a la su entençión, mas póngala a la mengua del su entendimiento, porque se atrevió a sse entremeter a fablar en tales cosas[13]. Pero Dios sabe que lo fizo por entençión que se aprovechassen de lo que él diría las gentes que non fuessen muy letrados nin muy sabidores. E por ende[14] fizo todos los sus libros en romance[15], e esto es señal çierto que los fizo para los legos[16] e de non muy grand saber commo lo él es. E de aquí adelante,

[7] *Trasladar:* copiar, pasar de un manuscrito a otro.
[8] *Cuidando:* pensando.
[9] *Ponen la culpa:* echan la culpa.
[10] Vid. Introducción, págs. 24 y ss.
[11] Don Juan Manuel fundó este convento en 1318.
[12] *Menguas:* aquí «faltas». También, «menoscabo».
[13] Observación que aparece también en el *Prólogo general* a sus obras y en el del *Libro de los castigos,* págs. 32-33 y 147, ed. cit.
[14] *Por ende:* por ello.
[15] *Romance:* lengua vulgar, en contraposición al latín.
[16] *Legos:* indoctos, iletrados. Cfr. la 2.ª parte, pág. 310 y la Introducción, págs. 41 y ss.

comiença el prólogo del *Libro de los Enxiemplos del Conde Lucanor e de Patronio* [17].

En el nombre de Dios: amén. Entre muchas cosas estrañas e marabillosas que nuestro Señor Dios fizo, tovo por bien de fazer una muy marabillosa; ésta es, que de quantos omnes en el mundo son, non a uno que semeje a otro en la cara; ca commo quier que [18] todos los omnes an essas mismas cosas en la cara, los unos que los otros, pero las caras en sí mismas non semejan las unas a las otras [19]. E pues en las caras, que son tan pequeñas cosas, ha en ellas tan grant departimiento [20], menor marabilla es que aya departimiento en las voluntades e en las entenciones de los omnes. E assí fallaredes [21] que ningún omne non se semeja del todo en la voluntad nin en la entençión con otro. E fazervos he [22] algunos enxiemplos porque lo entendades mejor.

Todos los que quieren e desean servir a Dios, todos quieren una cosa [23], pero non lo sirven todos en una manera: que unos le sirven en una manera e otros en otra. Otrosí, los que sirven a los señores, todos los sirven, mas non los sirven todos en una manera. E los que labran e crían e trebejan [24] e caçan e fazen todas las otras cosas, todos las fazen, mas non las entienden nin las fazen todos en una manera. E así, por este exienplo, e por otros que seríen muy luengos de dezir, podedes entender que, commo quier que los omnes todos sean omnes e todos ayan voluntades e entençiones, que atan [25]

---

[17] Téngase en cuenta lo dicho en la nota 67 de la Introducción.
[18] *Ca:* porque. *Commo quier que... pero:* forma concesiva.
[19] Lugar común en la Edad Media. Vid. Devoto, 1972, páginas 255 y ss.
[20] *Departimiento:* diferencia.
[21] *Fallaredes:* hallaréis. Es general todavía en don Juan Manuel (aunque la -D- intervocálica fue omitiéndose paulatinamente a lo largo del siglo) la conservación de las desinencias verbales -des.
[22] *Fazervos he:* os haré. Aparecen muy frecuentemente las formas verbales perifrásticas, propias de la lengua romance. Siempre aparece *vos* por *os.*
[23] *Una cosa:* lo mismo.
[24] *Crían:* educan. *Trebejan:* compiten, juegan.
[25] *Atan:* tan.

poco commo se semejan en las caras, tan poco se semejan en las entençiones e en las voluntades; pero todos se semejan en tanto que todos usan e quieren, e aprenden mejor aquellas cosas de que se más pagan [26] que las otras. E porque cada omne aprende mejor aquello de que se más paga, por ende el que alguna cosa quiere mostrar a otro, dévegelo [27] mostrar en la manera que entendiere que será más pagado el que la ha de aprender. E porque a muchos omnes las cosas sotiles non les caben en los entendimientos, porque non las entienden bien, non toman plazer en leer aquellos libros, nin aprender lo que es escripto en ellos. E porque non toman plazer en ello, non lo pueden aprender nin saber así commo a ellos cumplía [28].

Por ende, yo don Johan, fijo del infante don Manuel, adelantado mayor de la frontera [29] e del regno de Murçia, fiz este libro compuesto de las más apuestas [30] palabras que yo pude, e entre las palabras entremetí algunos exiemplos de que se podrían aprovechar los que los oyeren [31]. E esto fiz segund la manera que fazen los físicos, que quando quieren fazer alguna melizina [32] que aproveche al fígado, por razón que naturalmente el fígado se paga de las cosas dulçes, mezclan con aquella melezina que quieren melezinar el fígado, açúcar o miel o alguna cosa dulçe; e por el pagamiento [33] que el fígado

---

[26] *Se pagan:* gustan, se contentan.
[27] *Dévegelo:* débeselo. *Gelo* procede de la aglutinación pronominal *illi-illum,* con valor, por tanto, no reflexivo. La confusión entre las sibilantes en el español del Siglo de Oro llevó a la sustitución de lo que era un pronombre personal dativo *(ge)* por *se.* Vid. R. Lapesa, *Historia de la lengua española,* Madrid, Escelicer, 1968 (7.ª), cap. XIII.
[28] *Cumplía:* convenía.
[29] *Adelantado:* gobernador militar de los territorios fronterizos con los moros. Vid. L. G. de Valdeavellano, *Curso de historia de las instituciones españolas,* Madrid, Revista de Occidente, 1973 (3.ª); en especial págs. 507 y ss.
[30] *Apuestas:* elegantes, bien compuestas.
[31] *Los que los oyeren:* las lecturas colectivas debían de ser frecuentes durante la Edad Media, también entre la nobleza, analfabeta no obstante en gran proporción.
[32] *Físicos:* médicos. *Melizina* o *melezina:* medicina.
[33] *Pagamiento:* satisfacción, gusto.

a [34] de la cosa dulçe, en tirándola [35] para sí, lieva con ella la melezina quel a de aprovechar. E esso mismo fazen a qualquier miembro que aya mester alguna melezina, que siempre la dan con alguna cosa que naturalmente aquel mienbro la aya de tirar a sí. E a esta semejança, con la merçed de Dios, será fecho este libro, e los que lo leyeren si por su voluntad tomaren plazer de las cosas provechosas que ý [36] fallaren, será bien; e aun los que lo tan bien non entendieren, non podrán escusar que, en leyendo el libro, por las palabras falagueras [37] e apuestas que en él fallarán, que non ayan a leer las cosas aprovechosas que son ý mezcladas, e aunque ellos non lo deseen, aprovecharse an dellas, así commo el fígado e los otros miembros dichos se aprovechan de las melezinas que son mezcladas con las cosas de que se ellos pagan. E Dios, que es complido e complidor [38] de todos los buenos fechos, por la su merçed e por la su piadat, quiera que los que este libro leyeren, que se aprovechen dél a serviçio de Dios e para salvamiento de sus almas e aprovechamiento de sus cuerpos; así commo Él sabe que yo, don Johan, lo digo a essa entençión. E lo que ý fallaren que non es tan bien dicho, non pongan culpa a la mi entençión, mas póngala a la mengua del mio entedimiento [39]. E si alguna cosa fallaren bien dicha o aprovechosa, gradéscanlo a Dios, ca Él es aquél por quien todos los buenos dichos e fechos se dizen e se fazen.

E pues el prólogo es acabado, de aquí adelante començaré la manera [40] del libro, en manera de un grand señor que fablava con un su consegero. E dizían [41] al señor, conde Lucanor, e al consegero, Patronio.

---

[34] *A:* tiene. Los usos específicos de los verbos auxiliares no estaban fijados en tiempos de don Juan Manuel.
[35] *Tirándola:* trayéndola.
[36] *Ý:* allí.
[37] *Falagueras:* lisonjeras, halagüeñas.
[38] *Complido e complidor:* «... juego de palabras: Dios es perfecto y por Él se cumplen las buenas obras». Nota de María Goyri, en su edición, pág. 30.
[39] Vid. nota 13.
[40] *Manera:* materia.
[41] *Dizían:* llamaban.

Exemplo I

DE LO QUE CONTESÇIÓ A UN REY CON UN SU PRIVADO [1]

Acaesçió una vez que el conde Lucanor estava fablan-

---

[1] Desde Knust (1900, pág. 299) se señala como fuente de este ejemplo el capítulo IV del *Barlaam e Josafat,* atribuido a San Juan Damasceno; pasó a la *Legenda aurea* de Jacobo de Vorágine y de aquí al *Libro de los exemplos (Escritores en prosa anteriores al siglo* XV, BAE, LI, núm. IV, pág. 448, y CCXV, pág. 499. En Sánchez del Vercial, *Libro de los Exemplos por a, b, c,* edición crítica de J. E. Keller, CSIC, «Clás. Hisp.», Madrid, 1961, núms. 75 y 283, págs. 77 y 219, respectivamente). Vid., además, Devoto, 1972, págs. 357 y s. Recuérdese que el libro de *Barlaam e Josafat,* muy conocido y difundido en España en la Edad Media, aporta a don Juan Manuel la trama argumental del *Libro de los Estados;* sin embargo, como sucede al hablar de las fuentes de don Juan Manuel, es muy difícil saber si el relato del *Barlaam* fue la fuente inmediata o hay que suponer una versión intermedia. Cfr. Ayerbe-Chaux, 1975, pág. 4. R. Brian Tate, «Don Juan Manuel and his sources: *ejemplos* 48, 28, 1», en *Studia Hispanica in Honorem R. Lapesa,* I, Madrid, Gredos, 1972, págs. 549-561. Vid. en especial págs. 557-561.
El ejemplo se centra en el tema del consejero y, más concretamente, en su sabiduría y en una prueba de su fidelidad (motivos estos ya señalados. Vid. Devoto, *loc. cit.*). Se desarrolla en dos momentos: la prueba engañosa del rey a su privado, instigada por unos cortesanos envidiosos, y el consejo oportuno y clarividente del *cativo* que a su vez genera una contraprueba o demostración de lealtad. El éxito final es conseguido —y esto lo acentúa don Juan Manuel— *por consejo del sabio que tenía cativo en su casa.* Todo el relato aparece así como «un primer juego de espejos enfrentados...; la posición respectiva del privado y su consejero reproduce la de Lucanor y Patronio» (Devoto, 1972, pág. 358). En este mismo sentido, H. Sturm («The *Conde Lucanor:* the first *Exemplo*», en *Modern Language Notes,* 84 [1969], págs. 286-292) analiza la posición inicial de este ejemplo, que anticipa y resume

do, en su poridat[2] con Patronio, su consegero, e díxol[3]:

—Patronio, a mí acaesçió que un muy grande omne e mucho onrado, e muy poderoso, e que da a entender que es quanto[4] mío amigo, que me dixo pocos días ha, en muy grant poridat, que por algunas cosas quel acaesçieran, que era su voluntad de se partir desta tierra e non tornar a ella en ninguna manera, e que por el amor e grant fiança que en mí avía, que me quería dexar toda su tierra: lo uno vendido, e lo ál[5] comendado. E pues esto quiere, seméjame muy grand onra e grant aprovechamiento para mí; e vos dezitme e consejadme lo que vos paresçe en este fecho.

—Señor conde Lucanor —dixo Patronio—, vien entiendo que el mio consejo non vos faze grant mengua, pero vuestra voluntad es que vos diga lo que en esto entiendo, e vos conseje sobre ello, fazerlo he luego[6]. Primeramente, vos digo a esto que aquél que cuidades que es vuestro amigo vos dixo, que non lo fizo sinon por vos provar. E paresçe que vos conteçió con él commo contençió a un rey con un su privado.

El conde Lucanor le rogó quel dixiese cómmo fuera aquello[7].

—Señor —dixo Patronio—, un rey era que avía un privado en que fiava mucho. E porque non puede seer que los omnes que alguna buena andança[8] an, que al-

---

algunos de los motivos que se desarrollarán a lo largo de todo el libro (cfr. Caldera, 1966-67, pág. 75). Nótese en especial la gradación psicológica y sobre todo estilística de la intriga cortesana y del planteamiento de la prueba.

[2] *Poridat:* secreto.

[3] *...díxol:* es muy frecuente la apócope del pronombre enclítico en general. Téngase en cuenta para lo que sigue.

[4] *Quanto:* muy.

[5] *Ál:* el resto, lo otro.

[6] *Luego:* Sin dilación, prontamente. «Después» y «por consiguiente» son acepciones secundarias del Siglo de Oro acá, aunque aquélla aparece también en la Edad Media. Corominas, *DELC.*

[7] *Cómmo fuera aquello:* fórmula que se repite casi invariablemente en todos los cuentos y con la misma función estructural como pie para el comienzo del relato de Patronio (cfr. la fórmula final *e fallóse ende bien* u otras por el estilo). Vid. Introducción, páginas 47 y ss.

[8] *Andança:* suerte, fortuna.

gunos otros non ayan envidia dellos, por la privança e bien andança que aquel su privado avía, otros privados daquel rey avían muy grant envidia e trabajávanse del buscar mal con el rey, su señor. E commo quier que muchas razones le dixieron, nunca pudieron guisar [9] con el rey quel fiziese ningún mal, nin aun que tomase sospecha nin dubda dél, nin de su serviçio. E de que vieron que por otra manera non pudieron acabar lo que querían, fizieron entender al rey que aquel su privado que se trabajava de guisar porque [10] él muriese, e que un fijo pequeño que el rey avía, que fincase en su poder, e de que él fuese apoderado de la tierra, que faría cómmo muriese el mozo e que fincaría él señor de la tierra. E commo que fasta entonce non pudieran poner en ninguna dubda al rey contra aquel su privado, de que esto le dixieron, non lo pudo sofrir el coraçón que non tomase dél reçelo. Ca en las cosas en que tan grant mal ha, que se non pueden cobrar [11] si se fazen, ningún omne cuerdo non deve esperar ende la prueva. E por ende, desque el rey fue caído en esta dubda e sospecha, estava con grant reçelo, pero non se quiso mover en ninguna cosa contra aquel su privado, fasta que desto sopiese alguna verdat.

E aquellos otros que buscavan mal a aquel su privado dixiéronle una manera muy engañosa en cómmo podría provar que era verdat aquello que ellos dizían, e enformaron bien al rey en una manera engañosa, segund adelante oidredes [12], cómmo fablase con aquel su privado. E el rey puso en su coraçón de lo fazer, e fízolo.

E estando a cabo de algunos días el rey fablando con aquel su privado, entre otras razones muchas que fablaron, començol un poco a dar a entender que se despagava mucho de la vida deste mundo e quel pares-

---

[9] *Guisar:* aquí, «conseguir», «lograr». Más normal es el valor de «cuidar».
[10] *Porque:* valor final.
[11] *Cobrar:* enmendar.
[12] *Oidredes:* oiréis.

çía que todo era vanidat. E entonçe non le dixo más. E después, a cabo de algunos días, fablando otra ves con el aquel su privado, dándol a entender que sobre otra razón començava aquella fabla [13], tornol a dezir que cada día se pagava menos de la vida deste mundo e de las maneras que en él veía. E esta razón le dixo tantos días e tantas vegadas [14], fasta que el privado entendió que el rey non tomava ningún plazer en las onras deste mundo, nin en las riquezas, nin en ninguna cosa de los vienes nin de los plazeres que en este mundo avíe. E desque el rey entendió que aquel su privado era vien caído en aquella entençión, díxol un día que avía pensado de dexar el mundo e irse desterrar a tierra do non fuesse conosçido, e catar [15] algún lugar extraño e muy apartado en que fiziese penitençia de sus pecados. E que, por aquella manera, pensava que le avría Dios merçed dél e podría aver la su gracia porque ganase la gloria del Paraíso.

Quando el privado del rey esto le oyó dezir, estrañógelo mucho deziéndol muchas maneras [16] porque lo non devía fazer. E entre las otras, díxol que si esto fiziese, que faría muy grant deserviçio a Dios en dexar tantas gentes commo avía en 'l su regno que tenía él vien mantenidas en paz e en justiçia, e que era çierto que luego que él dende [17] se partiese, que avría entrellos muy grant bolliçio e muy grandes contiendas, de que tomaría Dios muy grant deserviçio e la tierra [18] muy grant dapño, e quando por todo esto non lo dexase, que lo devía dexar por la reina, su muger, e por un fijo muy pequeñuelo que dexava: que era çierto que serían en muy grant aventura, tanbién de los cuerpos, commo de las faziendas.

A esto respondió el rey que, ante que él pusiesse en toda guisa en su voluntad de se partir de aquella

---

[13] *Fabla:* conversación.
[14] *Vegadas:* ocasiones, veces.
[15] *Catar:* literalmente, «tratar de percibir por los sentidos», «mirar». Aquí, «buscar».
[16] *Maneras:* razones, argumentos.
[17] *Dende:* de allí.
[18] *Tierra:* territorios, posesiones.

tierra, pensó él la manera en cómmo dexaría recabdo[19] en su tierra porque su muger e su fijo fuesen servidos e toda su tierra guardada; e que la manera era ésta: que vien sabía él que el rey le avía criado e le avía fecho mucho bien e quel fallara sienpre muy leal, e quel serviera muy bien e muy derechamente, e que por estas razones, fiara en 'l más que en omne del mundo, e que tenía por bien del dexar la muger e el fijo en su poder, e entregarle e apoderarle en todas las fortalezas e logares del regno, porque ninguno non pudiese fazer ninguna cosa que fuese deserviçio de su fijo; e si el rey tornase en algún tiempo, que era çierto que fallaría muy buen recabdo en todo lo que dexase en su poder; e si por aventura muriese, que era çierto que serviría muy bien a la reina, su muger, e que criaría muy bien a su fijo, e quel ternía[20] muy bien guardado el su regno fasta que fuese de tiempo[21] que lo pudiese muy bien governar; e así, por esta manera, tenía que dexava recabdo en toda su fazienda.

Quando el privado oyó dezir al rey que quería dexar en su poder el reino e el fijo, commo quier que lo non dio a entender, plógol[22] mucho en su coraçón, entendiendo que pues todo fincava[23] en su poder, que podría obrar en ello commo quisiese.

Este privado avía en su casa un su cativo[24] que era muy sabio omne e muy grant philósopho. E todas las cosas que aquel privado del rey avía de fazer, e los consejos quél avía a dar, todo lo fazía por consejo de aquel su cativo que tenía en casa.

E luego que el privado se partió del rey, fuese para aquel su cativo, e contol todo lo quel conteçiera con el rey, dándol a entender, con muy grant plazer e muy grand alegría, quánto de buena ventura era, pues el rey le quería dexar todo el reino e su fijo e su poder.

---

[19] *Recabdo:* disposición, gobierno.
[20] *Ternía:* tendría.
[21] *Fuese de tiempo que:* tuviese la edad para que...
[22] *Plógol:* le agradó.
[23] *Fincava:* quedaba.
[24] *Cativo:* cautivo.

Quando el philósopho que estava cativo oyó dezir a su señor todo lo que avía pasado con el rey, e cómmo el rey entendiera que quería él tomar en poder a su fijo e al regno, entendió que era caído en grant yerro, e començólo a maltraer muy fieramente [25] e díxol que fuese çierto que era en muy grant peligro del cuerpo e de toda su fazienda; ca todo aquello quel rey le dixiera, non fuera porque el rey oviese voluntad de lo fazer, sinon que algunos quel querían mal avían puesto [26] al rey quel dixiese aquellas razones por le provar, e pues entendiera el rey quel plazía, que fuese çierto que tenía el cuerpo e su fazienda en muy grant peligro.

Quando el privado del rey oyó aquellas razones, fue en muy gran cuita [27], ca entendió verdaderamente que todo era así commo aquel su cativo le avía dicho. E desque aquel sabio que tenía en su casa le vio en tan grand cuita, consejol que tomase una manera commo podríe [28] escusar de aquel peligro en que estava.

E la manera fue ésta: luego, aquella noche, fuese raer la cabeça e la barba, e cató una vestidura muy mala e toda apedaçada, tal qual suelen traer estos omnes que andan pidiendo las limosnas andando en sus romerías, e un vordón e unos çapatos rotos e bien ferrados [29], e metió entre las costuras de aquellos pedaços de su vestidura una grant quantía de doblas. E ante que amaniçiese, fuese para la puerta del rey, e dixo a un portero que ý falló que dixiese al rey que se levantase porque se pudiesen ir ante que la gente despertasse, ca él allí estava esperando; e mandol que lo dixiese al rey en grant poridat. E el portero fue muy marabillado quandol vio venir en tal manera, e entró al rey e díxogelo así commo aquel su privado le mandara. Desto se marabilló el rey, e mandó quel dexase entrar.

---

[25] *Maltraer muy fieramente:* reprender muy severamente.
[26] *Puesto:* convencido, obligado.
[27] *Cuita:* preocupación.
[28] *Podríe:* forma antigua del moderno -ía.
[29] *Ferrados:* con clavos, herrados. Nótese el realismo descriptivo de don Juan Manuel presentándolo con el atuendo del peregrino.

Desde lo vio cómmo vinía, preguntol por qué fiziera aquello. El privado le dixo que bien sabía cómol dixiera que se quería ir desterrar[30], e pues él así lo quería fazer, que nunca quisiese Dios que él desconosçiesse quanto bien le feziera; e que así commo de la onra e del bien que el rey obiera, tomara muy grant parte, que así era muy grant razón que de la lazeria[31] e del desterramiento que el rey quería tomar, que él otrosí tomase ende su parte. E pues el rey non se dolía de su muger e de su fijo e del regno e de lo que acá dexava, que non era razón que se doliese él de lo suyo, e que iría con él, e le serviría en manera que ningún omne non gelo[32] pudiese entender, e que aun le levava tanto aver[33] metido en aquella su vestidura, que les avondaría asaz en toda su vida, e que, pues que a irse avían, que se fuesen ante que pudiesen ser conosçidos.

Quando el rey entendió todas aquellas cosas que aquel su privado le dizía, tovo que gelo dizía todo con leatad, e gradeçiógelo mucho, e contol toda la manera en cómmo oviera a seer engañado e que todo aquello le fiziera el rey por le provar. E así, oviera a seer aquel privado engañado por mala cobdiçia, e quísol Dios guardar, e fue guardado por consejo del sabio que tenía cativo en su casa.

E vos, señor conde Lucanor, a menester que vos guardedes que non seades engañado déste que tenedes por amigo; ca çierto sed[34], que esto que vos dixo que non lo fizo sinon por provar qué es lo que tiene en vos. E conviene que en tal manera fabledes con él, que entienda que queredes toda su pro[35] e su onra, e que non avedes cobdiçia de ninguna cosa de lo suyo, ca si

---

[30] *Se quería ir desterrar:* la construcción actual exige la preposición *a* como régimen de «ir».
[31] *Lazeria:* miseria, sufrimientos.
[32] *Gelo.* Vid. lo dicho en la nota 27 del Prólogo.
[33] *Aver* (sustantivo): riqueza.
[34] *Sed:* imperativo: estad.
[35] *Pro:* provecho, utilidad. Es una de las palabras claves de don Juan Manuel.

omne estas dos cosas non guarda a su amigo, non puede durar entre ellos el amor luengamente.

El conde se falló por bien aconsejado del consejo de Patronio, su consejero, e fízolo commo él le consejara, e fallóse ende bien.

E entendiendo don Johan que estos exiemplos eran muy buenos, fízolos escribir en este libro, e fizo estos viessos [36] en que se pone la sentençia [37] de los exiemplos. E los viessos dizen assí:

> Non vos engañedes, nin creades que, endonado [38]
> faze ningún omne por otro su daño de grado.

E los otros dizen assí:

> Por la piadat de Dios e por buen consejo,
> Sale omne de coita e cunple su deseo.

E la estoria [39] deste exiemplo es ésta que se sigue:

[36] *Viessos:* versos.
[37] *Sentençia:* máxima, moraleja.
[38] *Endonado:* por nada, gratuitamente.
[39] *Estoria:* dibujo, pintura. «No cabe duda —dice Gayangos en su edición de la obra (BAE, LI, pág. 231, nota 5)— de que el original del *Libro de Patronio* estaba iluminado, pues al fin de cada ejemplo y antes del claro se lee: *E la estoria de...*», y Blecua (1969, pág. 61, nota 100): «Podría quizá insinuarse que la ''estoria'' fuese una miniatura que siguiese al cuento en el códice original, miniatura que no se trasladó al copiar el texto. Tratándose de un códice casi regio, la hipótesis no parece descabellada.»

Exemplo II

Otra vez acaesçió que el conde Lucanor fablava con Patronio, su consejero, e díxol cómmo estava en grant coidado e en grand quexa [2] de un fecho que quería fazer, ca, si por aventura lo fiziese, sabía que muchas gentes le travarían [3] en ello; e otrosí, si non lo fiziese, que él mismo entendíe quel podrían travar en ello con razón. E díxole quál era el fecho, e él rogol quel consejase lo que entendía que devía fazer sobre ello.

—Señor conde Lucanor —dixo Patronio—, bien sé yo que vos fallaredes muchos que vos podrían consejar mejor que yo, e a vos dio Dios muy buen entendimiento, que sé que mi consejo que vos faze muy pequeña mengua, mas pues lo queredes, decirvos he [1]

---

[1] Tiene su origen en una fábula de Esopo que tuvo abundantísimas versiones y derivaciones medievales y también modernas en las literaturas europeas. Más detalles en Devoto. 1972, páginas 361-364, y Ayerbe-Chaux, 1975, págs. 35-39, quien señala como posible fuente inmediata la *Tabula exemplorum*. Don Juan Manuel alude a él en el *Libro de los castigos o consejos...* (cap. XXVI, pág. 182, ed. cit.). El ejemplo tiene como eje central la palabra misma. Don Juan Manuel se nos muestra descubridor constante de las infinitas posibilidades de la lengua; obsérvense en este sentido las variaciones estilísticas de las cuatro partes centrales (tras una preparatoria), en las que el orden y el contenido de los elementos es idéntico, y de su recapitulación final en que consiste la amonestación ejemplar que el *omne bueno* da a su hijo. Hay aludidos algunos temas como el del valor de la experiencia (nótese la insistencia en la caracterización del joven como de *sotil entendimiento* para acentuar la ejemplaridad final), el del consejero (que en definitiva es el del libro todo), etc., aunque el tema didáctico central sea el resumido en los versos finales. Vid. J. England, «¿Et non el día del lodo?: The Structure of the Short Story in *El Conde Lucanor*», en *Studies,* págs. 71-74.

[2] *Coidado:* preocupación, cuita. *Quexa:* Apuro, aflicción.
[3] *Travarían:* criticarían, censurarían.
[1] *Decirvos he:* os diré. Cfr. nota 21 del Prólogo.

lo que ende entiendo[5]. Señor conde Lucanor —dixo Patronio—, mucho me plazería que parásedes mientes[6] a un exiemplo de una cosa que acaesçió una vegada con[7] un omne bueno[8] con su fijo.

El conde le rogó quel dixiese que cómmo fuera aquello. E Patronio dixo:

—Señor, assí contesçió que un omne bueno avía un fijo; commo quier que era moço segund sus días[9], era asaz[10] de sotil entendimiento. E cada[11] que el padre alguna cosa quería fazer, porque pocas son las cosas en que algún contrallo[12] non puede acaesçer, dizíal el fijo que en aquello que él quería fazer, que veía él que podría acaesçer el contrario. E por esta manera le partía de[13] algunas cosas quel complían[14] para su fazienda. E vien cred que quanto los moços son más sotiles de entendimiento, tanto son más aparejados para fazer grandes yerros para sus faziendas; ca an entendimiento para començar la cosa, mas non saben la manera commo se puede acabar e por esto caen en grandes yerros, si non an qui los guarde dello. E así, aquel moço, por la sotileza que avía del entendimiento e quel menguava la manera de saber fazer la obra complidamente, enbargava[15] a su padre en muchas cosas que avíe de fazer. E de que el padre passó grant tiempo esta vida[16] con su fijo, lo uno por el daño que se le

---

[5] *Que ende entiendo:* lo que de ello (cfr. nota 14 de Prólogo) entiendo.

[6] *Parásedes mientes:* pusieseis atención, meditaseis.

[7] *acaeció... con:* sucedió a.

[8] «Aquí *omne bueno* tiene la misma significación indeterminada que cuando decimos "un buen hombre"» (nota de M.ª Goyri en su edición, pág. 31).

[9] *Según sus días:* por su edad.

[10] *Asaz:* bastante.

[11] *Cada:* siempre, cada vez.

[12] *Contrallo:* contratiempo, contrariedad.

[13] *Partía:* apartaba.

[14] *Complían:* convenían. Frente a *complidamente* (vid. más abajo), «totalmente, perfectamente». Cfr. la nota 38 del Prólogo.

[15] *Embargava:* entorpecía, abrumaba.

[16] *Esta vida:* esta forma de vida.

seguía de las cosas que se le enbargavan de fazer, e lo ál, por el enojo que tomava de aquellas cosas que su fijo le dizía, e señaladamente lo más, por castigar [17] a su fijo e darle exiemplo cómmo fiziese en las cosas quel acaesçiesen adelante, tomó esta manera segund aquí oiredes:

El omne bueno e su fijo eran labradores e moravan çerca de una villa. E un día que fazían ý mercado, dixo a su fijo que fuesen amos [18] allá para comprar algunas cosas que avían mester, e acordaron de levar [19] una vestia en que lo traxiesen. E yendo amos a mercado, levavan la vestia sin ninguna carga e ivan amos de pie e encontraron unos omnes que vinían daquella villa do ellos ivan. E de que fablaron en uno [20] e se partieron los unos de los otros, aquellos omnes que encontraron conmençaron a departir ellos entre sí e dizían que non les paresçían de buen recabdo [21] aquel omne e su fijo, pues levavan la vestia descargada e ir [22] entre amos de pie. El omne bueno, después que aquello oyó, preguntó a su fijo que quel paresçía daquello que dizían. E el fijo dixo que dizían verdat, que pues la vestia iba descargada, que non era buen seso ir entre amos de pie. E entonçe mandó el omne bueno a su fijo que subiese en la vestia.

E yendo así por el camino, fallaron otros omnes, e de que se partieron dellos, conmençaron a dezir que lo errara mucho aquel omne bueno, porque iva él de pie, que era viejo e cansado, e el moço, que podría sofrir lazeria, iva en la vestia. Preguntó entonçe el omne bueno a su fijo que quel paresçía de lo que aquellos dizían;

---

[17] *Castigar:* aconsejar. Cfr.: *Castigos e documentos para bien vivir, que Don Sancho IV de Castilla dio a su fijo.*

[18] *Amos:* ambos, como más adelante «Entramos». Con reducción del grupo consonántico.

[19] *Levar:* llevar.

[20] *Fablaron en uno:* se saludaron unos a otros.

[21] *Recabdo:* seso, juicio. En otros casos (vid. más adelante, *Ex. XXXIV*) tiene el significado de «remedio», «socorro». Vid. también la nota 19 *Ex. I.*

[22] *Pues levavan la vestia... e ir:* construcción no concertada, propia de la lengua coloquial.

e él díxol quel paresçía que dizían razón. Estonçe mandó a su fijo que diciese [23] de la vestia e subió él en ella.

E a poca pieça [24] toparon con otros, e dixieron que fazía muy desaguisado dexar el moço, que era tierno e non podría sofrir lazeria, ir de pie, e ir el omne bueno, que era usado de pararse [25] a las lazerias [26], en la vestia. Estonçe preguntó el omne bueno a su fijo que quél paresçíe destos que esto dizían. E el moço díxol que, segund él cuidava, quel dizían verdat. Estonçe mandó el omne bueno a su fijo que subiese en la vestia porque non fuese ninguno dellos de pie.

E yendo así, encontraron otros omnes e començaron a dezir que aquella vestia en que ivan era tan flaca que abés [27] podría andar bien por el camino, e pues así era, que fazían muy grant yerro ir entramos en la vestia. E el omne bueno preguntó al su fijo que quél semejava [23] daquello que aquellos omes buenos dizían; e el moço dixo a su padre quel semejava verdat aquello. Estonçe el padre respondió a su fijo en esta manera:

—Fijo, bien sabes que quando saliemos de nuestra casa, que amos veníamos de pie e traíamos la vestia sin carga ninguna, e tu dizías que te semejava que era bien. E después, fallamos omnes en el camino que nos dixieron que non era bien, e mandéte yo sobir en la vestia e finqué de pie; e tú dixiste que era bien. E después fallamos otros omnes que dixieron que aquello non era bien, e por ende desçendiste tú e subí yo en la vestia, e tú dixiste que era aquello lo mejor. E porque los otros que fallamos dixieron que non era bien, mandéte subir en la vestia comigo; e tú dixiste que era mejor que non fincar tú de pie e ir yo en la vestia. E agora estos que fallamos dizen que fazemos yerro en ir entre amos en la vestia; e tú tienes que dizen verdat. E pues

[23] *diciese:* descendiese.
[24] *Pieça:* trecho. También «espacio de tiempo».
[25] *Usado de pararse:* acostumbrado a enfrentarse.
[26] *Lazerias.* Vid. nota 31, *Ex. I.*
[27] *Abés:* apenas. Adverbio antiguo, hoy desaparecido, del latín *ad-vix.*
[28] *Semejava:* parecía.

86

que assí es, ruégote que me digas qué es lo que podemos fazer en que las gentes non puedan travar; ca ya fuemos entramos de pie, e dixieron que non fazíamos bien; e fu [29] yo de pie e tú en la vestia, e dixieron que errávamos; e fu yo en la vestia e tú de pie, e dixieron que era yerro; e agora imos [30] amos en la vestia, e dizen que fazemos mal [31]. Pues en ninguna guisa non puede ser que alguna destas cosas non fagamos, e ya todas las fiziemos, e todos dizen que son yerro, e esto fiz yo porque tomasses exiemplo de las cosas que te acaesçiessen en tu fazienda; ca çierto sey [32] que nunca farás cosa de que todos digan bien; ca si fuere buena la cosa, los malos e aquellos que se les non sigue pro de aquella cosa, dirán mal della; e si fuere la cosa mala, los buenos que se pagan del bien non podrían dezir que es bien el mal que tú feziste. E por ende, si tú quieres fazer lo mejor e más a tu pro, cata que fagas lo mejor e lo que entendieres que te cumple más, e sol [33] que non sea mal, non dexes de lo fazer por reçelo de dicho de las gentes: ca çierto es que las gentes a lo demás [34] siempre fablan en las cosas a su voluntad, e non catan lo que es más a su pro.

—E vos, conde Lucanor, señor en esto que me dezides que queredes fazer e que reçeledes que vos travarán las gentes en ello, e si non lo fazedes, que esso mismo farán, pues me mandades que vos conseje en ello, el mi consejo es éste: que ante que començedes el fecho, que cuidedes toda la pro o el dapño que se vos puede ende seguir, e que non vos fiedes en vuestro seso e que vos guardedes que vos non engañe la

---

[29] *Fu:* fui.
[30] *Imos:* vamos.
[31] *e dizen que fazemos mal...:* Todo el parlamento anterior es ejemplo claro de una de las características más sobresalientes del estilo de don Juan Manuel: las repeticiones, la presencia constante de elementos redundantes que pueden chocar al lector actual. Responde, sin duda, a la intención del autor, expuesta en el prólogo, de hacerse entender de todos, aunque *no fuesen muy letrados ni muy sabidores.*
[32] *Sey:* sed, sé.
[33] *Sol:* excepto, solamente.

voluntad, e que vos consejedes con los que entendiéredes que son de buen entendimiento, e leales e de buena poridat. E si tal consejero non falláredes, guardat que vos non arrebatedes [35] a lo que oviéredes a fazer, a lo menos fasta que passe un día e una noche, si fuere cosa que se non pierda por tiempo. E de que estas cosas guardáredes en lo que oviéredes de fazer e lo falláredes que es bien e vuestra pro, conséjovos yo que nunca lo dexedes de fazer por reçelo de lo que las gentes podrían dello dezir.

El conde tovo por buen consejo lo que Patronio le consejava. E fízolo assí, e fallóse ende bien.

E quando don Johan falló este exiemplo, mandólo escrivir en este libro, e fizo estos viessos en que está avreviadamente toda la sentençia deste exiemplo. E los viessos dizen así:

Por dicho de las gentes sol que non sea mal,
al pro tenet las mientes, e non fagades ál.

E la estoria deste exiemplo es ésta que se sigue:

Exemplo III

DEL SALTO QUE FIZO EL REY RICHALTE DE INGLATERRA EN LA MAR CONTRA LOS MOROS [1]

Un día se apartó el conde Lucanor con Patronio, su consejero, e díxol así:

—Patronio, yo fío mucho en el vuestro entendimien-

---

[34] *A lo demás:* generalmente, la mayoría de las veces.
[35] *Arrebatedes:* precipitéis.
[1] Como suele ocurrir en don Juan Manuel, daba la exquisita reelaboración de los temas, es imposible señalar la fuente inmediata de este ejemplo, rico en variantes en los ejemplarios medievales. Menéndez Pidal examinó el origen y desarrollo del tema del ermitaño al estudiar *El condenado por desconfiado* de

to, e sé que lo que vos non entendiéredes, o a lo que
non pudiéredes dar consejo, que non a ningún otro

Tirso de Molina (en *Estudios literarios,* Madrid, Austral, 1968
[9.ª], págs. 9-65). Vid., además, D. Devoto: «Don Juan Manuel
y *El condenado por desconfiado*», una de sus «Cuatro notas sobre
la materia tradicional en Don Juan Manuel», en *Bulletin Hispanique,* 68 (1966), págs. 187-214, reeditado en *Textos y contextos
(Estudios sobre la tradición),* Madrid, Gredos, 1974, págs. 124-137.
El ejemplo tradicional del ermitaño es utilizado aquí como marco
de una nueva narración: la de un episodio histórico de la tercera
cruzada (1190), emprendida por los reyes Felipe Augusto de
Francia y Ricardo Corazón de León (vid. caps. CXCIV y ss. de
la *Gran Conquista de Ultramar,* en BAE, XLIV), a los que don
Juan Manuel añade un rey de Navarra que no existió en dicha
cruzada. Lo verdaderamente importante y que da sentido al *exemplo* es la relación existente entre las dos partes en que se distribuye (relato dentro de relato) y el contraste existente entre los
personajes centrales de cada una de ellas.

Don Juan Manuel combina elementos ficticios y reales, personajes tradicionales e históricos para plantear fundamentalmente un
problema de índole espiritual: la salvación, y en torno a éste otros
como la inquietud por saber quién será el compañero en el Paraíso (también tradicional), el verdadero sentido de la Caballería,
etcétera; pero el motivo que da sentido cabal al ejemplo, el punto
de donde nace es el contraste entre vida activa y vida contemplativa o, como dice M. Pidal (*loc. cit.,* pág. 28), el «choque de
las ideas caballerescas con las monásticas», en definitiva, el problema de la salvación *según el estado,* y desde esta perspectiva
se justifica el discurso final de Patronio. Todo el ejemplo, según
María Rosa Lida, «está desviado de su sentido ascético original
(hasta un notorio pecador puede salvarse por una sola buena acción), para ensalzar el servicio caballeresco a Dios en el mismo
sentido en que había de entenderlo Jorge Manrique, al indicar
cómo los "buenos religiosos" por una parte, y los "caualleros
famosos", por la otra, alcanzan "el biuir que es perdurable" con
medios peculiares, diversos e igualmente valiosos: *mas los buenos
religiosos / gánanlo con oraciones / y con lloros, / los caualleros
famosos / con trauajos e afliciones / contra moros*» (1969, página 98). La caballería, como dice el mismo don Juan Manuel en
otro lugar, «es a manera de sacramento», y para convertirlo en
ideal moral, el pensamiento medieval lo puso en relación-contraste
con la vida de virtud y piedad. Cfr. J. Huizinga, *El otoño de la
Edad Media,* Madrid, Revista de Occidente, 1967 (7.ª), cap. IV,
páginas 101 y ss.

En otro aspecto obsérvese cómo el relato está compuesto de
una serie de acciones encadenadas. En cuanto a la estructura general del *exemplo,* es de notar que tanto el planteamiento del
problema como la conclusión final de Patronio ocupan más espacio y tienen un contenido más rico que el relato en sí. No en

omne que lo pudiese açertar[2]; por ende, vos ruego que me consejedes lo mejor que vos entendiérdes en lo que agora vos diré:

Vos sabedes muy bien que yo non so ya muy mançebo, e acaesçióme assí: que desde que fui nasçido fasta agora, que siempre me crié e visqué[3] en muy grandes guerras, a vezes con cristianos e a vezes con moros, e lo demás[4] sienpre lo ove con reys, mis señores e mis vezinos. E quando lo ove con cristianos, commo quier que sienpre me guardé que nunca se levantase ninguna guerra a mi culpa, pero non se podía escusar de tomar muy grant daño muchos que lo non meresçieron. E lo uno por esto, e por otros yerros que yo fiz contra nuestro señor Dios, e otrosí, porque veo que por omne del mundo, nin por ninguna manera, non puedo un día solo ser seguro de la muerte, e so[5] çierto que naturalmente[6], segund la mi edat, non puedo vevir muy luengamente, e sé que he de ir ante Dios, que es tal juez de que non me puedo escusar por palabras, nin por otra manera, nin puedo ser jubgado sinon por las buenas obras o malas que oviere fecho; e sé que si, por mi desaventura fuere fallado en cosa por que Dios con derecho aya de ser contra mí, so çierto que en ninguna manera non pudíe escusar de ir a las penas del Infierno en que sin fin avré a fincar, e cosa del mundo non me podía ý tener pro, e si Dios me fiziere tanta merçed porque Él falle en mí tal meresçimiento, porque me deva escoger para ser compañero de los sus siervos e ganar el Paraíso; sé por çierto, que a este bien e a este plazer e a esta gloria, non se puede comparar ningún otro plazer del mundo. E pues este bien

---

vano se ha hecho alusión al posible carácter autobiográfico de las palabras de Lucanor; pero, como sugiere Devoto, «más que las vicisitudes de un preciso señor castellano... enfrentamos aquí las que son inherentes a la condición del hombre, si bien localizadas en tiempo y en espacio» (1972, pág. 365).

[2] *Açertar:* encontrar, hallar.
[3] *Visqué:* viví.
[4] *Lo demás:* las más veces. Vid. nota 34, *Ex. II.*
[5] *So:* soy, estoy.
[6] *Naturalmente:* por naturaleza, lógicamente.

e este mal tan grande non se cobra sinon por las obras, ruégovos que, segund el estado que yo tengo, que cuidedes e me consejedes la manera mejor que entendiéredes porque pueda fazer emienda a Dios de los yerros que contra Él fiz, e pueda aver la su gracia[7].

—Señor conde Lucanor —dixo Patronio—, mucho me plaze de todas estas razones que avedes dicho, e señaladamente porque me dixiestes que en todo esto vos consejase segund el estado que vos tenedes, ca si de otra guisa me lo dixiéredes, bien cuidaría que lo dixiéredes por me provar segund la prueva que el rey fezo[8] a su privado, que vos conté el otro día en el eximplo que vos dixe; mas plázeme mucho porque dezides que queredes fazer emienda a Dios de los yerros que fiziestes, guardando vuestro estado e vuestra onra; ca çiertamente, señor conde Lucanor, si vos quisiéredes dexar vuestro estado e tomar vida de orden[9] o de otro apartamiento, non podríades escusar que vos non acaesciesçen dos cosas: la primera, que seríades muy mal judgado de todas las gentes, ca todos dirían que lo fazíades con mengua de coraçón e vos despagávades de bevir entre los buenos; e la otra es que sería muy grant marabilia si pudiésedes sofrir las asperezas de la orden, e si despues la oviésedes a dexar o bevir en ella, non la guardando commo devíades, seervos ía[10] muy grant daño paral alma e grant vergüença e muy grant denuesto paral cuerpo e para el alma e para la fama. Mas pues este bien queredes fazer, plazerme ía que sopiésedes lo que mostró Dios a un hermitaño

---

[7] ...pueda aver la su gracia: el párrafo es ejemplo claro del pensar y el vivir del infante don Juan Manuel. La alternancia de la preocupación por alcanzar la Gloria, el Paraíso, y el obrar siempre segund el estado que yo tengo es patente. La respuesta de Patronio, para que «guardando vuestro estado e vuestra onra» pueda hacer enmienda a Dios, está perfectamente aplicada a la intención.

[8] Fezo: hizo. Alude al Ex. I.

[9] Tomar vida de orden: profesar como religioso en una orden monástica.

[10] Seervos ía: os sería. Como queda dicho (vid. nota 21 del Prólogo), este tipo de formas es muy frecuente en la Edad Media.

muy sancto de lo que avía de conteçer a él e al rey Richalte de Englaterra.

El conde Lucanor le rogó quel dixiese que cómmo fuera aquello.

—Señor conde Lucanor —dixo Patronio—, un hermitaño era omne de muy buena vida, e fazía mucho bien, e sufría grandes trabajos por ganar la gracia de Dios. E por ende, fízol Dios tanta merçed quel prometió e le aseguró que avría la gloria de Paraíso. El hermitaño gradesçió esto mucho a Dios; e seyendo ya desto seguro, pidió a Dios por merçed quel mostrasse quién avía de seer su compañero en Paraíso. E commo quier que el Nuestro Señor le enviase dezir algunas vezes con el ángel que non fazía bien en le demandar tal cosa, pero tanto se afincó en su petición, que tovo por bien nuestro señor Dios del responder, e envióle dezir por su ángel que el rey Richalte de Inglaterra e él serían compañones [11] en Paraíso.

Desta razón non plogo mucho al hermitaño, ca él conosçía muy bien al rey e sabía que era omne muy guerrero e que avía muertos e robados e deseredados muchas gentes [12], e siempre le viera fazer vida muy contralla de la suya e aun, que paresçía muy alongado de la carrera [13] de salvación: e por esto estava el hermitaño de muy tal talante.

E desque nuestro señor Dios lo vio así estar, enviol dezir con el su ángel que non se quexase nin se marabillase de lo quel dixiera, ca çierto fuesse que más serviçio fiziera a Dios e más meresçiera el rey Richalte en un salto que saltara, que el hermitaño en quantas buenas obras fiziera en su vida.

El hermitaño se marabilló ende mucho, e preguntol cómmo podía esto seer.

---

[11] *Compañones:* compañeros.

[12] *Avía muertos e robados...:* participio concertado. Cfr.: «Tredze días a, / i mais non avera, / que la avemos veida / e bine percebida.» *Auto de los Reyes Magos,* vv. 99-101. «Sin embargo, desde los primeros textos se da también el uso moderno con participio invariable» (Lapesa, *op. cit.,* pág. 152).

[13] *Alongado de la carrera:* alejado del camino.

E el ángel le dixo que sopiese que el rey de Françia e el rey de Inglaterra e el rey de Navarra pasaron
a Ultramar. E el día que llegaron al puerto, yendo todos
armados para tomar tierra, bieron en la ribera tanta
muchedumbre de moros, que tomaron dubda si podrían
salir a tierra. Estonçe el rey de Françia envió dezir al
rey de Inglaterra que viniese a aquella nave a do él
estava e que acordarían commo avían de fazer. E el rey
de Inglaterra, que estava en su cavallo, quando esto
oyó, dixo al mandadero del rey de Françia quel dixiese
de su parte que bien sabía que él avía fecho a Dios
muchos enojos e muchos pesares en este mundo e que
sienpre le pidiera merçed quel traxiese a tiempo [14] quel
fiziese emienda por el su cuerpo, e que, loado a Dios,
que veía el día que él deseava mucho; ca si allí muriese, pues avía fecho la emienda que pudiera ante que
de su tierra se partiese, e estava en verdadera penitencia, que era çierto quel avría Dios merced al alma, e
que si los moros fuessen vençidos, que tomaría Dios
mucho serviçio, e serían todos muy de buena ventura.

E de que esta razón ovo dicha, acomendó el cuerpo
e el alma a Dios e pidiol merçed quel acorriesse, e
signóse del signo de la sancta Cruz e mandó a los suyos
quel ayudassen. E luego dio de las espuelas al cavallo
e saltó en la mar contra [15] la ribera do estavan los moros.
E commo quiera que estavan cerca del puerto, non era
la mar tan vaxa que el rey e el cavallo non se metiessen
todos so el agua, en guisa que non paresçió dellos ninguna cosa; pero Dios, así commo señor tan piadoso e
de tan grant poder, e acordándose de lo que dixo en
'l Evangelio: que non quiere la muerte del pecador
sinon que se convierta e viva [16], acorrió entonçe al rey
de Inglaterra, librol de muerte para este mundo e diol
vida perdurable para sienpre, e escapol [17] de aquel peligro del agua. E endereçó a los moros [18].

---

[14] *Traxiese a tiempo:* diese ocasión.
[15] *Contra:* hacia.
[16] No se trata del Evangelio, sino de Ezequiel, XXXIII, 11.
[17] *Escapol:* le libró. Uso transitivo.
[18] *Endereçó...:* se dirigió...

E quando los ingleses vieron fazer esto a su señor, saltaron todos en la mar en pos dél e endereçaron todos a los moros. Quando los françeses vieron esto, tovieron que les era mengua grande, lo que ellos nunca solían sofrir [19], e saltaron luego todos en la mar contra los moros. E desque los vieron venir contra sí, e vieron que non dubdavan la muerte [20] e que vinían contra ellos tan bravamente, non les osaron asperar, e dexáronles el puerto de la mar e començaron a fuir. E desque los cristianos llegaron al puerto, mataron muchos de los que pudieron alcançar e fueron muy bien andantes [21], e fizieron dese camino mucho servicio a Dios. E todo este vien vino por aquel salto que fizo el rey Richalte de Inglaterra.

Quando el hermitaño esto oyó, plogol ende muncho e entendió quel fazía Dios muy grant merçed en querer que fuese él compañero en Paraíso de omne que tal serviçio fiziera a Dios, e tanto enxalçamiento en la fe cathólica.

E vos, señor conde Lucanor, si queredes servir a Dios e fazerle emienda de los enojos quel avedes fecho, guisat [22] que, ante que partades de vuestra tierra, emendedes lo que avedes fecho a aquellos que entendedes que feziestes algún daño. E fazed penitençia de vuestros pecados, e non paredes mientes al hufana [23] del mundo sin pro, e que es toda vanidat, nin creades a muchos que vos dirán que fagades mucho por la valía [24], e esta valía dizen ellos por mantener muchas gentes, e non catan si an de que lo pueden complir, e non paran mientes cómmo acabaron o quántos fincaron de los que

---

[19] Obsérvese la expresión de la rivalidad entre franceses e ingleses. Además, dice María Goyri (nota 5, págs. 42-43 de su edición): «no andaban ya juntos...; los primeros fueron directamente a Tolemaida, mientras los segundos se detuvieron en la conquista de Chipre».

[20] *Non dubdavan la muerte:* no temían la muerte.

[21] *Bien andantes:* afortunados. Cfr.: «veríedes cavalleros, que bien andantes son». *Mio Cid,* v. 2158.

[22] *Guisat:* disponed, arreglad. Cfr. la nota 9, *Ex. I.*

[23] *Hufana:* presunción, vanidad.

[24] *Valía:* poder, autoridad.

non cataron sinon por esta que ellos llaman grant valía o cómmo son poblados los sus solares[25]. E vos, señor conde Lucanor, pues dezides que queredes servir a Dios e fazerle emienda de los enojos quel feziestes, non querades seguir esta carrera que es de ufana e llena de vanidat. Mas, pues Dios vos pobló[26] en tierra quel podades servir contra los moros, tan bien por mar commo por tierra, fazet vuestro poder porque seades seguro de lo que dexades en vuestra tierra. E esto fincando seguro, e aviendo fecho emienda a Dios de los yerros que fiziestes, porque estedes en verdadera penitençia, porque de los bienes que fezierdes ayades de todos meresçimiento, e faziendo esto podedes dexar todo lo ál, e estar sienpre en serviçio de Dios e acabar así vuestra vida. E faziendo esto, tengo que ésta es la mejor manera que vos podedes tomar para salvar el alma, guardando vuestro estado e vuestra onra. E devedes crer que por estar en serviçio de Dios non morredes ante, nin bivredes[27] más por estar en vuestra tierra. E si muriéredes en serviçio de Dios, biviendo en la manera que vos yo he dicho, seredes mártir e muy bien aventurado, e aunque non murades por armas, la buena voluntat e las buenas obras vos farán mártir[28], e aun los que mal quisieren dezir, non podrían; ca ya todos veien que non dexades nada de lo que devedes fazer de cavallería, mas queredes seer cavallero de Dios e dexades de ser cavallero del diablo e de la ufana del mundo, que es falleçedera.

---

[25] *Solares:* tierras sobre las que el señor tenía pleno dominio sobre los pobladores. *Poblar solares* era establecer vasallos en determinadas tierras (nota 165, edición de Blecua, pág. 73).

[26] *Vos pobló:* os dio pueblos.

[27] *Morredes, vivredes:* moriréis, viviréis. Formas contractas de futuro.

[28] La cristiandad consideraba mártires a los que morían en combate contra los moros, «los que así mueren sin dubda ninguna son sanctos et derechos martires, et non han ninguna otra pena sinon aquella muerte que toman», pero también, «aunque non mueran por armas, si tal vida pasan en la guerra de los moros, aunque por armas no mueran, la laceria et los trabajos et el miedo e la buena entención e la buena voluntat los fazen mártires». *Libro de los estados,* cap. LXXVI, ed. cit., págs. 346 y ss. Cfr. *Ex. XXXIII.*

E agora, señor conde, vos he dicho el mio consejo segund me lo pidiestes, de lo que yo entiendo cómmo podedes mejor salvar el alma segund el estado que tenedes. E semejaredes a lo que fizo el rey Richalte de Inglaterra en el salto e bien fecho que fizo.

Al conde Lucanor plogo mucho del consejo que Patronio le dio, e rogó a Dios quel guisase que lo pueda fazer commo él lo dizía e como el conde lo tenía en coraçón [29].

E veyendo don Johan que este exiemplo era bueno, mandólo poner en este libro, e fizo estos viessos en que se entiende abreviadamente todo el enxienplo. E los viessos dizen así:

> Qui por cavallero se toviere,
> más deve desear este salto,
> que non si en la orden se metiere,
> o se ençerrasse tras muro alto.

E la estoria deste exiemplo es ésta que se sigue:

---

[29] *Tenía en coraçón:* tenía el propósito.

Exemplo IV

DE LO QUE DIXO UN GENOVÉS A SU ALMA, QUANDO SE OVO DE MORIR [1]

Un día fablava el conde Lucanor con Patronio, su consegero, e contával su fazienda [2] en esta manera:

—Patronio, loado a Dios, yo tengo mi fazienda assaz en buen estado e en paz, e he todo lo que me cumple, segund mis vezinos e mis eguales, e por aventura [3] más. E algunos conséjanme que comiençe un fecho de muy grant aventura, e yo he grant voluntat de fazer

---

[1] Los cuentos sobre el mismo tema son muy numerosos en los ejemplarios medievales, especialmente dominicos; la versión europea más antigua es la de Jacobo de Vitry, quien precede a Etienne de Bourbon. Knust (1900, pág. 308) señaló como fuente la *Summa Praedicantium* de Bromyard. Vid. Ayerbe-Chaux (1975, págs. 32 y ss.) y Devoto (1972, págs. 367 y s.). En comparación con algunas versiones medievales, señala Ayerbe-Chaux, «se puede comprobar que... constituye una recreación artística total del cuento que en la forma primitiva de los ejemplarios es típicamente esquemático, desnudo de color descriptivo y carente, en una palabra, de vida. Don Juan Manuel transforma la circunstancia en un cuadro pictórico en el cual las mismas palabras del personaje añaden fuerza descriptiva» (1975, pág. 33). Vid. también de este autor, «El ejemplo IV de ECL: su originalidad artística», en *Romance Notes*, XV, 1973-1974, págs. 572-577.

El centro del ejemplo es un consejo de prudencia *(non vos metades en cosa que lo ayades todo aventurar)*, y que aparece en otros lugares de su obra *(non deve omne aventurar lo çierto por lo dubdoso,* cap. XCI del *Libro de los estados,* pág. 390, ed. cit.). Lo importante, según Devoto, es el desplazamiento, con respecto a otras versiones del mismo cuento, de carácter eclesiástico, «de lo moral a lo político... Así el ejemplo puede aplicarse a acciones humanas en un plano terreno, en vez de ser un modelo de conducta... con vistas a la vida eterna» (1972, pág. 369). Nótese la simetría de los elementos del relato y su inserción en el escenario creado.

[2] *Fazienda:* Vid. lo dicho en la nota 3 del Prólogo.

[3] *Por aventura:* locución adverbial: «por suerte», frente al uso sustantivo que tiene más abajo.

aquello que me consejan; pero por la fiança que en vos he, non lo quise començar fasta que fablase conbusco [4] e vos rogasse que me consejásedes lo que fiziese en ello.

—Señor conde Lucanor —dixo Patronio—, para que vos fagades en este fecho lo que vos más cunple, plazerme ía mucho que sopiésedes lo que conteçió a un genués [5].

El conde le rogó quel dixiesse cómmo fuera aquello. Patronio le dixo:

—Señor conde Lucanor: un genués era muy rico e muy bien andante, segund sus vezinos. E aquel genués adolesçió [6] muy mal, e de que entendió que non podía escapar de la muerte, fizo llamar a sus parientes e a sus amigos; e desque todos fueron con él, envió por su muger e sus fijos: e assentósse en un palaçio muy bueno donde paresçía [7] la mar e la tierra; e fizo traer ante sí todo su tesoro e todas sus joyas, e de que todo lo tovo ante sí, conmençó en manera de trebejo [8] a fablar con su alma en esta guisa:

—Alma, yo beo que tú te quieres partir de mí, e non sé por qué lo fazes; ca si tú quieres muger e fijos, bien los vees aquí delante tales de que te deves tener por pagada; e si quisieres parientes e amigos, ves aquí muchos e muy buenos e mucho onrados; e si quieres muy grant tesoro de oro e de plata e de piedras preçiosas e de joyas de paños, e de merchandías [9] tú tienes aquí tanto dello que te non faze mengua aver más; e si tú quieres naves e galeas [10] que te ganen e te trayan [11]

---

[4] *Conbusco:* con vosotros. En lugar de la forma clásica *vobiscum,* se decía *voscum* y de ahí la forma pleonástica *convusco.* Cfr. en portugués actual *comvosco.* M. Pidal, *Gram. Hist.* 93.1.

[5] *Genués:* genovés.

[6] *Adolesçió:* enfermó.

[7] *Paresçía:* se contemplaba.

[8] *Trebejo:* juego, burla.

[9] *Merchandías:* mercancías.

[10] *Galeas:* galeras. El *Dic. Aut.* la recoge como voz anticuada. Cfr.: «Que enviase las naos a Vizcaya y se viniesse a Sevilla con las galeas.» *Crónica del Rey D. Juan II.*

[11] *Trayan:* traigan.

muy grant aver [12] e muy grant onra, veeslas aquí, ó [13] están en la mar que paresçe deste mi palaçio; e si quieres muchas heredades e huertas, e muy fermosas e muy delectosas, véeslas ó paresçen destas finiestras; e si quieres cavallos e mulas, e aves e canes para caçar e tomar plazer, e joglares para te fazer alegría e solaz, e muy buena posada, mucho apostada [14] de camas e de estrados e de todas las otras cosas que son ý mester; de todas estas cosas a ti non te mengua nada; e pues tú as tanto bien e non te tienes ende por pagada nin puedes sofrir el bien que tienes, pues con todo esto non quieres fincar e quieres buscar lo que non sabes, de aquí adelante, ve con la ira de Dios, e será muy nesçio qui [15] de ti se doliere por mal que te venga.

E vos, señor conde Lucanor, pues, loado a Dios, estades en paz e con bien e con onra, tengo que non faredes buen recabdo [16] en abenturar esto e començar esto lo que dezides que vos consejan; ca por aventura estos vuestros consejeros vos lo dizen porque saben que desque en tal fecho vos ovieren metido, que por fuerça abredes a [17] fazer lo que ellos quisieren e que avredes a seguir su voluntad desque fuéredes en el grant mester, así commo siguen ellos la vuestra agora que estades en paz. E por aventura cuidan que por el vuestro pleito endereçarán ellos sus faziendas, lo que se les non guisa en quanto vos vivierdes en asusiego [18], e conteçervos ía [19] lo que dezía el genués a la su alma; mas, por el mi consejo, en cuanto pudierdes aver paz e assossiego a vuestra onra, e sin vuestra mengua, non vos metades en cosa que lo ayades todo aventurar.

Al conde plogo mucho del consejo que Patronio le dava. E fízolo así, e fallóse ende bien.

---

[12] *Aver:* sustantivo: riqueza.
[13] *Ó:* donde. Forma contracta del adverbio latino *ubi*.
[14] *Apostada:* abastecida, compuesta.
[15] *Qui:* quien. Es muy frecuente en la Edad Media.
[16] *Recabdo:* disposición.
[17] *Abredes a:* tendréis que.
[18] *Asusiego:* calma, tranquilidad.
[19] *Contecervos ía:* os sucedería.

E quando don Johan falló este exiemplo, tóvolo por bueno e non quiso fazer viessos de nuebo, sinon que puso ý una palabra[20] que dizen las viejas en Castiella. E la palabra dize así:

Quien bien se siede non se lieve[21].

E la istoria deste exemplo es ésta que se sigue:

Exemplo V

DE LO QUE CONTESÇIÓ A UN RAPOSO CON UN CUERVO QUE TENÍE UN PEDAÇO DE QUESO EN EL PICO[1]

Otra vez fablava el conde Lucanor con Patronio, su consejero, e díxol assí:

—Patronio, un omne, que da a entender que es mi amigo, me començó a loar mucho, dándome a entender que avía en mí muchos complimientos[2] de onrra e de poder e de muchas vondades. E de que[3] con estas razones me falagó quanto pudo, movióme un pleito[4], que

---

[20] *Palabra:* dicho, refrán.
[21] *Se siede:* se sienta. *Se lieve:* se levante.
[1] El tema procede de la conocida fábula de Fedro que tuvo amplia descendencia en la literatura europea. Vid. Devoto, 1972, páginas 369 y s. Menéndez Pidal («Nota sobre una fábula de don Juan Manuel y de Juan Ruiz», en *Poesía árabe y poesía europea,* Madrid, Austral, 1963 (5.ª), págs. 150-157) determinó la fuente de la que procedía la versión juanmanuelina y la comparó con la del Arcipreste de Hita *(Libro de Buen Amor,* estrofas 1437-1443). El tema central en don Juan Manuel es la palabra misma: la adulación encerrada en el bello discurso persuasivo del raposo *(verdat engañosa),* el cual «plantea la lisonja intelectualmente... Para ello adopta un lenguaje razonador, de amplio desarrollo analítico y lógico» (M. Pidal, *loc. cit.,* pág. 151). Vid. además M. R. Prieto de la Yglesia, «Rasgos autobiográficos en el *Exemplo V,* de *El Conde Lucanor,* y estudio particular del apólogo», en *RABM,* LXXVII (1974), págs. 627-663.
[2] *Complimientos:* cualidades, perfecciones.
[3] *De que:* una vez que.
[4] *Movióme un pleito:* me propuso un negocio, un trato.

en la primera vista, segund lo que yo puedo entender, que paresçe que es mi pro.

E contó el conde a Patronio quál era el pleito quel movía; e commo quier que paresçía el pleito aprovechoso, Patronio entendió el engaño que yazía ascondido so las palabras fremosas[5]. E por ende dixo al conde:

—Señor conde Lucanor, sabet que este omne vos quiere engañar, dándovos a entender que el vuestro poder e el vuestro estado es mayor de quanto es la verdat. E para que vos podades guardar deste engaño que vos quiere fazer, plazerme ía que sopiésedes lo que contesçió a un cuervo con un raposo.

E el conde le preguntó cómmo fuera aquello.

—Señor conde Lucanor —dixo Patronio—, el cuervo falló una vegada un grant pedaço de queso e subió en un árbol porque pudiese comer el queso más a su guisa e sin reçelo e sin enbargo[6] de ninguno. E en quanto el cuervo assí estava, passó el raposo por el pie del árbol, e desque vio el queso que el cuervo tenía, començó a cuidar en quál manera lo podría levar dél[7]. E por ende començó a fablar con él en esta guisa:

—Don Cuervo, muy gran tiempo ha que oí fablar de vos e de la vuestra nobleza, e de la vuestra apostura[8]. E commo quiera que vos mucho busqué, non fue la voluntat de Dios, nin la mi ventura, que vos pudiesse fallar fasta agora, e agora que vos veo, entiendo que a mucho más bien en vos de quanto me dizían. E porque veades que non vos lo digo por lesonja, tan bien commo vos diré las aposturas que en vos entiendo, tan bien vos diré las cosas en que las gentes tienen que non sodes tan apuesto. Todas las gentes tienen que la color de las vuestras péñolas[9], e de los ojos e del pico, e de los pies, e de las uñas, que todo es prieto[10], e por que

[5] *Fremosas:* hermosas. Obsérvese la clarividencia del consejero y compárese con la del *cativo* del *Ex. I.*

[6] *Enbargo:* impedimento, molestia.

[7] *Levar dél:* quitárselo.

[8] *Apostura:* gallardía, gentileza.

[9] *Péñolas:* plumas.

[10] *Prieto:* «Adjetivo que se aplica al color muy oscuro y que casi no se distingue del negro», *Dic. Aut.* Cfr.: «Mas yo digo

la cosa prieta non es tan apuesta commo la de otra color, e vos sodes todo prieto, tienen las gentes que es mengua de vuestra apostura, e non entienden cómmo yerran en ello mucho; ca commo quier que las vuestras péñolas son prietas, tan prieta e tan luzia [11] es aquella pretura, que torna en india [12], commo péñolas de pavón [13], que es la más fremosa ave del mundo; e commo quier que los vuestros ojos son prietos, quanto para ojos, mucho son más fremosos que otros ojos ningunos, ca la propriedat del ojo non es sinon ver, e porque toda cosa prieta conorta el viso [14], para los ojos los prietos son los mejores, e por ende son más loados los ojos de la ganzela [15], que son mas prietos que de ninguna otra animalia. Otrosí, el vuestro pico e las vuestras manos e uñas son fuertes más que de ninguna ave tanmaña [16] commo vos. Otrosí, en 'l vuestro buelo avedes tan grant ligereza, que vos non enbarga el viento de ir contra él por rezio que sea, lo que otra ave non puede fazer tan ligeramente commo vos. E bien tengo que, pues Dios todas las cosas faze con razón, que non consintría que, pues en todo sodes tan complido [17], que oviese en vos mengua de non cantar mejor que ninguna otra ave. E pues Dios me fizo tanta merçet que vos veo, e sé que ha en vos más bien de quanto nunca de vos oí, si yo pudiese oír de vos el vuestro canto, para siempre me ternía por de buena ventura.

E, señor conde Lucanor, parat mientes que maguer [18] que la entençión del raposo era para engañar al cuervo, que sienpre las sus razones fueron con verdat. E set

---

que ninguno / diga ser lo blanco prieto / que ser tahúr y discreto / nunca cupieron en uno», fray Luis de Escobar, *Preguntas y respuestas del Almirante*.

[11] *Luzia:* tersa, brillante. «Dícese de los animales que tienen buen pelo», *Dic. Aut.*

[12] *India:* de color azul, añil. Derivado de «indicus»: «de la India», «porque de allí se traía el producto». Corominas. *DELC.*

[13] *Pavón:* pavo real.

[14] *Conorta el viso:* conforta la vista.

[15] *Ganzela:* gacela.

[16] *Tanmaña:* tan grande.

[17] *Complido:* perfecto.

[18] *Maguer:* a pesar de.

çierto que los engaños e damños mortales siempre son los que se dizen con verdat engañosa.

E desque el cuervo vio en quantas maneras el raposo le alabava, e cómmo le dizía verdat en todas, creó que asil [19] dizía verdat en todo lo ál, e tovo que era su amigo, e non sospechó que lo fazía por levar dél el queso que tenía en el pico, e por las muchas buenas razones quel avía oído, e por los falagos e ruegos quel fiziera porque cantase, avrió el pico para cantar. E desque el pico fue avierto para cantar, cayó el queso en tierra, e tomólo el raposo e fuese con él; e así fincó engañado el cuervo del raposo, creyendo que avía en sí más apostura e más complimiento de quanto era la verdat.

E vos, señor conde Lucanor, commo quier que Dios vos fizo assaz merçet en todo, pues beedes [20] que aquel omne vos quiere fazer entender que avedes mayor poder e mayor onra o más vondades de quanto vos sabedes que es la verdat, entendet que lo faze por vos engañar, e guardat vos dél e faredes commo omne de buen recabdo.

Al conde plogo mucho de lo que Patronio le dixo, e fízolo assí. E con su consejo fue él guardado de yerro.

E porque entendió don Johan que este exiemplo era muy bueno, fízolo escrivir en este libro, e fizo estos viessos, en que se entiende avreviadamente la entençión de todo este exiemplo. E los viessos dizen así:

> *Qui te alaba con lo que non es* [21] *en ti,*
> *sabe que quiere levar lo que as de ti.*

E la estoria deste exemplo es ésta que se sigue:

---

[19] *Creó que asil:* creyó que así le.
[20] *Beedes:* veis.
[21] *Es:* hay. Los usos de los verbos auxiliares *haber, tener, ser* y *estar* no se fijaron definitivamente hasta finales del siglo XVI y comienzos del XVII.

Exemplo VI

De lo que contesçió a la golondrina con las otras aves quando vio sembrar el lino [1]

Un día fablava el conde Lucanor con Patronio, su consejero, e díxol:

—Patronio, a mí dizen que unos mis vezinos [2], que son más poderosos que yo, se andan ayuntando e faziendo muchas maestrías [3] e artes [4] con que me puedan engañar e fazer mucho dampno; e yo non lo creo, nin me reçelo ende; pero, por el buen entendimiento que vos avedes, quiérovos preguntar que me digades si entendedes que devo fazer alguna cosa sobresto.

—Señor conde Lucanor —dixo Patronio—, para que en esto fagades lo que yo entiendo que vos cumple, plazerme ía [5] mucho que sopiésedes lo que contesçió a la golondrina con las otras aves.

---

[1] Al igual que el ejemplo anterior, tiene su origen en una fábula de Esopo, que tuvo amplio eco en los ejemplarios medievales. Para más detalles, vid. Devoto, 1972, págs. 372 y s.; Ayerbe-Chaux, 1975, págs. 59-62, y M. Pidal: art. cit., páginas 154 y ss. Tiene como motivo central la previsión contra un peligro futuro y, en un segundo término, de manera indirecta, el tema del consejero (daño final como resultado de no seguir sus consejos) y del pacto de la golondrina con el hombre, sin duda de origen religioso. Vid. en este sentido los textos aportados por Devoto (*loc. cit.*) y el artículo de G. Cirot («L'Hirondelle et les petits oiseaux dans *El Conde Lucanor*», en *Bulletin Hispanique,* 33 (1931), págs. 140-143), quien señala la maestría de su composición.

[2] *Unos mis vezinos:* El uso del artículo con el posesivo es construcción muy frecuente en la Edad Media y en la obra de don Juan Manuel la encontramos constantemente. Pervive hoy en el leonés.

[3] *Maestrías:* estratagemas, engaños.

[4] *Artes:* malas artes.

[5] *Plazerme ía:* me agradaría. Vid. la nota 21 del Prólogo.

El conde Lucanor le dixo e preguntó cómmo fuera aquello.

—Señor conde Lucanor —dixo Patronio—, la golondrina vido[6] que un omne senbrava lino, e entendió por el su buen entendimiento que si aquel lino nasçiesse, podrían los omnes fazer redes e lazos para tomar las aves. E luego fuesse para las aves e fízolas ayuntar, e díxoles en cómmo el omne senbrava aquel lino e que fuesen çiertas que si aquel lino nasçiesse, que se les seguiría ende muy grant dampno e que les consejava que ante que el lino nasçiesse que fuessen allá e que lo arrincassen[7]. E las cosas son ligeras de se desfazer en 'l comienço e después son muy más graves[8] de se desfazer. E las aves tovieron esto en poco e non lo quisieron fazer. E la golondrina les afincó[9] desto muchas veces, fasta que vio que las aves non se sintían[10] desto, nin davan por ello nada, e que el lino era ya tan cresçido que las aves non lo podrían arrancar con las manos nin con los picos. E desque esto vieron las aves, que el lino era cresçido, e que non podían poner consejo[11] al daño que se les ende seguiría, arripintiéronse ende mucho por que ante non avían ý puesto consejo. Pero el repintimiento fue a tiempo que non podían tener ya pro.

E ante desto, quando la golondrina vio que non querían poner recabdo las aves en aquel daño que les vinía, fuesse paral omne, e metióse en su poder[12] e ganó dél segurança[13] para sí e para su linage. E después acá biven las golondrinas en poder de los omnes e son seguras dellos. E las otras aves que se non quisieron guardar, tómanlas cada día con redes e con lazos.

—E vos, señor conde Lucanor, si queredes ser guardado deste dampno que dezides que vos puede venir,

---

6 *Vido:* vio.
7 *Arrincassen:* sacasen de raíz, arrancasen.
8 *Graves:* difíciles.
9 *Afincó:* insistió, apremió.
10 *Sintían:* lamentaban.
11 *Poner consejo:* remediar.
12 *Metióse en su poder:* se puso bajo su protección.
13 *Segurança:* seguridad.

aperçebitvos e ponet y recabdo, ante que el daño vos pueda acaesçer: ca non es cuerdo el que vee la cosa desque es acaesçida, mas es cuerdo el que por una señaleja o por un movimiento qualquier entiende el daño quel puede venir e pone ý consejo porque nol acaezca.

Al conde plogo esto mucho, e fízolo segund Patronio le consejó e fallóse ende bien.

E porque entendió don Johan que este enxienplo· era muy bueno fízole poner en este libro e fizo estos viessos que dizen assí:

> *En el comienço deve omne partir* [14]
> *el daño, que non le pueda venir.*

E la istoria deste exiemplo es ésta que se sigue:

Exemplo VII

DE LO QUE CONTESÇIÓ A UNA MUGER QUEL DIZÍEN DOÑA TRUHAÑA [1]

Otra vez fablava el conde Lucanor con Patronio en esta guisa:

---

[14] *Partir:* apartar.
[1] Fábula de origen oriental *(Panchatantra),* difundida a partir del *Calila e Dimna,* colección traducida al castellano, según parece, por mandato del entonces príncipe Alfonso, más tarde Alfonso X el Sabio (ed. de J. E. Keller y R. W. Linker, CSIC, «Clás. Hisp.», Madrid, 1967), y de la que existen innumerables versiones y relatos paralelos en la literatura universal. Vid. entre los numerosos estudios de que ha sido objeto, el de J. Millé y Giménez: «La fábula de la lechera al través de las diversas literaturas», en *Estudios de literatura española,* Biblioteca de Humanidades, vol. VII, La Plata, 1928, págs. 1-32, y otros citados por Devoto, 1972, págs. 375 y ss.
El relato tiene como tema central los «castillos en el aire o las ilusiones desmedidas». Su desarrollo lineal (personaje — situación — planes futuros — castigo de su esperanza sin fundamento sólido — reacción) es similar al de otras versiones. Vid. la comparación de algunas de ellas en Ayerbe-Chaux, 1975, pági-

—Patronio, un omne me dixo una razón [2] e amostróme la manera cómmo podría seer. E bien vos digo que tantas maneras de aprovechamiento ha en ella que, si Dios quiere que se faga assí commo me él dixo, que sería mucho mi pro; ca tantas cosas son que nasçen las unas de las otras, que al cabo es muy grant fecho además.

E contó a Patronio la manera cómmo podría seer. Desque Patronio entendió aquellas razones, respondió al conde en esta manera:

—Señor conde Lucanor, siempre oí dezir que era buen seso atenerse omne a las cosas çiertas e non a las vanas fuzas [3], ca muchas vezes a los que se atienen a las fuzas, contésçeles lo que contesçió a doña Truana.

E el conde preguntó cómmo fuera aquello.

—Señor conde —dixo Patronio—, una muger fue que avíe nombre doña Truana e era asaz más pobre que rica; e un día iva al mercado e levava una olla de miel en la cabeça. E yendo por el camino, començó a cuidar que vendría [4] aquella olla de miel e que compraría una partida de huevos, e de aquellos huevos nazçirían gallinas e depués, de aquellos dineros que valdrían, conpraría ovejas, e assí fue comprando de las ganançias que faría, que fallóse por más rica que ninguna de sus vezinas.

E con aquella riqueza que ella cuidava que avía, asmó [5] cómmo casaría sus fijos e sus fijas, e cómmo iría aguardada [6] por la calle con yernos e con nueras e cómmo dizían por ella cómmo fuera de buena ventura en llegar

---

nas 25-29 y cuadro desplegable. La moralidad que de él extrae don Juan Manuel está anticipada: *E porque puso todo su pensamiento por fuza vana, non se fizo al cabo nada de lo que ella cuidava.*

[2] *Razón:* asunto. También (vid. más adelante, *Ex. XXVII*) dicho, palabras.

[3] *Fuzas:* confianza, esperanza. Del latín *fiducia*. La evolución normal daría *fiuza* y, como apunta Blecua (ed. cit., nota 228), «*fuza* podría ser yerro del copista, pero sale varias veces y la palabra se documenta con distintas soluciones... existió también la forma *fuizia*». Vid. Corominas, *DELC.*, s.v. *Hucia*.

[4] *Vendría:* vendería. Forma contracta.

[5] *Asmó:* consideró, estimó.

[6] *Aguardada:* acompañada.

a tan grant riqueza, seyendo tan pobre commo solía seer.

E pensando en esto començó a reir con grand plazer que avía de la su buena andança[7], e, en riendo, dio con la mano en su fruente[8] e entonçe cayol la olla de la miel en tierra, e quebróse. Quando vio la olla quebrada, començó a fazer muy grant duelo, toviendo[9] que avía perdido todo lo que cuidava que avría si la olla non le quebrara. E porque puso todo su pensamiento por fuza vana, non se fizo al cabo nada de lo que ella cuidava.

E vos, señor conde, si queredes que lo que vos dixieren e lo que vos cuidardes sea todo cosa çierta, cred e cuidat sienpre todas cosas tales que sean aguisadas[10] e non fuzas dubdosas e vanas. E si las quisierdes provar, guardatvos que non aventuredes, nin pongades de lo vuestro cosa de que vos sintades por fiuza de la pro de lo que non sodes çierto.

Al conde plogo de lo que Patronio le dixo, e fízolo assí e fallóse ende bien.

E porque don Johan se pagó deste exienplo, fízolo poner en este libro e fizo estos viessos:

> A las cosas ciertas vos comendat[11]
> e las fuizas vanas vos dexat.

E la istoria deste exiemplo es ésta que se sigue:

---

[7] *La su buena andança:* fortuna, suerte. Cfr. nota 21, *Ex. III.* Vid. también lo dicho en la nota 2, *Ex. VI.*
[8] *Fruente:* frente.
[9] *Toviendo:* pensando, teniendo para sí.
[10] *Aguisadas:* razonables.
[11] *Comendat:* encomendad.

Exemplo VIII

De lo que contesçió a un omne que avían de alimpiar el fígado [1]

Otra vez fablava el conde Lucanor con Patronio, su consegero, e díxole assí:

—Patronio, sabet que commo quier que Dios me fizo mucha merçed en muchas cosas, que estó agora mucho afincado [2] de mengua de dineros; e commo quiera que me es tan grave de lo fazer commo la muerte, tengo que avíe a vender una de las heredades del mundo de que he más duelo, o fazer otra cosa que me será grand daño como esto. E averlo he de fazer por salir agora desta lazeria e desta cuita en que estó. E faziendo yo esto, que es tan grant mio daño, vienen a mí muchos omnes, que sé que lo pueden muy bien escusar [3], e demándanme que les dé estos dineros que me cuestan tan caros. E por el buen entendimiento que Dios en vos puso, ruégovos que me digades lo que vos paresçe que devo fazer en esto.

—Señor conde Lucanor —dixo Patronio—, paresçe a mí que vos contesçe con estos omnes commo contesçió a un omne que era muy mal doliente [4].

E el conde le rogó quel dixiesse cómmo fuera aquello.

—Señor conde —dixo Patronio—, un omne era muy

_____

[1] Desde Knust (1900, pág. 318) se acepta que este relato procede del cap. 76 *(De concordia)* de la *Gesta Romanorum,* colección de ejemplos interpretados alegóricamente, muy difundida en la Edad Media (edic. de H. Oesterley, Berlín, 1872). Cfr. lo que dice Devoto (1972, págs. 378 y s.), quien pone en evidencia la escasa relación entre el texto de don Juan Manuel y la fuente citada y destaca «la profunda ironía del texto español y su cabal adaptación a la necesidad *ejemplar* del protagonista».

[2] *Afincado:* apremiado.

[3] *Que lo pueden... escusar:* que no lo necesitan.

[4] *Doliente:* enfermo.

mal doliente, assí quel dixieron los físicos que en ninguna guisa non podía guaresçer[5] si non le feziessen una avertura por el costado, e quel sacassen el fígado por él, e que lo lavassen con unas melezinas que avía mester, e quel alinpiassen de aquellas cosas porque el fígado estava maltrecho. Estando él sufriendo este dolor e teniendo el físico el fígado en la mano, otro omne que estava ý çerca dél, començó de rogarle quel diesse de aquel fígado para un su gato.

E vos, señor conde Lucanor, si queredes fazer muy grand vuestro daño por aver dineros e darlos do se deven escusar, dígovos que lo podiedes fazer por vuestra voluntad, mas nunca lo faredes por el mi consejo.

Al conde plogo de aquello que Patronio dixo, e guardóse ende dallí adelante, e fallósse ende bien.

E porque entendió don Johan que este exiemplo era bueno, mandólo escrivir en este libro e fizo estos viessos que dizen assí:

> *Si non sabedes qué devedes dar,*
> *a grand daño se vos podría tornar.*

E la istoria deste exiemplo es ésta que se sigue:

Exemplo IX

De lo que contesçió a los dos cavallos con el león[1]

Un día fablava el conde Lucanor con Patronio, su consegero, en esta guisa:

—Patronio, grand tiempo ha que yo he un enemigo de que me vino mucho mal, e esso mismo ha él de mí,

---

[5] *Guaresçer:* curar, sanar. También (vid. más adelante, *Ex. XV*) librarse.

[1] Este ejemplo, cuyo tema es la alianza entre débiles frente a un enemigo común más poderoso, es el resultado perfecto de la combinación de elementos diversos. María Rosa Lida (1969, pá-

en guisa que, por las obras e por las voluntades, estamos muy mal en uno[2]. E agora acaesçió assí: que otro omne muy más poderoso que nos entramos[3] va començando algunas cosas de que cada uno de nos reçela quel puede

gina 107, núm. 18) señaló que «se sitúa muy verosímilmente en Túnez, residencia del infante don Enrique de quien se contaba cierto caballeresco encuentro con un león, pero el tema se halla en la *Gesta Romanorum* y en la *Summa Praedicantium* de Bromyard, quienes lo han variado, partiendo de una anécdota de los *Estratagemas* de Frontino (Knust, págs. 321 y s. Cfr. también Abubéquer de Tortosa, *Lámpara de los príncipes*, trad. M. Alarcón, Madrid, 1930, I, págs. 272 y s.)». A. de Puybusque (*Le Comte Lucanor. Apologues et fabliaux du* xive *siècle...*, París, 1854, página 213) había señalado ya como germen del relato un episodio de la «Crónica del Rey Alfonso Décimo» (en *Crónica de los Reyes de Castilla*, BAE, LXVI, edición de C. Rossell y López, Madrid, 1875, cap. VIII, «De cómo el rey Don Alfonso quiso prender a Don Enrique e de las cosas que acaescieron a este infante Don Enrique», págs. 7a-8b). En él, entre otras cosas, se cuenta que el infante, perseguido por su hermano, se refugió en Túnez donde fue muy bien recibido por el rey y guerreó a su servicio durante cuatro años. Acusado de tramar su muerte, el rey «mandó llamar a Don Enrique... e entró en el corral do era aconsejado que entrase... díjole.el Rey que le esperase allí e que luego vernía allí a él; e salió el Rey de aquel lugar del corral, e por la otra parte salieron los dos leones a fiucia que lo matarían. E don Enrique sacó la espada que él traía consigo, que la non partía de sí, e tomó contra ellos, e los leones non fueron a él. E don Enrique fue a la puerta e salió del corral».

Don Juan Manuel combina, pues, en este ejemplo un hecho más o menos histórico (h. 1259) con un relato utilizado en los ejemplarios medievales: dos animales que se alían para vencer a un tercero más fuerte (tanto en Abubéquer de Tortosa como en la *Gesta Romanorum* y en Bromyard son dos perros que luchan contra un lobo, aunque presentan variantes). Y el primero sirve de marco al segundo; pero lo importante es que da tanta importancia a la creación de la atmósfera de la circunstancia social e histórica como a la del *exemplum* propiamente dicho. La unión entre ambas partes es perfecta: la primera se constituye en un medio para dar realismo y veracidad a la recreación de un relato tradicional que es el núcleo de la ejemplaridad. En otro sentido, obsérvese el paralelismo y la distribución de las cláusulas. Vid., además, Ayerbe-Chaux (1975), págs. 72 y ss., y Devoto (1972), página 379. De este último vid. además «El noveno ejemplo de *El Conde Lucanor* y "La casada infiel"», en homenaje al prof. A. Vilanova, I, Barcelona, PPU, 1989, págs. 177-188.

[2] *Muy mal en uno:* enemistados.
[3] *Entramos:* juntos, los dos. Cfr. la nota 18, *Ex. II.*

venir muy grand daño. E agora aquel mio enemigo envióme dezir que nos aviniéssemos en uno [4], para nos defender daquel otro que quiere ser contra nos; ca si amos fuéremos ayuntados, es çierto que nos podremos defender; e si el uno de nos se desvaría del otro, es çierto que qualquier de nos que quiera estroir [5] aquel de que nos reçelamos, que lo puede fazer ligeramente. E de que el uno de nos fuere estroído, cualquier de nos que fincare [6] sería muy ligero de estroir. E yo agora estó en muy grand duda de este fecho ca de una parte me temo mucho que aquel mi enemigo me querría engañar, e si él una vez en su poder me toviesse, non sería yo bien seguro de la vida; e si grant amor [7] pusiéremos en uno, non se puede escusar de fiar yo en él, e él en mí. E esto me faze estar en grand reçelo. De otra parte, entiendo que si non fuéremos amigos assí commo me lo envía rogar, que nos puede venir muy grand daño por la manera que vos ya dixe. E por la grant fiança que yo he en vos e en el vuestro buen entendimiento, ruégovos que me consejedes lo que faga en este fecho.

—Señor conde Lucanor —dixo Patronio—, este fecho es muy grande e muy peligroso, e para que mejor entendades lo que vos cumplía de fazer, plazerme ía que sopiéssedes lo que contesçió en Túnez a dos cavalleros que bivían con el infante don Enrique.

El conde le preguntó cómmo fuera aquello.

—Señor conde —dixo Patronio—, dos cavalleros que vivían con el infante don Enrique eran entramos muy amigos e posavan siempre en una posada. E estos dos cavalleros non tenían más de sendos cavallos, e assí commo los cavalleros se querían muy grant bien, bien assí los cavallos se querían muy grand mal. E los cavalleros non eran tan ricos que pudiessen mantener dos posadas, e por la malquerençia de los cavallos non podían posar en una posada, e por esto avían a vevir vida muy enojosa. E de que esto les duró un tiempo e vieron que non lo

---

[4] *Aviniéssemos en uno:* nos uniésemos.
[5] *Estroir:* destruir.
[6] *Fincar:* quedar.
[7] *Amor:* amistad.

podían más sofrir, contaron su fazienda a don Enrique e pediéronle por merçed que echase aquellos caballos a un león que el rey de Túnez tenía.

Don Enrique les gradesçió lo que dezían muy mucho, e fabló con el rey de Túnez. E fueron los cavallos muy bien pechados [8] a los cavalleros, e metiéronlos en un corral do estava el león. Quando los cavallos se vieron en el corral, ante que el león saliesse de la casa [9] do yazía ençerrado, començáronse a matar lo más buenamente del mundo. E estando ellos en su pellea abrieron la puerta de la casa en que estava el león, e de que salió al corral e los cavallos lo vieron, començaron a tremer muy fieramente [10] e poco a poco fuéronse legando el uno al otro. E desque fueron entramos juntados en uno, estovieron así una pieça [11], e endereçaron entramos al león e paráronlo tal a muessos [12] e a coçes que por fuerça se ovo de ençerrar en la casa donde saliera. E fincaron los cavallos sanos, que [13] les non fizo ningún mal el león. E después fueron aquellos cavallos tan bien avenidos en uno, que comíen muy de grado en un pesebre e estavan en uno en casa [14] muy pequeña. E esta avenençia ovieron entre sí por el grant reçelo que ovieron del león.

—E vos, señor conde Lucanor, si entendedes que aquel vuestro enemigo a tan grand reçelo de aquel otro de que se reçela e a tan grand mester a vos porque forçadamente aya de olbidar quanto mal passó entre vos e él, e entiende que sin vos non se puede bien defender, tengo que assí commo los cavallos se fueron poco a poco ayuntando en uno fasta que perdieron el reçelo, fueron bien seguros el uno del otro, que assí devedes vos, poco

---

[8] *Pechados:* pagados. «Pechar: pagar el pecho o tributo. Se tomaba en lo antiguo por lo mismo que pagar absolutamente.» *Dicc. Aut.*

[9] *Casa:* jaula, leonera.

[10] *Tremer muy fieramente:* temblar fuertemente.

[11] *Pieça:* rato. Cfr. la nota 24, *Ex. II.*

[12] *Muessos:* bocados, mordiscos. Del latín *morsu.*

[13] *Que:* valor causal. En tiempos de don Juan Manuel, las conjunciones presentaban todavía muchos ejemplos de plurivalencia.

[14] *Casa:* cuadra.

a poco, tomar fiança e afazimiento [15] con aquel vuestro enemigo. E si fallardes en 'l siempre buena obra e leal, en tal manera que seades bien çierto que en ningún tiempo, por bien quel vaya, que nunca vos verná [16] dél daño, estonçe faredes bien e será vuestra pro de vos ayudar porque otro omne estraño non vos conquiera [17] nin vos estruya. Ca mucho deven los omnes fazer e sofrir a sus parientes e a sus vezinos porque non sean maltraídos de los otros estraños. Pero si vierdes que aquel vuestro enemigo es tal o de tal manera, que desque lo oviésedes ayudado en guisa que saliese por vos de aquel peligro, que después que lo suyo fuesse en salvo, que sería contra vos e non podríades dél ser seguro; si él tal fuer, faríades mal seso [18] en le ayudar, ante tengo quel devedes estrañar [19] quanto pudierdes, ca pues viestes que, seyendo él en tan grand quexa [20], non quiso olvidar el mal talante que vos avía, e entendiestes que vos lo tenía guardado para quando viesse su tiempo que vos lo podría fazer, bien entendedes vos que non vos dexa lograr para fazer ninguna cosa porque salga por vos de aquel grand peliglo en que está.

Al conde plogo desto que Patronio dixo, e tovo quel dava muy buen consejo.

E porque entendió don Johan que este exiemplo era bueno, mandólo escrivir en este libro e fizo estos viessos que dizen assí:

> *Guardatvos de seer conquerido del estraño,*
> *seyendo del vuestro bien guardado de daño.*

E la istoria deste exiemplo es ésta que se sigue:

---

[15] *Fiança e afazimiento:* confianza y familiaridad.

[16] *Verná:* vendrá.

[17] *Conquiera:* se adueñe de, conquiste. «Es voz anticuada», dice el . *Dic. Aut.* Cfr.: «Otrosí, decimos que los cavalleros que han a defende la tierra e conquerirla de los enemigos de la Fe, deven ser escusados por no entender las leyes.» *Partidas,* tít. I, Libro 21.

[18] *Faríades mal seso:* no sería muy sensato.

[19] *Estrañar:* rehuir, apartarse.

[20] *Quexa:* apuro, pena, preocupación.

Exemplo X

DE LO· QUE CONTESÇIÓ A UN OMNE QUE POR POBREZA
E MENGUA DE OTRA VIANDA COMÍA ATRAMUZES [1]

Otro día fablava el conde Lucanor con Patronio en
esta manera:

—Patronio, bien conosco a Dios que me a fecho muchas merçedes, más quel yo podría servir, e en todas las
otras cosas [2] entiendo que está la mi fazienda asaz con
bien e con onra; pero algunas vegadas me contesçe de
estar tan afincado [3] de pobreza que me paresçe que querría tanto la muerte commo la vida. E ruégovos que algún
conorte [4] me dedes para esto.

—Señor conde Lucanor —dixo Patronio—, para que

---

[1] La fuente inmediata de este ejemplo parece ser la señalada
por F. de la Granja («Origen árabe de un famoso cuento español»,
en *Al-Andalus,* 24 [1959], págs. 319-332); se trata de un episodio
narrado en una obra perdida de Ibn Baškuwāl y que se conserva
en la antología de Ibn Sa'id: «Estando en Egipto, presencié la
fiesta con las gentes, que se marcharon a comer lo que tenían
preparado, mientras yo me dirigía al Nilo. No tenía otra cosa
para romper el ayuno que unos pocos altramuces que me habían
sobrado, en un pañuelo. Descendí a la orilla y me puse a comer-
los y a arrojar las cáscaras a mis pies, diciendo para mis adentros:
¿habrá hoy en Egipto, en esta festividad, alguien en peor situación que yo? Pero apenas levanté la cabeza vi ante mí un hombre que recogía y comía las cáscaras de los altramuces que yo
tiraba. Comprendí que aquello era un aviso de Dios —honrado y
ensalzado sea— y le di gracias» (pág. 326). Citado por Devoto,
1972, págs. 380 y s. La famosa décima de Calderón «Cuentan de un
sabio que un día...» (*La vida es sueño,* I, esc. II) procede del
ejemplo juanmanuelino. *Atramuces, atramices:* altramuces. Dice
María Goyri en su edición (pág. 58): «con la vacilación de la
vocal por la transcripción del vocablo árabe. Ahora decimos al-
tramuz, sin asimilar la *l* del artículo árabe».

[2] *En todas las otras cosas:* por lo demás.
[3] *Afincado:* apurado, apremiado. Cfr. la nota 9, *Ex. VI.*
[4] *Conorte:* consuelo, ánimo. Cfr. la nota 14, *Ex. V.*

vos conortedes quando tal cosa vos acaesçiere, sería muy bien que sopiésedes lo que acaesçió a dos omnes que fueron muy ricos.

El conde le rogó quel dixiesse cómmo fuera aquello.

—Señor conde Lucanor —dixo Patronio—, de estos dos omnes, el uno dellos llegó a tan grand pobreza quel non fincó en el mundo cosa que pudiese comer. E desque fizo mucho por buscar alguna cosa que comiesse, non pudo aver cosa del mundo sinon una escudiella de atramizes. E acordándose de quando rico era e solía ser, que agora con fambre e con mengua avía de comer los atramizes, que son tan amargos e de tan mal sabor, començó de llorar muy fieramente, pero con la grant fambre començó de comer de los atramizes, e en comiéndolos, estava llorando e echava las cortezas de los atramizes en pos sí. E él estando en este pesar e en esta coita, sintió que estava otro omne en pos dél e bolbió la cabeça e vio un omne cabo dél [5], que estava comiendo las cortezas de los atramizes que él echava en pos de sí, e era aquél de que vos fablé desuso [6].

E quando aquello vio el que comía los atramizes, preguntó a aquél que comía las cortezas que por qué fazía aquello. E él dixo que sopiese que fuera muy más rico que él, e que agora avía llegado a tan grand pobreza e en tan grand fanbre quel plazía mucho quando fallava aquellas cortezas que él dexava. E quando esto vio el que comía los atramizes, conortóse, pues entendió que otro avía más pobre que él, e que avía menos razón porque lo devíe seer. E con este conorte, esforçósse e ayudol Dios, e cató manera en cómmo saliesse de aquella pobreza, e salió della e fue muy bien andante.

E, señor conde Lucanor, devedes saber que el mundo es tal, e aunque nuestro señor Dios lo tiene por bien, que ningún omne non aya complidamente todas las cosas. Mas, pues en todo lo ál [7] vos faze Dios merçed e estades con vien e con onra, si alguna vez vos menguare dineros

---

[5] *Cabo dél:* junto a él, cerca de él. Cfr.: «Non ha nada cabo el otro juëz, qual pueda aprender», *Fuero Juzgo,* l. II, tít. 2.

[6] *Desuso:* antes, más arriba. Del latín *sursum.*

[7] *Lo ál:* lo restante, lo otro.

o estudierdes[8] en affincamiento[9], non desmayedes por ello, e cred por çierto que otros más onrados e más ricos que vos estarán tan afincados, que se terníen[10] por pagados si pudiessen dar a sus gentes e les diessen aún muy menos de quanto vos les dades a las vuestras.

Al conde plogo mucho desto que Patronio dixo, e conortóse, e ayudóse[11] él, e ayudol Dios, e salió muy bien de aquella quexa en que estava.

E entendiendo don Johan que este exiemplo era muy bueno, fízolo poner en este libro e fizo estos viessos que dizen assí:

> Por pobreza nunca desmayedes,
> pues otros más pobres que vos veredes.

E la istoria deste exiemplo es ésta que se sigue:

Exemplo XI

De lo que contesçió a un deán de Sanctiago con don Yllán, el grand maestro de Toledo[1]

---

[8] *Estudierdes:* estuviéreis (de estudio).

[9] *Affincamiento:* apuro, aflicción.

[10] *Terníen:* tendrían.

[11] *Ayudóse:* tomó las medidas necesarias. Dice el *Dic. Aut.:* «hacer las diligencias convenientes para hacer alguna cosa, poniendo los medios oportunos.» Cfr.: «Serví a un señor, salíme sin oficio / mas alguno dirá que no me ayudo», *Canc. Cart.*

[1] Baltasar Gracián en su *Agudeza y Arte de ingenio* (edición E. Correa Calderón, Madrid, Clás. Castalia, 15, 1969, t. II, páginas 210 y 212) dice: «... es muy sazonado este cuento, en que pondera la ingratitud de los que levantados a gran fortuna se olvidan de sus amigos que les ayudaron a subir... Nótese lo primero, la relevante moralidad, la valentía del empeño, y cómo se va enredando la ficción, sobre todo la ingeniosa y pronta salida». Tanto la «ejemplaridad» como el arte en la composición, señalados por Gracián, aparte su numerosa descendencia literaria (vid. entre otros, *La prueba de las promesas* de J. Ruiz de Alarcón y, modernamente, la adaptación de J. L. Borges recogida en *Historia universal de la infamia,* Madrid, Alianza, 1975 (2.ª), págs. 121 y ss., o la bella glosa que le dedicó Azorín en «Los valores literarios», *OC,* t. II, Madrid, 1947, págs. 1040 y ss.) han hecho

Otro día fablava el conde Lucanor con Patronio, e contával su fazienda[2] en esta guisa:

—Patronio, un omne vino a me rogar quel ayudasse en un fecho que avía mester mi ayuda, e prometióme que faría por mí todas las cosas que fuessen mi pro e mi onra[3]. E yo començel a ayudar quanto pude en aquel fecho. E ante que el pleito fuesse acabado, teniendo él que ya el su pleito era librado[4], acaesçió una cosa en que cumplía que él la fiziesse por mí, e roguel que la fiziesse e él púsome escusa. E después acaesçió otra cosa que pu-

---

de este ejemplo el más famoso y conocido del libro. Vid. el relato de E. Anderson Imbert incluido en el libro *El leve Pedro,* Madrid, Alianza Editorial, 1976, págs. 110-114.

El cuento, que tiene como temas la ingratitud del discípulo para con su maestro —ya aludido por Gracián—, y el de «la ilusión mágica o, más precisamente el tiempo mágico» (Devoto, 1972, págs. 382 y ss.), figura en colecciones latinas como el *Promptuarium exemplorum* de J. Hérolt, en el *Speculum morale* atribuido a Vicente de Beauvais, en la *Scala caeli* de Jean Gobi y en la *Summa praedicantium* de Bromyard (vid. Knust, 1900, pág. 331, y M.ª Rosa Lida, 1969, pág. 97). Pero «faltan en todos las dos características más salientes de nuestro ejemplo...: la fina arquitectura psicológica del relato, centrado sobre la ingratitud conocida desde un principio por el maestro, y ocultada con verdadera maestría a los ojos del lector que no prevee la catástrofe; colocar la ascensión del discípulo ingrato sobre la jerarquía eclesiástica, rasgo impensable para sus predecesores...» (Devoto, 1972, página 384). En este sentido, adviértase el paralelismo estructural y la gradación estilística en las peticiones de don Yllán y las falsas promesas del Deán de Santiago (a medida que crece la queja del primero, aumenta la descortesía del segundo, para terminar en una amenaza), gradación que se produce también en la expresión del tiempo y en la calidad de los mensajeros, a la vez que en la rápida carrera eclesiástica, teñida de nepotismo, del deán. Finalmente, es de señalar el arte de don Juan Manuel al ambientar un tema tradicional en un marco real y conocido de sus lectores: Toledo (alusión al Tajo y al plato típico toledano de las perdices asadas: elemento que abre y cierra la ilusión mágica) y su fama medieval como sede de la nigromancia (vid. Ayerbe Chaux, 1975, páginas 98 y ss., y textos sobre la tradición de la nigromancia toledana en págs. 243 y ss.).

[2] *Fazienda:* asunto. Vid. nota 3 del Prólogo.

[3] *Que fuessen mi pro e mi onra:* insistimos, una vez más, en lo dicho acerca de la obsesión de don Juan Manuel por los problemas inherentes de su condición social.

[4] *Librado:* solucionado, arreglado.

diera fazer por mí, e púsome escusa commo a la otra; e esto me fizo en todo lo quel rogué quél fiziesse por mí. E aquel fecho por que él me rogó, non es aún librado, nin se librará si yo non quisiere. E por la fiuza [5] que yo he en vos e en el vuestro entendimiento, ruégovos que me consejedes lo que faga en esto.

—Señor conde —dixo Patronio—, para que vos fagades en esto lo que vos devedes, mucho querría que sopiésedes lo que contesçió a un deán [6] de Sanctiago con don Yllán, el grand maestro [7] que morava en Toledo.

E el conde le preguntó cómmo fuera aquello.

—Señor conde —dixo Patronio—, en Sanctiago avía un deán que avía muy grant talante de saber el arte de la nigromançia [8], e oyó dezir que don Yllán de Toledo sabía ende más que ninguno que fuesse en aquella sazón; e por ende vínose para Toledo para aprender de aquella sciençia. E el día que llegó a Toledo adereçó luego a casa de don Yllán e fallólo que estava leyendo en una cámara muy apartada; e luego que legó a él, reçibiólo muy bien e díxol que non quería quel dixiesse ninguna cosa de lo porque [9] venía fasta que oviese comido. E pensó muy bien dél [10] e fízol dar muy buenas posadas, e todo lo que ovo mester, e diol a entender quel plazía mucho con su venida.

E después que ovieron comido, apartósse con él, e contol la razón porque allí viniera, e rogol muy affincadamente quel mostrasse aquella sciençia que él avía

---

[5] *Fiuza:* confianza. Vid. lo dicho en la nota 3, *Ex. VII.*

[6] *Deán:* del latín *decanus,* literalmente: jefe o cabeza de un grupo de diez (monjes en un monasterio). Es el que preside el cabildo en las iglesias catedrales y segunda jerarquía tras el prelado.

[7] *Maestro:* en las artes de la magia.

[8] *Nigromançia:* magia negra. Procede de la palabra griega *nekromantéia,* «adivinación por medio de los muertos», alterada por influjo del latín *niger*=negro, a causa de la magia negra, con lo que cambió de sentido. Corominas, *DELC s. v.* necrología. «El arte abominable de executar cosas extrañas y preternaturales por medio de la invocación del demonio y pacto con él», *Dic. Aut.*

[9] *Lo porque:* aquello por lo que.

[10] *Pensó... dél:* cuidó de él.

muy grant talante de aprender. E don Yllán díxol que él era deán e omne de grand guisa e que podía llegar a grand estado —e los omnes que grant estado tienen, de que todo lo suyo an librado a su voluntad, olbidan mucho aína [11] lo que otrie [12] a fecho por ellos— e él que se reçelava que, de que él oviesse aprendido dél aquello que él quería saber, que non le faría tanto bien commo él le prometía. E el deán le prometió e le asseguró que de qualquier vien que él oviesse, que nunca faría sinon lo que él mandasse.

E en estas fablas estudieron desque ovieron yantado fasta que fue ora de çena. De que su pleito fue bien assossegado [13] entre ellos, dixo don Yllán al deán que aquella sçiençia non se podía aprender sinon en lugar mucho apartado e que luego essa noche le quería amostrar do avían de estar fasta que oviesse aprendido aquello que él quería saber. E tomol por la mano e levol a una cámara. E en apartándose de la otra gente, llamó a una mançeba de su casa e díxol que toviesse perdizes para que çenassen essa noche, mas que non las pusiessen a assar fasta que él gelo mandasse.

E desque esto ovo dicho, llamó al deán; e entraron entramos por una escalera de piedra muy bien labrada e fueron descendiendo por ella muy grand pieça, en guisa que paresçía que estavan tan vaxos que passava el río de Tajo por çima dellos. E desque fueron en cabo [14] del escalera, fallaron una possada [15] muy buena, e una cámara mucho apuesta que y avía, ó estavan los libros e el estudio en que avían de leer. De que se assentaron, estavan parando mientes en quáles libros avían de començar. E estando ellos en esto, entraron dos omnes por la puerta e diéronle una carta quel enviava el ar-

---

[11] *Aína:* rápidamente, en seguida. Cfr.: «Querémoslo aquí mostrar porque todo cristiano los pueda más aína aprender», *Partidas,* tomo I, tít. 3, lib. 2.
[12] *Otrie:* otro. Parece indudable que es don Juan Manuel quien habla, pensando en experiencias personales.
[13] *Assossegado:* asentado, pactado.
[14] *En cabo de:* al final de.
[15] *Possada:* estancia.

çobispo, su tío, en quel fazía saber que estava muy mal doliente e quel enviava rogar que sil quería veer vivo, que se fuesse luego [16] para él. Al deán pesó mucho con estas nuebas: lo uno por la dolençia de su tío, e lo ál porque reçeló que avía de dexar su estudio que avía començado. Pero puso en su coraçón de non dexar aquel estudio tan aína, e fizo sus cartas de repuesta e enviólas al arçobispo su tío.

E dende a tres o quatro días llegaron otros omnes a pie que traían otras cartas al deán en quel fazían saber que el arçobispo era finado, e que estavan todos los de la eglesia en su esleçción e que fiavan por la merçed de Dios que eslerían [17] a él, e por esta razón que non se quexasse [18] de ir a lla eglesia, ca mejor era para él en quel esleyessen seyendo en otra parte que non estando en la eglesia.

E dende a cabo de siete o de ocho días, vinieron dos escuderos muy bien vestidos e muy bien aparejados, e quando llegaron a él, vesáronle la mano e mostráronle las cartas en cómmo le avían esleído por arçobispo. Quando don Yllán esto oyó, fue al electo e díxol cómmo gradesçía mucho a Dios porque estas buenas nuebas le llegaran a su casa, e pues Dios tanto bien le fiziera, quel pedía por merçed que el deanadgo que fincava vagado [19] que lo diesse a un su fijo. E el electo díxol quel rogava quel quisiesse consentir que aquel deanadgo que lo oviesse un su hermano; mas que él le faría bien en guisa que él fuesse pagado, e quel rogava que fuesse con 'l para Sanctiago e que levasse aquel su fijo. Don Yllán dixo que lo faría.

Fuéronse para Sanctiago. Quando ý llegaron, fueron muy bien reçebidos e mucho onradamente. E desque moraron ý un tiempo, un día llegaron al arçobispo mandaderos del Papa con sus cartas en cómol dava el obis-

---

[16] *Luego:* rápidamente. Vid. la nota 6, *Ex. I,* frente al valor de «después» que tiene más arriba.
[17] *Eslerían:* elegirían. Como *eslecçión:* elección.
[18] *Quexasse:* apurase, preocupase.
[19] *Vagado:* vacío, vacante.

pado de Tolosa, e quel dava gracia [20] que pudiesse dar el arçobispado a qui quisiesse. Quando don Yllán oyó esto, retrayéndol mucho affincadamente [21] lo que con él avía passado, pidiol merçed quel diesse a su fijo; e el arçobispo le rogó que consentiesse que lo oviesse un su tío, hermano de su padre. E don Yllán dixo que bien entendíe quel fazía grand tuerto [22], pero que esto que lo consintía en tal que fuesse seguro que gelo emendaría adelante. E el arzobispo le prometió en toda guisa que lo faría assí, e rogol que fuessen con él a Tolosa e que levasse su fijo.

E desque llegaron a Tolosa, fueron muy bien reçebidos de condes e de quantos omnes buenos [23] avía en la tierra. E desque ovieron ý morado fasta dos años, llegaron los mandaderos del Papa con sus cartas en cómmo le fazía el Papa cardenal e quel fazía gracia que diesse el obispado de Tolosa a qui quisiesse. Entonçe fue a él don Yllán e díxol que, pues tantas vezes le avía fallesçido [24] de lo que con él pusiera [25], que ya que non avía logar del poner escusa ninguna que non diesse algunas de aquellas dignidades a su fijo. E el cardenal rogol quel consentiese que oviesse aquel obispado un su tío, hermano de su madre, que era omne bueno ançiano; mas que, pues él cardenal era, que se fuese con él para la Corte, que asaz avía en qué le fazer bien. E don Yllán quexósse ende mucho, pero consintió en lo que el cardenal quiso, e fuesse con él para la Corte.

E desque ý llegaron, fueron bien reçebidos de los cardenales e de quantos en la Corte eran e moraron ý muy grand tiempo. E don Yllán affincando [25] cada día al cardenal quel fiziesse alguna gracia a su fijo, e él poníal sus escusas.

---

[20] *Dava gracia:* autorizaba.
[21] *Retrayéndol… affincadamente:* echándole en cara con firmeza.
[22] *Tuerto:* injusticia, daño.
[23] *Omnes buenos:* la nobleza, gentes de alta condición social.
[24] *Fallesçido:* fallado, faltado.
[25] *Pusiera:* conviniera, acordara.
[26] *Affincando:* apremiando.

E estando assí en la Corte, finó el Papa; e todos los cardenales esleyeron aquel cardenal por Papa. Estonçe fue a él don Yllán e díxol que ya non podía poner escusa de non conplir lo quel avía prometido. El Papa le dixo que non lo affincasse tanto, que siempre avría lugar en quel fiziesse merçed segund fuesse razón. E don Yllán se començó a quexar mucho, retrayéndol quantas cosas le prometiera e que nunca le avía complido ninguna, e diziéndol que aquello reçelava en la primera vegada que con él fablara, e pues aquel estado era llegado e nol cumplía lo quel prometiera, que ya non le fincava logar en que atendiesse [27] dél bien ninguno. Deste aquexamiento se quexó mucho el Papa e començol a maltraer [28] diziéndol que si más le affincasse, quel faría echar en una cárçel, que era ereje e encantador, que bien sabía que non avía otra vida nin otro offiçio en Toledo, do él morava, sinon bivir por aquella arte de nigromançia.

Desque don Yllán vio quánto mal le gualardonava [29] el Papa lo que por él avía fecho, espedióse [30] dél, e solamente nol [31] quiso dar el Papa que comiese por el camino. Estonçe don Yllán dixo al Papa que pues ál non tenía de comer, que se avría de tornar a las perdizes que mandara assar aquella noche, e llamó a la muger e díxol que assasse las perdizes.

Quando esto dixo don Yllán, fallósse el Papa en Toledo, deán de Sanctiago, commo lo era quando ý bino, e tan grand fue la vergüença que ovo, que non sopo quel dezir. E don Yllán díxol que fuesse en buena ventura e que assaz avía provado lo que tenía en él, e que ternía por muy mal enpleado si comiesse su parte de las perdizes.

E vos, señor conde Lucanor, pues veedes que tanto fazedes por aquel omne que vos demanda ayuda e non vos da ende mejores gracias, tengo que non ave-

---

[27] *Atendiesse:* esperase.
[28] *Maltraer:* denostar, maltratar.
[29] *Gualardonava:* premiaba, recompensaba.
[30] *Espedióse:* despidióse.
[31] *Solamente nol:* ni siquiera le.

des por qué trabajar nin aventurarvos mucho por llegarlo a logar [32] que vos dé tal galardón commo el deán dio a don Yllán.

El conde tovo esto por buen consejo, e fízolo assí, e fallósse ende bien.

E porque entendió don Johan que era éste muy buen exiemplo, fízolo poner en este libro e fizo estos viessos que dizen assí:

Al que mucho ayudares e non te lo conosçiere [33],
menos ayuda abrás dél, desque en grand onra subiere.

E la estoria deste exiemplo es ésta que se sigue:

Exemplo XII

De lo que contesçió a un raposo con un gallo [1]

El conde Lucanor fablava con Patronio, su consejero, una vez en esta guisa:

—Patronio, vos sabedes que, loado a Dios, la mi tie-

---

[32] *Llegarlo a logar:* darle ocasión, ponerlo en situación.

[33] *Conosçiere:* reconociere, agradeciere.

[1] Ayerbe-Chaux sugiere como germen de esta fábula («fuente posible, no segura») la versión de Raimundo Lulio (*Obras literarias, BAC,* Madrid, 1948, pág. 691) y afirma que «tal como la presenta don Juan Manuel, es única en la literatura de la Edad Media» (1975, págs. 64-65). Existía el tema del zorro y el gallo, pero con diversas variantes.

Interesa destacar en este ejemplo el amplio desarrollo de algunos elementos del marco. Patronio expone, condicionado por la cuestión planteada por el Conde, los riesgos del consejero; y más tarde, en el *envío,* y enlazando con el tema central del relato —daño causado por miedo injustificado: «*nunca tomedes miedo sin razón, nin vos espantedes de valde por amenazas...*»—, se hace portavoz de los conocimientos estratégicos del autor. Cfr. *Libro de los estados,* caps. LXX y ss. (ed. cit., págs. 288 y ss.). Vid. Devoto, 1972, pág. 394.

rra es muy grande e non es toda ayuntada en uno. E commo quier que yo he muchos lugares que son muy fuertes, he algunos que lo non son tanto, e otrosí otros lugares que son ya quanto [2] apartados de la mi tierra en que yo he mayor poder. E quando he contienda con mios señores e con mios vezinos que an mayor poder que yo, muchos omnes que se me dan por amigos, e otros que se me fazen consejeros, métenme grandes miedos e grandes espantos e conséjanme que en ninguna guisa non esté en aquellos mios lugares apartados, sinon que me acoja e esté en los lugares más fuertes e que son bien dentro en mi poder; e porque yo sé que vos sodes muy leal e sabedes mucho de tales cosas commo éstas, ruégovos que me consejedes lo que vos semeja que me cumple de fazer en esto.

—Señor conde Lucanor —dixo Patronio—, en los grandes fechos e muy dubdosos son muy periglosos los consejos, ca en los más de los consejos non puede omne fablar çiertamente, ca non es omne seguro a que pueden recodir [3] las cosas; ca muchas vezes viemos que cuida omne una cosa e recude después a otra, ca lo que cuida omne que es mal, recude a las vegadas a bien, e lo que cuida omne que es vien, recude a las vegadas a mal; e por ende, el que a a dar consejo [4], si es omne leal e de buena entençión, es en muy grand quexa quando ha de consejar, ca si el consejo que da recude a bien, non ha otras gracias sinon que dizen que fizo su debdo [5] en dar buen consejo; e si el consejo a bien non recude, sienpre finca el consejero con daño e con vergüença. E por ende, este consejo, en que ay muchas dubdas e muchos periglos, plazerme ía de coraçón si pudiese escusar de non lo dar, mas pues queredes que vos conseje, e non lo puedo escusar, dígovos que querría mucho que sopiésedes cómmo contesçió a un gallo con un raposo.

El conde le preguntó cómmo fuera aquello.

—Señor conde —dixo Patronio—, un omne bueno

---

[2] *Quanto:* muy.
[3] *Recodir:* recudir, responder.
[4] *A a dar consejo:* tiene que dar consejo.
[5] *Fizo su debdo:* cumplió con su obligación.

avía una casa en la montaña, e entre las otras cosas
que criava en su casa, criava siempre muchas gallinas e
muchos gallos. E acaesçió que uno de aquellos gallos
andava un día allongado [6] de la casa por un campo e
andando él muy sin reçelo, violo el raposo e vino muy
ascondidamente, cuidándolo tomar. E el gallo sintiólo
e subió en un árbol que estava ya quanto alongado de
los otros. Quando el raposo entendió que el gallo estava en salvo, pesol mucho porque nol pudiera tomar e
pensó en quál manera podría guisar quel tomasse. E
entonçe endereço al árbol, e començol a rogar e a falagar e assegurar que descendiesse a andar por el campo .commo solía; e el gallo non lo quiso fazer. E desque el raposo entendió que por ningún falago non le
podía engañar, començol a menaçar diziéndol que, pues
dél non fiava, que él guisaría cómmo se fallasse ende
mal. E el gallo, entendiendo que estava en su salvo, non
dava nada [7] por sus amenazas nin por sus seguranças.

E desque el raposo entendió que por todas estas maneras non le podía engañar, endereçó al árbol e començó
a roer en él con los dientes e dar en él muy grandes
colpes con la cola. E el cativo [8] del gallo tomó miedo
sin razón, non parando mientes cómmo aquel miedo que
el raposo le ponía non le podía enpeçer [9], e espantóse de
valde [10] e quiso foír [11] a los otros árboles en que cuidava
estar más seguro, que non pudo llegar al monte, mas
llegó a otro árbol. E de que el raposo entendió que tomava miedo sin razón, fue en pos él; e assí lo levó de
árbol en árbor fasta que lo sacó del monte e lo tomó, e
lo comió.

E vos, señor conde Lucanor, a menester que, pues tan
grandes fechos avedes a pasar e vos avedes de partir [12] a
ello, que nunca tomedes miedo sin razón, nin vos espan-

---

[6] *Allongado:* alejado.
[7] *Non dava nada:* no se preocupaba, no le daba importancia.
[8] *Cativo:* infeliz.
[9] *Enpeçer:* hacer daño, causar perjuicio.
[10] *De valde:* sin razón, por nada.
[11] *Foír:* huir.
[12] *Partir:* preparar.

tedes de valde por amenazas, nin por dichos de ningunos, nin fiedes en cosa de que vos pueda venir grand daño, nin grand periglo, e puñad[13] siempre en defender e en amparar los lugares más postrimeros de la vuestra tierra; e non creades que tal omne commo vos, teniendo gentes e vianda, que por non seer el lugar muy fuerte, podríedes tomar peligro ninguno. E si con miedo o con reçelo valdío[14] dexardes los lugares de cabo[15] de vuestra tierra, seguro sed que assí vos irán levando de logar en logar fasta que vos sacassen de todo; ca quanto vos e los vuestros mayor miedo e mayor desmayo mostrássedes en dexando los vuestros logares, tanto más se esforçarán vuestros contrarios para vos tomar lo vuestro. E quando vos e los vuestros viéredes a los vuestros contrarios más esforçados, tanto desmayaredes más, e assí irá yendo el pleito fasta que non vos finque cosa en el mundo; mas si bien porfidiardes[16] sobre lo primero, sodes seguro, commo fuera el gallo si estudiera en el primero árbol, e aun tengo que cumpliría[17] a todos los que tienen fortalezas, si sopiessen este exiemplo, ca non se espantarían sin razón quando les metiessen miedo con engaños, o con cavas[18] o con castiellos de madera[19], o con otras tales cosas que nunca las farían sinon para espantar a los cercados. E mayor cosa vos diré porque beades que vos digo verdat. Nunca logar se puede tomar sinon subiendo por el muro con escaleras o cavando[20] el muro; pero si el muro es alto, non podrán llegar allá las escaleras. E para cavarlo, vien cred que an mester grand vagar[21] los que lo an de cavar. E assí, todos los lugares que se toman o es con miedo o por alguna mengua que an los cercados, e lo demás es por miedo sin razón. E çiertamente, señor conde, los tales commo vos, e aun los

---

[13] *Puñad:* luchad, porfiad con tesón.
[14] *Valdío:* sin motivo, inútil.
[15] *De cabo:* «del extremo», esto es, «fronterizos».
[16] *Porfidiardes:* resistieseis, insistieseis.
[17] *Cumpliría:* convendría.
[18] *Cavas:* fosas.
[19] *Castiellos de madera:* máquinas bélicas.
[20] *Cavando:* horadando, minando.
[21] *Vagar:* sustantivo: tiempo libre, tranquilidad.

otros que non son de tan grand estado commo vos, ante que comencedes la cosa, la devedes catar e ir a ella con grand acuerdo, e non lo pudiendo nin diviendo escusar. Mas, desque en el pleito fuéredes, non a mester que por cosa del mundo tomedes espanto nin miedo sin razón; siquier [22] devédeslo fazer, porque es çierto que de los que son en los periglos, que muchos más escapan de los que se defienden, e non de los que fuyen. Siquier parat mientes, que si un perriello quel quiera matar un grand alano [23], está quedo e regaña [24] los dientes, que muchas vezes escapa, e por grand perro que sea, si fuye, luego es tomado e muerto.

Al conde plogo mucho de todo esto que Patronio le dixo, e fízolo assí, e fallósse dello muy bien.

E porque don Johan tovo este por buen exiemplo, fízolo poner en este libro, e fizo estos viessos que dizen assí:

> *Non te espantes por cosa sin razón,*
> *mas defiéndete bien commo varón.*

E la estoria deste exiemplo es ésta que se sigue:

Exemplo XIII

De lo que contesçió a un omne que tomava perdizes [1]

Fablava otra vez el conde Lucanor con Patronio, su consegero, e díxole:

---

[22] *Siquier:* incluso.
[23] *Alano:* perro alano.
[24] *quedo e regaña...:* quieto y gruñe...
[1] Esta breve fábula, de origen oriental y que se encuentra en algunos ejemplarios medievales (vid. el muy cercano del *Libro de los gatos,* cap. IV, BAE, LI, pág. 544a, y otros citados en Ayerbe-

—Patronio, algunos omnes de grand guisa[2], e otros que lo non son tanto, me fazen a las vegadas enojos e daños en mi fazienda e en mis gentes, e quando son ante mí, dan a entender que les pesa mucho porque lo ovieron a fazer, e que lo non fizieron sinon con muy grand mester e con muy grant cuita e non lo pudiendo escusar. E porque yo querría saber lo que devo fazer quando tales cosas me fizieren, ruégovos que me digades lo que entendedes en ello.

—Señor conde Lucanor —dixo Patronio—, esto que vos dezides que a vos contesçe, sobre que me demandades consejo, paresçe mucho a lo que contesçió a un omne que tomava perdizes.

El conde le rogó quel dixiesse cómmo fuera aquello.

—Señor conde —dixo Patronio—, un omne paró[3] sus redes a las perdizes; e desque las perdizes fueron caídas en la ret, aquel que las caçava llegó a la ret en que yazían las perdizes; e assí commo las iva tomando, matávalas e sacávalas de la red, e en matando las perdizes, dával el viento en los ojos tan reçio quel fazía llorar. E una de las perdizes[4] que estava biva en la red començó a dezir a las otras:

—¡Vet, amigas, lo que faze este omne! ¡Commo quiera que nos mata, sabet que a grant duelo de nos, e por ende está llorando!

E otra perdiz que estava ý, más sabidora que ella, e que con su sabiduría se guardara de caer en la red, respondiol assí:

—Amiga, mucho gradesco a Dios porque me guardó, e ruego a Dios que guarde a mí e a todas mis amigas del que me quiere matar e fazer mal e me da a entender quel pesa del mio daño.

Chaux, 1975, págs. 246 y ss.), se condensa en la frase de la perdiz *más sabidora.* Obsérvese el «doble» consejo de Patronio. Vid. Knust, 1900, págs. 334 y s., y Devoto, 1972, pág. 395. Vid. el análisis de este ejemplo que hace Romera Castillo en *Estudios sobre «El Conde Lucanor»,* Madrid, UNED, 1980, págs. 43-60.

[2] *De grand guisa:* de alta condición social, nobles. Como «omnes buenos» (cfr. nota 25, *Ex. XI*).

[3] *Paró:* preparó, dispuso.

[4] *Perdizes:* el párrafo es prueba evidente de lo dicho más arriba

E vos, señor conde Lucanor, siempre vos guardat del que vierdes que vos faze enojo e da a entender quel pesa por ello porque lo faze; pero si alguno vos fizier enojo, non por vos fazer daño nin desonra, e el enojo non fuere cosa que vos mucho enpesca [5], e el omne fuer tal de que ayades tomado serviçio o ayuda, e lo fiziere con quexa o con mester, en tales logares [6], conséjovos yo que çerredes el ojo [7] en ello, pero en guisa que lo non faga tantas vezes, dende se vos siga daño nin vergüença; mas, si de otra manera lo fiziesse contra vos, estrañadlo [8] en tal manera porque vuestra fazienda e vuestra onra sienpre finque guardada.

El conde tovo por buen consejo éste que Patronio le dava e fízolo assí e fallósse ende bien.

E entendiendo don Johan que este exiemplo era muy bueno, mandólo poner en este libro e fizo estos viessos que dizen assí:

> Quien te mal faz mostrando grand pesar,
> guisa cómmo te puedas dél guardar.

E la istoria deste exiemplo es ésta que se sigue:

Exemplo XIV

DEL MIRAGLO QUE FIZO SANCTO DOMINGO QUANDO PREDICÓ SOBRE EL LOGRERO [1]

Un día fablava el conde Lucanor con Patronio en su fazienda e díxole:

---

[5] *Enpesca:* dañe, perjudique.

[6] *Logares:* ocasiones.

[7] *Cerredes el ojo:* ejemplo del sentido práctico como norma de vida.

[8] *Estrañadlo:* alejadlo.

[1] Este ejemplo, del que existen numerosos relatos paralelos (vid. Devoto, 1972, págs. 395 y s.) es para M.ª Rosa Lida de órigen dominico y «fundado sobre un dicho evangélico (Mateo, (vid. nota 31, *Ex. II*) sobre la presencia de elementos redundantes en la prosa de don Juan Manuel.

—Patronio, algunos omnes me consejan que ayunte el mayor tesoro que pudiere e que esto me cumple más que otra cosa para quequier que[2] me contesca. E ruégovos que me digades lo que vos paresçe en ello.

—Señor conde —dixo Patronio—, commo quier que[3] a los grandes señores vos cumple de aver algún tesoro para muchas cosas e señaladamente porque non dexedes, por mengua de aver, de fazer lo que vos cumplier; e pero non entendades que este tesoro devedes ayuntar en guisa que pongades tanto el talante en ayuntar grand tesoro porque dexedes de fazer lo que devedes a vuestras gentes e para guarda de vuestra onra e de vuestro estado, ca si lo fiziésedes podervos ía acaesçer lo que contesçió a un lonbardo en Bolonia.

El conde le preguntó cómmo fuera aquello.

—Señor conde —dixo Patronio—, en Boloñia avía un lonbardo que ayuntó muy grand tesoro e non catava si era de buena parte o non, sinon ayuntarlo en qualquier manera que pudiesse. El lonbardo adoleçió de dolençia mortal, e un su amigo que avía, desque lo vio en la muerte, consejol que se confessase con sancto Domingo[4], que era estonçe en Bollonia. E el lonbardo quísolo fazer.

E quando fueron por sancto Domingo, entendió sanc-

VI, 21, Lucas, XII, 34), en el que figura el propio Santo Domingo: debe notarse que no sólo es el único santo que interviene en *El Conde Lucanor,* sino, además, que su intervención no es en modo alguno obligatoria, ya que la desconocen las versiones del mismo cuento adoptadas por los *Castigos e documentos,* VII (BAE, LI, págs. 99-100), y por el *Libro de los enxemplos»* (*ibíd.,* páginas 473a y s.)» (1969, pág. 96). La presencia de Santo Domingo es un elemento que da realismo al relato y lo acerca al lector. Ayerbe-Chaux resume así la idea central del ejemplo: «...el desapego a las riquezas que el noble no debe atesorar como avaro, sino en cuanto son necesarias para cumplir sus deberes señoriales» (1975, pág. 45). Cfr. *Libro infinido,* caps. XVII y ss. (ed. cit., págs. 174 y ss.).

Logrero: literalmente «el que busca el lucro».

[2] *Para quequier que*: para cualquier cosa que, lo que quiera que.

[3] *Como quier... pero:* aunque... sin embargo. Valor concesivo.

[4] Santo Domingo (1170-1221), fundador de los dominicos, nacido en Calahorra, predicó y murió en la ciudad italiana de Bolonia.

to Domingo que non era voluntad de Dios que aquel mal omne non sufriesse la pena por el mal que avía fecho, e non quiso ir allá, mas mandó a un fraire que fuesse allá. Quando los fijos del lonbardo sopieron que avía enviado por sancto Domingo, pesóles ende mucho, teniendo [5] que sancto Domingo faría a su padre que diesse lo que avía por su alma, e que non fincaría nada a ellos. E quando el fraire vino, dixiéronle que suava [6] su padre, más quando cumpliesse, que ellos enbiarían por él.

A poco rato perdió el lombardo la fabla, e murió, en guisa que non fizo nada de lo que avía mester para su alma. Otro día, quando lo levaron a enterrar, rogaron a sancto Domingo que predigasse [7] sobre aquel lonbardo. E sancto Domingo fízolo. E quando en la predigación ovo de fablar daquel omne, dixo una palabra [8] que dize el Evangelio, que dize assí: «*Ubi est tesaurus tuus ibi est cor tuum*». Que quiere dezir: «Do es el tu tesoro, ý es el tu coraçón». E quando esto dixo, tornóse a las gentes e díxoles:

—Amigos, porque beades que la palabra del Evangelio es verdadera, fazet catar el coraçón a este omne e yo vos digo que non lo fallarán en el cuerpo suyo e fallarlo an en el arca que tenía el su tesoro.

Estonçe fueron catar el coraçón en el cuerpo e non lo fallaron ý, e falláronlo en el arca commo sancto Domingo dixo. E estava lleno de gujanos [9] e olía peor que ninguna cosa por mala nin por podrida que fuesse.

E vos, señor conde Lucanor, commo quier que el tesoro, commo desuso [10] es dicho, es bueno, guardar dos cosas: la una, en que el tesoro que ayuntáredes, que sea de buena parte; la otra, que non pongades tanto el coraçón en el tesoro porque fagades ninguna cosa que vos non caya [11] de fazer; nin dexedes nada de vues-

---

[5] *Teniendo:* temiendo para sí, pensando.
[6] *Suava:* sudaba. Vale por agonizaba.
[7] *Predigasse:* con sonorización de la sorda intervocálica.
[8] *Palabra:* máxima, sentencia.
[9] *Gujanos:* gusanos.
[10] *Desuso:* vid. nota 6, *Ex. X.*
[11] *Caya:* convenga.

tra onra, nin de lo que devedes fazer, por ayuntar grand tesoro de buenas obras, porque ayades la gracia de Dios e buena fama de las gentes.

Al conde plogo mucho deste consejo que Patronio le dio, e fízolo assí, e fallóse ende bien.

E teniendo don Johan que este exiemplo era muy bueno, fízolo escrivir en este libro e fizo estos viessos que dizen assí:

> Gana el tesoro verdadero
> e guárdate del falleçedero.

E la istoria deste exiemplo es ésta que se sigue:

Exemplo XV

De lo que contesçió a don Lorenço Suárez sobre la çerca de Sevilla [1]

Otra vez fablava el conde Lucanor con Patronio, su consegero, en esta guisa:

---

[1] Este ejemplo parece estar inspirado en dos pasajes de la *Primera Crónica General,* señalados ya por Puybusque y Knust. «Aunque siempre se puede recurrir —dice Ayerbe-Chaux— a un relato perdido, parece que don Juan Manuel..., con datos de la crónica del santo rey don Fernando, forma completamente su ejemplo combinando detalles para obtener una anécdota original con apariencia de relato verdadero» (1975, pág. 91). Una vez más, el autor utiliza libremente unos hechos históricos para llegar a una solución ejemplar: *siempre vençe quien sabe sofrir.* Cfr. *Ex. III.* En el relato, distribuido en dos partes (una *porfía* que determina un hecho de armas como prueba de valor y una *contienda* de *razones* sobre el mismo), aparecen un personaje desconocido (¿Payo de Correa, Alonso Tello? Vid. Devoto, 1975, pág. 397), al que *la vergüença le fazía que non fuyese,* y dos conocidos: García Pérez de Vargas (*...mejor, porque pudo sofrir más el miedo*) y Lorenzo Suárez Gallinato (*aquél judgaron que fuera mejor caballero*) por quien Juan Manuel muestra cierta preferencia (cfr. *Ex. XXVIII*).

—Patronio, a mí acaesçió que ove un rey muy poderoso por enemigo; e desque mucho duró la contienda entre nos, fallamos entramos por nuestra pro[2] de nos avenir. E commo quiera que agora estamos por avenidos e non ayamos guerra, siempre estamos a sospecha el uno del otro. E algunos, también[3] de los suyos commo de los míos, métenme muchos miedos, e dízenme que quiere buschar achaque[4] para seer contra mí; e por el buen entendimiento que avedes, ruégovos que me consejedes lo que faga en esta razón[5].

—Señor conde Lucanor —dixo Patronio—, éste es muy grave consejo de dar por muchas razones: lo primero, que todo omne que vos quiera meter en contienda ha muy grant aparejamiento[6] para lo fazer, ca dando a entender que quiere vuestro servicio e vos desengaña, e vos apercibe, e se duele de vuestro daño, vos dirá siempre cosas para vos meter en sospecha; e por la sospecha, abredes a fazer tales aperçibimientos que serán comienço de contienda, e omne del mundo non podrá dezir contra ellos; ca el que dixiere que non guardedes vuestro cuerpo, davos a entender que non quiere vuestra vida; e el que dixiere que non labredes[7] e guardedes e bastescades[8] vuestras fortalezas, da a entender que non quiere guardar vuestra heredat; e el que dixiere que non ayades muchos amigos e vassallos e les dedes mucho por los aver e los guardar, da a entender que non quiere vuestra onra[9], nin vuestro defendimiento; e todas estas cosas non se faziendo, seríades en grand periglo, e puédese fazer en guisa que será comienço de roído[10]; pero

[2] *Pro:* conveniencia, provecho.
[3] *También:* tanto (en correlación).
[4] *Achaque:* motivo, escusa.
[5] *Razón:* caso. Cfr. nota 2, *Ex. VII.*
[6] *Aparejamiento:* ocasión, oportunidad.
[7] *Labredes:* trabajéis, cuidéis, os preocupéis por.
[8] *Bastescades:* abastezcáis.
[9] *Vida... Heredat... onra:* por este orden enumera don Juan Manuel, lo que no deja de ser significativo. Por más que el alma y la preocupación por ella también aparecen con frecuencia, podrían sacarse conclusiones —una vez más— sobre la escala de valores en la mentalidad del noble medieval.
[10] *Roído:* alboroto, reyerta.

pues queredes que vos conseje lo que entiendo en esto, dígovos que querría que sopiésedes lo que contesçió a un buen cavallero.

El conde le rogó quel dixiesse cómmo fuera aquello.

—Señor conde —dixo Patronio—, el sancto e bienaventurado rey don Ferrando tenía cercada a Sevilla; e entre muchos buenos [11] que eran ý con él, avía ý tres cavalleros que tenían por los mejores tres cavalleros d'armas que entonçe avía en el mundo: e dizían [12] al uno don Lorenço Suárez Gallinato, e al otro don García Périz de Vargas, e del otro non me acuerdo del nombre. E estos tres cavalleros ovieron un día porfía entre sí quál era el mejor cavallero d'armas. E porque non se pudieron avenir en otra manera, acordaron todos tres que se armassen muy bien, e que llegassen fasta la puerta de Sevilla, en guisa que diessen con las lanças a la puerta.

Otro día mañana [13], armáronse todos tres e endereçaron a lla villa; e los moros que estavan por el muro e por las torres, desque vieron que non eran más de tres cavalleros, cuidaron que vinían por mandaderos, e non salió ninguno a ellos, e los tres cavalleros passaron la cava [14] e la barvacana [15], llegaron a la puerta de la villa, e dieron de los cuentos [16] de las lanças en ella; e desque ovieron fecho esto, volbieron las riendas a los cavallos e tornáronse para la hueste.

E desque los moros vieron que non les dizían ninguna cosa, toviéronse por escarnidos [17] e començaron a ir en pos ellos; e quando ellos ovieron avierto la puerta de

---

[11] *Buenos*. Vid. nota 23, *Ex. XI*.
[12] *Dizían*: llamaban.
[13] *Otro día mañana:* uso sin preposición conservando el originario valor de ablativo.
[14] *Cava*. Vid. nota 18, *Ex. XII*.
[15] *Barvacana:* fortificación avanzada para defensa de un puente.
[16] *De los cuentos:* con las puntas. Literalmente, «extremo». Cfr.: «Puesto delante de los desposados, hincado el bastón en el suelo, que tenía el cuento de una punta de acero», Cervantes. *Quijote,* parte II, cap. 21.
[17] *Escarnidos:* escarnecidos.

lla villa, los tres cavalleros que se tornavan su passo [18], eran ya quanto alongados; e salieron en pos dellos más de mil e quinientos omnes a cavallo, e más de veinte mil a pie [19]. E desque los tres cavalleros vieron que vinían cerca dellos, bolbieron las riendas de los cavallos contra ellos e asperáronlos. E quando los moros fueron cerca dellos, aquel cavallero de que olbidé el nombre, enderecó a ellos e fuelos ferir [20]. E don Lorenço Suárez e don García Périz estudieron quedos; e desque los moros fueron más cerca, don García Périz de Vargas fuelos ferir; e don Lorenço Xuárez estudo quedo, e nunca fue a ellos fasta que los moros le fueron ferir; e desque començaron a ferir, metióse entrellos e començó a fazer cosas marabillosas d'armas.

E quando los del real [21] vieron aquellos cavalleros entre los moros, fuéronles acorrer [22]. E commo quier que ellos estavan en muy grand priessa e ellos fueron feridos, fue la merçed de Dios que non murió ninguno dellos. E la pellea fue tan grande entre los christianos e los moros, que ovo de llegar ý el rey don Ferrando. E fueron los christianos esse día muy bien andantes [23]. E desque el rey se fue para su tienda, mandólos prender, diziendo que merescían muerte, pues que se aventuravan a fazer tan grant locura, lo uno en meter la hueste en rebato [24] sin mandado del rey, e lo ál, en fazer perder

---

[18] *Su passo:* despacio.

[19] *Veinte mil a pie...:* expresión claramente desmesurada. La hipérbole como recurso estético suele ser instrumento eficaz en manos de los grandes escritores, sin que se pueda decir que el realismo de la narración se vea disminuido por ello. Piénsese, por ejemplo, en aquella escena de *La casa de Bernarda Alba,* la obra con más pretensiones realistas de García Lorca (como un «documental fotográfico» la define) en la que el autor acota: «Por el fondo de dos en dos empiezan a entrar mujeres de luto... terminan de entrar las doscientas mujeres y aparece Bernarda...», ed. Allen Josephs y Juan Caballero, Madrid, Cátedra, 1976, página 123.

[20] *Ferir:* herir, golpear.

[21] *Real:* campamento, lugar donde se encontraba la tienda del rey.

[22] *Acorrer:* socorrer.

[23] *Bien andantes:* vid. nota 21, *Ex. III.*

[24] *Rebato:* alarma, «llamada a las armas».

tan buenos tres cavalleros. E desque los grandes omnes de la hueste pidieron merçed al rey por ellos, mandólos soltar.

E desque el rey sopo que por la contienda que entrellos oviera fueron a fazer aquel fecho, mandó llamar quantos buenos omnes eran con él, para judgar quál dellos lo fiziera mejor. E desque fueron ayuntados, ovo entrellos grand contienda: ca los unos dizían que fuera mayor esfuerço el que primero los fuera ferir, e los otros que el segundo, e los otros que el terçero. E cada unos dizían tantas buenas razones que paresçían que dizían razón derecha: e, en verdad, tan bueno era el fecho en sí, que qualquier podría aver muchas buenas razones para lo alabar; pero, a la fin del pleito, el acuerdo fue éste: que si los moros que binían a ellos fueran tantos que se pudiessen vençer por esfuerço o por vondad [25] que en aquellos cavalleros oviesse, que el primero que los fuesse a ferir, era el mejor cavallero, pues començava cosa que se non podría acabar; mas, pues los moros eran tantos que por ninguna guisa non los podrían vençer, que el que iva a ellos non lo fazía por vençerlos, mas la vergüença le fazía que non fuyesse; e pues non avía de foir, la quexa del coraçón, porque non podía soffrir el miedo, le fizo que les fuesse ferir. E el segundo que les fue ferir e esperó más que el primero, tovieron por mejor, porque pudo sofrir más el miedo. Mas don Lorenço Xuárez que sufrió [26] todo el miedo e esperó fasta que los moros le ferieron, aquél judgaron que fuera mejor cavallero.

E vos, señor conde Lucanor, veedes que estos son miedos e espantos, e es contienda que, aunque la començedes, non la podedes acabar, quanto más suffriéredes estos miedos e estos espantos, tanto seredes más esforçado, e demás, faredes mejor seso: ca pues vos tenedes recabdo en lo vuestro e non vos pueden fazer cosa arrebatadamente de que grand daño vos venga, conséjovos yo que non vos fuerçe la quexa del coraçón. E pues

---

[25] *Vondad:* valor.
[26] *Sufrió:* soportó.

grand colpe non podedes reçebir, esperat ante que vos fieran, e por aventura veredes que estos miedos e espantos que vos ponen, que no son, con verdat, sinon lo que éstos vos dizen porque cumple a ellos, ca non an bien sinon en el mal. E bien cred que estos tales, tanbién de vuestra parte commo de la otra, que non querrían grand guerra nin grand paz, ca non son para se parar a la guerra, nin querrían paz complida; mas lo que ellos querrían sería un alboroço [27] con que pudiessen ellos tomar e fazer mal en la tierra, e tener a vos e a la vuestra parte en premia [28] para levar de vos lo que avedes e non avedes, e non aver reçelo que los castigaredes por cosa que fagan. E por ende, aunque alguna cosa fagan contra vos, pues non vos pueden mucho enpeçer en soffrir que se mueba del otro la culpa, venirvos ha ende mucho bien: lo uno, que aviedes a Dios por vos, que es una ayuda que cumple mucho para tales cosas; e lo ál, que todas las gentes ternán que fazedes derecho [29] en lo que fizierdes. E por aventura, que si non vos movierdes vos a fazer lo que non devedes, non se movrá el otro contra vos; abredes paz e faredes serviçio a Dios, e pro de los buenos, e non faredes vuestro daño por fazer plazer a los que querrían guaresçer [30] faziendo mal e se sintrían poco del daño que vos viniesse por esta razón.

Al conde plogo deste consejo que Patronio le dava, e fízolo assí, e fallósse ende bien.

E porque don Johan tovo que este exiemplo que era muy bueno, mandólo escrivir en este libro e fizo estos viessos que dizen assí:

Por quexa non vos fagan ferir,
ca siempre vençe quien sabe sofrir.

E la estoria deste exiemplo es ésta que se sigue:

---

[27] *Alboroço:* tumulto, alboroto, ruido.
[28] (Tener en) *premia:* opresión, coacción, violencia. Cfr.: «...que arméis vuestros corazones de fortaleza, no por premia del capitán, mas por premio de la virtud». Nebrija, *Crónica de los Reyes Católicos,* parte III, c. 9.
[29] *Fazedes derecho:* obráis en justicia.
[30] *Guaresçer:* librarse. Cfr. nota 5, *Ex. VIII.*

Exemplo XVI

De la respuesta que dio el conde Ferrant Gonsáles a Muño Laínez su pariente [1]

El conde Lucanor fablava un día con Patronio en esta guisa:

—Patronio, bien entendedes que non so yo ya muy

---

[1] La anécdota, como ya señaló Knust (1900, págs. 340 y siguiente), procede de la *Primera Crónica General* y del *Poema de Fernán González* y, a través de éstos, —señala M.ª Rosa Lida (1969, pág. 106)—, del *Libro de Alexandre*. Todo el relato se condensa en la «intencionada variante» (*Murió el omne, mas non murió el su nombre*) del *vierbo antigo* (*Murió el onbre, e murió el su nombre*) de la que se deduce la moralidad del ejemplo: obrar de modo que la fama sobreviva. El refrán, como apunta M.ª Rosa Lida (*loc. cit.*) «no es elemento esencial del relato (puesto que falta en las citadas versiones), sino solamente un accesorio embellecedor que da filo epigramático a la respuesta del Conde: la prueba de su eficacia estética es que la forma moderna del refrán es la versión caballerescamente enmendada por don Juan Manuel: "murió el hombre y vive su nombre" (Cejador, t. I, p. 393b, según Galindo, fol. 61), a veces con mención expresa de Fernán González: "murió el Conde, mas no su nombre" (Rodríguez Marín: *Más de 21.000 refranes castellanos*)». Cfr. Ayerbe-Chaux, 1975, págs. 88 y siguientes. En cuanto al origen y trayectoria del dicho, añádase a lo citado por Devoto (1972, pág. 399), la sentencia del Eclesiástico: «Los días de vida feliz son contados, / pero los del buen nombre son innumerables» (XLI, 16).

En la reelaboración de la anécdota por don Juan Manuel destaca la maestría en crear un ambiente; nótense en este sentido la concreción local, la alusión a la caza y el recuerdo de Fernán González de la guerra *con los moros e con los leoneses e con los navarros*. En el texto de la *Crónica General,* señalado como fuente, se alude a la derrota y muerte del rey Sancho de Navarra por Fernán González y a su intención de hacer frente al conde de Tolosa que venía a vengar la muerte de aquél. En él, el Conde responde a Muño Laínez diciéndole entre otras cosas: «Don Nunno Llayn, buena razón auedes dicha e departiestes muy bien las cosas assí como son; mas pero non me

mançebo[2], e sabedes que passé muchos trabajos fasta aquí. E bien vos digo que querría de aquí adelante folgar e caçar, e escusar los trabajos e afanes; e porque yo sé que siempre me consejastes lo mejor, ruégovos que me consejedes lo que vierdes que me cae[3] más de fazer.

—Señor conde —dixo Patronio—, commo quier que voz dezides bien e razón, pero plazerme ía que sopiéssedes lo que dixo una vez el conde Ferrant Gonsáles a Muño Laínes.

El conde Lucanor le rogó quel dixiesse cómmo fuera aquello.

—Señor conde —dixo Patronio—, el conde Ferrant Gonsáles era en Burgos e avía passados muchos trabajos por defender su tierra. E una vez que estava ya commo más en assossiego e en paz, díxole Muño Laínez que se-

---

semeia guisado de allongar nos esta lid, ca un dia que omne pierde, nunqua iamas puede tornar en el: et si nos tenemos buen tiempo et queremos atender otro, por uentura nunqua tal le cobraremos. Et ell omne que quiere estar uicioso et dormir et folgar, non quiere levar al deste mundo: et del omne tal como este muerense sus fechos el dia que el sale deste mundo. Et el uicioso et el lazrado amos an de morir, et non lo puede escusar ell uno nin ell otro; mas buenos fechos nunqua mueren, et siempre es en remembrança el qui los fizo...» (edición M. Pidal, NBAE, Madrid, 1906, pág. 398). Y en el *Poema de Fernán González* se lee: «Non deve el que puede esta lid alongar, / quien tiene buena ora, otra quiere esperar; / un dia que perdemos no l'podremos cobrar, / jamas en aquel dia non podemos tornar. / Si omne el su tiempo quiere en valde passar, / non quiere d'este mundo otra cosa levar / si non estar viçioso e dormir e folgar; / el fecho d'este muere quando viene a finar. / El viçioso e el lazrado amos han de morir, / el uno nin el otro non lo pueden foir, / quedan los buenos fechos, estos han de vesquir, / d'ellos toman enxiemplo los que han de venir.» (Estrofas 350-352, ed. de Juan Victorio, Cátedra, Madrid, 1981, pág. 112.)

[2] *Mançebo*: Don Juan Manuel contaba cincuenta y tres años al terminar la redacción de *El Conde Lucanor*. Sin pretender identificar al autor con el personaje de su libro, no cabe duda, como hemos tenido ocasiones de comprobar, que la experiencia vital del infante, como no podía ser menos, aparece muchas veces por boca de sus protagonistas. Cfr. lo dicho en la nota 12, *Ex. XI*.

[3] *Cae*: conviene.

ría bien que dallí adelante que non se metiesse en tantos roídos, e que folgasse él e dexasse folgar a sus gentes.

E el conde respondiol que a omne del mundo non plazdría[4] más que a él folgar e estar viçioso[5] si pudiesse; mas que bien sabía que avían grand guerra con los moros e con los leoneses e con los navarros, e si quisiessen mucho folgar, que los contrarios que luego serían contra ellos; e si quisiessen andar a caça con buenas aves por Arlançón arriba e ayuso[6] e en buenas mulas gordas, e dexar de defender la tierra, que bien lo podrían fazer, mas que les contesçería commo dezía el vierbo[7] antigo: «Murió el onbre e murió el su nombre»; mas si quisiéremos olbidar los viçios e fazer mucho por nos defender e levar nuestra onra adelante, dirán por nos depués que muriéremos: «Murió el omne, mas non murió el su nombre». E pues viziosos e lazdrados[8], todos avemos a morir, non me semeja que sería bueno si por viçio nin por la folgura dexáremos de fazer en guisa que depués que nos muriéremos, que nunca muera la buena fama[9] de los nuestros fechos».

E vos, señor conde, pues sabedes que avedes a morir, por el mi consejo, nunca por viçio nin por folgura dexaredes de fazer tales cosas, porque, aun desque vos murierdes, siempre viva la fama de los vuestros fechos.

Al conde plogo mucho desto que Patronio le consejó, e fízolo assí, e fallósse dello muy bien.

E porque don Johan tovo este exiemplo por muy bueno, fízolo escrivir en este libro e fizo estos viessos que dizen assí:

---

[4] *Plazdría*: placería.
[5] *Viçioso*: regalado. Como más abajo, *Viçio*: deleite, holganza.
[6] *Ayuso:* abajo. Vid. la nota 7, Ex. X. Cfr.: «Entonces tomaron los cristianos à los moros y los echaron ayúso». *Crón. del rey D. Fernando.*
[7] *Vierbo*: refrán.
[8] *Lazdrados:* desgraciados. Cfr. nota 31, *Ex. I.*
[9] *Fama:* otra de las palabras claves en la ideología del Infante.

Si por viçio e por folgura
la buena fama perdemos,
la vida muy poco dura,
denostados [10] *fincaremos.*

E la istoria deste exiemplo es ésta que se sigue:

Exemplo XVII

De lo que contesçió a un omne que avía muy grant fambre, quel convidaron otros muy floxamente a comer [1]

Otra vez, fablava el conde Lucanor con Patronio, su consegero, e díxole assí:

—Patronio, un omne vino a mí e díxome que faría por mí una cosa que me cumplía a mí mucho; e commo quier que me lo dixo, entendí en 'l que me lo dizía tan floxamente quel plazdríe [2] mucho escusasse de tomar de aquella ayuda. E yo, de una parte, entiendo que me cumpliría mucho de fazer aquello que me él ruega, e de otra parte, he muy grant embargo [3] de tomar de aquel ayuda, pues veo que me lo dize tan floxamente. E por el buen entendimiento que vos avedes, ruégovos que me digades lo que vos paresçe que devo fazer en esta razón.

—Señor conde Lucanor —dixo Patronio—, porque vos fagades en esto lo que me semeja que ésta es vuestra pro,

---

[10] *Denostados:* deshonrados.

[1] Se trata de una breve anécdota de la que no conocemos versiones paralelas, y que se concentra en una frase cargada de ironía. Devoto señala que está «fundada en un motivo tradicional bastante amplio... y responde a una técnica de autoinvitación que emplea, aunque de manera harto diferente al escudero del *Lazarillo,* y que no falta en otros relatos de pícaros y hambrientos» (1972, pág. 400). Vid. A. Díaz Arenas, art. cit. en la nota 96 de la Introducción.

[2] *Plazdríe:* foma contracta del condicional. Cfr. «valdría».

[3] *Embargo:* turbación, apuro.

plazerme ía mucho que sopiésedes lo que contesçió a un omne con otro quel conbidó a comer.

El conde le rogó quel dixiesse cómmo fuera aquello.

—Señor conde Lucanor —dixo Patronio—, un omne bueno era [4] que avía seído [5] muy rico e era llegado a muy grand pobreza e fazíasele muy grand vergüença de demandar nin envergoñarse [6] a ninguno por lo que avía de comer; e por esta razón sufría muchas vezes muy grand fanbre e muy grand lazeria. E un día, yendo él muy cuitado [7], porque non podía aver ninguna cosa que comiesse, passó por una casa de un su conosçiente [8] que estava comiendo; e quando le vio passar por la puerta, preguntol muy floxamente si quería comer; e él, por el grand mester que avía, començó a lavar las manos, e díxol:

—En buena fe [9], don Fulano, pues tanto me conjurasteis [10] e me afincasteis que comiesse combusco, non me paresçe que faría aguisado en contradezir tanto vuestra voluntad nin fazervos quebrantar vuestra jura.

E assentósse a comer, e perdió aquella fambre e aquella quexa en que estava. E dende adelante, acorriol Dios, e diol manera cómmo salió de aquella lazeria tan grande.

E vos, señor conde Lucanor, pues entendedes que aquello que aquel omne vos ruega es grand vuestra pro, dalde [11] a entender que llo fazedes por complir su ruego,

---

[4] *Era*: había. Forma parte de un tipo de fórmula tradicional para el comienzo de los cuentos: «este era un hombre que...».

[5] *Seído*: sido.

[6] *Envergoñarse*: avergonzarse. Con cambio de prefijo y de régimen.

[7] *Cuitado*: preocupado.

[8] *Conosçiente:* conocido. Muestra de la pervivencia del uso que siglos antes tuvo el participio activo (sobre todo en Berceo), fuese por latinismo, por conservación arcaizante o por galicismo. Su uso resucitará en el siglo xv debido al gusto latinizante de muchos escritores. Vid. Lapesa, *op. cit.,* pág. 152.

[9] *En buena fe*: en verdad.

[10] *Conjurasteis*: pedisteis, rogasteis encarecidamente. Cfr.: «Os conjuro por la cosa que en esta vida más habéis amado o amáis que me digáis quién sois», Quijote, Parte I, cap. 24. Como más abajo. *Jura*: ruego, deseo.

[11] *Dalde*: dadle. Las alteraciones fonéticas alcanzaban también a la frase en el español medieval; los sonidos de distintas voces se fundían formando conglomerados fonéticos.

e non paredes mientes a quanto floxamente vos lo él ruega e non esperedes a que vos affinque más por ello, sinon por aventura non vos fablará en ello más, e seervos ía más vergüença si vos lo oviéssedes a rogar lo que él ruega a vos.

El conde tovo esto por bien e por buen consejo, e fízolo assí, e fallósse ende bien.

E entendiendo don Johan que este exiemplo era muy bueno, fízolo escrivir en este libro e fizo estos viessos que dizen assí:

> En lo que tu pro pudieres fallar,
> nunca te fagas mucho por rogar.

E la istoria deste exiemplo es ésta que se sigue:

Exemplo XVIII

DE LO QUE CONTESÇIÓ A DON PERO MELÉNDEZ DE VALDÉS QUANDO SE LE QUEBRÓ LA PIERNA [1]

Fablava el conde Lucanor con Patronio, su consegero, un día, e díxole assí:

---

[1] Plantea un tema de índole espiritual (la aceptación de los designios de la Providencia) y se condensa en una frase: ... *todo lo que Dios face... es lo mejor,* que con variantes estilísticas se repite insistentemente a lo largo de todo el ejemplo. Sobre el verdadero sentido de la Providencia es interesante destacar la distinción que hace Patronio en el consejo final entre las dos situaciones posibles: *en los enbargos que se puede poner algún consejo, deve fazer omne quanto pudiere... pues el omne ha entendimiento e razón;* en los casos irremediables, debe pensar que *pues se fazen por voluntad de Dios, que aquello es lo mejor.*

María Rosa Lida dice «Menéndez Pelayo, *Orígenes de la novela,* p. LXXXVI, considera el *Exemplo XVIII* como anécdota del "Adelantado de León Pero Meléndez [sic] Valdés, el de la pierna quebrada", dando por seguro su carácter histórico:

—Patronio, vos sabedes que yo he contienda con un mi vezino que es omne muy poderoso e muy onrado; e avemos entre nos postura[2] de ir a una villa, e qualquier de nos que allá vaya primero, cobraría la villa, e perderla ha el otro; e vos sabedes cómmo tengo ya toda mi gente ayuntada; e bien fío, por la merçed de Dios, que si yo fuesse, que fincaría ende[3] con grand onra e con grand pro. E agora estó embargado[4], que lo non puedo fazer por esta ocasión[5] que me contesçió: que non estó bien sano. E commo quier que me es grand pérdida en lo de lla villa, vien vos digo que me tengo por más ocasionado por la mengua que tomo e por la onra que a él ende viene, que aun por la pérdida. E por la fiança que yo en vos he, ruégovos que me digades lo que entendierdes que en esto se puede fazer.

—Señor conde Lucanor —dixo Patronio—, commo quier que vos fazedes razón[6] de vos quexar, para que en tales cosas commo estas fiziésedes lo mejor siempre, plazerme ía que sopiésedes lo que contesçió a don Pero Meléndez de Valdés.

El conde le rogó quel dixiesse cómmo fuera aquello.

—Señor conde Lucanor —dixo Patronio—, don Pero Meléndez de Valdés era un cavallero mucho onrado del reino de León, e avía por costumbre que cada[7] quel

no sé de nadie que haya hallado rastro de tal personaje ni indicio que permita otorgarle el título de adelantado; por lo demás, el cuento no es anécdota leonesa, sino antiquísimo relato de origen talmúdico, presente en colecciones medievales como la *Summa praedicantium,* de Bromyard, según Knust, página 346: una vez más es el arte del narrador castellano lo que da ilusión de actualidad» (1969, pág. 107, nota 18). Existen numerosos relatos paralelos; vid. Devoto (1972, pág. 401), quien describe este relato como «una variante de la historia del personaje calumniado a quien el rey manda ajusticiar... y a quien un contratiempo salva la vida...».

[2] *Postura*: convenio, acuerdo.
[3] *Fincaría ende:* quedaría por ello.
[4] *Embargado:* impedido, entorpecido.
[5] *Ocasión*: caso, desgracia. Como *ocasionado*: desgraciado, perjudicado.
[6] *Fazedes razón*: tenéis razón.
[7] *Cada...*: cada vez.

acaesçíe algún enbargo, siempre dizía: «¡Bendicho [8] sea Dios, ca pues Él lo faze, esto es lo mejor!»

E este don Pero Meléndez era consegero e muy privado del rey de León; e otros sus contrarios, por grand envidia quel ovieron, assacáronle [9] muy grand falsedat e buscáronle tanto mal con el rey, que acordó de lo mandar matar.

E seyendo [10] don Pero Meléndez en su casa, llegol mandado del rey que enviava por él. E los quel avían a matar estávanle esperando a media legua de aquella su casa. E queriendo cavalgar don Pero Meléndez para se ir para el rey, cayó de una escalera e quebrol la pierna. E quando sus gentes que avían a ir con él vieron esta ocasión que acaesçiera, pesóles ende mucho, e començáronle a maltraer [11] diziéndol:

—¡Ea!, don Pero Meléndez, vos que dezides que lo que Dios faze, esto es lo mejor, tenedvos [12] agora este bien que Dios vos ha fecho.

E él díxoles que ciertos fuessen que, commo quier que ellos tomavan grand pesar desta ocasión quel contesçiera, que ellos verían que, pues Dios lo fiziera, que aquello era lo mejor. E por cosa que fizieron nunca desta entençión le pudieron sacar.

E los quel estavan esperando por le matar por mandado del rey, desque vieron que non venía, e sopieron lo quel avía acaesçido, tornáronse paral rey e contáronle la razón porque non pudieran complir su mandado.

E don Pero Meléndez estudo grand tiempo que non pudo cavalgar; e en quanto [13] él assí estava maltrecho, sopo el rey que aquello que avían asacado a don Pero Meléndez que fuera muy grant falsedat, e prendió a aquellos que ge lo avían dicho. E fue veer a don Pero Meléndez, e contol la falsedat que dél le dixieron, e

---

[8] *Bendicho*: part. de bendecir, paralelo al del verbo decir.
[9] *Assacáronle*: achacáronle, imputáronle.
[10] *Seyendo:* estando.
[11] *Maltraer:* reprender, denostar. Cfr. nota 25. *Ex. I.*
[12] *Tenedvos:* María Goyri, en su edición (pág. 73), anota: «Tomaos, como decimos: 'tómate esa'.» Es expresión coloquial propia del estilo directo.

cómmo le mandara él matar, e pediol perdón por el
yerro que contra él oviera de fazer e fízol mucho bien
e mucha onra por le fazer emienda. E mandó luego fazer
muy grand justicia antél daquellos que aquella falsedat
le assacaron.

E assí libró Dios a don Pero Meléndez, porque era
sin culpa e fue verdadera la palabra que él sienpre solía
dezir: «Que todo lo que Dios faze, que aquello es lo
mejor.»

E vos, señor conde Lucanor, por este enbargo que
vos agora vino, non vos quexedes, e tenet por çierto
en vuestro coraçón que todo lo que Dios faze, que aquello es lo mejor; e si lo assí pensáredes. Él vos lo sacará
todo a bien [14]. Pero devedes entender que las cosas que
acaesçen son en dos maneras: la una es que si viene a
omne algún enbargo en que se puede poner algún consejo; la otra es que si viene algún enbargo en que se
non puede poner ningún consejo [15]. E en los enbargos
que se puede poner algún consejo, deve fazer omne quanto pudiere por lo poner ý e non lo deve dexar por atender que por voluntad de Dios o por aventura se ende-
reçará, ca esto sería tentar a Dios; mas, pues el omne
ha entendimiento e razón, todas las cosas que fazer pudiere por poner consejo en las cosas quel acaesçieren,
dévelo facer; mas en las cosas en que se non puede poner ý ningún consejo, aquellas deve omne tener que, pues
se fazen por voluntad de Dios, que aquello es lo mejor.
E pues esto que a vos acaesçió es de las cosas que vienen
por voluntad de Dios, e en que se non puede poner consejo, poned en vuestro talante que, pues Dios lo faze,
que es lo mejor; e Dios lo guisará [16] que se faga assí
commo lo vos tenedes en coraçón.

El conde tovo que Patronio le dezía la verdat e le
dava buen consejo, e fízolo assí, e fallósse ende bien.

E porque don Johan tovo este por buen enxiemplo,

---

[13] *En quanto*: mientras.
[14] *Sacará todo a bien*: llevará todo a buen término.
[15] *Consejo*: remedio.
[16] *Guisará*: dispondrá.

fízolo escrivir en este libro e fizo estos viessos que dizen assí:

> Non te quexes por lo que Dios fiziere,
> ca por tu bien sería quando Él quisiere.

E la estoria deste exienplo es ésta que se sigue:

Exemplo XIX

DE LO QUE CONTESÇIÓ A LOS CUERVOS CON LOS BÚHOS [1]

Fablava un día el conde Lucanor con Patronio, su consejero, e díxol:

Patronio, yo he contienda con un omne muy poderoso; e aquel mio enemigo [2] avía en su casa un su pariente e su criado, e omne a quien avía fecho mucho bien. E un día, por cosas que acaesçieron entre ellos, aquel mio

---

[1] Como señaló Knust (1900, pág. 350), procede del *Panchatantra* a través del *Calila e Dimna* (cap. VI: «De los cuervos et los buhos, et es enjemplo del enemigo que muestra humildad e grant amor a su enemigo, e se somete fasta que se apodera dél e después le mata.» BAE, LI, pág. 47 y ss., ed. cit. de J. F. Keller y R. White Linker, pág. 197 y ss.). Para Devoto, «pocos ejemplos permiten apreciar tan exactamente las características del arte narrativo de don Juan Manuel como éste, cuya fuente literaria inmediata (y probablemente única) es el capítulo citado del *Calila e Dimna*. El autor castellano condensa y sintetiza en unas breves páginas el tema que en la fuente se diluía en varios cuentos» (1972, pág. 403 y s.). El mismo autor señala como motivo tradicional la enemistad entre los cuervos y los buhos; en el cap. XI del *Calila* se lee que «Cuatro son aquéllos en que mala voluntad es firme: el lobo con el cordero, et el gato con el mur, et el azor con la paloma, et con los cuervos los buhos» (BAE, LI, pág. 65a). Obsérvese en este sentido cómo don Juan Manuel subraya que *todo este mal vino a los buhos porque fiaron en el cuervo que* naturalmente *era su enemigo*.

[2] *Mio enemigo*. El uso de la forma *mio* como adjetivo subsiste hoy en Asturias. Vid. M. Pidal, *op. cit.*, 96-1.

enemigo fizo mucho mal e muchas desonras aquel omne con quien avía tantos debdos[3]. E veyendo el mal que avía reçebido e queriendo catar manera cómmo se vengasse, vínose para mí, e yo tengo que es muy grand mi pro, ca éste me puede desengañar e apeçebir en cómmo pueda más ligeramente fazer daño aquel mio enemigo. Pero, por la grand fiuza que yo he en vos e en el vuestro entendimiento, ruégovos que me consejedes lo que faga en este fecho.

—Señor conde Lucanor —dixo Patronio—, lo primero vos digo que este omne non vino a vos sinon por vos engañar; e para que sepades la manera del su engaño, plazerme ía que sopiéssedes lo que contesçió a los búhos e a los cuervos.

El conde le rogó quel dixiesse cómmo fuera aquello.

—Señor conde Lucanor —dixo Patronio—, los cuervos e los búhos, avían entre ssí grand contienda, pero los cuervos eran en mayor quexa. E los búhos, porque es su costumbre de andar de noche, e de día estar ascondidos[4] en cuebas muy malas de fallar, vinían de noche a los árboles do los cuervos albergavan e matavan muchos dellos, e fazíanles mucho mal. E passando los cuerbos tanto daño, un cuervo que avía entrellos muy sabidor, que se dolía mucho del mal que avía reçevido de los buyos, sus enemigos, fabló con los cuervos sus parientes, e cató esta manera para se poder vengar.

E la manera fue ésta: que los cuervos le messaron[5] todo, salvo ende un poco de las alas, con que volava muy mal e muy poco. E desque fue assí maltrecho, fuesse para los búhos e contóles el mal e el daño que los cuervos le fizieran, señaladamente porque les dizía que non quisiessen seer contra ellos; mas, pues tan mal lo avían

---

[3] *Debdo*: obligaciones («de tipo feudal», especifica Blecua en su edición, nota 383). Vid nota 5, *Ex XII*. Como, más adelante, *adebdado*: obligado.

[4] *Ascondidos*: con conservación de la vocal etimológica inicial *a*, cambiada en *e* (cfr. *ascultare:* escuchar) por confusión con el prefijo *ex*.

[5] *Messaron*: pelaron, arrancaron las plumas.

fecho contra él, que si ellos quisiessen, que él les mostraría muchas maneras cómmo se podrían vengar de los cuervos e fazerles mucho daño.

Quando los búhos esto oyeron, plógoles mucho, e tovieron que por este cuervo que era con ellos era todo su fecho endereçado, e començaron a fazer mucho bien al cuervo e fiar en él todas sus faziendas e sus poridades[6].

Entre los otros búhos, avía ý uno que era muy biejo e avía passado por muchas cosas, e desque vio este fecho del cuervo, entendió el engaño con que el cuervo andava, e fuesse paral mayoral[7] de los buyos e díxol quel fuesse çierto que aquel cuervo non viniera a ellos sinon por su daño e por saber sus faziendas, e que lo echasse de su compaña. Mas este búho non fue creído de los otros búhos; e desque vio que non le querían creer, partiósse dellos e fue buscar tierra do los cuervos non le pudiessen fallar.

E los otros búhos pensaron bien del cuervo. E desque las péñolas[8] le fueron eguadas[9], dixo a los búhos que, pues podía volar, que iría saber do estavan los cuervos e que vernía dezírgelo porque pudiessen ayuntarse e ir a los estroir todos. A los buyos plogo mucho desto.

E desque el cuervo fue con los otros cuervos, ayuntáronse muchos dellos, e sabiendo toda la fazienda de los búhos, fueron a ellos de día quando ellos non buellan e estavan segurados e sin reçelo, e mataron e destruyeron dellos tantos porque fincaron vençedores los cuervos de toda su guerra.

E todo este mal vino a los búhos porque fiaron en 'l cuervo que naturalmente[10] era su enemigo.

---

[6] *Poridades*: secretos.
[7] *Mayoral*: «El primero y más autorizado sujeto de una comunidad», *Dic. Aut.* Cfr.: «Si non le quisiere dar al clérigo licencia, puédese querellar dél a su mayoral», *Partidas,* V, Título 4, 1.3.
[8] *Péñolas:* plumas.
[9] *Eguadas:* igualadas.
[10] *Naturalmente:* por naturaleza.

E vos, señor conde Lucanor, pues sabedes que este omne que a vos vino es muy adebdado con aquel vuestro enemigo e naturalmente él e todo su linage son vuestros enemigos, conséjovos yo que en ninguna manera non lo trayedes en vuestra compaña, ca çierto sed que non vino a vos sinon por engañar e por vos fazer algún daño. Pero si él vos quisiere servir seyendo alongado de vos, de guisa que vos non pueda empesçer, nin saber nada de vuestra fazienda, e de fecho fiziere tanto mal e tales manzellamientos[11] a aquel vuestro enemigo con quien él ha algunos debdos, que veades vos que non le finca logar[12] para se poder nunca avenir con él, estonce podredes vos fiar en 'l, pero siempre fiat en 'l tanto de que vos non pueda venir daño.

El conde tovo este por buen consejo, e fízolo assí, e fallóse dello muy bien.

E porque don Johan entendió que este exiemplo era muy bueno, fízolo escrivir en este libro e fizo estos viessos que dizen assí:

> Al que tu enemigo suel seer,
> nunca quieras en 'l mucho creer.

E la istoria deste exiemplo es ésta que se sigue:

Exemplo XX

De lo que contesçió a un rey con un omne quel dixo quel faría alquimia[1]

Un día, fablava el conde Lucanor con Patronio, su consejero, en esta manera:

---

[11] *Manzellamientos*: ofensas.
[12] *Logar*: lugar, ocasión.
[1] Una versión de este cuento figura también en el *Félix o Maravillas del mundo,* de R. Lulio (ed. cit., cap. 36, pág. 716) y en el *Libro del Caballero Zifar,* ed. de C. González, Madrid, Cáte-

—Patronio, un omne vino a mí e dixo que me faría cobrar muy grand pro e grand onra, e para esto que avía mester que catasse [2] alguna cosa de lo mío con que se començasse aquel fecho; ca, desque fuese acabado, por un dinero avría diez. E por el buen entendimiento que Dios en vos puso, ruégovos que me digades lo que vierdes [3] que me cumple de fazer en ello.

—Señor conde, para que fagades en esto lo que fuere más vuestra pro, plazerme ía que sopiéssedes lo que contesçió a un rey con un omne quel dizía que sabía fazer alquimia [4].

El conde le preguntó cómmo fuera aquello.

—Señor conde Lucanor —dixo Patronio—, un omne era muy grand golfín [5] e avía muy grand sabor [6] de enrrequesçer e de salir de aquella mala vida que passava. E aquel omne sopo que un rey que non era de muy buen recado [7] se trabajava de fazer alquimia.

E aquel golfín tomó çient doblas [8] e limólas, e de aquellas limaduras fizo, con otras cosas que puso con

---

dra, 1983, págs. 401 y ss. Estas tres variantes sugieren una fuente común árabe (Lida, 1969, pág. 97, y Marín, 1955, pág. 3). Cfr. la opinión de Ayerbe-Chaux (1975, págs. 20 y s.), para quien la versión del escritor catalán «es muy probablemente la fuente de inspiración no sólo para don Juan Manuel, sino también para el *Libro del Caballero Zifar*». De los motivos principales que contiene el cuento (engaño del rey por un *golfín* y la consideración de aquél como *omne de mal recado:* uno y otro castigos de la avaricia y credulidad), el segundo, que no aparece en la versión de Lulio y sí en la del *Caballero Zifar,* es calificado por Devoto (1972, página 404 y s.) como «motivo tradicional dotado de existencia folklórica propia (anotar a alguien en una lista de tontos y reemplazarlo por el burlador)». El consejo final de Patronio condensa ambos motivos, insistiendo en el peligro para la fama (tema obsesivo del autor) del obrar ligera y confiadamente.

[2] *Catasse:* cogieses, buscases. Cfr. la nota 15, *Ex. I.*

[3] *Vierdes*: viereis.

[4] *Alquimia*: arte con que se pretendía lograr la transmutación de cualquier metal en oro.

[5] *Golfín*: pícaro, ladrón. Charlatán, según Argote de Molina en la edición que hizo de *El conde Lucanor* en 1575.

[6] *Sabor*: gusto, deseo, por traslación de significado.

[7] *Recado*: prudencia, juicio. Vid. la nota 21, *Ex. II.*

[8] *Doblas*: moneda antigua de oro.

ellas, çient pellas [9] e cada una de aquellas pellas pesava una dobla, e demás las otras cosas que él mezcló con las limaduras de las doblas. E fuesse para una villa do era el rey, e vistiósse de paños muy assessegados [10] e levó aquellas pellas e vendiólas a un espeçiero [11]. E el especiero preguntó que para qué eran aquellas pellas, e el golfín díxol que para muchas cosas, e señaladamente, que sin aquella cosa, que se non podía fazer el alquimia, e vendiol todas las cient pellas por quantía de dos o tres doblas. E 'l espeçiero preguntol cómmo avían nombre aquellas pellas, e el golfín díxol que avían nombre tabardíe [12].

E aquel golfín moró un tiempo en aquella villa en manera de omne muy assessegado e fue diziendo a unos e a otros, en manera de poridat, que sabía fazer alquimia.

E estas nuebas llegaron al rey, e envió por él e preguntol si sabía fazer alquimia. E el golfín, commo quier quel fizo muestra que se quería encobrir e que lo non sabía, al cabo diol a entender [13] que lo sabía, pero dixo al rey quel consejava que deste fecho non fiasse de omne del mundo nin aventurasse mucho de su aver; pero si quisiesse, que provaría antél un poco e quel amostraría lo que ende sabía. Esto le gradesçió el rey mucho, e paresçiol que segund estas palabras que non podía aver ý ningún engaño. Estonçe fizo traer las cosas que quiso, e eran cosas que se podían fallar, e entre las otras mandó traer una pella de tabardíe. E todas las cosas que mandó traer non costaban más de dos o tres

[9] *Pellas:* amasijo en forma de bola. «La masa que se une y aprieta, generalmente en forma redonda», *Dic. Aut.* Cfr.: «Esphera puede ser dicha cualquier cosa redonda como pella», Juan de Mena, *Coronación del marqués de Santillana,* C. I.

[10] *Assessegados:* serios, respetables, propios de personas asentadas.

[11] *Espeçiero:* boticario.

[12] *Tabardíe:* término al parecer inventado por don Juan Manuel, tal vez de origen árabe. Cfr. J. F. Burke, «Juan Manuel's *Tabardíe* and *Golfín*», en *Hispanic Review,* XLIV (1976), págs. 171-178.

[13] *...diol a entender*: expresión que se repite en varios relatos cuyo tema principal es el engaño como recurso estructural para avivar el deseo del engañado.

dineros [14]. Desque las traxieron e las fundieron antel rey salió peso de una dobla de oro fino. E desque el rey vio que de cosa que costaba dos o tres dineros, salía una dobla, fue muy alegre e tóvose por el más bien andante del mundo, e dixo al golfín que esto fazía, que cuidava el rey que era muy buen omne, que fiziesse más.

E el golfín respondiol, commo si non sopiesse más daquello:

—Señor, quanto yo desto sabía, todo vos lo he mostrado, e daquí adelante vos lo faredes tan bien commo yo; pero conviene que sepades una cosa: que qualquier destas cosas que mengüe non se podría fazer este oro.

E desque esto ovo dicho, espedióse del rey e fuesse para su casa.

El rey probó sin aquel maestro de fazer el oro, e dobló la reçepta, e salió peso de dos doblas de oro. Otra vez dobló la reçepta, e salió peso de quatro doblas; e assí commo fue cresçiendo la reçepta, assí salió pesso de doblas. Desque el rey vio que él podía fazer quanto oro quisiese, mandó traer tanto daquellas cosas para que pudiese fazer mill doblas. E fallaron todas las otras cosas, mas non fallaron el tabardíe. Desque el rey vio que, pues menguava el tabardíe, que se non podía fazer el oro, envió por aquel que gelo mostrara fazer, e díxol que non podía fazer el oro commo solía. E él preguntol si tenía todas las cosas que él le diera por escripto. E el rey díxol que sí, mas quel menguava el tabardíe.

Estonçe le dixo el golfín que por cualquier cosa que menguasse que non se podía fazer el oro, que assí lo abía él dicho el primero día.

Estonçe preguntó el rey si sabía él do avía este tabardíe; e el golfín le dixo que sí.

Entonçe le mandó el rey que, pues él sabía do era, que fuesse él por ello e troxiesse tanto porque pudiesse fazer tanto quanto oro quisiesse.

---

[14] *Dineros:* moneda castellana del siglo XIV. «De ahí se llamó dinero —por extensión del significado— al haber monedado», María Goyri, ed. cit., nota 11.

El golfín le dixo que commo quier que esto podría fazer otri [15] tan bien o mejor que él, si el rey lo fallasse por su serviçio, que iría por ello que en su tierra fallaría ende asaz. Estonçe contó el rey lo que podría costar la compra e la despensa [16] e montó muy grand aver [17].

E desque el golfín lo tovo en su poder, fuesse su carrera e nunca tornó al rey. E assí fincó el rey engañado por su mal recabdo. E desque vio que tardava más de cuanto devía, envió el rey a su casa por saber si sabían dél algunas nuebas. E non fallaron en su casa cosa del mundo, sinon un arca çerrada; e desque la avrieron, fallaron ý un escripto que dizía assí: «Bien creed que non a en 'l mundo tabardíe; mas sabet que vos he engañado, e quanto yo vos dizía que vos faría rico, deviérades me dezir que lo feziesse primero a mí e que me creeríedes.»

A cabo de algunos días, unos omnes estavan riendo e trebejando [18] e escribían todos los omnes que ellos conosçían, cada uno de quál manera era, e dizían: «Los ardides [19] son fulano e fulano; e los ricos, fulano e fulano; e los cuerdos, fulano e fulano». E assí de todas las otras cosas buenas o contrarias. E quando ovieron a escrivir los omnes de mal recado, escrivieron ý el rey. E quando el rey lo sopo, envió por ellos e asseguróles que les non faría ningún mal por ello, e díxoles que por quél escrivieran por omne de mal recabdo. E ellos dixiéronlo que por razón que diera tan grand aver a omne estraño e de quien non tenía ningún recabdo.

E el rey les dixo que avían errado, e que si viniesse aquel que avía levado el aver que non fincaría él por omne de mal recabdo. E ellos le dixieron que ellos non perdían nada de su cuenta, ca si el otro viniesse, que sacarían al rey del escripto e que pornían a él.

E vos, señor conde Lucanor, si queredes que non

---

[15] *Otri*: la *-i* ha sido traída de la *i* final del relativo *qui* y es la forma aún usual en Navarra y Alava. M. Pidal, *ob. cit.* 102.3.

[16] *Despensa*: gasto.

[17] *Montó muy grand aver:* importó una gran cantidad.

[18] *Trebejando*: bromeando. Vid. nota 24 del Prólogo.

[19] *Ardides*: valientes, sagaces, de gran ingenio.

vos tengan por omne de mal recabdo, non aventuredes por cosa que non sea çierta tanto de lo vuestro, que vos arrepintades si lo perdierdes por fuza [20] de aver grand pro, seyendo en dubda.

Al conde plogo deste consejo, e fízolo assí, e fallóse dello bien.

E beyendo don Johan que este exiemplo era bueno, fízolo escrivir en este libro, e fizo estos viessos que dizen assí:

Non aventuredes mucho la tu riqueza,
por consejo del que a grand pobreza.

E la istoria deste exiemplo es ésta que se sigue:

Exemplo XXI

De lo que contesçió a un rey moço con un muy grant philósopho a qui lo acomendara su padre [1]

Otra vez fablava el conde Lucanor con Patronio, su consegero, en esta guisa:

[20] *Fuza*: confianza.

[1] El tema del ejemplo es el del buen consejero, del que don Juan Manuel destaca el arte de persuadir y la necesidad de su presencia junto al *rey moço*. El ejemplo viene a ser una especie de justificación de todo el libro, recogida en el consejo final de Patronio: ... *que por exiemplos o por palabras maestradas e falagueras le fagades entender su fazienda*... No hay por qué pensar, como quiere Giménez Soler, que «esconde la vida de Alfonso XI y los deseos de don Juan de que se enmendase tomándole a él por privado» (1932, pág. 203).
Devoto cita como motivo central del cuento el siguiente: «rey devuelto a sus deberes gracias a una conversación fingida entre pájaros», relacionado con otros: «conocimiento del lenguaje de los animales» (muy frecuente en relatos tradicionales), o «inteligentes relaciones con el rey» (1972, pág. 406 y siguientes). Al igual que el cuento anterior, parece tener un origen árabe, sin que se pueda determinar con seguridad su fuen-

—Patronio, assí acaesçió que yo avía un pariente a qui amava mucho, e aquel mi pariente finó e dexó un fijo muy pequenuelo, e este moço críolo yo. E por el grand debdo e grand amor que avía a su padre, e otrosí, por la grand ayuda que yo atiendo [2] dél desque sea en tiempo para me la fazer, sabe Dios quel amo commo si fuesse mi fijo. E como quier que el moço ha buen entendimiento e fío por Dios que sería muy buen omne [3], pero porque la moçedat engaña muchas vezes a los moços e non les dexa fazer todo lo que les cumpliría más, plazerme ía si la moçedat non engañasse tanto a este moço. E por el buen entendimiento que vos avedes, ruégovos que me digades en qué manera podría yo guisar que este moço fiziesse lo que fuesse más aprovechoso para el cuerpo e para la su fazienda.

—Señor conde Lucanor —dixo Patronio—, para que vos fisiésedes en fasienda deste mozo lo que al mio cuidar sería mejor, mucho querría que sopiéssedes lo que contesçió a un muy grand philósopho con un rey moço, su criado [4].

El conde le preguntó cómmo fuera aquello.

—Señor conde Lucanor —dixo Patronio—, un rey avía un fijo e diolo a criar a un philósopho en que fiava mucho; e quando el rey finó, fincó el rey su fijo moço pequeño. E críolo aquel philósopho fasta que passó por XV años. Mas luego que entró en la mancebía [5] començó a despreçiar el consejo daquel que lo criara e allegóse a otros consegeros de los mançebos e

te inmediata. (Lida, 1969, pág. 97). D. Marín destaca en este sentido «la técnica típicamente oriental del *arco lobulado*»: en él se insertan dos cuentos secundarios en el marco general de «Lucanor y Patronio», el cuento del «Rey, el hijo y el filósofo» y, dentro de éste, el de «Las cornejas».

[2] *Atiendo:* espero. Cfr. la nota 28, *Ex. XI.* Con este sentido «se halla todavía en algunos autores modernos», decía el *Dic. Aut.* en 1726. Cfr.: «En un jardín de mi casa atendióme para hablarme», Cervantes, *Persiles,* parte III, cap. 3.

[3] *Buen omne:* vid. la nota 25, *Ex. XI.*

[4] *Criado:* discípulo, educado por uno.

[5] *Mancebía:* juventud, mocedad.

de los que non avían tan grand debdo con él porque mucho fiziessen por lo guardar de daño. E trayendo su fazienda en esta guisa, ante de poco tiempo llegó su fecho a logar [6] que tambien [7] las maneras e costumbres del su cuerpo, commo la su fazienda, era todo muy empeorado. E fablavan todas las gentes muy mal de cómmo perdía aquel rey moço el cuerpo e la fazienda. Yendo aquel pleito tan a mal, el philósopho que criara al rey e se sintía [8] e le pessava ende mucho, non sabía qué fazer, ca ya muchas vezes provara de lo castigar [9] con ruego e con falago, e aun maltrayéndolo, e nunca pudo fazer ý nada, ca la moçedat lo estorvava todo. E desque el philósopho vio que por otra manera non podía dar consejo en aquel fecho, pensó esta manera que agora oiredes.

El philósopho començó poco a poco a dezir en casa del rey que él era el mayor agorero [10] del mundo. E tantos omnes oyeron esto que lo ovo de saber el rey moço; e desque lo sopo, preguntó el rey al philósopho si era verdat que sabía catar agüero tan bien commo lo dizían. E el philósopho, commoquier quel dio a entender [11] que lo quería negar, pero al cabo díxol que era verdat, mas que non era mester que omne del mundo lo sopiesse. E commo los moços son quexosos [12] para saber e para fazer todas las cosas, el rey, que era moço, quexáxase mucho por veer cómmo catava los agüeros el philósopho; e quanto el philósopho más lo alongava, tanto avía el rey moço mayor quexa de lo saber, e tanto afincó al philósopho, que puso con él

---

[6] *Logar*: ocasión.

[7] *Tambien:* tanto.

[8] *Se sintía*: se dolía.

[9] *Castigar:* aconsejar, corregir, amonestar. Cfr. la nota 17, *Exemplo II.*

[10] *Agorero:* el que interpreta los agüeros. *Catar agüero:* pronosticar el futuro por el vuelo y otras señales de las aves. «Era una manifestación muy extendida en la Edad Media, y ejercer de agorero era necesario para algunas profesiones, como la de adalid», añade María Goyri en su edición.

[11] *Dio a entender*: vid. lo dicho en la nota 13, *Ex. XX.*

[12] *Quexosos*: ansiosos, impacientes.

de ir un día de grand mañana [13] con él a los catar en manera que non lo sopiesse ninguno.

E madurgaron [14] mucho; e el philósopho endereçó por un valle en que avía pieça [15] de aldeas yermas; e desque passaron por muchas, vieron una corneja que estava dando vozes en un árbol. E el rey móstróla al philósopho, e él fizo contenente [16] que la entendía.

E otra corneja començó a dar vozes en otro árbol, e amas las cornejas estudieron assí dando vozes, a vezes la una e a vezes la otra. E desque el philósopho escuchó esto una pieça començó a llorar muy fieramente e ronpió sus paños, e fazía el mayor duelo del mundo.

Quando el rey moço esto vio, fue muy espantado e preguntó al philósopho que por qué fazía aquello. E el philósopho diol a entender que gelo quería negar. E desque lo affincó mucho, dixol que más quería seer muerto que bivo, ca non tan solamente los omnes, mas que aun las aves, entendían ya cómmo, por su mal recabdo, era perdida toda su tierra e su fazienda e su cuerpo despreçiado. E el rey moço preguntol cómmo era aquello. E él díxol que aquellas dos cornejas avían puesto [17] de casar el fijo de la una con la fija de la otra; e que aquella corneja que començara a fablar primero, que dezía a la otra que pues tanto avía que era puesto aquel casamiento, que era bien que los cassassen. E la otra corneja díxol que verdat era que fuera puesto, mas que agora ella era más rica que la otra, que loado a Dios, después que este rey regnara, que eran yermas todas las aldeas de aquel valle, e que fallava ella en las casas yermas muchas culuebras e lagartos e sapos e otras tales cosas que se crían en los lugares yermos, porque avían muy mejor de comer que solía, e por ende que non era estonçe el casamiento egual. E quando la otra corneja esto oyó, començó a reir e respondiol que dizía

---

[13] *De grand mañana:* muy temprano.
[14] *Madurgaron:* madrugaron.
[15] *Pieça:* abundancia, cantidad.
[16] *Contenente:* ademán, modo.
[17] *Puesto:* decidido, acordado.

poco seso [18] si por esta razón quería alongar el casamiento, que sol que Dios diesse vida a este rey, que muy aína sería ella más rica que ella, ca muy aína sería yermo aquel valle otro do ella morava en que avía diez tantas [19] aldeas que en el suyo, e que por esto non avía por qué alongar el casamiento. E por esto otorgaron amas las cornejas de ayuntar luego el casamiento.

Quando el rey moço esto oyó, pesol ende mucho, e començó a cuidar cómmo era su mengua en ermar [20] assí lo suyo. E desque el philósopho vio el pesar e el cuidar que el rey moço tomava, e que había sabor [21] de cuidar en su fazienda, diol muchos buenos consejos en guisa que en poco tiempo fue su fazienda toda endereçada, tan bien de su cuerpo, como de su regno.

E vos, señor conde, pues criastes este moço e querríades que se endereçasse su fazienda, catad alguna manera que por exiemplos o por palabras maestradas [22] e falagueras le fagades entender su fazienda, mas por cosa del mundo, non derrangedes [23] con él castigándol nin maltrayéndol, cuidándol endereçar; ca la manera de los más de los moços es tal, que luego aborreçen al que los castiga, e mayormente si es omne de grand guisa, ca liévanlo a manera de menospreçio, non entendiendo quánto lo yerran; ca non an tan buen amigo en el mundo commo el que castiga el moço porque non faga su daño, mas ellos non lo toman assí, sinon por la peor manera. E por aventura caería tal desamor entre vos e él, que ternía daño a entramos [24] para adelante.

Al conde plogo mucho deste consejo que Patronio le dio, e fízolo assí, e fallóse ende bien.

E porque don Johan se pagó mucho deste exiemplo, fízolo poner en este libro, e fizo estos viessos que dizen assí:

---

[18] *Dizía poco seso:* hablaba sin sensatez.
[19] *Diez tantas:* diez veces tantas.
[20] *Ermar:* dejar yermo.
[21] *Sabor:* deseo. Cfr. la nota 5, *Ex. XX.*
[22] *Maestradas:* hábiles, mañosas, calculadas.
[23] *Derrangedes:* arremetáis. Es galicismo.
[24] *Ternía daño a entramos:* vendría daño para los dos.

Non castigues moço maltrayéndol,
mas dilo commol vaya plaziéndol.

E la istoria deste exiemplo es ésta que se sigue:

Exemplo XXII

DE LO QUE CONTESÇIÓ AL LEÓN E AL TORO [1]

Fablava otra vez el conde Lucanor con Patronio, su consegero, e díxole assí:

—Patronio, yo he un amigo muy poderoso e muy onrado, e commoquier que fasta aquí nunca fallé en 'l sinon buenas obras, agora dízenme que me non ama

---

[1] También este ejemplo ha sido interpretado con una base biográfica. Puybusque afirmó que se podía creer que el autor cuenta la historia de la ruptura de Alfonso XI con su favorito Alvar Núñez Osorio (cit. por Devoto, 1972, pág. 408), y para Giménez Soler, «alude muy verosímilmente al cambio de las relaciones entre don Juan Manuel y Alfonso IV de Aragón después del matrimonio de éste con la hermana de Alfonso XI de Castilla» (1932, pág. 203).
El cuento procede del *Panchatantra* (Knust, 1900, pág. 352 y siguiente) y pasa al *Calila e Dimna* (cap. III, BAE, LI, páginas 19 y ss.; ed. cit., de J. F. Keller y R. White Linker, páginas 41 y ss.), de donde muy posiblemente lo toma don Juan Manuel. «El cuento del toro y el león —dice D. Marín— forma el marco general del asunto de «Calila y Dimna». En *El conde Lucanor* ese cuento queda reducido a un apólogo... y el chacal Dimna es reemplazado por un zorro, más propio del ambiente local. El efecto difuso del *Calila,* con sus interrupciones incidentales, da paso a una mayor intensidad dramática al narrar toda la historia seguida y acumular las sospechas del león con hábil gradación psicológica» (1955, pág. 6). Si en el *Calila* —citamos por la edición de la BAE— lo que pide el rey Abendubec a su privado es un «ejemplo de los dos que se aman, et los departe el mentiroso, falso, mesturero, que debe ser aborrecido...», don Juan Manuel, aparte de aludir a los *falsos consegeros,* centra su interés didáctico en destacar la importancia de conservar a todo trance la amistad del *amigo provechoso.* Véase C. Wallhead Munuera, «Three Tales from *El Conde Lucanor* and their Arabic Counterparts», en *Studies,* págs. 101-108.

tan derechamente commo suele, e aun que anda buscando maneras[2] porque sea contra mí. E yo estó agora en grandes dos cuidados: el uno es, porque me he reçelo que si por aventura él contra mí quisiere seer, que me pueda venir grand daño; el otro es que me he reçelo que si él entiende que yo tomo dél esta sospecha e que me vo guardando dél, que él otrosí que fará esso mismo, e que assí irá cresçiendo la sospecha e el desamor poco a poco fasta que nos aviemos a desabenir. E por la grant fiança[3] que yo en vos he, ruégovos que me consejedes lo que bierdes que más me cumple de fazer en esto.

—Señor conde Lucanor —dixo Patronio—, para que desto vos podades guardar, plazerme ía mucho que sopiésedes lo que conteçió al león e al toro.

El conde le rogó quel dixiese cómmo fuera aquello.

—Señor conde Lucanor —dixo Patronio—, el león e el toro eran mucho amigos, e porque ellos son animalias[4] muy fuertes e muy reçias, apoderávanse e enseñorgavan[5] todas las otras animalias: ca el león, con la ayuda del toro, apremiava[6] todas las animalias que comen carne; e el toro, con la ayuda del león, apremiava todas las animalias que pacen la yerva. E desque todas las animalias entendieron que el león e el toro les apremiavan por el ayuda que fazían el uno al otro, e vieron que por esto les vinía grand premia e grant daño, fablaron todos entre sí qué manera podrían catar para salir desta premia. E entendieron que si fiziesen desabenir al león e al toro, que serían ellos fuera de la premia de que los traían apremiados el león e el toro. E porque el raposo e el carnero eran más allegados a la privança[7] del león e del toro que las otras animalias, rogáronles todas las animalias que trabajassen quanto pudiesen para meter desavenencia entre ellos. E el ra-

---

[2] *Maneras*: motivos, ocasiones.

[3] *Fiança*: confianza.

[4] *Animalia*: animales. Cfr.: «Et aun las otras animalias que han sentido». *Partidas,* I, Tít. 1, 1.2.

[5] *Enseñorgavan*: enseñoreaban.

[6] *Apremiava*: oprimía. Más abajo, *premia*: opresión.

[7] *Privança*: favor, valimiento.

poso e el carnero dixeron que se trabajarían quanto pudiesen por fazer esto que las animalias querían.

E el raposo, que era consegero del león, dixo al osso, que es el más esforçado e más fuerte de todas las vestias que comen carne en pos el león, quel dixiesse que se reçelaba que el toro andava catando manera para le traer quanto daño pudiesse, e que días avíe[8] que gelo avían dicho esto, e commo quier que por aventura esto non era verdat, pero que parasse mientes en ello.

E esso mismo dixo el carnero, que era consegero del toro, al cavallo, que es el más fuerte animal que a en esta tierra de las bestias que pacen yerva.

El osso e el caballo, cada uno dellos dixo esta razón al león e al toro. E commo quier que el león e el toro non creyeron esto del todo, aún tomaron alguna sospecha que aquellos que eran los más onrados del su linage e de su compaña, que gelo dizían por meter mal entrellos, pero con todo esso ya cayeron en alguna sospecha. E cada uno dellos fablaron con el raposo e con el carnero, sus privados.

E ellos dixiéronles que commo quier que por aventura el osso e el cavallo les dizían esto por alguna maestría engañosa, que con todo esso, que era bien que fuessen parando mientes en los dichos e en las obras que farían dallí adelante el león e el toro, e segund que viessen, que assí podrían fazer.

E ya con esto cayó mayor sospecha entre el león e el toro. E desque las animalias entendieron que el león e el toro tomaron sospecha el uno del otro, començáronles a dar a entender más descubiertamente que cada uno dellos se reçelava del otro, e que esto non podría ser sinon por las malas voluntades que tenían escondidas en los coraçones.

E el raposo e el carnero, commo falsos consejeros, catando su pro e olbidando la leltad que avían de tener a sus señores[9], en logar de los desengañar, engañáron-

---

[8] *Días avíe:* días hacía.

[9] *... olbidando la lealtad que avían de tener a sus señores:* pensamiento muy propio del noble medieval.

los; e tanto fizieron, fasta que el amor [10] que solía seer entre el león e el toro tornó en muy grand desamor; e desque las animalias esto vieron, començaron a esforçar a aquellos sus mayorales [11] fasta que les fizieron començar la contienda, e dando a entender cada uno dellos a su mayoral quel guardava, e guardávanse los unos e los otros, e fazían tornar todo el daño sobre el león e sobre el toro.

E a la fin, el pleito vino a esto: que commo quier que el león fizo más daño e más mal al toro e abaxó mucho el su poder e la su onra, pero sienpre el león fincó tan desapoderado [12] dallí adelante que nunca pudo enseñorar las otras vestias nin apoderarse dellas commo solía, también de las del su linage commo de las otras. E assí, porque el león e el toro non entendieron que por el amor e el ayuda [13] que el uno tomava del otro, eran ellos onrados e apoderados de todas las otras animalias, e non guardaron el amor aprovechoso que avían entre ssí, e non se sopieron guardar de los malos consejos que les dieron para salir de su premia e apremiar a ellos, fincaron el león e el toro tan mal de aquel pleito, que assí commo ellos eran ante apoderados de todos, ansí fueron después todos apoderados dellos.

E vos, señor conde Lucanor, guardatvos que estos que en esta sospecha vos ponen contra aquel vuestro amigo, que vos lo non fagan por traer a aquello que troxieron las animalias al león e al toro. E por ende, conséjovos yo que si aquel vuestro amigo es omme leal e falastes [14] en 'l sienpre buenas obras e leales e fiades en 'l commo omne [15] deve fiar del buen fijo o del buen hermano, que non creades cosa que vos digan contra.

---

[10] *Amor*: amistad.
[11] *Mayorales*: vid. nota 7. *Ex. XIX.*
[12] *Tan desapoderado*: tan despojado, tan sin poder.
[13] *El ayuda:* Era corriente la alternancia de las formas *el, la,* del artículo femenino (la primera, procedente de *illa> ela,* reducida a *el* ante cualquier vocal, hoy sólo ante *a* acentuada. Vid. Lapesa, *op. cit.,* pág. 150.
[14] *Falastes:* hallasteis.
[15] *Omne:* indefinido: uno.

Ante, vos consejo quel digades lo que vos dixieren dél, e él luego vos dirá otrosí lo que dixieren a él de vos. E fazed tan grant escarmiento en los que esta falsedat cuidaren ordir [16], porque nunca otros se atrevan a lo començar otra vegada. Pero si el amigo non fuere desta manera que es dicha, e fuere de los amigos que se aman por el tiempo, o por la ventura [17], o por el mester, a tal amigo commo éste, sienpre guardat que nunca digades nin fagades cosa porque él pueda entender que de vos se mueva mala sospecha nin mala obra contra él, e dat passada [18] a algunos de sus yerros; ca por ninguna manera non puede seer que tan grant daño vos venga a desora de que ante non veades alguna señal çierta, commo sería el daño que vos vernía si vos desabiniésedes por tal engaño e maestría commo desuso es dicho; pero, al tal amigo, sienpre le dat a entender en buena manera que, assí commo cumple a vos la su ayuda, que assí cumple a él la vuestra; e lo uno faziéndol buenas obras e mostrándol buen talante [19] e non tomando sospecha dél sin razón, nin creyendo dicho de malos omnes e dando alguna passada a sus yerros; e lo ál, monstrándol que assí cumple a vos la su ayuda, que cumple a él la vuestra. Por estas maneras durará el amor entre vos, e seredes guardados de non caer en el yerro que cayeron el león e el toro.

Al conde plogo mucho, deste consejo que Patronio le dio, e fízolo assí, e fallóse ende bien.

E entendiendo don Johan que este exiemplo era muy bueno fízolo escrivir en este libro e fizo estos viessos que dizen assí:

> *Por falso dicho de omne mintroso* [20]
> *non pierdas amigo aprovechoso.*

E la istoria desde exiemplo es ésta que se sigue:

---

[16] *Ordir:* urdir, tramar.
[17] *Se aman por el tiempo...* temporalmente y por conveniencia.
[18] *Dat passada:* disculpad.
[19] *Talante:* voluntad, disposición.
[20] *Mintroso:* mentiroso.

Exemplo XXIII

De lo que facen las formigas para se mantener [1]

Otra vez fablava el conde Lucanor con Patronio, su consejero, en esta manera:

—Patronio, loado a Dios, yo so assaz rico, e algunos conséjanme que, pues lo puedo fazer, que non tome otro cuidado, sinon tomar plazer e comer e bever e folgar, que assaz he para mi vida, e aún que dexe a mios fijos bien heredados. E por el buen entendimiento que vos avedes, ruégovos que me consejedes lo que vos paresçe que devo faver.

—Señor conde Lucanor —dixo Patronio—, commo quier que el folgar e tomar plazer es bueno, para que vos fagades en esto lo que es más aprovechoso, plazerme ía que sopiéssedes lo que faze la formiga para mantenimiento de su vida.

El conde le preguntó cómmo era aquello, e Patronio le dixo:

—Señor conde Lucanor, ya vos veedes quánto pequeña cosa es la formiga, e segund razón, non devía aver muy grand aperçebimiento [2], pero fallaredes que cada año, al tiempo que los omnes cogen el pan [3], sallen ellas de sus formigueros e van a las eras e traen cuanto pan pueden para su mantenimiento, e métenlo en sus

---

[1] No se trata en este caso de un cuento, sino de una simple descripción de las costumbres de las hormigas de la que se extrae un ejemplo de laboriosidad y previsión. Procede, según Knust (1900, pág. 353) de la *Historia natural* de Plinio (libro XI, capítulo 36). Más detalles sobre el tema, Devoto (1972, páginas 408 y ss.).

[2] *Aperçebimiento:* inteligencia, talento.

[3] *Pan:* trigo.

casas. E a la primera agua que viene, sácanlo fuera; e las gentes dizen que lo sacan a enxugar [4], e non saben lo que dizen, ca non es assí la verdat; ca bien sabedes vos que quando las formigas sacan la primera vez el pan fuera de sus formigueros, que estonçe es la primera agua e comiença el invierno, e pues si ellas, cada que [5] lloviesse, oviessen de sacar el pan para lo enxugar, luenga lavor [6] ternían, e demás que non podrían aver sol para lo enxugar, ca en 'l invierno non faze tantas vegadas sol que lo pudiessen enxugar.

Mas la verdat porque ellas lo sacan la primera vez que llueve es ésta: ellas meten quanto pan pueden aver en sus casas una vez, e non catan por ál [7], sinon por traer quanto pueden. E desque lo tienen ya en salvo, cuidan que tienen ya recabdo para su vida esse año. E quando viene la lluvia e se moja, el pan comiença de [8] naçer; e ellas veen que si el pan nace en los formigueros, que en logar de se gobernar [9] dello, que su pan mismo las mataría, e serían ellas ocasión de su daño. E entonçe, sácanlo fuera e comen aquel coraçón que a en cada grano de que sale la semiente e dexan todo el grano entero. E después, por lluvia que faga, non puede naçer, e goviérnanse dél todo el año.

E aún fallaredes que, maguer [10] que tengan quanto pan les complía, que cada que buen tiempo faze, non fazen nin dexan de acarrear qualesquier erbizuelas [11] que fallan. E esto facen reçelando que les non cumplirá aquello que tienen; e mientre an tiempo, non quieren estar de valde nin perder el tiempo que Dios les da, pues se pueden aprovechar dél.

E vos, señor conde, pues la formiga, que es tan mesquina cosa, ha tal entendimiento e faze tanto por se

---

[4] *Enxugar:* secar.
[5] *Cada que:* cada vez que.
[6] *Luenga lavor:* largo trabajo.
[7] *Catan por ál:* se preocupan (cfr. nota 15, Ex. I) por otra cosa.
[8] *Comiença de:* con régimen distinto del actual.
[9] *Se gobernar:* alimentarse, mantenerse.
[10] *Maguer:* a pesar de.
[11] *Erbizuelas:* diminutivo de «hierba».

mantener, bien devedes cuidar que non es buena razón para ningún omne, e mayormente para los que an de mantener grand estado e governar a muchos, en querer sienpre comer de lo ganado; ca çierto sed que por grant aver que sea, onde sacan cada día e non ponen ý nada, que non puede durar mucho, e demás paresçe muy grand amortiguamiento [12] e grand mengua de coraçón. Mas el mio consejo es éste: que si queredes comer e folgar, que lo fagades sienpre manteniendo vuestro estado e guardando vuestra onra, e catando e aviendo cuidado cómmo avredes de que lo cumplades, ca si mucho ovierdes e bueno quisierdes seer, assaz avredes logares en que lo despendades [13] a vuestra onra.

Al conde plogo mucho deste consejo que Patronio le dio, e fízolo assí, e fallósse ende bien.

E porque don Johan se pagó deste exiemplo, fízolo poner en este libro, e fizo estos viessos que dizen assí:

Non comas siempre lo que as ganado;
bive tal vida que mueras onrado.

E la istoria deste exiemplo es ésta que se sigue:

Exemplo XXIV

De lo que contesçió a un rey que quería provar a tres sus fijos [1]

Un día fablava el conde Lucanor con Patronio, su consejero, e díxole assí:

---

[12] *Amortiguamiento:* disminución.
[13] *Despendades:* derrochéis, gastéis.
[1] Existen numerosísimas variantes del tema de la prueba de un rey a sus hijos, con el triunfo final del menor, tema sin duda alguna tradicional (vid., por ejemplo, las citadas por Ayerbe-Chaux, 1975, págs. 150 y ss. y 271 y ss.). El cuento, algunos detalles lo confirman, es de origen árabe (Lida, 1969, pág. 97;

—Patronio, en la mi casa se crían muchos moços, dellos omnes de grand guisa e dellos[2] que lo non son tanto, e beo en ellos muchas maneras e muy estrañas[3]. E por el grand entendimiento que vos avedes, ruégovos que me digades, quanto vos entendedes, en qué manera puedo yo conosçer quál moço recudrá a seer[4] mejor omne.

—Señor conde —dixo Patronio—, esto que me vos dezides es muy fuerte[5] cosa de vos lo dezir ciertamente, ca non se puede saber çiertamente ninguna cosa de lo que es de venir; e esto que vos preguntades es por venir, e por ende non se puede saber ciertamente; mas lo que desto se puede saber es por señales que paresçen[6] en los moços, también de dentro commo de fuera; e las que paresçen de fuera son las figuras de la cara e el donaire, e la color e el talle del cuerpo, e de los miembros, ca por estas cosas paresçe la señal de la complisión[7] e de los miembros prinçipales, que son el coraçón e el meollo[8] e el fígado; commo quier que estas son señales, non se puede saber lo çierto, ca pocas vezes se acuerdan[9] todas las señales a una cosa; ca si las unas señales muestran lo uno, muestran las otras el contrario; pero a lo más, segund son estas señales, assí recuden las obras.

E las más çiertas señales son las de la cara, e señala-

Marín, 1955, pág. 2). González Palencia lo consideró relacionado «con el cuento del rey y sus tres hijos que figura en las *Mil y una noches* y en el *Syntipas* (Chauvin: *Bibliographie des ouvrages arabes*, VII, 162-163). También se halla en *Scala Coeli*, Locutio inordinata, 157a» (1965, pág. 54). Ayerbe-Chaux resume la estructura del mismo como «un contrapunto buscado armónicamente entre los dos hermanos y ejecutado en tres tiempos» (página 154).

[2] *Dellos... Dellos:* unos... otros.
[3] *Maneras... estrañas:* formas de ser diferentes.
[4] *Recudrá a seer:* resultará. Futuro contracto.
[5] *Fuerte:* seria, grave.
[6] *Paresçen:* se muestran, aparecen.
[7] *Complisión:* constitución, complexión.
[8] *Meollo:* médula, cerebro. «Tómase por antonomasia por los sesos», dice el *Dicc. Aut.*
[9] *Se acuerdan:* concuerdan.

damente las de los ojos, e otrosí el donaire; ca muy pocas vezes fallesçen [10] éstas. E non tengades que el donaire se dize por seer omne fermoso en la cara nin feo, ca muchos omnes son pintados [11] e fermosos, e non an donaire de omne, e otros paresçen feos, que an buen dònario [12] para seer omnes apuestos.

E el talle del cuerpo e de los miembros muestran señal de la complisión e paresçe si deve seer valiente o ligero, e las tales cosas. Mas el talle del cuerpo e de los miembros, non muestran çiertamente quáles deven seer las obras. E con todo esto, éstas son señales; e pues digo señales, digo cosa non çierta, ca la señal sienpre es cosa que paresçe por ella lo que deve seer; mas non es cosa forçada que sea assí en toda guisa. E éstas son las señales de fuera que siempre son muy dubdosas para conosçer lo que vos me preguntades. Mas para conosçer los moços por las señales de dentro que son ya quanto más [13] ciertas, plazerme ía que sopiésedes cómmo provó una vez un rey moro a tres fijos que avía, por saber quál dellos sería mejor omne.

El conde le rogó quel dixiese cómmo fuera aquello.

—Señor Conde Lucanor —dixo Patronio—, un rey moro avía tres fijos; e porque el padre puede fazer que regne qual fijo de los suyos él quisiere, después que el rey llegó a la vegez, los omnes buenos de su tierra pidiéronle por merçed que les señalase quál daquellos sus fijos quería que regnasse en pos él. E el rey díxoles que dende a un mes gelo [14] diría.

E quando vino a ocho o a dies días, una tarde dixo al fijo mayor que otro día grand mañana [15] quería cavalgar e que fuesse con él. Otro día, vino el infante mayor al rey, pero que non tan mañana commo el rey, su padre, dixiera. E desque llegó, díxol el rey que se quería vestir, quel fiziesse traer los paños. El infante dixo al

[10] *Fallesçen:* fallan. Cfr. la nota 26, *Ex. XI.*
[11] *Pintados:* bellos.
[12] *Donario:* donaire, gracia.
[13] *Quanto más:* mucho más.
[14] *Gelo:* Vid. nota 27 del Prólogo.
[15] *Grand mañana:* muy de madrugada.

camarero que troxiese los paños; e el camarero preguntó que quáles paños quería. El infante tornó al rey e preguntol que quáles paños quería. El rey díxole que el aljuva [16], e él tornó al camarero e díxole que el aljuva quería el rey. E el camarero le preguntó que quál almexía [17] quería, e el infante tornó al rey a gelo preguntar. E assí fizo por cada vestidura, que sienpre iva e vinía por cada pregunta, fasta que el rey tovo todos los paños. E vino el camarero, e le vistió e lo calçó.

E desque fue vestido e calçado, mandó el rey al infante que fiziese traer el cavallo, e él dixo al que guardava los cavallos del rey quel troxiesse el cavallo, e el que los guardava díxole que quál cavallo traería; e el infante tornó con esto al rey, e assí fizo por la siella e por el freno e por el espada e las espuellas; e por todo lo que avía menester para cavalgar, por cada cosa fue preguntar al rey.

Desque todo fue guisado [18], dixo el rey al infante que ñon podía cavalgar, e que fuesse él andar por la villa e que parasse mientes a las cosas que vería porque lo sopiesse retraer [19] al rey.

El infante cavalgó e fueron con él todos los onrados omnes del rey e del regno, e ivan ý muchas trompas e tabales [20] e otros strumentos. El infante andido [21] una pieça por la villa, e desque tornó al rey, preguntol quél paresçía de lo que viera. E el infante díxole que bien le paresçía, sinon [22] quel fazían muy grand roído aquellos estrumentes.

E a cabo de otros días, mandó el rey al fijo mediano que veniesse a él otro día mañana; e el infante fízolo

---

[16] *Aljuva:* vestidura que usaban los árabes; era propia de hombres y mujeres de todas las clases sociales, pues se podía hacer de tejidos bastos y de telas ricas.

[17] *Almexía*: manto de seda u otro tejido delicado y rico.

[18] *Guisado*: dispuesto.

[19] *Retraer*: referir.

[20] *Tabales*: timbales, atabales (con pérdida de la *a* del artículo árabe). Cfr.: «Tocando infinitos atabales y dulzainas.» Cervantes, *Persiles,* parte III, c. 11.

[21] *Andido*: anduvo. Vid. M. Pidal, *ob. cit.,* 120, 2.

[22] *Sinon*: con valor simplemente restrictivo, no exclusivo.

assí. E el rey fizo todas las pruevas que fiziera al infante mayor, su hermano, e el infante fízolo, e dixo bien commo el hermano mayor.

E a cabo de otros días, mandó al infante menor, su fijo, que fuesse con él de grand mañana. E el infante madurgó [23] ante que el rey despertasse, e esperó fasta que despertó el rey; e luego que fue espierto, entró el infante e omillósele [24] con la reverencia que devía. E el rey mandol quel fiziesse traer de bestir. E el infante preguntol qué paños quería, e en una vez le preguntó por todo lo que avía de bestir e de calçar, e fue por ello e tráxogelo todo. E non quiso que otro camarero lo vistiesse nin lo calçasse sinon él, dando a entender que se ternía por de buena ventura si el rey, su padre, tomasse plazer o serviçio de lo que él pudiesse fazer, e que pues su padre era, que razón e aguisado era de fazer quantos serviçios e omildades pudiesse.

E desque el rey fue vestido e calçado, mandó al infante quel fiziesse traer el cavallo. E él preguntóle quál cavallo quería, e con quál siella e con quál freno, e quál espada, e por todas las cosas que eran mester paral cavalgar, e quién quería que cavalgasse con él, e assí por todo quanto cumplía. E desque todo lo fizo, non preguntó por ello más de una vez, e tráxolo e aguisólo commo el rey lo avía mandado.

E desque todo fue fecho, dixo el rey que non quería cavalgar, mas que cavalgasse él e quel contasse lo que viesse. E el înfante cavalgó e fueron con él todos commo fizieran con los otros sus hermanos; mas él nin ninguno de sus hermanos, nin omne del mundo, non sabía nada de la razón porque el rey fazía esto.

E desque el infante cavalgó, mandó quel mostrassen toda la villa de dentro, e las calles, e do tenía el rey sus tesoros, e quántos podían seer, e las mezquitas e toda la nobleza [25] de la villa de dentro e las gentes que ý mo-

---

[23] *Madurgó:* madrugó.
[24] *Omillósele:* postrósele, se le humilló. Como más abajo, *omildad:* sumisión, acatamiento.
[25] *Nobleza:* cosa notable.

172

ravan. E después salió fuera e mandó que saliessen allá
todos los omnes de armas, e de cavallo e de pie, e mandóles que trebejassen[26] e le mostrassen todos los juegos de armas e de trebejos, e vio los muros e las torres
e las fortalezas de la villa. E desque lo ovo visto, tor-
nósse paral rey, su padre.

E quando tornó era ya muy tarde. E el rey le preguntó de las cosas que avía visto. E el infante le dixo
que si a él non pesasse, que él le diría lo quel paresçía
de lo que avía visto. E el rey le mandó, so pena de la
su bendición[27], quel dixiesse lo quel paresçía. E el infante le dixo que commo quier que él era muy leal rey,
quel paresçía que non era tan bueno commo devía, ca si
lo fuesse, pues avía tan buena gente e tanta e tan grand
poder e tan grand aver, e que si por él non fincasse,
que todo el mundo devía ser suyo.

Al rey plogo mucho deste denuesto[28] que el infante
le dixo.

E quando vino el plazo a que avía de dar respuesta a los de la tierra, díxoles que aquel fijo les dava
por rey.

E esto fizo por las señales que vio en los otros e por
las que vio en éste. E commo quier que más quisiera
cualquier de los otros para rey, non tovo por aguisado
de lo fazer por lo que vio en los unos e en el otro.

E vos, señor conde, si queredes saber cuál moço sería
mejor, parat mientes a estas tales cosas, e assí podredes
entender algo e por aventura lo más dello que a de
ser de los moços.

Al conde plogo mucho de lo que Patronio le dixo.

E porque don Johan tovo este por buen exiemplo, fízolo escrivir en este libro e fizo estos viessos que dizen assí:

> Por obras e maneras podrás conosçer
> a los moços quáles deven los más seer.

E la istoria desde exiemplo es ésta que se sigue:

---

[26] *Trebejassen*: compitiesen, jugasen.
[27] *Pena de...*: privación de algo por castigo.
[28] *Denuesto*: reproche, reparo.

173

Exemplo XXV

De lo que contesçió al conde de Provençia, cómmo fue librado de la prisión por el consejo que le dio Saladín [1]

El conde Lucanor fablava una vez con Patronio, su consegero, en esta manera:

—Patronio, un mio vasallo me dixo el otro día que quería casar una su parienta, e assí commo él era tenu-

---

[1] Según Devoto, «la preferencia por un yerno pobre pero de buenas prendas, antepuesto a uno más rico y menos virtuoso, es... un tema tradicional». Aparece en Valerio Máximo (libro 7, capítulo 2, núm. 9) y se repite en algunos ejemplos medievales (1972, págs. 412 y s.). Sin embargo, parece tener un origen árabe según D. Marín, quien señala cómo «la atmósfera árabe está preservada y tratada con simpatía» (1955, pág. 3). En el cuento, sobre cuya colocación central en el libro se ha insistido (Caldera, 1966-67, pág. 94; Ayerbe-Chaux, 1975, página 130; Harlam Sturn, «*El Conde Lucanor:* the Search for the Individual», en *Studies,* págs. 157-168), traza don Juan Manuel la semblanza del hombre cabal y perfecto *(el mejor omne e el más complido, e más sin ninguna mala tacha)* a través de la historia del joven hidalgo, y, a la vez que un ejemplo de prudencia y bondad, convierte al sultán árabe en un modelo de consejero *(todo este bien vino por el buen consejo que el soldán le dio).* La figura de Saladino, que reaparecerá en el *Exemplo L,* se constituyó en símbolo de las virtudes consideradas como fundamentales en cada literatura y en cada pueblo; como dice A. Castro, «sirvió, en realidad, de medio expresivo a situaciones preexistentes que había interés en manifestar y que ganaban prestigio al ser encuadradas en el marco de una ilustre figura, lejana y ejemplar» («Presencia del sultán Saladino en las literaturas románicas», en *Semblanzas y estudios españoles,* Princeton, 1956, pág. 21). Vid. J. Fradejas Lebrero («Un cuento de don Juan Manuel y dos comedias del Siglo de Oro», en *Revista de Literatura,* VIII, 1955, págs. 67-80) y D. Devoto («Lope y Calderón frente al ejemplo XXV», en *ob. cit.,* págs. 296-311) para su descendencia literaria: *La pobreza estimada,* de Lope, y *El conde Lucanor,* de Calderón; J. Asensio, «Una versión desconocida del *exemplo XXV* del *Libro de Patronio* o del *Conde Lucanor*», en *Miscelánea hispánica,* I, Londres, Ont., Univ. of Western Ontario Press, 1967, págs. 279-281; González, C., «Un cuento caballeresco en don Juan Manuel: el ejemplo XXV de *El Conde Lucanor*», en *NRFH,* XXXVII, 1989, págs. 109-118.

do [2] de me consejar lo mejor que él pudiesse, que me pidía por merced quel consejasse en esta lo que entendía que era más su pro, e díxome todos los casamientos quel traían. E porque éste es omne que yo querría que lo acertase muy bien, e yo sé que vos sabedes mucho de tales cosas, ruégovos que me digades lo que entendedes en esto, porquel yo pueda dar tal consejo que se falle él vien dello.

—Señor conde Lucanor —dixo Patronio—, para que podades bien consejar a todo omne que aya de casar su parienta, plazerme ía mucho que sopiéssedes lo que contesció al conde de Provençia con Saladín, que era soldán [3] de Babilonia.

El conde Lucanor le rogó quel dixiese cómmo fuera aquello.

—Señor conde Lucanor —dixo Patronio—, un conde ovo en Provençia que fue muy buen omne e deseava mucho fazer en guisa porquel [4] oviesse Dios merced al alma e ganasse la gloria del Paraíso, faziendo tales obras que fuesen a grand su onra e del su estado. E para que esto pudiesse complir, tomó muy grand gente consigo, e muy bien aguisada, e fuese para la Tierra Sancta de Ultramar, poniendo en su coraçón [5] que, por quequier [6] quel pudiesse acaesçer, que siempre sería omne de buena ventura, pues le vinía estando él derechamente en serviçio de Dios. E porque los juizios de Dios son muy marabillosos e muy ascondidos, e Nuestro Señor tiene por bien de tentar muchas vezes a los sus amigos, pero si aquella temptaçión saben sofrir, sienpre Nuestro Señor guisa que torne el pleito a onra e a pro de aquel a quien tienta; e por esta razón tovo Nuestro Señor por bien de temptar al conde de Provençia, e consintió que fuesse preso en poder del soldán.

E commo quier que estava preso, sabiendo Saladín la

---

[2] *Era tenudo*: estaba obligado.
[3] *Soldán:* sultán.
[4] *En guisa porque*: de manera que.
[5] *Poniendo en su coraçón*: tomando la decisión.
[6] *Quequier*: cualquier cosa. Como más abajo, *quequiera*.

grand vondat del conde, fazíale mucho bien e mucha onra, e todos los grandes fechos que avía de fazer todos los fazía por su consejo. E tan bien le consejava el conde e tanto fiava dél el soldán que, commo quier que estava preso, que tan grand logar e tan grand poder avía, e tanto fazían por él en toda la tierra de Saladín, commo farían en la suya misma.

Quando el conde se partió de su tierra, dexó una fija muy pequeñuela. E el conde estudo[7] tan grand tiempo en la prisión, que era ya su fija en tiempo para casar; e la condessa, su muger, e sus parientes enviaron dezir al conde quantos fijos de reys e otros grandes omnes la demandavan por casamiento.

E un día, quando Saladín vino a fablar con el conde, desque ovieron acordado aquello porque Saladín allí viniera, fabló con él el conde en esta manera:

—Señor, vos me fazedes a mí tanta merçed e tanta onra e fiades tanto de mí que me ternía por muy de buena ventura si vos lo pudiesse servir. E pues vos, señor, tenedes por bien que vos conseje yo en todas las cosas que vos acaesçen, atreviéndome a la vuestra merçed e fiando del vuestro entendimiento, pídovos por merçed que me consejedes en una cosa que a mí acaesçió.

El soldán gradesçió esto mucho al conde, e díxol quel consejaría muy de grado; e aún, quel ayudaría muy de buena mente en quequiera quel cumpliesse.

Entonçe le dixo el conde de los casamientos quel movían[8] para aquella su fija e pidiol por merçed quel consejase con quién la casaría.

El Saladín respondió assí:

—Conde, yo sé que tal es el vuestro entendimiento, que en pocas palabras que vos omne[9] diga entendredes todo el fecho. E por ende vos quiero consejar en este pleito segund lo yo entiendo. Yo non conosco todos

---

[7] *Estudo*: estuvo.
[8] *Movían*: ofrecían, proponían.
[9] *Omne*: indefinido, frente al valor plenamente sustantivo que tiene más abajo.

estos que demandan vuestra fija, qué linage o qué poder
an, o quáles son en los sus cuerpos o quánta vezindat
an convusco [10], o qué mejoría [11] an los unos de los
otros, e por ende que non vos puedo en esto consejar
çiertamente; mas el mio consejo es éste: que casedes
vuestra fija con omne.

El conde gelo tovo en merçed, e entendió muy bien
lo que aquello quería dezir. E envió el conde dezir a
la condessa su muger e a sus parientes el consejo que
el soldán le diera, e que sopiesse dé quantos omnes
fijos dalgo [12] avía en todas sus comarcas, de qué maneras e de qué costumbres, e quáles [13] eran en los sus
cuerpos, e que non catassen por su riqueza nin por su
poder, mas quel enviassen por escripto dezir qué tales
eran en sí los fijos de los reyes e de los grandes señores
que la demandavan e qué tales eran los otros omnes
fijos dalgo que eran en las comarcas.

E la condessa e los parientes del conde se marabillaron desto mucho, pero fazieron lo quel conde les envió mandar, e posieron por escripto todas las maneras
e costumbres buenas e contrarias que avían todos los
que demandavan la fija del conde, e todas las otras
condiçiones que eran en ellos. E otrosí, escrivieron
quáles eran en sí los otros omnes fijos dalgo que eran
en las comarcas, e enviáronlo todo contar al conde.

E desque el conde vio este escripto, mostrólo al soldán; e desque Saladín lo vio, commo quier que todos
eran muy buenos, falló en todos los fijos de los reyes
e de los grandes señores en cada uno algunas tachas:
o de seer mal acostumbrados en comer o en vever, o
en seer sañudos, o apartadizos [14], o de mal reçebimien-
to a las gentes, e pagarse de malas compañas, o en-

---

[10] *Convusco:* Vid. la nota 64, *Ex. IX.*
[11] *Mejoría:* ventaja.
[12] *Fijos dalgo:* hidalgos. Persona noble que venía de casa y
solar conocidos y que por ello estaba exenta de los tributos que
pagaban los villanos.
[13] *Quáles:* de qué manera y con qué cualidades. Conserva su
valor originario.
[14] *Apartadizos:* esquivos, huraños.

bargados de su palabra [15], o alguna otra tacha de muchas que los omnes pueden aver. E falló que un fijo de un rico omne que non era de muy grand poder, que segund lo que paresçía dél en aquel escripto, que era el mejor omne e el más complido, e más sin ninguna mala tacha de que él nunca oyera fablar. E desque esto oyó el soldán, consejó al conde que casase su fija con aquel omne, ca entendió que, commoquier que aquellos otros eran más onrados e más fijos dalgo, que mejor casamiento era aquel e mejor casava el conde su fija con aquél que con ninguno de los otros en que oviesse una mala tacha, quanto más si oviesse muchas; e tovo que más de preçiar era el omne por las sus obras que non por su riqueza, nin por nobleza de su linage [16].

El conde envió mandar a la condessa e a sus parientes que casassen su fija con aquel que Saladín les mandara. E commo quier que se marabillaron mucho ende, enviaron por aquel fijo de aquel rico omne e dixiéronle lo que el conde les envió mandar. E él respondió que bien entendía que el conde era más fijo dalgo e más rico e más onrado que él, pero que si él tan grant poder oviesse que bien tenía que toda muger sería bien casada con él, e que esto que fablavan con él, si lo dizían por non lo fazer, que tenía que le fazían muy grand tuerto e quel querían perder de balde. E ellos dixieron que lo querían fazer en toda guisa, e contáronle la razón en cómmo el soldán consejara al conde quel diesse su fija ante que a ninguno de los fijos de los reyes nin de los otros grandes señores, señaladamente porquel escogiera por omne. Desque él esto oyó, entendió que fablavan verdaderamente en el casamiento e tovo que, pues Saladín lo escogiera por omne, e le fiziera allegar a tan grand onra, que non sería él omne si non fiziesse en este fecho lo que pertenesçía.

---

[15] *Embargados de su palabra*: embarazados con las palabras, tartamudos.

[16] *... de su linage*: contrasta, y es digno de señalar, este pensamiento de don Juan Manuel al lado de otros sobre los que hemos tenido ocasión de llamar la atención.

E dixo luego a lla condessa e a los parientes del conde que si ellos querían que creyesse él que gelo dizían verdaderamente, quel apoderasen [17] luego [18] de todo el condado e de todas las rendas [19], pero non les dixo ninguna cosa de lo que él avía pensado de fazer. A ellos plogo de lo que él les dizía, e apoderáronle luego de todo. E él tomó muy grand aver [20] e, en grand poridat, armó pieça de galeas [21] e tovo muy grand aver guardado. E desque esto fue fecho, mandó guisar sus vodas para un día señalado.

E desque las vodas fueron fechas muy ricas e muy onradas, en la noche, quando se ovo de ir para su casa do estava su muger, ante que se echassen en la cama, llamó a la condessa e a sus parientes e díxoles en grant poridat que bien sabíen que el conde le escogiera entre otros muy mejores que él, e que lo fiziera porque el soldán le consejara que casasse su fija con omne, e pues el soldán e el conde tanta onra le fizieran e lo escogieran por omne, que ternía él que non era omne si non fiziesse en esto lo que pertenesçía; e que se quería ir e que les dexava aquella donzella con qui él avía de casar, e el condado: que él fiava por Dios que él le endereçaría porque [22] entendiessen las gentes que fazía fecho de omne.

E luego que esto ovo dicho, cavalgó e fuesse en buena ventura. E endereçó al regno de Armenia, e moró ý tanto tiempo fasta que sopo muy bien el lenguaje e todas las maneras de la tierra. E sopo cómmo Saladín era muy caçador.

E él tomó muchas buenas aves e muchos buenos canes, e fuesse para Saladín, e partió [23] aquellas sus galeas e puso una en cada puerto, e mandóles que nunca se partiessen ende fasta quél gelo mandasse.

---

[17] *Apoderasen*: delegasen el poder.
[18] *Luego:* en seguida. Cfr. nota 6, *Ex. I.*
[19] *Rendas*: rentas.
[20] *Aver:* como sustantivo.
[21] *Pieça de galeas:* cantidad de galeras.
[22] *Endereçaría porque*: guiaría de manera que.
[23] *Partió*: repartió, distribuyó.

E desque él llegó al soldán, fue muy bien reçebido, pero non le besó la mano nin le fizo ninguna reverençia de las que omne deve fazer a su señor. E Saladín mandol dar todo lo que ovo mester, e él gradesçiógelo mucho, mas non quiso tomar dél ninguna cosa e dixo que non viniera por tomar nada dél: mas por quanto bien overa dezir dél, que si él por bien toviesse, que quería bevir algún tiempo en la su casa por aprender alguna cosa de quanto bien avía en él e en las sus gentes; e porque sabía que el soldán era muy caçador, que él traía muchas aves e muy buenas, e muchos canes, e si la su merçed fuesse, que tomasse ende lo que quisiesse, e con lo quel fincaría a él, que andaría con él a caça, e le faría quanto serviçio pudiesse en aquello e en ál.

Esto le gradesçió mucho Saladín, e tomó lo que tovo por bien de lo que él traía, mas por ninguna guisa nunca pudo guisar que el otro tomasse dél ninguna cosa, nin le dixiesse ninguna cosa de su fazienda, nin oviesse entrellos cosa porque él tomasse ninguna carga de Saladín porque fuesse tenido de lo guardar. E assí andido [24] en su casa un grand tiempo.

E commo Dios acarrea [25], quando su voluntad es, las cosas que Él quiere, guisó que alançaron [26] los falcones a unas grúas [27]. E fueron matar la una de llas grúas a un puerto de la mar do estava la una de las galeas que el yerno del conde ý pusiera. E el soldán, que iva en muy buen cavallo, e él en otro, alongáronse tanto de las gentes, que ninguno dellos non vio por do iva. E quando Saladín llegó do los falcones estavan con la grúa, descendió mucho aína por los acorrer. E el yerno del conde que vinía con él, de quel vio en tierra, llamó a los de la galea.

E el soldán, que non parava mientes sinon por ce-

---

[24] *Andido*: anduvo.
[25] *Acarrea*: conduce, lleva.
[26] *Alançaron*: lanzaron.
[27] *Grúas:* grullas.

var [28] sus falcones, quando vio la gente de la galea en derredor de sí, fue muy espantado. E el yerno del conde metió mano a la espada e dio a entender quel quería ferir con ella. E quando Saladín esto vio, començósse a quexar mucho diziendo que esto era muy grand traición. E el yerno del conde le dixo que non mandasse [29] Dios, que bien sabía él que nunca él le tomara por señor, nin quisiera tomar nada de lo suyo, nin tomar dél ningún encargo porque oviesse razón de lo guardar, mas que sopiesse que Saladín avía fecho todo aquello.

E desque esto ovo dicho, tomólo e metiólo en la galea, e de que lo tovo dentro, contol cómmo él era el yerno del conde, e que era aquél que él escogiera, entre otros mejores que sí [30], por omne; e pues él por omne lo escogiera, que bien entendía que non fuera él omne si esto non fiziera; e quel pidía por merçed quel diesse su suegro, porque entendiesse que el consejo que él le diera que era bueno e verdadero, e que se fallava bien dél.

Quando Saladín esto oyó, gradesçió mucho a Dios, e plógol más porque açertó en 'l su consejo, que sil oviera acaesçido otra pro o otra onra por grande que fuesse. E dixo al yerno del conde que gelo daría muy de buena mente.

E el yerno del conde fio en 'l soldán, e sacólo luego de la galea e fuesse con él. E mandó a los de la galea que se alongassen del puerto tanto que non los pudiessen veer ningunos que ý llegassen.

E el soldán e el yerno del conde cevaron muy bien sus falcones. E quando las gentes ý llegaron, fallaron a Saladín mucho alegre. E nunca dixo a omne del mundo nada de quanto le avía contesçido.

E desque llegaron a lla villa, fue luego desçender a la casa do estava el conde preso e levó consigo al yerno

[28] *Cevar*: cebar, «Con el sentido de encarnizarse, ensañarse en las grullas cazadas» (nota de Blecua, ed. cit.).
[29] *Mandasse*: pidiese.
[30] *Sí*: él mismo.

del conde. E desque vio al conde, començol a dezir con muy grand alegría:

—Conde, mucho gradesco a Dios por la merced que me fizo en acertar tan bien commo acerté en 'l consejo que vos di en 'l casamiento de vuestra fija. Evad[31] aquí vuestro yerno, que vos a sacado de prisión.

Entonçe le contó todo lo que su yerno avía fecho, la lealtat e el grand esfuerço que fiziera en le prender e en fiar luego en él.

E el soldán e el conde e quantos esto sopieron, loaron mucho el entendimiento e el esfuerço e la lealdad del yerno del conde. Otrosí, loaron muncho las vondades de Saladín e del conde, e gradesçieron mucho a Dios porque quiso guisar de lo traer a tan buen acabamiento.

Entonçe dio el soldán muchos dones e muy ricos al conde e a su yerno; e por el enojo que el conde tomara en la prisión, diol dobladas todas las rentas que el conde pudiera levar de su tierra en quanto estudo en la prisión, e enviol muy rico e muy bien andante para su tierra.

E todo este bien vino al conde por el buen consejo que el soldán le dio que casasse su fija con omne.

E vos, señor conde Lucanor, pues avedes a consejar aquel vuestro vasallo en razón del casamiento de aquella su parienta, consejalde que la prinçipal cosa que cate en 'l casamiento que sea aquél con quien la oviere de casar buen omne en sí; ca si esto non fuere, por onra, nin por riqueza, nin por fidalguía que aya, nunca puede ser bien casada. E devedes saber que el omne con vondad acreçenta la onra e alça su linage e acreçenta las riquezas. E por seer muy fidalgo nin muy rico, si bueno non fuere, todo sería mucho aína perdido. E desto vos podría dar muchas fazañas[32] de muchos omnes de grand guisa que les dexaron sus padres e muy ricos e mucho onrados, e pues non fueron tan buenos commo devían, fue en ellos perdido el linage

---

[31] *Evad*: tened, ved ahí. Cfr.: «Todas las gentes que estaban í dixieron: evad el conde, evad el conde». *Crónica de Alfonso XI*, c. 64.

[32] *Fazañas*: relatos, historias.

e la riqueza; e otros de grand guisa e de pequeña que, por la grand vondad que ovieron en sí, acresçentaron mucho en sus onras e en sus faziendas, en guisa que fueron muy más loados e más preçiados por lo que ellos fizieron e por lo que ganaron, que aun por todo su linage. E assí entendet que todo el pro e todo el daño nasçe e viene de quál el omne es en sí, de qualquier estado que sea. E por ende, la primera cosa que se deve catar en el casamiento es quáles maneras e quáles costumbres e quál entendimiento e quáles obras a en sí el omne o la muger que a de casar; e esto seyendo primero catado, dende en adelante, quanto el linage es más alto e la riqueza mayor e la apostura más complida e la vezindat más açerca e más aprovechosa, tanto es el casamiento mejor.

Al conde plogo mucho destas razones que Patronio le dixo, e tovo que era verdat todo assí commo él le dizía.

E veyendo don Johan que este enxiemplo era muy bueno, fízolo escrivir en este libro, e fizo estos viessos que dizen assí:

> Qui omne es, faz todos los provechos;
> qui non lo es mengua todos los fechos.

E la istoria deste enxiemplo es ésta que se sigue:

Exemplo XXVI

De lo que contesçió al árvol de la Mentira [1]

Un día fablava el conde Lucanor con Patronio, su consejero, e díxole así:

[1] Tiene como tema el triunfo de la verdad sobre la mentira, que se presenta *fallaguera* y con palabras *fermosas e apostadas* (otros motivos citados en Devoto, 1972, pág. 414). Se ha sugerido un posible origen árabe (Marín, 1955, pág. 2). Vid. un análisis estilístico de este cuento en E. Caldera (1966-67, páginas 37 y ss.).

—Patronio, sabet que estó en muy grand quexa e en grand roído con unos omnes que me non aman mucho; e estos omnes son tan reboltosos e tan mintrosos que nunca otra cosa fazen sinon mentir a mí e a todos los otros con quien an de fazer o delibrar [2] alguna cosa. E las mentiras que dizen, sábenlas tan bien apostar [3] e aprovéchanse tanto dellas, que me traen a muy grand daño, e ellos apodéranse [4] mucho, e an gentes muy fieras contra mí. E aun creed que si yo quisiesse obrar por aquella manera, que por aventura lo sabría fazer tan bien commo ellos; mas porque yo sé que la mentira es de mala manera, nunca me pagué della. E agora, por el buen entendimiento que vos avedes, ruégovos que me consejedes qué manera [5] tome con estos omnes.

—Señor conde Lucanor —dixo Patronio—, para que vos fagades en esto lo mejor e más a vuestra pro, plazerme ía mucho que sopiéssedes lo que contesçió a la Verdat e a la Mentira.

El conde le rogó quel dixiesse cómmo fuera aquello.

—Señor conde Lucanor —dixo Patronio—, la Mentira e la Verdat fizieron su compañía en uno, e de que ovieron estado assí un tiempo, la Mentira, que es acuçiosa [6], dixo a la Verdat que sería bien que pusiessen un árbol de que oviessen fructa e pudiessen estar a la su sonbra quando fiziesse calentura. E la Verdat, commo es cosa llana e de buen talante, dixo quel plazía.

E de que el árbol fue puesto e començó a naçer, dixo la Mentira a la Verdat que tomasse cada una dellas su parte de aquel árbol. E a la Verdat plógol con esto. E la Mentira, dándol a entender con razones coloradas e apuestas que la raíz del árbol es la cosa que da la vida e la mantenençia al árbol, e que es mejor cosa e más aprovechosa, consejó la Mentira a la Verdat que

---

[2] *Delibrar*: debatir, solucionar.

[3] *Apostar*: adornar, componer. Como más abajo, *apostadas*: adornadas.

[4] *Apodéranse:* se fortalecen, toman gran poder.

[5] *Manera*: postura, posición.

[6] *Acuçiosa*: aplicada, «cuidadosa o codiciosa de hacer alguna cosa». *Dicc. Aut.*

tomasse las raíces del árbol que están so tierra e ella que se aventuraría a tomar aquellas ramiellas [8] que avían a salir e estar sobre tierra, commoquier que era muy grand peligro porque estava a aventura de tajarlo o follarlo [9] los omnes o roerlo las vestias o tajarlo las aves con las manos e con los picos o secarle la grand calentura o quemarle el grant yelo, e que de todos estos periglos non avía a sofrir ningunos la raíz.

E quando la Verdat oyó todas estas razones, porque non ay en ella muchas maestrías e es cosa de grand fiança e de grand creençia, fiosse en la Mentira, su compaña [10], e creó que era verdat lo quel dizía, e tovo que la Mentira le consejava que tomasse muy buena parte, tomó la raíz del árbol e fue con aquella parte muy pagada. E quando la Mentira esto ovo acabado, fue mucho alegre por el engaño que avía fecho a su compañera diziéndol mentiras fermosas e apostadas.

La Verdat metiósse so tierra para vevir ó estavan las raízes que eran la su parte, e la Mentira finçó sobre tierra do viven los omnes e andan las gentes e todas las otras cosas. E commo es ella muy fallaguera, en poco tiempo fueron todos muy pagados della. E el su árbol començó a cresçer e echar muy grandes ramos e muy anchas fojas que fazían muy fermosa sonbra e paresçieron [11] en él muy apuestas flores de muy fermosas colores e muy pagaderas a paresçençia [12].

E desque las gentes vieron aquel árbol tan fermoso, ayuntávanse muy de buena mente [13] a estar cabo dél, e pagávanse mucho de la su sombra e de las sus flores tan bien coloradas, e estavan ý siempre las más de las gentes, e aun los que se fallavan por los otros logares dizían los unos a los otros que si querían estar viçio-

---

[7] *Coloradas:* coloreadas, hermoseadas.
[8] *Ramiellas:* ramillas.
[9] *Follarlo:* pisarlo, hollarlo.
[10] *Compaña:* compañera.
[11] *Paresçieron*: aparecieron, lucieron.
[12] *Pagaderas a paresçençia*: agradables de aspecto.
[13] *Muy de buena mente*: muy de buena gana.

sos [14] e alegres, que fuessen estar a la sombra del árbol de la Mentira.

E quando las gentes eran ayuntadas so aquel árbol, commo la Mentira es muy fallaguera e de grand sabiduría, fazía muchos plazeres a las gentes e amostrávales de su sabiduría; e las gentes pagávanse de apprender de aquella su arte mucho. E por esta manera tiró [15] a ssí todas las más gentes del mundo: ca mostrava a los unos mentiras senziellas, e a los otros, más sotiles mentiras dobladas, e a otros, muy más sabios, mentiras trebles [16].

E devedes saber que la mentira senziella es quando un omne dice a otro: «Don Fulano, yo faré tal cosa por vos», e él miente de aquello quel dize. E la mentira doble es quando faze iuras [17] e omenages [18] e rehenes [19] e da otros por sí que fagan todos aquellos pleitos, e en faziendo estos seguramientos [20], ha él ya pensado e sabe manera cómmo todo esto tornará en mentira e en engaño. Mas, la mentira treble, que es mortalmente engañosa, es la quel miente e le engaña diziéndol verdat.

E desta sabiduría tal avía tanta en la Mentira e sabíala tan bien mostrar a los que se pagavan de estar a la sombra del su árbol, que les fazía acabar por aquella sabiduría lo más de las cosas que ellos querían, e non fallavan ningún omne que aquella arte non sopiesse, que ellos non le troxiessen a fazer toda su voluntad. E lo uno por la fermosura del árbol, e lo ál con la grand arte que de la Mentira aprendían, deseavan mucho las gentes

---

[14] *Viçiosos*: Vid. la nota 5, *Ex. XVI.*

[15] *Tiró*: arrastró, atrajo. Cfr.: «Assí tiran y llevan tras sí las blandas imágenes a los que no se resisten en los encuentros amorosos», *Persiles,* parte II, c. 7.

[16] *Trebles*: triples. Popular, como «doble», con sonorización de la oclusiva sorda.

[17] *Iuras*: juramentos.

[18] *Omenages*: «obligación y servidumbre en que se constituye la persona libre por pacto que hace con otra persona superior». Juramento de fidelidad. Cfr.: «Galaor tomó homenage de dos caballeros los más honrados», *Amadís,* cap. 13.

[19] *Rehenes*: prendas, garantías.

[20] *Seguramientos*: seguridades.

estar a aquella sombra e aprender lo que la Mentira les amostrava.

La Mentira estava mucho onrada e muy preçiada e mucho aconpañada de las gentes, e el que menos se llegava a ella e menos sabía de la su arte, menos le preçiavan todos, e aun él mismo se preçiava menos.

E estando la Mentira tan bien andante, la lazdrada e despreçiada de la Verdat estava ascondida so tierra, e omne del mundo non sabía della parte, nin se pagava della, nin la quería buscar. E ella, veyendo que non le avía fincado cosa en que se pudiesse mantener sinon aquellas raíces del árbol que era la parte quel consejara tomar la Mentira, e con mengua de otra vianda, óvose a tornar a roer e a tajar e a governarse [21] de las raíces del árbol de la Mentira. E commo quier que el árbol tenía muy buenas ramas e muy anchas fojas que fazían muy grand sombra e muchas flores de muy apuestas colores, ante que pudiessen levar fructo, fueron tajadas todas sus raíces, ca las ovo a comer la Verdat, pues non avía ál de que se governar.

E desque las raíces del árbol de la Mentira fueron todas tajadas, e estando la Mentira a la sombra del su árbol con todas las gentes que aprendían de la su arte, vino un viento e dio en el árbol, e porque las sus raíces eran todas tajadas, fue muy ligero de derribar e cayó sobre la Mentira e quebrantóla de muy mala manera; e todos los que estavan aprendiendo de la su arte fueron todos muertos e muy mal feridos, e fincaron muy mal andantes.

E por el lugar do estava el tronco del árbol salló la Verdat que estava escondida, e quando fue sobre la tierra, falló que la Mentira e todos los que a ella se allegaron eran muy mal andantes e se fallaron muy mal de quanto aprendieron e usaron del arte que aprendieron de la Mentira.

E vos, señor conde Lucanor, parad mientes que la mentira ha muy grandes ramos, e las sus flores, que son los sus dichos e los sus pensamientos e los sus fallagos,

---

[21] *Governarse*: sustentarse, alimentarse.

son muy plazenteros, e páganse mucho dellos las gentes, pero todo es sombra e nunca llega a buen fructo. Por ende, si aquellos vuestros contrarios usan de llas sabidurías e de los engaños de la mentira, guardatvos dellos quanto pudierdes e non querades seer su compañero en aquella arte, nin ayades envidia de la su buena andança que an por usar del arte de la mentira, ca cierto seed que poco les durará, e non pueden aver buena fin; e quando cuidaren seer más bien andantes, estonçe les fallecerá [22], assí commo fallesçió el árbol de la Mentira a los que cuidavan estar muy bien andantes a su sombra; mas, aunque la verdat sea menospreçiada, abraçatvos bien con ella e preciadla mucho, ca çierto seed que por ella seredes bien andante e abredes buen acabamiento e ganaredes la gracia de Dios porque vos dé en este mundo mucho bien e mucha onra paral cuerpo e salvamiento paral alma en 'l otro.

Al conde plogo mucho deste consejo que Patronio le dio, e fízolo assí e fallóse ende bien.

E entendiendo don Johan que este exiemplo era muy bueno, fízolo escrivir en este libro e fizo estos viessos que dizen assí:

> seguid verdad por la mentira foir,
> ca su mal cresçe quien usa de mentir.

E la istoria deste exiemplo es ésta que se sigue:

Exemplo XXVII

De lo que contesçió a un emperador e a don Alvar Háñez Minaya con sus mugeres [1]

Fablava el conde Lucanor con Patronio, su consegero, un día e díxole assí:

---

[22] *Fallecerá*: fallará.
[1] Este ejemplo es una auténtica novela corta en dos capítulos, en la cual don Juan Manuel presenta dos caracteres antitéticos de mujeres que producen en sus maridos sentimientos opuestos, aunque justificados. Está relacionado por el tema (la absoluta dedicación de la mujer a su marido) con el *Exemplo XXXV*:

—Patronio, dos hermanos que yo he son casados entramos e biven cada uno dellos muy desbariadamente [2] el uno del otro, ca [3] el uno ama tanto aquella dueña [4]

---

tanto el castigo de la mujer del emperador como la exaltación de doña Vascuñana responden a la misma concepción que encontraremos en el *Ejemplo del mançebo que casó con una mujer muy fuerte e muy brava.* (Vid. Caldera, 1966-67, página 106.) Cfr. la moraleja final de los dos ejemplos. Como afirma Devoto, se reducen los tres a un mismo tema: «la conservación de la paz conyugal, con sus tres posibilidades: el que la mujer sea buena... [*Ex. XXVII*], el que haya que hacerla buena... [*Exemplo XXXV*], o que sea tan mala que no haya más solución que desembarazarse de ella» [*Ex. XXVII*], y tienen motivos de amplia difusión en la narrativa mundial (1972, págs. 426 y siguientes). Como en otros ejemplos, don Juan Manuel mezcla elementos tradicionales (cfr., por ejemplo, los relatos del capítulo VII, «Cómo la mujer es desobediente», de la segunda parte de *Corbacho,* del Arcipreste de Talavera, edición de J. González Muela, Madrid, Castalia, 1970, págs. 150 y ss.) y personajes «históricos», recreándolos artísticamente. El emperador del primer relato parece ser Federico II, emperador de Alemania y rey de Sicilia (1197-1250) (Cfr. Ayerbe-Chaux, 1975, págs. 78 y siguientes). Sobre Álvar Háñez Minaya, a quien se llama en el *Poema del Cid* «sobrino» del Campeador (Vid. la extensa nota de Colin Smith en su edición del Poema, Cátedra, Madrid, 1976, páginas 341-343), dice María Rosa Lida: «Al anotar la segunda parte del *Exemplo XXVII,* Knust (págs. 356 y sigs.), pormenoriza la biografía de Álvar Fáñez y de Pero Anzúrez, el cual no tenía tres hijas, como dice don Juan Manuel, sino un hijo y cuatro hijas, y no la menor, sino la segunda, casó con Álvar Fáñez, y no se llamaba Vascuñana, sino Emilia (o Mencía). Las rectificaciones podrían continuar (si el detalle de ser tres las hijas y la menor la heroína no advirtiese que nos hallamos en pleno reino del cuento), pues, en efecto, es poco verosímil que Álvar Fáñez Minaya sometiera a la hija de don Pero Anzúrez a la prueba de la obediencia monacal a que en los *Apotegmas de los Padres* (Migne, *Patrología Graeca,* t. 65, col. 296b, *apud.* Knust, pág. 358) somete el abad Silvano a su discípulo Marco, y que con diversidad de variantes ha pasado a numerosos cuentos» (1969, pág. 107, n. 18). Cfr. *Libro de los castigos...* (ed. cit., págs. 165-166). Vid. el análisis de María del Carmen Bobes, «Sintaxis narrativa y valor semántico en el *exemplo XXVII* de *El Conde Lucanor*», en *Comentario de textos literarios,* Madrid, Cupsa, 1978, págs. 67-86.

[2] *Desbariadamente*: de forma diferente.
[3] *Ca*: porque.
[4] *Dueña*: señora, mujer. «Mujer principal puesta en estado de matrimonio», *Dicc. Aut.*

con qui es casado, que abés [5] podemos guisar con él que se parta un día del lugar onde ella es, e non faz cosa del mundo sinon lo que ella quiere, e si ante non gelo pregunta. E el otro, en ninguna guisa non podemos con él que un día la quiera veer de los ojos [6], nin entrar en casa do ella sea. E porque yo he grand pesar desto, ruégovos que me digades alguna manera porque podamos ý poner consejo [7].

—Señor conde Lucanor —dixo Patronio—, segund esto que vos dezides, entramos vuestros hermanos andan muy errados en sus faziendas; ca el uno nin el otro non devían mostrar tan grand amor ni tan grand desamor commo muestran a aquellas dueñas con qui ellos son casados; mas commo quier que lo ellos yerran, por aventura es por las maneras que an aquellas sus mugeres; e por ende querría que sopiésedes lo que contesçió al emperador Fradrique e a don Alvar Fáñez Minaya con sus mugeres.

El conde le preguntó cómmo fuera aquello.

—Señor conde Lucanor —dixo Patronio—, porque estos exiemplos son dos e non vos los podría entramos dezir en uno, contarvos he primero lo que contesçió al emperador Fradrique, e después contarvos he lo que contesçió a don Alvar Háñez.

—Señor conde, el emperador Fradrique casó con una donzella de muy alta sangre, segund le pertenesçía; mas de tanto [8], non le acaesçió bien, que non sopo ante que casasse con aquélla las maneras que avía.

E después que fueron casados, commoquier que ella era muy buena dueña e muy guardada en 'l su cuerpo, començó a seer la más brava e la más fuerte [9] e la más rebessada [10] cosa del mundo. Assí que, si el emperador quería comer, ella dizía que quería ayunar; e si el em-

_____

[5] _Abés_: apenas. Vid. la nota 26, _Ex. II_.
[6] _Veer de los ojos_: expresión pleonástica. Cfr.: «De los sos ojos tan fuerte mientre llorando», _Mio Cid_, v. 1.
[7] _Consejo_: remedio.
[8] _De tanto_: con todo, a pesar de esto.
[9] _Fuerte_: terrible. Como en el _Ex. XXXV_.
[10] _Rebessada:_ rebelde, indomable.

perador quería dormir, queríese ella levantar; e si el emperador queríe bien alguno, luego ella lo desamava [11]. ¿Qué vos diré más? Todas las cosas del mundo en que el emperador tomava plazer, en todas dava ella a entender que tomava pesar, e de todo lo que el emperador fazía, de todo fazía ella el contrario siempre.

E desque el emperador sufrió esto un tiempo, e vio que por ninguna guisa non la podía sacar desta entençión por cosa que él nin otros le dixiessen, nin por ruegos, nin por amenazas, nin por buen talante, nin por malo quel mostrasse, e vio que sin el pesar e la vida enojosa que avía de sofrir quel era tan grand daño para su fazienda e para las sus gentes, que non podía ý poner consejo; e de que esto vio, fuesse paral Papa e contol la su fazienda, también de la vida que passava, commo del grand daño que binía a él e a toda la tierra por las maneras que avía la emperadriz; e quisiera muy de grado, si podría seer, que los partiesse [12] el Papa. Mas vio que segund la ley de los christianos non se podían partir, e que en ninguna manera non podían bevir en uno por las malas maneras que la emperadriz avía, e sabía el Papa que esto era assí.

E desque otro cobro [13] no podieron fallar, dixo el Papa al emperador que este fecho que lo acomendava él al entendimiento e a la sotileza del emperador, ca él non podía dar penitençia ante que el pecado fuesse fecho.

E el emperador partióse del Papa e fuesse para su casa, e trabajó por quantas maneras pudo, por falagos e por amenazas e por consejos e por desengaños e por quantas maneras él e todos los que con él bivían pudieron asmar [14] para la sacar de aquella mala entençión, mas todo esto non tobo ý pro, que quanto más le dizían que se partiesse de aquella manera, tanto más fazía ella cada día todo lo revesado [15].

---

[11] *Desamava*: cogía antipatía, aborrecía.
[12] *Partiesse*: divorciase, separarse.
[13] *Cobro*: salida, medio.
[14] *Asmar*: pensar, estimar.
[15] *Lo revesado*: lo contrario.

E de que el emperador vio que por ninguna guisa esto non se podía endereçar, díxol un día que él quería ir a la caça de los çiervos e que levaría una partida de aquella yerba que ponen en las saetas con que matan los çiervos, e que dexaría lo ál para otra vegada, quando quisiesse ir a caça, e que se guardasse que por cosa del mundo non pusiesse de aquella yerva en sarna, nin en postiella [16], nin en lugar donde saliesse sangre; ca aquella yerba era tan fuerte, que non avía en el mundo cosa viva que non matasse. E tomó de otro ungüento muy bueno e muy aprovechoso para qualquier llaga e el emperador untósse con él antella en algunos lugares que non estavan sanos. E ella e quantos y estavan vieron que guaresçía luego con ello. E díxole que si le fuesse mester, que de aquél pusiesse en qualquier llaga que oviesse. E esto le dixo ante pieça [17] de omnes e de mugeres. E de que esto ovo dicho, tomó aquella yerva que avía menester para matar los çiervos e fuesse a su caça, assí como avía dicho.

E luego que el emperador fue ido, començó ella a ensañarse e a enbraveçer, e començó a dezir:

—¡Veed el falso del emperador, lo que me fue dezir! Porque él sabe que la sarna que yo he non es de tal manera commo la suya, díxome que me untase con aquel ungüento que se él untó, porque sabe que non podría guaresçer con él, mas de aquel otro ungüento bueno con que él sabe que guarescría, dixo que non tomasse dél en guisa ninguna; mas por le fazer pesar, yo me untaré con él, e quando él viniere, fallarme ha sana. E so çierta que en ninguna cosa non le podría fazer mayor pesar, e por esto lo faré.

Los cavalleros e las dueñas que con ella estavan travaron [18] mucho con ella que lo non fiziesse, e començáronle a pedir merçed, muy fieramente llorando, que se guardasse de lo fazer, ca çierta fuesse, si lo fiziesse, que luego sería muerta.

---

[16] *Postiella*: postilla. Costra que se forma en las heridas o granos.
[17] *Pieça*: cantidad.
[18] *Travaron*: porfiaron.

E por todo esto non lo quiso dexar. E tomó la yerva e untó con ella las llagas. E a poco rato començol a tomar la rabia de la muerte, e ella repintiérase si pudiera, mas ya non era tiempo en que se pudiesse fazer. E murió por la manera que avía porfiosa e a su daño.

Mas a don Alvar Háñez contesçió el contrario desto, e porque lo sepades todo commo fue, contarvos he cómmo acaesçió.

Don Alvar Háñez era muy buen omne e muy onrado e pobló a Yxcar, e morava ý. E el conde don Pero Ançúrez pobló a Cuéllar[19] e morava en ella. E el conde don Pero Ançúrez avía tres fijas. E un día, estando sin sospecha ninguna, entró don Alvar Háñez por la puerta; e al conde don Pero Ançúrez[20] plógol mucho con él. E desque ovieron comido, preguntol que por qué vinía tan sin sospecha[21]. E don Alvar Háñez díxol que vinía por demandar una de sus fijas para con que casase, mas que quería que gelas mostrasse todas tres e quel dexasse fablar con cada una dellas, e después que escogería quál quisiesse. E el conde, veyendo quel fazía Dios mucho bien en ello, dixo quel plazía mucho de fazer quanto don Alvar Háñez le dizía.

E don Alvar Háñez apartósse con la fija mayor e díxol que, si a ella ploguiesse, que quería casar con ella, pero ante que fablasse más en el pleito, quel quería contar algo de su fazienda. Que sopiesse, lo primero, que él non era muy mançebo e que por las muchas feridas que oviera en las lides que se acertara[22], quel enflaqueçiera tanto la cabeça que por poco vino que viviesse, quel fazíe perder luego el entendimiento; e de que estava fuera de su seso, que se asañava tan fuerte que non catava lo que dizía; e que a las vegadas firía[23] a los omnes en tal guisa, que se repentía mucho después que tornaba a su

---

[19] *Yxcar y Cuéllar:* villas cercanas, la una en la provincia de Valladolid y la otra en la de Segovia.
[20] *Pero Ançúrez:* noble de la Corte de Alfonso VI, señor de Valladolid.
[21] *Sin sospecha:* inesperadamente.
[22] *Que se acertara:* en que se encontrara.
[23] *Firía:* hería. Con vacilación de la vocal átona.

entendimiento; e aun, quando se echava a dormir, desque yacía en la cama, que fazía ý muchas cosas que non enpeçería nin migaja si más linpias fuessen. E destas cosas le dixo tantas, que toda muger quel entendimiento non oviese muy maduro, se podría tener dél por non muy bien casada.

E de que esto le ovo dicho, respondiol la fija del conde que este casamiento non estava en ella, sinon en su padre e en su madre. E con tanto, partiósse de don Alvar Háñez e fuesse para su padre.

E de que el padre e la madre le preguntaron qué era su voluntad de fazer, porque ella non fue de muy buen entendimiento commo le era mester, dixo a su padre e a su madre que tales cosas le dixiera don Alvar Háñez, que ante quería seer muerta que casar con él.

E el conde non lo quiso dezir esto a don Alvar Háñez, mas díxol que su fija que non avía entonçe voluntad de casar.

E fabló don Alvar Háñez con la fija mediana; e passaron entre él e ella bien assí commo con el hermana mayor [24].

E después fabló con el hermana menor e díxol todas aquellas cosas que dixiera a las otras sus hermanas. E ella respondiol que gradesçía mucho a Dios en que don Alvar Háñez quería casar con ella; e en lo quel dizía quel fazía mal el vino, que si, por aventura, alguna vez le cumpliesse por alguna cosa de estar apartado de las gentes por aquello quel dizía o por al, que ella lo encubriría mejor que ninguna otra persona del mundo; e a lo que dizía que él era viejo, que quanto por esto non partiría ella el casamiento, que cumplíale a ella del casamiento el bien e la onra que avía de ser casada con don Alvar Háñez; e de lo que dizía que era muy sañudo e que firía a las gentes, que quanto por esto, non fazía fuerça [25], ca nunca ella le faría por que la firiesse, e si lo fiziesse, que lo sabría muy bien soffrir.

E a todas las cosas que don Alvar Háñez le dixo, a

<hr/>

[24] *El hermana mayor:* vid. lo dicho en la nota 13, *Ex. XXII.*
[25] *Non fazía fuerça:* no importaba, no tenía importancia.

194

todas le sopo tan bien responder, que don Alvar Háñez fue muy pagado, e gradesçió mucho a Dios porque fallara muger de tan buen entendimiento. E díxo al conde don Pero Ançúrez que con aquella quería casar. E al conde plogo mucho ende. E fizieron ende sus vodas luego. E fuesse con su muger luego en buena ventura. E esta dueña avía nombre doña Vascuñana.

E después que don Alvar Háñez levó a su muger a su casa, fue ella tan buena dueña e tan cuerda, que don Alvar Háñez se tovo por bien casado della e tenía por razón que se fiziesse todo lo que ella queríe. E esto fazía él por dos razones: la primera, porquel fizo Dios a ella tanto bien, que tanto amava a don Alvar Háñez e tanto presçiava el su entendimiento, que todo lo que don Alvar Háñez dizía e fazía, que todo tenía ella verdaderamente que era lo mejor; e plazíale mucho de quanto dizía e de quanto fazía, e nunca en toda su vida contralló [26] cosa que entendiesse que a él plazía. E non entendades que fazía esto por le lisonjar, nin por le falagar, mas [27] fazíalo porque verdaderamente creía, e era su entençión, que todo lo que don Alvar Háñez quería e dizía e fazía, que en ninguna guisa non podría seer yerro, nin lo podría otro ninguno mejorar. E lo uno por esto, que era el mayor bien que podría seer, e lo ál porque ella era de tan buen entendimiento e de tan buenas obras, que siempre acertava en lo mejor; e por estas cosas amávala e preçiávala tanto don Alvar Háñez que tenía por razón de fazer todo lo que ella queríe ca siempre ella quería, e le consejava lo que era su pro e su onra. E nunca tovo mientes por talante, nin por voluntad que oviesse de ninguna cosa, que fiziesse don Alvar Háñez, sinon lo que a él más le pertenesçía [28] e que era más su onra e su pro.

E acaesçió que una vez, seyendo don Alvar Háñez en su casa, que vino a él un so sobrino que vivía en casa del rey, e plógol mucho a don Alvar Háñez con él. E

---

[26] *Contralló:* contrarió.
[27] *Mas.* Con valor exclusivo.
[28] *Le pertenesçía:* le correspondía, era propio de él.

desque ovo morado con don Alvar Háñez algunos días, díxol un día que era muy buen omne e muy complido e que non podía poner en él ninguna tacha sinon una. E don Alvar Háñez preguntol que quál era. E el sobrino díxol que non fallava tacha quel poner sinon que fazía mucho por su muger e la apoderava [29] mucho en toda su fazienda. E don Alvar Háñez respondiol que a esto que dende a pocos días le daría ende la repuesta [30].

E ante que don Alvar Háñez viesse a doña Vascuñana, cavalgó e fuesse a otro lugar e andudo [31] allá algunos días e levó allá aquel su sobrino consigo. E después envió por doña Vascuñana, e guisó assí don Alvar Háñez que se encontraron en el camino, pero que non fablaron ningunas razones entre sí, nin ovo tiempo aunque lo quisiessen fazer.

E don Alvar Háñez fuesse adelante, e iba con él su sobrino. E doña Vascuñana vinía en pos dellos. E desque ovieron andado assí una pieça don Alvar Háñez e su sobrino, fallaron una pieça de vacas. E don Alvar Háñez començó a dezir:

—¿Viestes, sobrino, que fermosas yeguas ha en esta nuestra tierra?

Quando su sobrino esto oyó, maravillóse ende mucho, e cuidó que gelo dizía por trebejo [32] e díxol que cómmo dizía tal cosa, que non eran sinon vacas.

E don Alvar Háñez se començó mucho de maravillar e dezirle que reçelava que avía perdido el seso, ca bien beíe que aquéllas, yeguas eran.

E de que el sobrino vio que don Alvar Háñez porfiava tanto sobresto, e que lo dizía a todo su seso, fincó mucho espantado e cuidó que don Alvar Háñez avía perdido el entendimiento.

E don Alvar Háñez estido [33] tanto adrede en aquella

---

[29] *apoderava:* daba poder.
[30] *a pocos días le daría ende una respuesta:* Es otra fórmula con función estructural en los relatos cuyo núcleo consiste en poner a prueba a alguien de algún modo.
[31] *Andudo:* anduvo.
[32] *Trebejo:* burla.
[33] *Estido:* estuvo.

porfía, fasta que asomó doña Vascuñana que vinía por el camino. E de que don Alvar Háñez la vio, dixo a su sobrino:

—Ea, don [34] sobrino, fe [35] aquí a doña Vascuñana que nos partirá nuestra contienda.

Al sobrino plogo desto mucho; e desque doña Vascuñana llegó, díxol su cuñado [36]:

—Señora, don Alvar Háñez e yo estamos en contienda, ca él dize por unas vacas, que son yeguas, e yo digo que son vacas; e tanto avemos porfiado, que él me tiene por loco, e yo tengo que él non está bien en su seso. E vos, señora, departidnos agora esta contienda.

E quando doña Vascuñana esto vio, commo quier que ella tenía que aquéllas eran vacas, pero pues su cuñado le dixo que dizía don Alvar Háñez que eran yeguas, tovo verdaderamente ella, con todo su entendimiento, que ellos erravan, que las non conosçían, mas que don Alvar Háñez non erraría en ninguna manera en las conosçer; e pues dizía que eran yeguas, que en toda guisa del mundo, que yeguas eran e non vacas.

E començ a dezir al cuñado e a quantos ý estavan:

—Por Dios, cuñado, pésame mucho desto que dezides, e sabe Dios que quisiera que con mayor seso e con mayor pro nos viniéssedes agora de casa del rey, do tanto avedes morado; ca bien veedes vos que muy grand mengua de entendimiento e de vista es tener que las yeguas que son vacas.

E començol a mostrar, también por las colores, commo por las façiones, commo por otras cosas muchas, que eran yeguas, e non vacas, e que era verdat lo que don Alvar Háñez dizía, que en ninguna manera el entendimiento e la palabra de don Alvar Háñez que nunca podría errar. E tanto le afirmó esto, que ya el cuñado e todos los otros començaron a dubdar que ellos erravan, e que don Alvar Háñez dizía verdat, que las que ellos tenían por vacas, que eran yeguas. E de que esto fue

---

[34] *Don:* era normal antepuesto a los nombres comunes.
[35] *Fe:* he. Adverbio demostrativo procedente del árabe.
[36] *Cuñado:* simplemente pariente.

fecho, fuéronse don Alvar Háñez e su sobrino adelante e fallaron una grand pieça de yeguas.

E don Alvar Háñez dixo a su sobrino:

—¡Ahá, sobrino! Estas son las vacas, que non las que vos dizíades ante, que dizía yo que eran yeguas.

Quando el sobrino esto oyó, dixo a su tío:

—Por Dios, don Alvar Háñez, si vos verdat dezides, el diablo me traxo a mí a esta tierra; ca çiertamente, si éstas son vacas, perdido he yo el entendimiento, ca, en toda guisa del mundo, éstas yeguas son e non vacas.

Don Alvar Háñez començó a porfiar muy fieramente que eran vacas. E tanto duró esta porfía, fasta que llegó doña Vascuñana. E desque ella llegó e le contaron lo que dizía don Alvar Háñez e dizía su sobrino, maguer a ella paresçía que el sobrino dizía verdat, non pudo creer por ninguna guisa que don Alvar Háñez pudiesse errar, nin que pudiesse seer verdat ál, sinon lo que él dizía. E començó a catar razones para provar que era verdat lo que dizía don Alvar Háñez, e tantas razones e tan buenas dixo, que su cuñado e todos los otros tovieron que el su entendimiento, e la su vista, errava; mas lo que don Alvar Háñez dizía, que era verdat. E aquesto finçó assí.

E fuéronse don Alvar Háñez e su sobrino adelante e andudieron tanto, fasta que llegaron a un río en que avía pieça de molinos. E dando del agua a las vestias en el río, començó a dezir don Alvar Háñez que aquel río que corría contra la parte onde nasçía, e aquellos molinos, que del otra parte les vinía el agua.

E el sobrino de don Alvar Háñez se tovo por perdido quando esto le oyó; ca tovo que, assí commo errara en 'l conosçimiento de las vacas e de las yeguas, que assí errava agora en cuidar que aquel río vinía al revés de commo dizía don Alvar Háñez. Pero porfiaron tanto sobresto, fasta que doña Vascuñana llegó.

E desquel dixieron esta porfía en que estava don Alvar Háñez e su sobrino, pero que a ella paresçía que el sobrino dizía verdat, non creó [37] al su entendimiento e

---

[37] *Creó:* creyó.

tovo que era verdat lo que don Alvar Háñez dizía. E por tantas maneras sopo ayudar a la su razón, que su cuñado e quantos lo oyeron, creyeron todos que aquella era la verdat.

E daquel día acá, fincó por fazaña [38] que si el marido dize que corre el río contra arriba, que la buena muger lo deve crer e deve dezir que es verdat.

E desque el sobrino de don Alvar Háñez vio que por todas estas razones que doña Vascuñana dizía se provava que era verdat lo que dizía don Alvar Háñez, e que errava él en non conosçer las cosas assí commo eran, tovóse por muy maltrecho, cuidando que avía perdido el entendimiento.

E de que andudieron assí una grand pieça por el camino, e don Alvar Háñez vio que su sobrino iva muy triste e en grand cuidado, díxole assí:

—Sobrino, agora vos he dado la repuesta a lo que en 'l otro día me dixiestes que me davan las gentes por grand tacha porque tanto fazía por doña Vascuñana, mi muger; ca bien cred que todo esto que vos e yo avemos passado oy, todo lo fize porque entendiéssedes quién es ella, e que lo que yo por ella fago, que lo fago con razón; ca bien creed que entendía yo que las primeras vacas que nos fallamos, e que dizía yo que eran yeguas, que vacas eran, assí como vos dizíades. E desque doña Vascuñana llegó e vos oyó que yo dizía que eran yeguas, bien çierto so que entendía que vos dizíades verdat; mas que fió ella tanto en 'l mio entendimiento, que tien que por cosa del mundo, non podría errar, tovo que vos e ella errávades en non lo conosçer cómmo era. E por ende dixo tantas razones e tan buenas, que fizo entender a vos, e a quantos allí estavan, que lo que yo dizía era verdat; e esso mismo fizo después en lo de las yeguas e del río. E bien vos digo verdat que del día que conmigo casó, que nunca un día le bi fazer nin dezir cosa en que yo pudiesse entender que quería nin tomava plazer, sinon en aquello que yo quis; nin le vi tomar enojo de ninguna cosa

---

[38] *Fazaña:* dicho, refrán.

que yo fiziesse. E sienpre tiene verdaderamente en su talante que qualquier cosa que yo faga, que aquello es lo mejor; e lo que ella a de fazer de suyo o le yo aco-miendo que faga, sábelo muy bien fazer, e sienpre lo faze guardando toda mi onra e mi pro e queriendo que entiendan las gentes que yo so el señor, e que la mi voluntad e la mi onra se cumpla; e non quiere para sí otra pro nin otra fama de todo el fecho, sinon que sepan que es mi pro, e tome yo plazer en ello. E tengo que si un moro de allende el mar esto fiziesse, quel devía yo mucho amar e presçiar yo e fazer yo mucho por el su consejo, e demás seyendo ella tal e yo seer casado con ella e seyendo ella tal e de tal linaje de que me tengo por muy bien casado. E agora, sobrino, vos he dado respuesta a la tacha que el otro día me dixies-tes que avía.

Quando el sobrino de don Alvar Háñez oyó estas razones, plógol ende mucho, e entendió que pues doña Vascuñana tal era e avía tal entendimiento e tal enten-ción, que fazía muy grand derecho don Alvar Háñez de la amar e fiar en ella e fazer por ella quanto fazía e aun muy más, si más fiziese.

E assí fueron muy contrarios la mujer del emperador e la mujer de don Alvar Háñez.

E, señor conde Lucanor, si vuestros hermanos son tan desvariados, que el uno faze todo quanto su muger quiere e el otro todo lo contrario, por aventura esto es porque sus mugeres fazen tal vida con ellos commo fazía la enperadriz e doña Vascuñana. E si ellas tales son, non devedes maravillarvos nin poner culpa a vues-tros hermanos; mas si ellas non son tan buenas nin tan revesadas como estas dos de que vos he fablado, sin dubda vuestros hermanos non podrían seer sin grand culpa; ca commo quier que aquel vuestro hermano que faze mucho por su muger, faze bien, entendet que este bien, que se deve fazer con razón [39] e non más; ca si el omne, por aver grand amor a su muger, quiere estar con ella tanto porque dexe de ir a los lugares o a los

---

[39] *Con razón:* con medida, de forma razonable.

fechos en que puede fazer su pro e su onra, faze muy grand yerro; nin si por le fazer plazer nin complir su talante dexa nada de lo que pertenesçe a su estado, nin a su onra, faze muy desaguisado. Mas guardando estas cosas, todo buen talante e toda fiança que el marido pueda mostrar a su muger, todo le es fazedero e todo lo deve fazer e paresçe muy bien que lo faga. E otrosí, deve mucho guardar que por lo que a él mucho non cumple, nin le faze gran mengua, que non le faga enojo nin pesar e señaladamente en ninguna guisa cosa que puede aver pecado, ca desto vienen muchos daños: lo uno, la maldad e el pecado que omne faze, lo ál, que por fazerle emienda e plazer porque pierda aquel enojo avrá a fazer cosas que se le tornarán en daño de la fama e de la fazienda. Otrosí, el que por su fuerte ventura tal muger oviere commo la enperatriz, pues al comienço non pudo o non sopo y poner consejo en ello non ay sinon pasar su ventura commo Dios gelo quisiere aderesçar; pero sabed que para lo uno e para lo otro cumple mucho que para el primero día que el omne casa, dé a entender a su muger que él es el señor de todo, e quel faga entender la vida que an de pasar en uno.

E vos, señor conde, al mi cuidar, parando mientes a estas cosas, podredes consejar a vuestros hermanos en quál manera vivan con sus mugeres.

Al conde plogo mucho destas cosas que Patronio le dixo, e tovo que dezía verdat e muy buen seso.

E entendiendo don Juan que estos enxemplos eran buenos fízolos poner en este libro, e fizo estos versos que dizen así:

> En el primo día que omne casare deve mostrar
> qué vida a de fazer o cómmo a de pasar.

Exemplo XXVIII

De cómmo mató don Lorenço Çuáres Gallinato a un clérigo que se tornó moro en Granada [1]

Fablava el conde Lucanor con Patronio, su consegero, en esta guisa:

—Patronio, un omne vino a mí por guaresçerse conmigo, e commo quier que yo sé que él es buen omne en sí, pero algunos dízenme que a fecho algunas cosas desaguisadas. E por el buen entendimiento que vos avedes, ruégovos que me consejedes lo que vos paresçe que faga en esto.

—Señor conde —dixo Patronio—, para que vos fa-

---

[1] Como en otros casos, don Juan Manuel utiliza libremente los datos históricos y los combina con elementos tradicionales: «De don Lorenzo Suárez Gallinato... consta que, desterrado por Fernando III, se había refugiado en la corte de Abenhuc de Écija y que pagó alevosamente la hospitalidad del moro para reconciliarse con Fernando III (Knust, pág. 359): don Juan Manuel le muestra en Granada —más prodigiosa que Écija— sirviendo al rey con lealtad que realza la lealtad aun mayor que guarda a su ley de cristiano, y que se ve recompensada con un milagro de la hostia, análogo a los muchos que había puesto en circulación sobre todo la piedad cisterciense» (Lida, 1969, pág. 286, número 18). Existen numerosos relatos análogos: Jacques de Vitry, Étienne de Bourbon... (citados en Ayerbe-Chaux, 1975, págs. 286 y ss.). Devoto señala el estrecho paralelo («es idéntico en su conducción») del relato juanmanuelino con el *exemplum* de Étienne de Bourbon (núm. 385), que resume así: «un caballero, al cruzar un puente de París, oye blasfemar a un burgués y le rompe los dientes de un puñetazo. Llevado ante el rey, dice que si oyera decir mal del rey a alguno, no podría dejar de castigarlo: con mayor razón le es fuerza obrar así cuando se trata del Sumo Señor; y el rey le deja ir libremente» (1972, pág. 415). Don Juan Manuel convierte al protagonista en modelo de lealtad. El relato es utilizado con un fin distinto al que cabría esperar; de él se deduce una enseñanza de «moral social y humana». Vid. R. Brian Tate, art. cit. en *Ex. I*, págs. 554-557, y el comentario que hace G. Torres Nebrera en *Comentario lingüístico y literario de textos españoles*, Madrid, Alhambra, 1981, páginas 177-188.

gades en esto lo que vos cumple, plazerme ía que sopiésedes lo que contesçió a don Lorenço Çuáres Gallinato.

El conde le preguntó cómmo fuera aquello.

—Señor conde —dixo Patronio—, don Lorenço
Çuáres bevía[2] con el rey de Granada. E desque vino a
la merçed del rey don Ferrando, preguntol un día el
rey que, pues él tantos deservicios[3] fiziera a Dios con
los moros e sin ayuda, que nunca Dios avríe merçed
dél e que perderíe el alma.

E don Lorenço Çuáres díxol que nunca fiziera cosa
porque cuidase que Dios le avría merçed del alma, sinon porque matara una vez un clérico misacantano.

E el rey óvolo por muy estraño; e preguntol cómmo podría esto ser.

E él dixo que biviendo con el rey de Granada, quel
rey fiaba mucho dél, e era guarda del su cuerpo. E
yendo un día con el rey, que oyó roído de omnes que
davan vozes, e porque era guarda del rey, de que oyó
el roído, dio de las espuelas al cavallo e fue do lo fazían. E falló un clérigo que estava revestido.

E devedes saber queste clérigo fue cristiano e tornóse moro. E un día, por fazer bien a los moros e
plazer, díxoles que, si quisieren, que él les daría el
Dios en que los cristianos creen e tenían por Dios. E
ellos le rogaron que gelo diese. Estonçe el clérigo traidor fizo unas vestimentas, e un altar, e dixo allí misa,
e consagró una ostia. E desque fue consagrada, diola a
los moros; e los moros arrastrávanla por la villa e por
el lodo e faziéndol muchos escarnios.

E quando don Lorenço Çuáres esto vido, commo
quier que él bivía con los moros, membrándose cómmo[4] era cristiano, e creyendo sin dubda que aquél era
verdaderamente el cuerpo de Dios e pues que Ihesu
Cristo muriera, por redemir nuestros pecados, que se-

___

[2] *Bevía:* con vacilación de la vocal átona.
[3] *Deservicios:* perjuicios, daños.
[4] *Membrándose cómmo:* acordándose de que. Cfr. «Debéis os
membrar de vuestro antiguo esfuerzo y valor», P. Mariana. *Historia de España.* Lib. 6, cap. 23.

ría él de buena ventura si muriese por le bengar o por le sacar de aquella desonrra que falsamente cuidava quel fazían. E por el gran duelo e pesar que de esto ovo, enderesçó al traidor del dicho rrenegado que aquella traiçión fiziera, e cortol la cabeça.

E desçendió del cavallo e fincó los inojos en el lodo e adoró el cuerpo de Dios que los moros traían rastrando. E luego que fincó los inojos, la ostia que estava dél alongada, saltó[5] del lodo en la falda de don Lorenço Çuáres.

E quando los moros esto vieron, ovieron ende gran pesar, e metieron mano a las espadas, e palos, e piedras, e vinieron contra él por lo matar. E él metió mano al espada con que descabeçara al clérigo, e començóse a defender.

Quando el rey oyó este roído, e vio que querían matar a don Lorenço Çuáres, mandó quel non fiziesen mal, e preguntó que qué fuera aquello. E los moros, con gran quexa, dixiéronle cómmo fuera e cómmo pasara aquel fecho.

E el rey se quexó e le pesó desto mucho, e preguntó a don Lorenço Çuáres por qué lo fiziera. E él le dixo que bien sabía que él non era de la su ley, pero quel rey esto sabía, que fiava dél su cuerpo e que lo escogiera él para esto cuidando que era leal e que por miedo de la muerte non dexaría de lo guardar, e pues si él lo tenía por tan leal, que cuidava que faría esto por él, que era moro, que parase mientes, si él leal era, qué devía fazer, pues era cristiano, por guardar el cuerpo de Dios, que es rey de los reyes e señor de los señores, e que si por esto le matasen, que nunca él tan buen día viera.

E quando el rey esto oyó, plógol mucho de lo que don Lorenço Çuáres fiziera e de lo que dezía, e amol e preçiol, e fue mucho más amado desde allí adelante.

E vos, conde señor, si sabedes bien que aquel omne que conbusco[6] quiere bevir es buen omne en sí e po-

---

[5] *Saltó en:* con régimen distinto del actual.
[6] *Conbusco:* Vid. la nota 4, *Ex. IV.*

dedes fiar dél, quanto por lo que vos dizen que fizo algunas cosas sin razón, non le devedes por eso partir de la vuestra compaña; ca por aventura aquello que los omnes cuidan que es sin razón, non es así, commo cuidó el rey que don Lorenço fiziera desaguisado en matar aquel clérigo. E don Lorenço fizo el mejor fecho del mundo. Mas si vos sopiésedes que lo que él fizo es tan mal fecho, porque él sea por ello mal envergonçado, e lo fizo sin razón, por tal fecho faríades bien en lo non querer para vuestra compaña.

Al conde plogo mucho desto que Patronio le dixo, e fízolo así e fallóse ende bien.

E entendiendo don Juan que este enxemplo era bueno, fízolo escrivir en este libro e fizo estos viessos que dizen assí:

> Muchas cosas parescen sin razón,
> e qui las sabe, en sí buenas son.

E la istoria deste exienplo es ésta que se sigue:

Exemplo XXIX

DE LO QUE CONTESÇIÓ A UN RAPOSO QUE SE ECHÓ EN LA CALLE E SE FIZO MUERTO [1]

Otra vez fablava el conde Lucanor con Patronio, su consegero, e díxole así:

---

[1] Knust (pág. 361) señaló el origen de este *exemplo,* que repiten algunas colecciones medievales, en el *Syntipas,* versión griega del *Libro de los siete sabios.* En el *Libro de Buen Amor* (coplas 1412-1420) se encuentra una versión paralela. F. Lecoy, al analizar los detalles de ambas, señala que la versión de Juan Ruiz se acerca más al texto griego. «Las variantes de don Juan Manuel han sido introducidas por su evidente deseo de suprimir o atenuar ciertas inverosimilitudes del relato...» (*Recherches sur le «Libro de Buen Amor»...,* París, E. Droz, 1938, pág. 140). Ian Michael

—Patronio, un mio pariente bive en una tierra do non ha tanto poder que pueda estrañar[2] quantas escatimas[3] le fazen, e los que han poder en la tierra querrían muy de grado que fiziesse él alguna cosa porque oviessen achaque[4] para seer contra él. E aquel mio pariente tiene quel es muy grave cosa de soffrir aquellas terrerías[5] quel fazen, e querría aventurarlo todo ante que soffrir tanto pesar de cada día. E porque yo querría que él acertasse en lo mejor, ruégovos que me digades en qué manera lo conseje porque passe lo mejor que pudiere en aquella tierra.

—Señor conde Lucanor —dixo Patronio—, para que vos le podades consejar en esto, plazerme ía que sopiéssedes lo que contesçió una vez a un raposo que se fezo muerto.

El conde le preguntó cómmo fuera aquello.

—Señor conde —dixo Patronio—, un raposo entró una noche en un corral do avía gallinas; e andando en roído con las gallinas, cuando él cuidó que se podría ir, era ya de día e las gentes andavan ya todos[6] por las calles. E desque él vio que non se podía asconder, salió escondidamente a la calle, e tendiósse assí commo si fuesse muerto. Quando las gentes lo vieron, cuidaron que era muerto e non cató ninguno por él.

(«The function of the Popular Tale», en *Libro de Buen Amor: Studies,* edición de G. B. Bybbon-Monypenny, Londres, Támesis, 1970, págs. 177 y ss., cit. por Ayerbe-Chaux, pág. 66) sugiere, sin embargo, la posibilidad de que existan versiones latinas o francesas entre el texto griego y los de Juan Ruiz y don Juan Manuel. Sobre la costumbre de la zorra de fingirse muerta, vid. los textos citados por Devoto (1972, págs. 416 y ss.). Vid. además, la recreación de Azorín en «Los valores literarios», en *OC,* volumen XI, Madrid, 1921, págs. 148 y ss. Obsérvense en las palabras finales de Patronio las consideraciones acerca de la honra (Lida, 1969, pág. 102).

[2] *Estrañar:* apartar, evitar.

[3] *Escatimas:* agravios, ofensas. Cfr. «Et otrosí, han de ser sin escatimas e sin punto, porque non puedan sacar del derecho razón torcidera», *Partidas,* I, tít. 1, 1.18.

[4] *Achaque:* Vid. la nota 4, *Ex. XV.*

[5] *Terrerías:* miedos, amenazas que infunden terror.

[6] *Las gentes... todos:* «Gentes» concierta con maculino. Cfr. en el Prólogo: «*gentes... muy letrados*».

À cabo de una pieça passó por ý un omne, e dixo que los cabellos de la fruente del raposo que eran buenos para poner en la fruente de los moços pequeños porque nos les aojen[7]. E trasquiló con unas tiseras[8] de los cabellos de la fruente del raposo.

Después vino otro, e dixo esso mismo de los cabellos del lomo; e otro, de las ijadas. E tantos dixieron esto fasta que lo trasquilaron todo. E por todo esto, nunca se movió el raposo, porque entendía que aquellos cabellos non le fazían daño en los perder.

Después vino otro e dixo que la uña del polgar del raposo que era buena para guaresçer de los panarizos[9]; e sacógela. E el raposo non se movió.

E después vino otro que dixo que el diente del raposo era bueno para el dolor de los dientes; e sacógelo. E el raposo non se movió.

E después, a cabo de otra pieça, vino otro que dixo que el coraçón era bueno paral dolor del coraçón, e metió mano a un cochiello para sacarle el coraçón. E el raposo vio quel querían sacar el coraçón e que si gelo sacassen non era cosa que se pudiesse cobrar[10], e que la vida era perdida, e tovo que era mejor de se aventurar a quequier quel pudiesse venir, que soffrir cosa porque se perdiesse todo. E aventuróse e puñó[11] en guaresçer e escapó muy bien.

E vos, señor conde, consejad a aquel vuestro pariente que si Dios le echó en tierra do non puede estrañar lo quel fazen commo él querría o commo le cumplía, que en quanto las cosas quel fizieren fueren atales que se puedan soffrir un grand daño e sin grand mengua, que dé a entender que se non siente dello e que les dé passada[12]; ca en quanto da omne a entender que se non tiene por maltrecho de lo que contra él an fecho, non está tan envergonçado; mas des-

---

[7] *Aojen:* echen el mal de ojo.
[8] *Tiseras:* tijeras.
[9] *Panarizos:* panadizos, tumor que se forma en los dedos.
[10] *Cobrar:* recuperar.
[11] *Puñó:* luchó, se esforzó.
[12] *Dé passada:* tolere, soporte.

que da a entender que se tiene por maltrecho de lo que ha reçebido, si dende adelante non faze todo lo que deve por non fincar menguado, non está tan bien commo ante. E por ende, a las cosas passaderas, pues non se pueden estrañar commo deven, es mejor de les dar passada, mas si llegare el fecho a alguna cosa que sea grand daño o grand mengua, estonçe se aventure e non le sufra, ca mejor es la pérdida o la muerte, defendiendo omne su derecho e su onra e su estado, que bevir passando en estas cosas mal e desonradamente.

El conde tovo éste por buen consejo.

E don Johan fízolo escrivir en este libro e fizo estos viessos que dizen assí:

> Sufre las cosas en quanto divieres [18],
> estraña las otras en quanto pudieres.

E la istoria deste exienplo es ésta que se sigue:

Exemplo XXX

De lo que contesçió al rey Abenabet de Sevilla con Ramaiquía, su muger [1]

Un día fablava el conde Lucanor con Patronio, su consegero, en esta manera:

—Patronio, a mí contesçe con un omne assí: que

---

[18] Divieres: debieres.

[1] Al igual que en otros ejemplos, don Juan Manuel condensa en un dicho sabio o agudo (en este caso árabe) la anécdota o, como dice M.ª Rosa Lida, «prefiere destacar el dicho proverbial motivándolo con eficaz dramatismo» (1969, pág. 108). Su origen árabe es indiscutido; como fuente se señala una anécdota de Al-Mutámid (rey poeta de Sevilla entre 1040 y 1095, que convirtió su corte en lugar de reunión de poetas y hombres de letras y que, vencido por los almorávides, murió en el destierro. Don Juan Manuel lo llama Abenabet porque perteneçía a los Beni-Abbad.

muchas vezes me ruega e me pide quel ayude e le dé algo de lo mío; e commoquier que quando fago aquello que él me ruega, da a entender que me lo gradesçe, luego que otra vez me pide alguna cosa, si lo non fago assí commo él quiere, luego se ensaña e da a entender que non me lo gradesçe, e que a olbidado todo lo que fiz por él. E por el buen entendimiento que habedes, ruégovos que me consejedes en qué manera passe con este omne.

—Señor conde Lucanor —dixo Patronio—, a mí paresce que vos contesçe con este omne segund contesçió al rey Abenabet de Sevilla con Ramaiquía, su muger.

El conde preguntó cómmo fuera aquello.

—Señor conde —dixo Patronio—, el rey Abenabet

Cfr. Sánchez Cantón, 1920, pág. 165) y su mujer Ramaiquía («Rumayqiya, por ser esclava de Rumaiq, llamada después Itimad, cuando estuvo en relación con Al-Mutámid». A González Palencia, 1965, pág. 74, n. 2). La anécdota se cuenta en las *Analectas* de Al-Makkari (trad. de P. Gayangos: *The History of the Mohammedan Dynasties in Spain,* Londres, 1943, t. II, pág. 299). Pero «basta leer esta anécdota —dice M.ª Rosa Lida— para caer en la cuenta de que, siendo idéntica la respuesta del Rey y muy semejante el lance que le da pie, la presentación y pormenores del relato entero son muy diversos... No es fácil dilucidar si las divergencias del *Exemplo XXX* proceden de otro escrito árabe..., de tradición oral, o si son creación libre de don Juan Manuel... lo cierto es que su versión se singulariza por la arquitectura exquisitamente graduada: primero, la narración sucinta del capricho de la nieve, luego la del capricho de los adobes —en la que la magnificencia de Abenabet queda librada más que a la descripción del autor a la imaginación del lector: *tal lodo qual entendedes que podría seer*— y, por último, el nuevo capricho que provoca la respuesta tradicional del Rey. Un nuevo capricho de la frívola soberana, y no la tragedia que ensombreció los últimos años de Abenabet, subrayada en el relato de al-Makkari por la ingratitud de Ramaiquía: don Juan Manuel no quiebra la unidad de ambiente espiritual —suntuosa y refinada galantería— de su tríptico, y el dicho árabe, semiinterrogativo, semiirónico, cobra fuerza por la sabia preparación previa del narrador» (1969, página 109). Para Ayerbe-Chaux la simetría fomal que estructura el relato «produce el efecto del estribillo del zéjel y armoniza y relaciona las diferentes acciones, dándole al tríptico una unidad

era casado con Ramaiquía e amávala más que cosa del mundo. E ella era muy buena muger e los moros an della muchos buenos exiemplos; pero avía una manera que non era muy buena: esto era que a las vezes tomava algunos antojos a su voluntad.

E acaesçió que un día, estando en Córdova en 'l mes de febrero, cayó una nieve[2]. E quando Ramaiquía la vio començó a llorar. E preguntó el rey por qué llorava. E ella díxol que porque nunca la dexava estar en tierra que viesse nieve. El rey, por le fazer plazer, fizo poner almendrales por toda la xierra de Córdova; porque, pues Córdova es tierra caliente e non nieva ý cada año, que en 'l febrero paresçiessen los almendrales floridos, que semejan nieve, por la fazer perder el deseo de la nieve.

E otra vez, estando Ramaiquía en una cámara sobre el río, vio una muger descalça bolviendo[3] lodo cerca el río para fazer adobes; e quando Ramaiquía lo vio, començó a llorar. E el rey preguntól por qué llorava, e ella díxol porque nunca podía estar a su guisa, siquier faziendo lo que fazía aquella muger. Entonçe, por le fazer plazer, mandó el rey fenchir de agua rosada aquella grand albuhera[1] de Córdova en logar de agua, e en lugar de tierra fízola fenchir de açúcar e de canela e espic[5] e clavos e musgo[6] e ambra[7] e algalina[8], e de todas buenas especias e buenos olores que pudían seer; e en lugar de paja, fizo poner cañas de açúcar. E desque destas cosas fue llena el albuhera de tal lodo qual entendedes que podría seer, dixo el rey a Ramaiquía que se descalçase e que follasse aquel lodo e que fiziesse adobes dél quantos quisiesse.

Otro día, por otra cosa que se le antojó, començó a llorar. E el rey preguntól por qué lo fazía. E ella díxol

---

[2] *Una nieve:* una nevada.
[3] *Bolviendo:* removiendo.
[1] *Albuhera:* albufera, laguna.
[5] *Espic:* espliego.
[6] *Musgo:* almizcle, musco.
[7] *Ambra:* ámbar.
[8] *Algalina:* algalia, «sustancia untuosa, consistente, blanca y de olor fuerte. Se emplea en perfumería».

que cómmo non lloraría, que nunca fiziera el rey cosa por le fazer plazer. E el rey, veyendo que, pues tanto avía fecho por le fazer plazer e conplir su talante, e que ya non sabía qué pudiesse fazer más, díxol una palabra que se dize en 'l algaravía [9] desta guisa: «V. a. le mahar aten?» [10], e quiere dezir: «¿E non el día del lodo?», commo diziendo que pues, las otras cosas olvidaba, que non debía olvidar el lodo que fiziera por le fazer plazer.

E vos, señor conde, si veedes que por cosa que por aquel omne fagades, que si non le fazedes todo lo ál que vos dize, que luego olvida e desgradesçe todo lo que por él avedes fecho, conséjovos que non fagades por él tanto que se vos torne en grand daño de vuestra fazienda. E a vos otrosí conséjovos que, si alguno fiziesse por vos alguna cosa que vos cumpla e después non fiziere todo lo que vos querríedes, que por esso nunca lo desconozcades [11] el bien que vos vino de lo que por vos fizo.

El conde tovo este por buen consejo e fízolo assí e fallósse ende bien.

E teniendo don Johan éste por buen exiemplo, fízolo escrivir en este libro e fizo estos viessos que dizen assí:

> *Qui te desconosçe tu bien fecho,*
> *non dexes por él tu grand provecho.*

E la istoria deste exienplo es ésta que. se sigue:

---

[9] *Algaravía:* la lengua árabe.
[10] Dejamos lo que dice el ms. Knust transcribe «*Va la nahar el-tin*», y A. R. Nilk: «*Wa la nahar at-tin*» («Arabic phrases in *El Conde Lucanor*», en *Hispanic Review, X* 1942, pág. 14).
[11] *Desconozcades:* olvidéis, seáis ingrato.

Exemplo XXXI

DEL JUYZIO QUE DIO UN CARDENAL ENTRE LOS
CLÉRIGOS DE PARÍS E LOS FRAIRES MENORES [1]

Otro día fablava el conde Lucanor con Patronio, su
consegero, en esta guisa:

—Patronio, un mio amigo e yo querríamos fazer una
cosa que es pro e onra de amos; e yo podría fazer
aquella cosa e non me atrevo a la fazer fasta que él
llegue. E por el buen entendimiento que Dios vos dio,
ruégovos que me consejedes en esto.

—Señor conde —dixo Patronio—, para que fagades
lo que me paresçe más a vuestra pro, plazerme ía que
sopiésedes lo que contesçió a los de la eglesia catedral
e a los fraires menores en París.

---

[1] Este *exemplo,* cuyo tema es la diligencia en el obrar (o el
«no dejes para mañana lo que puedas hacer hoy»), tiene —según
M.ª Rosa Lida— un origen dominico, «pues refleja en forma
humorística la animosidad que sentían los dominicos por la otra
orden mendicante y por el clero seglar, rivalidad particularmente
sensible en el ambiente universitario de París a que alude el
cuento» (1969, pág. 96). Todo él está presidido por una fina ironía
y es indirectamente una toma de posición del autor frente a los
franciscanos («Sabed que dos órdenes son las que al tiempo de
agora aprovechan más para salvamiento de las almas e para
ensalçamiento de la sancta fe católica... e son las de los frailes
predicadores e de los frailes menores... e bien creed que como
quier que muchas órdenes hay en el mundo muy buenas e muy
sanctas que según yo tengo, que lo es ésta [la de los frailes
predicadores] más que otra orden», ed. cit., pág. 493. Nótese
la ironía no sólo en la breve descripción del proceso *tan grande
que todo omne se espantaría solamente de su vista,* sino también en la fina burla al aludir a la «pretensión» de cultura de
los franciscanos (... *dizían que ellos avían de estudiar e de levantarse a matines e a las horas en guisa que non perdiessen su
estudio...*), generalmente considerados como incultos en relación
con los dominicos. Cfr. Caldera, 1966-67, págs. 111 y s.

El conde le preguntó cómmo fuera aquello.

—Señor conde —dixo Patronio—, los de la eglesia dizían que, pues ellos eran cabeça de la eglesia, que ellos devían tañer primero a las oras[2]. Los fraires dizían que ellos avían de estudiar e de levantarse a matines e a las horas en guisa que non perdiessen su estudio, e demás que eran exentos e que non avían por qué esperar a ninguno.

E sobresto fue muy grande la contienda, e costó muy grand aver a los avogados en el pleito a entramas las partes.

A cabo de muy grand tiempo, un Papa que vino acomendó este fecho a un cardenal e mandol que lo librasse[3] de una guisa o de otra.

El cardenal fizo traer ante sí el proçesso, e era tan grande que todo omne se espantaría solamente de la vista. E desque el cardenal tovo todos los scriptos ante sí, púsoles plazo para que viniesen otro día a oir sentençia.

E cuando fueron antél, fizo quemar todos los proçesos e díxoles assí:

—Amigos, este pleito ha mucho durado, e avedes todos tomado grand costa[4] e grand daño, e yo non vos quiero traer en pleito, mas dovos[5] por sentençia que el que antes despertare, antes tanga[6].

E vos, señor conde, si el pleito es provechoso para vos amos[7] e vos lo podedes fazer, conséjovos yo que lo fagades e non le dedes vagar[8], ca muchas vezes se pierden las cosas que se podrían acabar por les dar vagar e después, cuando omne querría, o se pueden fazer o non.

---

[2] *Las oras:* las horas canónicas, las diferentes partes del oficio divino que la Iglesia acostumbra a rezar en distintas horas del día.
[3] *Librasse:* solucionase.
[4] *Costa:* gasto.
[5] *Dovos:* os doy.
[6] *Tanga:* taña.
[7] *Vos amos:* vosotros dos.
[8] *Dedes vagar:* dejéis sin hacer.

El conde se tovo desto por bien aconsejado e fízolo assí, e fallóse en ello [9] muy bien.

E entendiendo don Johan que este enxiemplo era bueno, fízolo escrivir en este libro e fizo estos viessos que dizen assí:

> *Si muy grand tu pro puedes fazer,*
> *nol des vagar que se pueda perder.*

E la istoria deste enxiemplo es ésta que se sigue:

Exemplo XXXII

DE LO QUE CONTESCIÓ A UN REY CON LOS BURLADORES QUE FIZIERON EL PAÑO [1]

Fablava otra vez el conde Lucanor con Patronio, su consejero, e dizíale:

---

[9] *Fallóse en ello*...: representa una variación en esta fórmula que se repite casi invariablemente al final de los cuentos.

[1] «Entre muchos [cuentos] muy morales —dice Gracián— trae éste, para ponderar lo que se mantiene a veces un engaño común, y cómo todos van contra su sentir por seguir la opinión de los otros; alaban lo que los otros celebran, sin entenderlo, por no parecer de menos ingenio o peor gusto, pero al cabo, viene a caer la mentira y prevalece la poderosa verdad» (*Agudeza y Arte de ingenio,* cap. XXVII, ed. cit., t. I, pág. 276). Se trata de uno de los ejemplos más conocidos del libro para el que se supone una fuente árabe (Marín, 1955, págs. 2 y 3), y fue posiblemente el germen del entremés cervantino *El retablo de las maravillas.* Parece tratarse de un cuento con raíces folklóricas (M. Bataillon: «*Eulenspiegel* y *El Retablo de las maravillas* de Cervantes», en *Varia lección de clásicos españoles,* Madrid, Gredos, 1964, págs. 260 y ss.) y del que existen numerosas versiones; la más conocida es la de Andersen: *Los vestidos nuevos del emperador.* (Otras citadas en Devoto, 1972, pág. 420.) El núcleo de aquéllas es siempre el mismo: «la sustancia del cuento se halla en forzar a los espectadores a decir lo que no existe con el fin de salvaguardar la reputación» (Ayerbe-Chaux, 1975, pág. 142). Datos para el estudio del cuento los aporta A. Taylor: «The Emperor's new clothes», en *Modern Philology,* 25 (1927-1928), páginas 17-27. Ayerbe-Chaux (págs. 140-149) destaca en su análisis la «estructura formal ternaria» del cuento. Vid. además M. Smerdou

—Patronio, un omne vino a mí e díxome muy grand fecho e dame a entender que sería muy grand mi pro; pero dízeme que lo non sepa omne del mundo por mucho que yo en él fíe; e tanto me encaresçe que guarde esta poridat, fasta que dize que si a omne del mundo lo digo, que toda mi fazienda e aun la mi vida es en grand periglo[2]. E porque yo sé que omne non vos podría dezir cosa que vos non entendades, si se dize por vien o por algún engaño, ruégovos que me digades lo que vos paresçe en esto.

—Señor conde Lucanor —dixo Patronio—, para que vos entendades, al mio cuidar[3], lo que vos más cumple de fazer en esto, plazerme ía que sopiésedes lo que contesçió a un rey con tres omnes burladores que vinieron a él.

El conde le preguntó cómmo fuera aquello.

—Señor conde —dixo Patronio—, tres omnes burladores vinieron a un rey e dixiéronle que eran muy buenos maestros de fazer paños, e señaladamente que fazían un paño que todo omne que fuesse fijo daquel padre que todos dizían, que vería el paño; mas el que non fuesse fijo daquel padre que él tenía e que las gentes dizían, que non podría ver el paño.

Al rey plogo desto mucho, teniendo que por aquel paño podría saber quáles omnes de su regno eran fijos de aquellos que devían seer sus padres o quáles non, e que por esta manera podría acresçentar mucho lo suyo; ca los moros non heredan, cosa de su padre si non son verdaderamente sus fijos. E para esto mandóles dar un palaçio en que fiziessen aquel paño.

E ellos dixiéronle que porque viesse que non le querían engañar, que les mandasse cerrar[4] en aquel palaçio fasta que el paño fuesse fecho. Desto plogo mucho al

Altolaguirre, «El engaño a los ojos: un motivo literario», en *1616*. Anuario de la Sociedad Española de Literatura General y Comparada, Madrid, Cátedra, 1978, págs. 41-46.

[2] *Periglo:* peligro. Todavía sin la metátesis de las consonantes y, por tanto, más próxima a la forma originaria, *periculum*.

[3] *Al mio cuidar:* en mi opinión.

[4] *Çerrar:* encerrar.

rey. E desque ovieron tomado para fazer el paño mucho oro e plata e seda e muy grand aver, para que lo fiziessen, entraron en aquel palaçio, e çerráronlos ý.

E ellos pusieron sus telares e davan a entender que todo el día texían en 'l paño. E a cabo de algunos días, fue el uno dellos dezir al rey que el paño era començado e que era la más fermosa cosa del mundo; e díxol a qué figuras e a qué labores lo començaban de fazer e que, si fuesse la su merçet, que lo fuesse ver e que non entrasse con él omne del mundo. Desto plogo al rey mucho.

E el rey, queriendo provar aquello ante en[5] otro, envió en su camarero que lo viesse, pero non le aperçibió quel desengañasse.

E desque el camarero vio los maestros e lo que dizían, non se atrevió a dezir que non lo viera. Quando tornó al rey, dixo que viera el paño. E después envió otro, e díxol esso mismo. E desque todos los que el rey envió le dixieron que vieran el paño, fue el rey a lo veer.

E quando entró en el palaçio e vio los maestros que estavan texiendo e dizían: «Esto es tal labor, e esto es tal istoria[6], e esto es tal figura, e esto es tal color», e conçertavan[7] todos en una cosa, e ellos non texían ninguna cosa, quando el rey vio que ellos non texían e dizían de qué manera era el[l] paño, e él, que non lo veía e que lo avían visto los otros, tóvose por muerto, ca tovo que porque non era fijo del rey que él tenía por su padre, que por esso non podía ver el paño, e reçeló que si dixiesse que lo non veía, que perdería el regno. E por ende començó a loar mucho el paño e aprendió muy bien la manera commo dizían aquellos maestros que el paño era fecho.

E desque fue en su casa con las gentes, començó a dezir maravillas de quánto bueno e quánto maravilloso era aquel paño, e dizía las figuras e las cosas que avía en el paño, pero que él estava con muy mala sospecha.

A cabo de dos o tres días, mandó a su alguazil que

---

[5] *Ante en:* antes que.
[6] *Istoria:* dibujo. Como en la nota 40, *Ex. I.*
[7] *Cònçertavan:* coincidían.

fuesse veer aquel paño. E el rey contol las marabillas e estrañezas que viera en aquel paño. El alguazil fue allá.

E desque entró e vio los maestros que texían e dizían las figuras e las cosas que avía en el paño e oyó al rey cómmo lo avía visto, e que él non lo veía, tovo que porque non era fijo daquel padre que él cuidava, que por eso non lo veía, e tovo que si gelo sopiessen, que perdería toda su onra. E por ende, començó a loar el paño tanto commo el rey o más.

E desque tornó al rey e le dixo que viera el paño e que era la más noble[8] e la más apuesta cosa del mundo, tóvose el rey aún más por mal andante[9], pensando que, pues el alguazil viera el paño e él non lo viera, que ya non avía dubda que él non era fijo del rey que él cuidava. E por ende, començó más de loar e de firmar más la vondad e la nobleza del paño e de los maestros que tal cosa sabían fazer.

E otro día, envió el rey otro su privado e conteçiol commo al rey e a los otros. ¿Qué vos diré más?[10]. Desta guisa, e por este reçelo, fueron engañados el rey e quantos fueron en su tierra, ca ninguno non osava dezir que non veíe el paño.

E assí passó este pleito, fasta que vino una grand fiesta. E dixieron todos al rey que vistiesse aquellos paños para la fiesta.

E los maestros traxiéronlos enbueltos en muy buenas sávanas, e dieron a entender que desbolvían el paño e preguntaron al rey qué quería que tajassen de aquel paño. E el rey dixo quáles vestiduras quería. E ellos davan a entender que tajavan e que medían el talle[11] que avían de aver las vestiduras, e después que las coserían.

Quando vino el día de la fiesta, vinieron los maestros

---

[8] *Noble:* digna de conocerse.

[9] *Mal andante:* desgraciado.

[10] *¿Qué vos diré más?:* Llama la atención desde el punto de vista estilístico este inciso del narrador en una enumeración que él ve como suficiente y que nos habla de su conocimiento de las cualidades del relato en cuanto a suscitar el interés sin resultar, por ello, excesivamente prolijo.

[11] *Talle:* forma, corte.

al rey, con sus paños tajados e cosidos, e fiziéronle entender quel vistían e quel allanavan [12] los paños. E assí lo fizieron fasta que el rey tovo que era vestido, ca él non se atrevía a dezir que él non veía el paño.

E desque fue vestido tan bien commo avedes oído, cavalgó para andar por la villa; mas de tanto [13] le avino bien, que era verano.

E desque las gentes lo vieron assí venir e sabían que el que non veía aquel paño que non era fijo daquel padre que cuidava, cuidava cada uno que los otros lo veían e que pues él non lo veía, que si lo dixiesse, que sería perdido e desonrado. E por esto fincó aquella poridat guardada, que non se atrevíe ninguno a lo descubrir, fasta que un negro, que guardava el cavallo del rey e que non avía que pudiesse perder, llegó al rey e díxol:

—Señor, a mí non me enpeçe que me tengades por fijo de aquel padre que yo digo, nin de otro, e por ende, dígovos que yo so çiego, o vos desnuyo [14] ides [15].

El rey le començó a maltraer diziendo que porque non era fijo daquel padre que él cuidava, que por esso non veía los sus paños.

Desque el negro esto dixo, otro que lo oyó dixo esso mismo, e assí lo fueron diziendo fasta que el rey e todos los otros perdieron el reçelo de conosçer la verdat e entendieron el engaño que los burladores avían fecho. E quando los fueron buscar, non los fallaron, ca se fueran con lo que avían levado del rey por el engaño que avedes oído.

E vos, señor conde Lucanor, pues aquel omne vos dize que non sepa ninguno de los en que vos fiades nada de lo que él vos dize, çierto seed que vos cuida engañar, ca bien devedes entender que non ha él razón de querer más vuestra pro, que non ha convusco tanto debdo commo todos los que conbusco biven, que an muchos debdos e bien fechos de vos, porque deven querer vuestra pro e vuestro serviçio.

---

[12] *Allanavan:* alisaban, estiraban.
[13] *De tanto:* sin embargo.
[14] *Desnuyo:* desnudo.
[15] *Ides:* vais.

El conde tovo éste por buen consejo e fízolo assí e fallóse ende bien.

E veyendo don Johan que éste era buen exiemplo, fízolo escrivir en este libro, e fezo estos viessos que dizen assí:

Quien te conseja encobrir de tus amigos,
sabe que más te quiere engañar que dos figos.

E la istoria deste exiemplo es ésta que se sigue:

Exemplo XXXIII

DE LO QUE CONTESÇIÓ A UN FALCÓN SACRE DEL INFANTE DON MANUEL CON UN ÁGUILA E CON UNA GARÇA [1]

Fablava otra vez el conde Lucanor con Patronio, su consegero, en esta manera:

—Patronio, a mí contesçió de aver muchas vezes contienda con muchos omnes; e después que la contienda es passada, algunos consejanme que tome otra contienda

---

[1] Acerca de este ejemplo, —dice M.ª Rosa Lida—, «presentado como un lance de altanería acontecido al padre del autor, demostró A. H. Krappe, «Le faucon dans *El Conde Lucanor*», BHi, XXXV (1933), 294-297, la más que probable filiación literaria (debe agregarse que el cuento figura en el tratado *De natura rerum,* II, 124 [ed. Th. Wright, London, 1863, p. 75 y s.], de Alexander Neckham [+ 1217], lo que asegura su difusión en la clase culta medieval). Krappe subrayó agudamente cómo, muy lejos de limitarse a narrar un inocente suceso de caza, don Juan Manuel trastornó la intención primitiva del cuento para acomodarlo a su propia conducta de vasallo rebelde» (1969, págs. 107 y s.). El autor utiliza, pues, un apólogo conocido dándole un personal sentido ejemplar. Vid. la última («el Halcón castigado»), de las «Cuatro notas sobre la materia tradicional en Don Juan Manuel» de D. Devoto, en *ob. cit.,* págs. 138-149. Patronio en sus palabras finales insiste en la misma idea del *Exemplo III.* (Vid. notas 1 y 25).

con otros. E algunos conséjanme que fuelgue[2] e esté en paz, e algunos conséjanme que comiençe guerra e contienda con los moros. E porque yo sé que ninguno otro non me podría consejar mejor que vos, por ende vos ruego que me consejedes lo que faga en estas cosas.

—Señor conde Lucanor —dixo Patronio—, para que vos en esto acertedes en lo mejor, sería bien que sopiéssedes lo que contesçió a los muy buenos falcones garçeros[3], e señaladamente lo que contesçió a un falcón sacre[4] que era del infante don Manuel[5].

El conde le preguntó cómmo fuera aquello.

—Señor conde —dixo Patronio—, el infante don Manuel andava un día a caça cerca de Escalona[6], e lançó un falcón sacre a una garça, e montando el falcón con la garça, vino al falcón una águila. El falcón con miedo del águila, dexó la garça, e començó a foir; e el águila, desque vio que non podía tomar el falcón, fuesse. E desque el falcón vio ida el águila, tornó a la garça e començó a andar muy bien con ella por la matar.

E andando el falcón con la garça, tornó otra vez el águila al falcón, e el falcón començó a foir commo el otra vez; e el águila fuesse, e tornó el falcón a la garça. E esto fue assí bien tres o quatro vezes: que cada que el águila se iva, luego el falcón tornaba a la garça; e cada que el falcón tornava a la garça, luego vinía el águila por le matar.

Desque el falcón vio que el águila non le quería dexar matar la garça, dexóla, e montó sobre el águila, e vino a ella tantas veces, feriéndola, fasta que la fizo desterrar[7] daquella tierra. E desque la ovo desterrado, tornó a la garça, e andando con ella muy alto, vino el águila otra vez por lo matar. Desque el falcón vio que non le valía cosa que feziesse, subió otra vez sobre el águila e

---

[2] *Fuelgue:* huelgue, descanse.
[3] *Falcones garçeros:* halcones adiestrados para cazar garzas.
[4] *Sacre:* especie de halcón caracterizada por sus plumas casi rubias y el pico y las patas de color azulado.
[5] *Don Manuel:* padre del autor.
[6] *Escalona:* la villa natal del infante don Juan Manuel.
[7] *Desterrar:* alejarse.

dexóse venir[8] a ella e diol tan grant colpe[9] quel que-brantó el ala. E desque ella vino caer, el ala quebrantada, tornó el falcón a la garça e matóla. E esto fizo porque tenía que la su caça non la devía dexar, luego que fuesse desenbargado de aquella águila que gela enbargaba.

E vos, señor conde Lucanor, pues sabedes que la vues-tra caça e la vuestra onra e todo vuestro bien paral cuer-po e paral alma es que fagades serviçio a Dios, e sabedes que en cosa del mundo, segund el vuestro estado que vos tenedes, non le podedes tanto servir commo en aver guerra con los moros por ençalçar la sancta e verdadera fe católica, conséjovos yo que luego que podades seer seguro de las otras partes, que ayades guerra con los moros. E en esto faredes muchos bienes: lo primero, faredes servicio de Dios; lo ál, faredes vuestra onra e bivredes en vuestro offiçio e vuestro meester e non esta-redes comiendo el pan de balde, que es una cosa que non paresçe bien a ningund grand señor: ca los señores, quando estades sin ningund mester, non preciades las gentes tanto commo devedes, nin fazedes por ellos todo lo que devíades fazer, e echádesvos[10] a otras cosas que serían a las vezes muy bien de las escusar. E pues a los señores vos es bueno e aprovechoso aver algund mester, çierto es que de los mesteres non podedes aver ninguno tan bueno e tan onrado e tan a pro del alma e del cuerpo, e tan sin daño, commo la guerra de los moros. E si quier, parat mientes al enxiemplo terçero que vos dixe en este libro, del salto que fizo el rey Richalte de Inglaterra, e quánto ganó por él; e pensat en vuestro coraçón que avedes a morir e que avedes fecho en vues-tra vida muchos pesares a Dios, e que Dios es derechu-rero[11] e de tan grand justiçia que non podedes salir sin pena de los males que avedes fecho; pero veed si sodes de buena ventura en fallar carrera[12] para que en un punto podades aver perdón de todos vuestros pecados,

---

[8] *Dexóse venir:* se acercó, descendió, se lanzó.
[9] *Colpe:* golpe. Sin sonorizar la consonante inicial.
[10] *Echádesvos:* os dedicáis.
[11] *Derechurero:* justo, recto.
[12] *Fallar carrera:* hallar medio, camino.

ca si en la guerra de los moros morides, estando en verdadera penitençia, sodes mártir e muy bienaventurado; e aunque por armas no murades, las buenas obras e la buena entençión vos salvará [13].

El conde tovo éste por buen enxiemplo e puso en su coraçón de lo fazer, e rogó a Dios que gelo guise commo Él sabe que lo él desea.

E entendiendo don Johan que este enxiemplo era muy bueno, fízolo escrivir en este libro, e fizo estos viessos que dizen assí:

Si Dios te guisare de aver sigurança,
puña de ganar la complida bien andança.

E la istoria deste enxiemplo es ésta que se sigue:

Exemplo XXXIV

DE LO QUE CONTESÇIÓ A UN CIEGO QUE ADESTRAVA A OTRO [1]

Otra vez fablava el conde Lucanor con Patronio, su consegero, en esta guisa:

—Patronio, un mio pariente amigo, de qui yo fío mucho e so çierto que me ama verdaderamente, me conseja que vaya a un logar de que me reçelo yo mucho. E él dize que me non aya reçelo, que ante tomaría él muerte que yo tome ningund daño. E agora ruégovos que me consejedes en esto.

—Señor conde Lucanor —dixo Patronio—, para este

---

[13] Vid. nota 28, *Ex. III.*

[1] Viene a ser el desarrollo, la creación de una situación a partir de la parábola evangélica (Mateo, XV, 14; Lucas, VI, 39), muy difundida en la literatura didáctica y que ha dado lugar a varias expresiones proverbiales. Vid. Devoto, 1972, págs. 423 y ss.

consejo mucho querría que sopiésedes lo que contesçió a un çiego con otro.

El conde le preguntó cómmo fuera aquello.

—Señor conde —dixo Patronio—, un omne morava en una villa, e perdió la vista de los ojos e fue çiego [2]. E estando así çiego e pobre, vino a él otro çiego que morava en aquella villa, e díxole que fuessen amos a otra villa cerca daquella e que pidrían por Dios e que avrían de qué se mantener e governar.

E aquel çiego le dixo que él sabía aquel camino de aquella villa, que avía ý pozos e varrancos e muy fuertes passadas [3]; e que se reçelaba mucho daquella ida.

E el otro çiego le dixo que non oviesse reçelo, ca él iría con él e lo pornía en salvo. E tanto le asseguró e tantas proes [4] le mostró en la ida, que el çiego creyó al otro çiego; e fuéronse.

E desque llegaron a los lugares fuertes e peligrosos cayó el çiego que guiava al otro, e non dexó por esso de caer el çiego que reçelava el camino.

E vos, señor conde, si reçelo avedes con razón e el fecho es peligroso, non vos metades en peligro por lo que vuestro pariente e amigo vos dize que ante morrá [5] que vos tomedes daño; ca muy poco vos aprovecharía a vos que él muriesse e vos tomássedes daño e muriéssedes.

El conde tovo éste por buen consejo e fízolo assí e fallóse ende muy bien.

E entendiendo don Johan que este enxiemplo era bueno, fízolo escrivir en este libro, e fizo estos viessos que dizen assí:

Nunca te metas ó puedas aver mal andança,
aunque el tu amigo te faga segurança.

E la istoria deste exiemplo es ésta que se sigue:

---

[2] ... *La vista de los ojos e fue çiego:* expresión claramente cargada de elementos redundantes.
[3] *Passadas:* pasos.
[4] *Proes:* ventajas.
[5] *Morrá:* morirá.

Exemplo XXXV

Otra vez fablava el conde Lucanor con Patronio, e díxole:

—Patronio, un mio criado me dixo quel traían cassamiento con una muger muy rica e aun que es más onrada que él, e que es el casamiento muy bueno para él, sinon por un enbargo [2] que ý ha, e el enbargo es éste: díxome quel dixeran que aquella muger que era la

---

[1] El cuento, al parecer de origen persa (Knust, pág. 368) y de amplia difusión mundial, está relacionado por el tema con el *Exemplo XXVII* (vid. nota 1). Han sido señalados insistentemente sus puntos de contacto con *La fierecilla domada* de Shakespeare. R. S. Boggs afirma que la coincidencia de detalles «puede indicar una relación bastante estrecha entre el cuento español y *The Taming of the Shrew*. *El Conde Lucanor* se escribió unos doscientos años antes que la comedia. El cuento popular también puede ser de bastante antigüedad» («La mujer mandona de Shakespeare y de Don Juan Manuel», en *Hispania*, 10 [1927], pág. 422). La opinión hoy más generalizada es, sin embargo, que las coincidencias entre los dos textos (autores) son puramente casuales. Vid. Devoto, 1972, págs. 426 y ss., quien cita los relatos paralelos de este cuento. Ayerbe-Chaux lo analiza brevemente señalando cómo se desarrolla en tres momentos, «como si fuera un drama en tres actos en el cual la amenaza de muerte (pasiva y activa) mueve a los personajes y capta la atención del lector»: arreglo del matrimonio, la noche de bodas, y el desenlace; cada uno de ellos está compuesto a su vez de diferentes partes en las que las citas directas «van marcando el desarrollo anímico de los personajes y subrayando la disposición estructural. Nótese cómo resaltan en contraste con el estilo indirecto cuando el mancebo habla con su padre. Cómo preceden la acción para hacerla más horrorosa o cómo la siguen para cerrarla con vigor» (1975, págs. 156 y 159). Vid. J. England, art. cit. en *Ex. II*, y J. E. Keller, «A Re-examination of Don Juan Manuel Narrative Techniques: *La mujer brava*», en *Hispania*, LVIII (1975), págs. 45-51.

[2] *Sinon por un enbargo*: a no ser por una dificultad.

más fuerte e más brava cosa del mundo. E agora rué-govos que me consejedes si le mandaré que case con aquella muger, pues sabe de quál manera es, o sil mandare que lo non faga.

—Señor conde —dixo Patronio—, si él fuer tal commo fue un fijo de un omne bueno que era moro, consejalde que case con ella, mas si non fuera tal, non gelo consejedes.

El conde le rogó quel dixiesse cómmo fuera aquello.

Patronio le dixo que [3] en una villa avía un omne bueno que avía un fijo, el mejor mançebo que podía ser, mas non era tan rico que pudiesse complir [4] tantos fechos e tan grandes commo el su coraçón le dava a entender que devía complir. E por esto era él en grand cuidado, ca avía la buena voluntat e non avía el poder.

En aquella villa misma, avía otro omne muy más onrado e más rico que su padre, e avía una fija non más, e era muy contraria de aquel mançebo; ca quanto aquel mançebo avía de buenas maneras, tanto las avía aquella fija del omne bueno malas e revesadas; e por ende, omne del mundo non quería casar con aquel diablo.

Aquel tan buen mançebo vino un día a su padre e díxole que bien sabía que él non era tan rico que pudiesse darle con que él pudiesse bevir a su onra, e que, pues le convinía a fazer vida menguada [5] e lazdrada o irse daquella tierra, que si él por bien tobiesse, quel paresçía mejor seso de catar algún casamiento con que pudiesse aver alguna passada [6]. E el padre le dixo quel plazía ende mucho si pudiesse fallar para él casamiento quel cumpliesse.

Entonce le dixo el fijo que, si él quisiesse, que podría guisar que aquel omne bueno que avía aquella fija que

---

[3] *Patronio le dixo que...:* el comienzo de la narración en estilo indirecto supone una variación, dentro de lo que es la norma general, digna de señalarse.

[4] *Complir:* hacer, realizar. Frente al significado más común de «convenir».

[5] *Vida menguada:* vida mezquina, pobre.

[6] *Aver alguna passada:* tener alguna salida, medio de vida.

gela diesse para él. Quando el padre esto oyó, fue muy maravillado, e díxol que cómmo cuidava en tal cosa: que non avía omne que la conosçiesse que, por pobre que fuese, quisiese casar con ella. El fijo le dixo quel pidía por merçed quel guisasse aquel casamiento. E tanto lo afincó [7] que, commo quier que el padre lo tovo por estraño, que gelo otorgó.

E él fuesse luego para aquel omne bueno, e amos eran mucho amigos, e díxol todo lo que passara con su fijo e rogol que, pues su fijo se atrevía a casar con su fija, quel ploguiesse que gela diesse para él. Quando el omne bueno esto oyó aquel su amigo, díxole:

—Par Dios, amigo, si yo tal cosa fiziesse seervos ía muy falso amigo, ca vos avedes muy buen fijo, e ternía que fazía muy grand maldat si yo consintiesse su mal nin su muerte; e so çierto que, si con mi fija casase, que o sería muerto o le valdría más la muerte que la vida. E non entendades que vos digo esto por non complir vuestro talante, ca si la quisierdes, a mí mucho me plaze de la dar a vuestro fijo, o a quienquier que me la saque de casa.

El su amigo le dixo quel gradesçía mucho quanto le dizía, e que pues su fijo quería aquel casamiento, quel rogava quel ploguiesse.

El casamiento se fizo, e levaron la novia a casa de su marido. E los moros an por costumbre que adovan de çena a los novios e pónenles la mesa e déxanlos en su casa fasta otro día. E fiziéronlo aquellos assí; pero estavan los padres e las madres e parientes del novio e de la novia con grand reçelo, cuidando que otro día fallarían el novio muerto o muy maltrecho.

Luego que ellos fincaron solos en casa, assentáronse a la mesa, e ante que ella ubiasse [8] a dezir cosa, cató el novio en derredor de la mesa, e vio un perro e díxol ya quanto [9] bravamente:

—¡Perro, danos agua a las manos!

---

[7] *Afincó:* apremió, presionó.
[8] *Ubiasse:* se pusiese a.
[9] *Ya quanto:* bastante.

El perro non lo fizo. E él encomençósse a ensañar e díxol más bravamente que les diesse agua a las manos. E el perro non lo fizo. E desque vio que lo non fazía, levantóse muy sañudo de la mesa e metió mano a la espada e endereçó al perro. Quando el perro lo vio venir contra sí, començó a foir, e él en pos él, saltando amos por la ropa e por la mesa e por el fuego, e tanto andido en pos dél fasta que lo alcançó, e cortol la cabeça e las piernas e los braços, e fízolo todo pedaços e ensangrentó toda la casa e toda la mesa e la ropa.

E assí, muy sañudo e todo ensangrentado, tornóse a sentar a la mesa e cató en derredor, e vio un gato e díxol quel diesse agua a manos; e porque non lo fizo, díxole:

— ¡Cómmo, don [10] falso traidor!, ¿e non vistes lo que fiz al perro porque non quiso fazer lo quel mandé yo? Prometo a Dios que, si poco nin más conmigo porfías, que esso mismo faré a ti que al perro.

El gato non lo fizo, ca tampoco es su costumbre de dar agua a manos, commo del perro. E porque non lo fizo, levantóse e tomol por las piernas e dio con él a la pared e fizo dél más de çient pedaços, e mostrándol muy mayor saña que contra el perro.

E assí, bravo e sañudo e faziendo muy malos contenentes [11], tornóse a la mesa e cató a todas partes. La muger, quel vio esto fazer, tovo que estava loco o fuera de seso, e non dizía nada.

E desque ovo catado a cada parte, e vio un su cavallo que estava en casa [12], e él non avía más de aquél, e díxol muy bravamente que les diesse agua a las manos; el cavallo non lo fizo. Desque vio que lo non fizo, díxol:

— ¡Cómmo, don cavallo!, ¿cuidades que porque non he otro cavallo, que por esso vos dexaré si non fizierdes lo que yo vos mandare? Dessa vos guardat, que si, por vuestra mala ventura, non fizierdes lo que yo vos mandare, yo juro a Dios que tan mala muerte vos dé commo

---

[10] *Don:* Vid. lo dicho en la nota 34, *Ex. XXVII.*

[11] *Contenentes:* ademanes, gestos.

[12] *Casa:* Había costumbre de albergar los caballos en la misma cámara que las personas.

a los otros; e non ha cosa viva en el mundo que non faga lo que yo mandare, que esso mismo non le faga.

El cavallo estudo quedo. E desque vio que non fazía su mandado, fue a él e cortol la cabeça con la mayor saña que podía mostrar, e despedaçólo todo.

Quando la muger vio que matava el cavallo non aviendo otro e que dizía que esto faría a quiquier que su mandado non cumpliesse, tovo que esto ya non se fazía por juego, e ovo tan grand miedo, que non sabía si era muerta o biva.

E él assí, vravo e sañudo e ensangrentado, tornóse a la mesa, jurando que si mil cavallos e omnes e mugeres oviesse en casa quel saliessen de mandado [13], que todos serían muertos. E assentósse e cató a cada parte, teniendo la espada sangrienta en el regaço; e desque cató a una parte e a otra e non vio cosa viva, bolvió los ojos contra [14] su muger muy bravamente e díxol con grand saña, teniendo la espada en la mano:

—Levantadvos e datme agua a las manos.

La muger, que non esperava otra cosa sinon que la despedaçaría toda, levantóse muy apriessa e diol agua a las manos. E díxole él:

—¡A!, ¡cómmo gradesco a Dios porque fiziestes lo que vos mandé, ca de otra guisa, por el pesar que estos locos me fizieron, esso oviera fecho a vos que a ellos!

Después mandol quel diesse de comer; e ella fízolo.

E cada quel dizía alguna cosa, tan bravamente gelo dizía e en tal son, que ella ya cuidava que la cabeça era ida del polvo [15].

Assí passó el fecho entrellos aquella noche, que nunca ella fabló, mas fazía lo quel mandavan. Desque ovieron dormido una pieça, díxol él:

—Con esta saña que ove esta noche, non pude bien

---

[13] *De mandado:* de lo ordenado, de sus órdenes.
[14] *Contra:* hacia. Cfr. «Et ficieron el reino dos partes y cupo a la Reina de los puertos contra Castilla y al Infante contra la Andalucía», *Crónica del Rey D. Juan II.*
[15] *Ida del polvo:* caída por los suelos, al suelo.

dormir. Catad que non me despierte cras [16] ninguno; te-
nedme bien adobado de comer.

Quando fue grand mañana [17], los padres e las madres
e parientes llegaron a la puerta, e porque non fablava
ninguno, cuidaron que el novio estava muerto o ferido.
E desque vieron por entre las puertas a la novia e non
al novio, cuidáronlo más.

Quando ella los vio a la puerta, llegó muy passo [18],
e con grand miedo, e començóles a dezir:

—¡Locos, traidores!, ¿qué fazedes? ¿Cómmo osades
llegar a la puerta nin fablar? ¡Callad, sinon todos, tan
bien vos commo yo, todos somos muertos!

Quando todos esto oyeron, fueron marabillados; e
desque sopieron cómmo pasaron en uno, presçiaron mucho el mançebo porque assí sopiera fazer lo quel cumplía
e castigar [19] tan bien su casa.

E daquel día adelante, fue aquella su muger muy bien
mandada e ovieron muy buena bida.

E dende a pocos días, su suegro quiso fazer assí commo fiziera su yerno, e por aquella manera mató un gallo,
e díxole su muger:

—A la fe [20], don fulán, tarde vos acordastes, ca ya
non vos valdría nada si matássedes çient cavallos: que
ante lo oviérades a començar, ca ya bien nos conosçemos.

E vos, señor conde, si aquel vuestro criado quiere
casar con tal muger, si fuere él tal commo aquel mançebo, consejalde [21] que case seguramente, ca él sabrá
cómmo passa en su casa; mas si non fuere tal que
entienda lo que deve fazer e lo quel cumple, dexadle
passe su ventura. E aun consejo a vos, que con todos

_____

[16] *Cras:* mañana. «Es voz anticuada y puramente latina», dice
el *Dic. Aut.* Cfr. «Esto sería como si dixesse el testador: establez-
co a fulano mi heredero si cras naciese el sol», *Partidas,* VI,
Tít. 4, 1.8.

[17] *Grand mañana:* muy de mañana.

[18] *Muy passo:* muy despacio.

[19] *Castigar:* disponer, gobernar. Cfr. lo dicho en la nota 17,
Ex. II.

[20] *A la fe:* ciertamente, en verdad.

[21] *Consejalde:* Cfr. lo dicho en la nota 11, *Ex. XVII.*

los omnes que ovierdes a fazer[22] que siempre les dedes a entender en quál manera an de pasar conbusco.

El conde obo éste por buen consejo, e fízolo assí e fallóse dello vien.

E porque don Johan lo tovo por buen enxiemplo, fízolo escrivir en este libro, e fizo estos viessos que dizen assí:

> Si al comienço non muestras qui eres,
> nunca podrás después quando quisieres.

E la istoria deste enxiemplo es ésta que se sigue:

Exemplo XXXVI

DE LO QUE CONTESÇIÓ A UN MERCADERO QUANDO FALLÓ SU MUGER E SU FIJO DURMIENDO EN UNO[1]

Un día fablava el conde Lucanor con Patronio, estando muy sañudo por una cosa quel dixeron, que tenía[2] él que era muy grand su desonra, e díxole que quería fazer sobrello tan grand cosa e tan grand movimiento[3], que para siempre fincasse por fazaña.

---

[22] *Ovierdes a fazer:* tuviéreis que tratar.

[1] Devoto recoge los dos motivos tradicionales que encierra este cuento: el del buen consejo comprado y el contenido del consejo mismo (... *quando fuesse muy sañudo e quisiese fazer alguna cosa arrebatadamente, que se non quexase nin se arrebatasse fasta que sopiesse toda la verdat*) (1972, pág. 435), a los que se podría añadir el del incesto aparente (nótese en este sentido cómo el autor hace resaltar la inocencia de la mujer). El tema central —dice el mismo crítico— «es el consejo 'no obrar con precipitación', que inspira tantas historias vivas en la tradición actual y de tan antiguas raíces» (pág. 436). Según M. Pidal, el mismo cuento se contaba en Asturias a finales del siglo pasado («La peregrinación de un cuento [La compra de los consejos]»), en *Archivum,* IX, Oviedo, 1959, págs. 13-22). Knust sugirió una posible fuente dominica (1900, págs. 369 y ss.).

[2] *Tenía:* consideraba.

[3] *Movimiento:* escándalo, hecho notable, «sonado» que decimos coloquialmente.

E quando Patronio lo vio assí sañudo tan arrebatadamente, díxole:

—Señor conde, mucho querría que sopiéssedes lo que contesçió a un mercadero que fue un día conprar sesos[4].

El conde le preguntó cómmo fuera aquello.

—Señor conde —dixo Patronio—, en una villa moraba un grand maestro que non avía otro offiçio nin otro mester sinon vender sesos. E aquel mercadero de que ya vos fablé, por esto que oyó un día, fue veer aquel maestro que vendía sesos e díxol quel vendiesse uno daquellos sesos. E el maestro díxol que de quál presçio lo quería, ca segund quisiesse el seso, que assí avía de dar el presçio por él. E díxole el mercadero que quería seso de un maravedí. E el maestro tomó el maravedí, e díxol:

—Amigo, quando alguno vos convidare, si non sopiéredes los manjares que oviéredes a comer, fartadvos bien del primero que vos traxieren.

El mercadero le dixo que non le avía dicho muy grand seso. E el maestro le dixo que él non le diera presçio que deviesse[5] dar grand seso. El mercadero le dixo quel diesse seso que valiesse una dobla, e diógela.

El maestro le dixo que, quando fuesse muy sañudo e quisiese fazer alguna cosa arrebatadamente, que se non quexasse[6] nin se arrebatasse fasta que sopiesse toda la verdat.

El mercadero tovo que aprendiendo tales fabliellas[7] podría perder quantas doblas traía, e non quiso comprar más sesos, pero tovo[8] este seso en el coraçón.

E acaesçió que el mercadero que fue sobre mar a una tierra muy lueñe[9] e quando se fue, dexó a su muger ençinta. El mercadero moró[10], andando en su mercaduría[11]

---

[4] *Sesos:* consejos.
[5] ... *que deviesse dar...:* por el que debiese...
[6] *Se non quexasse:* no se apurase.
[7] *Fabliellas:* hablillas, dichos.
[8] *Tovo:* retuvo.
[9] *Lueñe:* lejana. Propiamente es un adverbio («lejos»).
[10] *Moró:* se entretuvo, permaneció.
[11] *Mercaduría:* negocio.

tanto tiempo, fasta que el fijo, que nasçiera de que fincara su muger ençinta, avía más de veinte años. E la madre, porque non avía otro fijo e tenía que su marido non era vivo, conortávase [12] con aquel fijo e amávalo commo a fijo, e por el grand amor que avía a su padre, llamávalo marido. E comía sienpre con ella e durmía con ella commo quando avía un año o dos, e assí passaba su vida commo muy buena mujer, e con muy grand cuita porque non sabía nuebas [13] de su marido.

E acaesçió que el mercadero libró toda su mercaduría e tornó muy bien andante. E el día que llegó al puerto de aquella villa do morava, non dixo nada a ninguno, fuesse desconoçidamente para su casa e escondióse en un lugar encubierto por veer lo que se fazía en su casa.

Quando fue contra la tarde [14] llegó el fijo de la buena muger, e la madre preguntol:

—Di, marido, ¿ónde vienes?

El mercadero, que oyó a su mujer llamar marido a aquel mançebo, pesol mucho, ca bien tenía que era omne con quien fazía mal, o a lo mejor que era casada con él; e tovo más: que fazía maldat que non que fuese casada, e porque [15] el omne era tan moço. Quisiéralos matar luego, pero acordándose del seso que costara una dobla, non se arrebató.

E desque llegó la tarde assentáronse a comer. De que el mercadero los vio assí estar, fue aun más movido por los matar, pero por el seso que conprara non se arrebató.

Mas, quando vino la noche e los vio echar en la cama, fízosele muy grave de soffrir e endereço a ellos por los matar. E yendo assí muy sañudo, acordándose del seso que conprara, estido quedo.

E ante que matassen la candela, començó la madre a dezir al fijo, llorando muy fuerte:

—¡Ay, marido e fijo! ¡Señor!, dixiéronme que agora

---

[12] *Conortávase:* se confortaba, se consolaba.
[13] *Nuebas:* noticias.
[14] *Contra la tarde:* al comenzar la tarde («*contra*»: hacia, como en la nota 14 del *Ex.* anterior).
[15] *que non que fuese... e porque:* no porque... sino porque...

llegara una nabe al puerto e dizían que vinía daquella tierra do fue vuestro padre. Por amor de Dios, id allá cras [16] de grand mañana, e por ventura querrá Dios que sabredes algunas buenas nuebas dél.

Quando el mercadero aquello oyó, e se acordó cómmo dexara en-çinta a su muger, entendió que aquél era su fijo. E si ovo grand plazer, non vos marabilledes. E otrosí, gradesçió mucho a Dios porque quiso guardar que los non mató commo lo quisiera fazer, donde [17] fincara muy mal andante por tal ocasión, e tovo por bien empleada la dobla que dio por aquel seso, de que se guardó e que se non arrebató por saña.

E vos, señor conde, commo quier que cuidades que vos es mengua de sofrir esto que dezides, esto sería verdat de que fuéssedes çierto de la cosa, mas fasta que ende seades çierto, conséjovos yo que, por saña nin por rebato, que vos non rebatedes a fazer ninguna cosa (ca pues esto non es cosa que se pierda por tiempo en vos sofrir), fasta que sepades toda la verdat, e non perdedes nada, e del rebatamiento podervos íades muy aína repentir.

El conde tovo este por buen consejo e fízolo assí, e fallóse ende bien.

E teniéndolo don Johan por buen enxiemplo, fízol escrivir en este libro e fizo estos viessos que dizen assí:

> *Si con rebato grant cosa fazierdes,*
> *ten que es derecho [18] si te arrepentieres.*

E la istoria deste enxiemplo es ésta que se sigue:

---

[16] *Cras:* Vid. nota 16, *Ex.* anterior.
[17] *Donde:* de lo que.
[18] *Es derecho:* es bueno.

Exemplo XXXVII

De la respuesta que dio el conde Ferrant Gonsáles a sus gentes depués que ovo vençido la batalla de Façinas [1]

Una vegada, vinía el conde de una hueste [2] muy cansado e muy lazdrado e pobre, e ante que huviasse [3] folgar nin descansar, llegol mandado muy apressurado de otro fecho que se movía de nuebo; e los más de su gente consejárenle que folgasse algún tiempo e después que faría lo que se le guisase. E el conde preguntó a Patronio lo que faría en aquel fecho. E Patronio díxole:

—Señor, para que vos escojades en esto lo mejor, mucho querría que sopiéssedes la respuesta que dio una vez el conde Ferrant Gonsáles a sus vassallos.

El conde preguntó a Patronio cómmo fuera aquello.

—Señor conde —dixo Patronio—, quando el conde Ferrant Gonsáles vençió al Rey Almozerre [4] en Façinas,

---

[1] Aunque se menciona en él la batalla de Hacinas, que se narra en la *Primera Crónica General* (ed. cit., págs. 402 y ss.) y en el *Poema de Fernán González* (ed. cit., págs. 133 y ss.), el cuento es, al parecer, creación absoluta de la imaginación del autor. Don Juan Manuel hace de un personaje de la tradición castellana, de sobra conocido del público al que dirige su obra, protagonista de un cuento propio para cuya elaboración toma elementos de la historia, y en boca del cual pone un dicho tradicional: las nuevas heridas hacen olvidar el dolor de las pasadas (cfr. los motivos tradicionales recogidos en Devoto, 1972, pág. 437). El cuento se condensa en la respuesta del conde, que tiene una aplicación directa al problema planteado por *Lucanor*.

[2] *Hueste:* acción militar, batalla.

[3] *Huviasse:* llegase a, pudiese.

[4] *Almozerre:* Almanzor.

murieron ý muchos de los suyos; e él e todos los más que fincaron vivos fueron muy mal feridos; e ante que uviassen guaresçer, sopo quel entrava el rey de Navarra por la tierra, e mandó a los suyos que endereçassen a lidiar con los navarros. E todos los suyos dixiéronle que tenían muy cansados los cavallos, e aun los cuerpos; e aunque por esto non lo dexasse, que lo devía dexar porque él e todos los suyos estavan muy mal feridos, e que esperasse fasta que fuessen guaridos él e ellos.

Quando el conde vio que todos querían partir de aquel reino, sintiéndose más de la onra que del cuerpo, díxoles:

—Amigos, por las feridas non lo dexemos, ca estas feridas nuebas que agora nos darán, nos farán que olvidemos las que nos dieron en la otra vatalla.

Desque los suyos vieron que se non dolía del cuerpo por defender su tierra e su onra, fueron con él. E vençió la lid e fue muy bien andante.

E vos, señor conde Lucanor, si queredes fazer lo que devierdes, quando viéredes que cumple para defendimiento de lo vuestro e de los vuestros, e de vuestra onra, nunca vos sintades [5] por lazeria, nin por travajo [6], nin por peligro, e fazet en guisa que el peligro e la lazeria nueba vos faga olvidar lo passado.

El conde tovo este por buen consejo, e fízolo assí e fallósse dello muy bien.

E entendiendo don Johan que éste era muy buen enxiemplo, fízolo poner en este libro e fizo estos viessos que dizen assí:

> *Aquesto tenet çierto, que es verdat provada:*
> *que onra e grand vicio non an una morada.*

E la istoria deste enxiemplo es ésta que se sigue:

---

[5] *Sintades:* lamentéis, quejéis.
[6] *Travajo:* con el sentido de «fatigas».

Exemplo XXXVIII

De lo que contesçió a un omne que iva cargado de
piedras preçiosas e se afogó en el río [1]

Un día, dixo el conde a Patronio que avía muy grand
voluntad de estar en una tierra porquel avían de dar ý
una partida de dineros, e cuidava fazer ý mucho de su
pro, pero que avía muy grand reçelo que, si allí se
detoviesse, quel podría venir muy grand periglo del
cuerpo, e quel rogava quel consejasse qué faría en ello.

—Señor conde —dixo Patronio—, para que vos fagades en esto, al mio cuidar, lo que vos más cumple,
sería muy bien que sopiéssedes lo que contesçió a un
omne que llevava una cosa muy presçiada en el cuello
e passava un río.

El conde le preguntó cómmo fuera aquello .

—Señor conde —dixo Patronio—, un omne levava
muy grand pieça [2] de piedras preçiosas a cuestas, e tantas
eran que se le fazían muy pesadas de levar; e acaesçió
que ovo de passar un grand río; e commo él levava
grand carga, çafondava [3] más que si aquella carga non
levasse; e quando fue en ondo del río, començó a çafon-
dar mucho.

E un omne que estava a la oriella del río començol
a dar vozes e dezir que si non echasse carga, que sería

---

[1] De este cuento desconocemos la posible fuente utilizada por
el autor; puede suponerse que fue aprovechado en una forma
alegórica por los predicadores. Cfr. Ayerbe-Chaux, 1975, pág. 48.
Nótese la importancia que adquieren respecto al relato las palabras finales de Patronio; el tema de la codicia se reduce en
ellas a un *no aventuredes el vuestro cuerpo si non fuere por
cosa que sea vuestra onra...*, y *non es el omne preçiado por
preçiarse él mucho, mas es muy preçiado porque faga tales obras
quel preçien mucho las gentes.*

[2] *Pieça:* cantidad.

[3] *Çafondava:* se hundía.

muerto. E el mesquino [4] loco non entendió que si muriesse en el río, que perdería el cuerpo e la carga que levava; e si la echasse que, aunque perdiesse la carga, que non perdería el cuerpo. E por la grant cobdiçia de lo que valían las piedras preçiosas que levava, non las quiso echar e murió en 'l río, e perdió el cuerpo e perdio la carga que levava.

E vos, señor conde Lucanor, commoquier que los dineros e lo al que podríades fazer de vuestra pro sería bien que lo fiziésedes, conséjovos yo que si peligro de vuestro cuerpo fallades en la fincada [5] que non finquedes ý por cobdicia de dineros nin de su semejante. E aún vos consejo que nunca aventuredes el vuestro cuerpo si non fuere por cosa que sea vuestra onra o vos sería mengua si lo non fiziésedes: ca el que poco se presçia e por cobdiçia o por devaneo aventura su cuerpo, bien creed que non tiene mientes de fazer mucho con el su cuerpo, ca el que mucho presçia el su cuerpo, a menester que faga en guisa porque lo preçien mucho las gentes; e non es el omne preçiado por preciarse él mucho, mas es muy preçiado porque faga tales obras quel preçien mucho las gentes. E si él tal fuere, çierto seed que preciará mucho el su cuerpo, non lo aventurará por cobdiçia nin por cosa en que non aya grand onra; mas en lo que se devaría aventurar, seguro sed que non ha omne en el mundo que tan aína nin tan de buenamente aventure el cuerpo, commo el que vale mucho e se preçia mucho.

El conde tovo éste por buen enxiemplo, e fízolo assí e fallóse dello muy bien.

E porque don Johan entendió que éste era muy buen enxiemplo, fízolo escrivir en este libro e fizo estos viessos que dizen assí:

> Quien por grand cobdiçia de aver se aventura,
> será maravilla que el bien muchol dura.

E la istoria deste enxiemplo es ésta que se sigue:

---

[4] *Mesquino:* infeliz, desgraciado.
[5] *Fincada:* detención, permanencia.

Exemplo XXXIX

De lo que contesçió a un omne con la golondrina e con el pardal [1]

Otra vez fablava el conde Lucanor con Patronio, su consegero, en esta guisa:

—Patronio, yo non puedo escusar en ninguna guisa de aver contienda con uno de dos vezinos que yo he, e contesce assí: que el más mio vezino non es tan poderoso, e el que es más poderoso, non es tanto mio vezino. E agora ruégovos que me consejedes lo que faga en esto.

—Señor conde —dixo Patronio—, para que sepades para esto lo que vos más cumple, sería bien que sopiésedes lo que contesçió a un omne con un pardal e con una golondrina.

El conde le preguntó que cómmo fuera aquello.

—Señor conde —dixo Patronio—, un omne era flaco e tomava grand enojo con el roído de las vozes de las aves e rogó a un su amigo quel diesse algún consejo [2]: que [3] non podía dormir por el roído quel fazían los pardales e las golondrinas.

E aquel su amigo le dixo que de todos non le podía desenbargar [4] más que él sabía un escanto [5] con que lo desenbargaría del uno dellos: o del pardal o de la golondrina.

E aquel que estava flaco respondiol que commoquier que la golondrina da mayores vozes, pero porque la

---

[1] Esta fábula no aparece en las colecciones medievales conocidas, ni existen de ella paralelos. Vid. Devoto, 1972, pág. 438.
[2] *Consejo:* remedio. Cfr. la nota 11, *Ex. VI.*
[3] *Que:* porque.
[4] *Desenbargar:* librar, desembarazar.
[5] *Escanto:* hechizo, encanto.

golondrina va e viene e el pardal mora siempre en casa, que antes se querría parar al roído de la golondrina, maguer que es mayor porque va e viene, que al del pardal, porque está siempre en casa.

E vos señor conde, commoquier que aquel que mora más lexos es más poderoso, conséjovos yo que ayades ante contienda con aquél, que con el que vos está más cerca, aunque non sea tan poderoso.

El conde tovo esto por buen consejo, e fízolo assí e fallóse ende bien.

E porque don Johan se pagó deste enxiemplo, fízolo poner en este libro, e fizo estos viessos que dizen assí:

Si en toda guisa contienda ovieres de aver,
toma la de más lexos, aunque aya más poder.

E la istoria deste exiemplo es ésta que se sigue:

Exemplo XL

De las razones porque perdió el alma un Siniscal de Carcassona [1]

Fablava otra ves el conde Lucanor con Patronio, e díxole:

—Patronio, porque yo sé que la muerte non se puede

---

[1] Devoto cita dos motivos tradicionales señalados en este cuento: el del falso arrepentimiento de los enfermos, que cambian de opinión en cuanto mejoran o creen mejorar, y el tema general de la visión del infierno (1972, pág. 438). Knust (1900, página 384) lo relaciona con el viejo refrán castellano «El Abad de Bamba lo que no puede comer lo da por su alma».
Don Juan Manuel plantea en este ejemplo un problema de índole espiritual que, sin duda, preocupaba a sus contemporáneos: ¿cómo puede condenarse un hombre que *fuera muy bien confessado e recibiera los sacramentos de Sancta Eglesia?* Una mujer endemoniada, que *dizía muchas cosas maravillosas, porque el*

escusar, querría fazer en guisa que depués de mi muerte, que dexasse alguna cosa señalada que fincasse por mi alma e que fincasse para siempre, porque todos sopiessen que yo feziera aquella obra. E ruégovos que me consejedes en qué manera lo podría fazer mejor.

—Señor conde —dixo Patronio—, commoquier que el vien fazer en cualquier guisa o por cualquier entención que se faga siempre el bien fazer es bien, pero para que vos sopiésedes cómmo se deve fazer lo que omne faze por su alma e a quál entención, plazerme ía mucho que sopiéssedes lo que contesçió a un senescal de Carcaxona.

El conde le preguntó cómmo fuera aquello.

—Señor conde —dixo Patronio—, un senescal de Carcassona adolesçió [2]. E desque entendió que non podía

_____

diablo, que fablava en ella, sabía todas las cosas fechas e aun dichas (nótese que conoce el pasado y el presente, no el futuro), da la respuesta: ... *non lo fizo commo devía nin ovo buena entención...* Pocos elementos de tipo sobrenatural y maravilloso —tan frecuentes en los ejemplarios— aparecen en el libro (Cfr. *Exs. XIV, XLV, XLII);* en éste, como en el *XLII,* el diablo actúa a través de un personaje, aunque —como dice D. Marín— en este caso «sería difícil distinguir la voz del diablo de la de un buen predicador» (1955, pág. 13). Patronio en la parte final ahonda en las palabras de la endemoniada y enriquece el comentario doctrinal. (Nótese la relación con el *Ex. III:* ... *que desfagades los tuertos que avedes fechos: ca poco valdría robar el carnero e dar los pies por amor e de Dios...,* refrán señalado por M.ª Rosa Lida (1969, pág. 104, n. 15).

Una vez más, aparte de la extensión del comentario moral, llaman la atención en el cuento los elementos que el autor toma de la realidad contemporánea: un senescal ('... el Jefe o Cabeza principal de la Nobleza del Pueblo, que la gobierna, especialmente cuando es llamada o convocada a la guerra', *Dic. Aut.* Vid., además, L. G. Valdeavellano: *ob. cit.,* pág. 490) de Carcassona (sur de Francia), servicio que pide a los dominicos y franciscanos (las dos órdenes más activas en la época y que solían encargarse de este tipo de misiones), etc. Don Juan Manuel, pues, recrea un tema familiar a sus contemporáneos (Vid. relatos análogos citados en Devoto (1975, págs. 438 y s.) y Ayerbe-Chaux (1975, págs. 48 y ss.), enriquece su comentario doctrinal y lo actualiza con datos reales conocidos sin duda alguna por sus lectores.

[2] *Adolesçió:* enfermó.

escapar, envió por el prior de los fraires predicadores e por el guardián de los fraires menores, e ordenó con ellos fazienda [3] de su alma. E mandó que luego que él fuese muerto, que ellos cumpliesen todo aquello que él mandava.

E ellos fiziéronlo assí. E él avía mandado [4] mucho por su alma. E porque fue tan bien complido e tan aína, estavan los fraires muy pagados e en muy buena entención e buena esperança de la su salvación.

Acaesçió que, dende a pocos días, que fue una muger demoniada en la villa, e dizía muchas cosas maravillosas, porque el diablo, que fablava en ella, sabía todas las cosas fechas e aun las dichas.

Quando los fraires en que dexara el senescal fecho de su alma sopieron las cosas que aquella muger dizía, tovieron que era bien de irla ver, por preguntarle si sabía alguna cosa del alma del senescal; e fiziéronlo. E luego que entraron por la casa do estava la muger demoniada, ante que ellos le preguntassen ninguna cosa, díxoles ella que bien sabía por qué querían preguntar, que muy poco avía que se partiera della e la dexara en el Infierno.

Quando los fraires esto oyeron, dixiéronle que mintía; ca çierto era que él fuera muy bien confessado e reçibiera los sacramentos de Sancta Eglesia, e pues la fe de los christianos era verdadera, que non podía seer que fuesse verdat lo que ella dizía.

E ella díxoles que sin dubda la fe e la ley de los christianos toda era verdadera, e si él muriera e fiziera lo que deve fazer el que es verdadero christiano, que salva fuera la su alma; mas él non fizo commo verdadero nin buen christiano, ca commo quier que mucho mandó fazer por su alma, non lo fizo commo devía nin ovo buena entención, ca él mandó complir aquello después que fuesse muerto, e su entención era que si muriesse, que lo cumpliessen; mas si visquiesse [5], que non

---

[3] *Fazienda:* asuntos. Literalmente: «lo que se había de hacer».
[4] *Avía mandado:* había dejado en testamento. *Mandas:* las donaciones que se hacen en el testamento.
[5] *Visquiesse:* viviese. Cfr. nota 3, *Ex. III.*

fiziessen nada dello: e mandólo complir después que muriesse, quando non lo podía tener nin levar consigo; e otrosí, dexávalo porque fincasse dél fama para sienpre de lo que fiziera, porque oviesse fama de las gentes e del mundo. E por ende, commo quier que él fizo buena obra, non la fizo bien, ca Dios non galardona solamente las buenas obras, mas galardona las que se fazen bien. E este bien fazer es en la entençión, e porque la entençión del senescal non fue buena, ca fue quando non devía seer fecha, por ende non ovo della buen galardón.

E vos, señor conde, pues me pedides consejo, dígovos, que, al mio grado [6], que el bien que quisiéredes fazer, que lo fagades en vuestra vida. E para que ayades dello buen galardón, conviene que, lo primero, que desfagades los tuertos que avedes fecho: ca poco valdría robar el carnero e dar los pies por amor de Dios. E a vos poco vos valdría tener mucho robado e furtado a tuerto [7], e fazer limosnas de lo ageno. E más, para que la limosna sea buena, conviene que aya en ella estas çinco cosas: la una, que se faga de lo que omne oviere de buena parte [8]; la otra, que la faga estando en verdadera penitençia; la otra, que sea tanta, que sienta omne alguna mengua por lo que da, e que sea cosa de que se duela omne; la otra, que la faga en su vida; la otra, que la faga omne simplemente por Dios e non por vana gloria nin por ufana [9] del mundo. E, señor, faziéndose estas çinco cosas, serían todas las buenas obras e limosnas bien complidas, e avría omne de todas muy grand galardón; pero vos, nin otro ninguno que tan complidamente non las pudiessen fazer, non deve por esso dexar de fazer buenas obras, teniendo que, pues non las faze en las çinco maneras que son dichas, que non le tiene pro de las fazer; ca ésta sería muy mala razón e sería commo desesperamiento; ca çierto, que en qualquier manera que omne faga bien, que sienpre es bien; ca las buenas obras

---

[6] *Al mio grado:* a mi juicio.

[7] *A tuerto:* injustamente. Cfr. el refrán «A tuerto o a derecho, nuestra casa hasta el techo».

[8] *De buena parte:* de procedencia legítima.

[9] *Ufana:* vanidad.

prestan [10] al omne a salir de pecado e venir a penitençia e a la salut del cuerpo, e a que sea rico e onrado, e que aya buena fama de las gentes, e para todos los vienes temporales. E assí, todo bien que omne faga a cualquier entención sienpre es bueno, mas sería muy mejor para salvamiento e aprovechamiento del alma guardando las cinco cosas dichas.

El conde tovo que era verdat lo que Patronio le dizía e puso en su coraçón de lo fazer assí e rogó a Dios quel guise que lo pueda fazer en la manera que Patronio le dizía.

E entendiendo don Johan que este enxiemplo era muy bueno, fízolo escrivir en este libro e fizo estos viessos que dizen assí:

> Faz bien e a buena entención en tu vida,
> si quieres acabar la gloria conplida.

E la istoria deste enxiemplo es ésta que se sigue:

Exemplo XLI

De lo que contesçió a un rey de Córdova quel dizían Alhaquem [1]

Un día fablava el conde Lucanor con Patronio, su consegero, en esta guisa:

---

[10] *Prestan:* ayudan.

[1] Desde Gayangos (BAE, LI, pág. XX) se ha repetido que este ejemplo se basa en una anécdota sucedida a Al-Hakán II (califa de Córdoba entre 961 y 976 que amplió la Mezquita, mandada construir por Abderramán I) y que, según González Palencia «puede leerse en la traducción de Al-Makkari, hecha por Gayangos, *Mohammedan Dynasties in Spain*, II, 218» (1965, página 86). Según M.ª Rosa Lida esta indicación es falsa: «Ningún comentador del *Conde Lucanor* ha vuelto a dar con la anécdota» (1969, pág. 109). El dicho proverbial puede hacer pensar en una

—Patronio, vos sabedes que yo só muy grand caçador e he fecho muchas caças nuevas que nunca fizo
otro omne. E aun he fecho e añadido en las piuelas [2] e
en los capiellos [3] algunas cosas muy aprovechosas que
nunca fueron fechas. E agora, los que quieren dezir mal
de mí, fablan en manera de escarnio, e quando loan al
Cid Roy Díaz o al conde Ferrant Gonzáles de quantas
lides vençieron o al sancto e bien aventurado rey don
Ferrando de quantas buenas conquistas fizo, loan a mí
diziendo que fiz muy buen fecho porque añadí aquello
en los capiellos e en las pihuelas. E porque yo entiendo
que este alabamiento [4] más se me torna en denuesto que

tradición oral árabe como fuente del relato, el cual —según
Devoto— «es muy probable que sólo se trate de una precaución
novelada contra el prestigio menor que sus mejoras en materia
de caza —de las que se jacta en su libro pertinente— aportaban
al príncipe» (1972, págs. 439 y s.). M.ª Rosa Lida señala con
su habitual penetración algunos rasgos característicos del pensamiento y la técnica narrativa de don Juan Manuel: «Ante todo,
el ideal caballeresco consistente en aumentar el poderío y ganar
fama póstuma, sentido como deber del príncipe...», y en contraste con este ideal la conducta del rey que *non se trabajaba
desto, sinon de comer e folgar e estar en su casa viçioso*. El
autor «ha querido comenzar el *Exemplo* con una nota enérgica
de conflicto, muy hábilmente sostenida merced a esas maliciosas
voces cortesanas y populares —subrayadas por Azorín con tan
fina maestría [en «Los valores literarios», *OC*, ed. cit., pág. 1037
y ss.]— ... La tensión se mantiene a cada paso del minúsculo
drama por el leve y admirable trazado de caracteres: los cortesanos que cuchichean la befa popular se resisten atemorizados a la
explicación que exige el Rey». Éste, antes que castigarlos «em-
prende el *añadimiento* de la mezquita en cumplimiento de los dos
requisitos formulados al principio: acrecentar el reino y ganar
fama en vida y en muerte. Sólo cuando ha acabado la labor de
la mezquita, el rey toma la palabra para exigir la debida alabanza que, en efecto, le otorga el pueblo. Dudo —termina diciendo— que ninguna fuente, escrita ni oral, presentara la sen-
cilla anécdota antes de llegar a manos de don Juan Manuel con
tan sobrio y primoroso juego dramático, iniciado en la tensión
sarcástica del primer sentido del dicho y resuelto en la armonía
caballeresca del escarnio convertido en alabanza» (1969, páginas 109 y s.).

[2] *Piuelas*: correas para asegurar los pies de los halcones y
otras aves. Recuérdese que don Juan Manuel es autor del *Libro
de la caza*. Vid. Introducción.

[3] *Capiellos*: capirotes, caperuzas.

[4] *Alabamiento*: alabanza. María Goyri señala en su edición la

en alavamiento, ruégovos que me consejedes en qué manera faré porque non me escarnezcan por la buena obra que fiz.

—Señor conde Lucanor —dixo Patronio—, para que vos sepades lo que vos más cumpliría de fazer en esto, plazerme ía que sopiéssedes lo que contesçió a un moro que fue rey de Córdova.

E el conde le preguntó cómmo fuera aquello.

—Señor conde —dixo Patronio—, en Córdova ovo un rey que avía nombre Alhaquem. Commo quier que mantenía assaz bien su regno, non se travajava de fazer otra cosa onrada nin de grand fama de las que suelen e deven fazer los buenos reys, ca non tan solamente son los reys tenidos [5] de guardar sus regnos, mas los que buenos quieren seer, conviene que tales obras fagan porque con derecho acrescienten su regno e fagan en guisa que en su vida sean muy loados de las gentes, e después de su muerte finquen buenas fazañas [6] de las buenas obras que ellos ovieren fechas. E este rey non se trabajava desto, sinon de comer e folgar e estar en su casa viçioso.

E acaesçió que, estando un día folgando, que tañían antél un estrumento de que se pagaran mucho los moros, que a nombre albogón [7]. E el rey paró mientes e entendió que non fazía tan buen son como era menester, e tomó el albogón e añadió en él un forado [8] en la parte de yuso [9] en derecho de los otros forados, e dende adelante faze el albogón muy mejor son que fasta entonçe fazía.

E como quier que aquello era buen fecho para en aquella cosa, porque non era tan grand fecho commo convinía de fazer a rey, las gentes, en manera de escarnio, començaron aquel fecho a loar e dizían quando

---

predilección por el sufijo -miento en los postverbales, apreciable claramente en este exemplo: *añadimiento, loamiento.*

[5] *Son tenidos:* están obligados.
[6] *Fazañas:* dichos, palabras.
[7] *Albogón:* flauta de siete agujeros.
[8] *Forado:* agujero.
[9] *Yuso:* abajo.

loavan a alguno: «V.a. he de ziat Alhaquim»[10], que quiere dezir: «Este es el añadimiento del rey Alhaquem».

E esta palabra fue sonada[11] tanto por la tierra fasta que la ovo de oir el rey, e preguntó por qué dezían las gentes esta palabra. E commo quier que gelo quisieran encobrir, tanto los afincó, que gelo ovieron a dezir.

E desque él esto oyó, tomó ende grand pesar, pero commo era muy buen rey, non quiso fazer mal en los que dizían esta palabra, mas puso en su coraçón de fazer otro añadimiento de que por fuerça oviessen las gentes a loar el su fecho.

Entonçe, porque la mezquita de Córdova non era acabada, añadió en ella aquel rey toda la labor que ý menguava e acabóla.

Esta es la mayor e más complida e más noble mezquita que los moros avían en España, e, loado a Dios, es agora eglesia e llámanla Sancta María de Córdova, e offreçióla el sancto rey don Ferrando a Sancta María, quando ganó a Córdova de los moros[12].

E desque aquel rey ovo acabada la mezquita e fecho aquel tan buen añadimiento, dixo que, pues fasta entonçe lo loavan escarniçiéndolo del añadimiento que fiziera en el albogón, que tenía que de allí adelante lo avían a loar con razón del añadimiento que fiziera en la mezquita de Córdova.

E fue después muy loado. E el loamiento que fasta estonçe le fazían escarniçiéndolo, fincó después por loor; e oy en día dizen los moros quando quieren loar algún buen fecho: «Este es el añadimiento de Alhaquem».

E vos, señor conde, si tomades pesar o cuidades que vos loan por vos escarnecer del añadimiento que fiziestes en los capiellos e en las pihuelas e en las otras cosas de caça que vos fiziestes, guisad de fazer algunos fechos grandes e buenos e nobles, quales pertenesçen de fazer a los grandes omnes. E por fuerça las gentes avrán de

---

[10] Dejamos lo que dice el ms. Knust transcribe: «*Va hede ziat Alhaquin*», y Nykl, art. cit.: «*Wa hadi ziyadat Al-HaKam*».

[11] *Fue sonada:* fue muy divulgada. Cfr. lo dicho en la nota 4, *Ex. XXXVI.*

[12] En 1236.

loar los vuestros buenos fechos, assí commo loan agora por escarnio el añadimiento que fiziestes en las cosas de la caça.

El conde tovo éste por buen consejo, e fízolo assí, e fallóse ende muy bien.

E porque don Johan entendió que éste era buen enxiemplo, fízolo escrivir en este libro, e fizo estos viessos que dizen assí:

> Si algún bien fizieres
> que muy grande non fuere,
> faz grandes si pudieres,
> que el bien nunca muere.

E la istoria deste enxiemplo es ésta que se sigue:

Exemplo XLII

De lo que contesçió a una falsa veguina [1]

Otra vez fablava el conde Lucanor con Patronio, su consegero, en esta guisa:

---

[1] Devoto recoge los motivos tradicionales (mala mujer, marido crédulo, discusión entre marido y mujer por obra de la mala vieja, la artimaña del pelo de la barba que desencadena la tragedia) señalados en este relato del que existen numerosos paralelos en las colecciones medievales de *exempla* (1972, pág. 440). Para M.ª Rosa Lida es de origen dominico «no sólo por hallarse en varias importantes colecciones dominicas —la de Étienne de Bourbon, la *Scala caeli,* los *Sermones de tempore* y el *Promptuarium exemplorum* de Jean Hérolt—, sino también porque la transformación de la protagonista en beguina responde a una preocupación dominica...»; y en otro lugar dice: «La versión más antigua del cuento parece ser la de Rabano Mauro († 858), si es correcta la atribución a este autor, pero ni en ésta ni en las numerosas versiones latinas y vulgares que Knust extracta, la vieja pertenece a una corporación religiosa. En cambio, beguinos (o begardos) y beguinas comienzan a aparecer en las compilaciones y sermonarios dominicos... Así, pues, la transformación

—Patronio, yo e otras muchas gentes estávamos fablando e preguntávamos que quál era la manera que un omne malo podría aver para fazer a todas las otras gentes cosa porque más mal les veniesse. E los unos dizían que por ser omne reboltoso, e los otros dizían que por seer omne muy peleador, e los otros dizían que por seer muy mal fechor en la tierra, e los otros dizían que la cosa porque el omne malo podría fazer más mal a todas las otras gentes que era por seer de mala

---

en beguina de la odiosa protagonista del viejo cuento, ya pertenezca a don Juan Manuel o a sus fuentes dominicas, es siempre un rasgo satírico, índice de la hostilidad del magnate castellano a una orden que, en contraste con la de Santo Domingo, escudaba la intimidad religiosa del creyente, favorecía la mística emotiva antes que la teología racionalista y permitía formas de vida fluctuantes entre la seglar y la del claustro» (1969, págs. 96, 101 y s.). Cfr. lo que dice Caldera, 1966-67, págs. 112 y ss. Knust (1900, pág. 387) señaló como la versión más antigua la del judío barcelonés del siglo xii Ibn Sebara (*Sèfer Xaaixuim o Llibre d'ensenyaments delectables.* Trad. I. González Llubera, Barcelona, Alpha, 1931, cap. XI «De la maldat de les dones»: *La Bugadera que fa la tasca del Dimoni,* págs. 174 y ss.); entre la versión de éste y la de don Juan Manuel, Ayerbe-Chaux encuentra correspondencias que no existen en otras versiones del cuento, y «son tan significativas que muy probablemente el escritor castellano conocía la [versión] del barcelonés...» (1975, pág. 19). Puede pensarse, pues, en distintas versiones que don Juan Manuel combina y reelabora artísticamente.

El desarrollo del cuento se estructura en varias partes: planteamiento (el diablo no puede turbar la paz de un matrimonio) y pacto entre diablo y beguina; con un falso pretexto se instala en la casa y gana la confianza de los esposos, acción intrigante que siembra la discordia entre marido y mujer (nótense las expresiones de tiempo) y tragedia final en la que la diabólica beata —(sobre la actuación del diablo a través de un personaje, vid. *Ex. XL,* nota 1)— recibe su castigo (*porque Dios nunca quiere que el que mal fecho faze que finque sin pena*). Vid. análisis de Ayerbe-Chaux, 1975, págs. 13 y ss.

Veguina: beguina (en otros códices sustituido por «pelegrina»: Puñonrostro y Ms. base de la edición de Argote de Molina): miembro de una comunidad religiosa fundada por Lambert le Bègue (s. xii) de quien toma el nombre. Aparte del significado histórico del término (Patronio va a contar *lo que contesçió al diablo con una muger destas que se fazen beguinas),* en don Juan Manuel tiene el significado moral de «falsa devota, hipócrita, *gatos religiosos* (beguinería = hipocresía: Vid. *Ex. LI,* página 303. También en *Libro infinido,* cap. 1 (ed. cit., páginas 152-153).

lengua e assacador². E por el buen entendimiento que vos avedes, ruégovos que me digades de quál mal destos podría venir más mal a todas las gentes.

—Señor conde Lucanor —dixo Patronio—, para que vos sepades esto, mucho querría que sopiésedes lo que contesçió al diablo con una muger destas que se fazen beguinas.

El conde le preguntó cómmo fuera aquello.

—Señor conde Lucanor —dixo Patronio—, en una villa avía un muy buen mancebo e era casado con una muger e fazían buena vida en uno, assí que nunca entre ellos avía desabenençia.

E porque el diablo se despagó³ siempre de las buenas cosas, ovo desto muy grand pesar, e pero que andido⁴ muy grand tiempo por meter mal entre ellos, nunca lo pudo guisar.

E un día, viniendo el diablo de aquel logar do fazían vida aquel omne e aquella muger, muy triste porque non podía poner ý ningún mal, topó con una veguina. E desque se conosçieron, preguntol que por qué vinía triste. E él díxole que vinía de aquella villa do fazían vida aquel omne e aquella muger e que avía muy grand tiempo que andava por poner mal entrellos e nunca pudiera; e desque lo sopiera aquel su mayoral⁵, quel dixiera que, pues tan grand tiempo avía que andava en aquello e pues non lo fazía, que sopiesse que era perdido con él; e que por esta razón vinía triste.

E ella díxol que se marabillava, pues tanto sabía, cómmo non lo podía fazer, mas que si fiziese lo que ella queríe, que ella le pornía recabdo en esto.

E el diablo le dixo que faría lo que ella quisiesse en tal que guisasse cómmo pusiesse mal entre aquel omne e aquella muger.

E de que el diablo e aquella beguina fueron a esto avenidos, fuesse la beguina para aquel logar do vivían aquel omne e aquella muger, e tanto fizo de día en día,

<hr>

² *Assacador:* difamador.
³ *Se despagó:* no gustó de.
⁴ *Pero que andido:* aunque anduvo.
⁵ *Mayoral:* Vid. la nota 7, *Ex. XIX.*

fasta que se fizo conosçer con aquella muger de aquel mançebo e fízol entender que era criada de su madre e por este debdo que avía con ella, que era muy tenuda[6] de la servir e que la serviría quanto pudiesse.

E la buena muger, fiando en esto, tóvola en su casa e fiava della toda su fazienda, e esso mismo fazía su marido.

E desque ella ovo morado muy grand tiempo en su casa e era privada de entramos, vino un día muy triste e dixo a la muger, que fiava en ella:

—Fija, mucho me pesa desto que agora oí: que vuestro marido que se paga más de otra muger que non de vos, e ruégovos quel fagades mucha onra e mucho plazer porque él non se pague más de otra muger que de vos, ca desto vos podría venir más mal que de otra cosa ninguna.

Quando la buena muger esto oyó, commoquier que non lo creía, tovo desto muy grand pesar e entristeçió muy fieramente[7]. E desque la mala beguina la vio estar triste, fuesse para en el logar pora do[8] su marido avía de venir. E de que se encontró con él, díxol quel pesava mucho de lo que fazíe en tener tan buena muger commo teníe e amar más a otra que non a ella, e que esto, que ella lo sabía ya, e que tomara grand pesar e quel dixiera que, pues él esto fazíe, fiziéndol ella tanto serviçio, que cataría otro que la amasse a ella tanto commo él o más, que por Dios, que guardasse que esto non lo sopiesse su muger, sinon que sería muerta.

Quando el marido esto oyó, commoquier que lo non creyó, tomó ende grand pesar e fincó muy triste.

E desque la falsa beguina le dexó assí, fuesse adelante a su muger e díxol, amostrándol muy grand pesar:

—Fija, non sé qué desaventura es ésta, que vuestro marido es muy despagado de vos; e porque lo entendades que es verdat, esto que yo vos digo, agora veredes commo viene muy triste e muy sañudo, lo que él non solía fazer.

[6] *Era muy tenuda:* se sentía muy obligada.
[7] *Fieramente:* fuertemente. Como en la nota 10, *Ex. IX.*
[8] *Pora do:* por donde.

E desque la dexó con este cuidado [9], fuesse para su marido e díxol esso mismo. E desque el marido llegó a su casa e falló a su muger triste, e de los plazeres que solían en uno aver que non avían ninguno, estavan cada uno con muy grand cuidado.

E de que el marido fue a otra parte, dixo la mala beguina a la buena muger que, si ella quisiesse, que buscaría algún omne muy sabidor quel fiziesse alguna cosa con que su marido perdiesse aquel mal talante que avía contra ella.

E la muger, queriendo aver muy buena vida con su marido, díxol quel plazía e que gelo gradescería mucho.

E a cabo de algunos días, tornó a ella e díxol que avía fallado un omne muy sabidor e quel dixiera que si oviesse unos pocos de cabellos de la varba de su marido de los que están en la garganta, que faría con ellos una maestría [10] que perdiesse el marido toda la saña que avía della, e que vivrían en buena vida como solían o por aventura mejor, e que a la ora que viniesse, que guisasse que se echasse a dormir en su regaço. E diol una nabaja con que cortasse los cabellos.

E la buena muger, por el grand amor que avía a su marido, pesándol mucho de la estrañeza [11] que entrellos avía caído e cudiçiando más que cosa del mundo tornar a la buena vida que en uno solían aver, díxol quel plazía e que lo faría assí. E tomó la navaja que la mala beguina traxo para lo fazer.

E la beguina falsa tornó al marido, e díxol que avía muy grand duelo de la su muerte, e por ende que gelo non podía encobrir: que sopiesse que su muger le quería matar e irse con su amigo, e porque entendiesse quel dizía verdat, que su muger e aquel su amigo avían acordado que lo matassen en esta manera: que luego que viniesse, que guisaría que él que se adormiesse en su regaço della, e desque fuesse adormido, quel degollasse con una navaja que tenía paral degollar.

E quando el marido esto oyó, fue mucho espantado,

---

[9] *Cuidado:* preocupación.
[10] *Maestría:* remedio. Vid. también la nota 3, *Ex. VI.*
[11] *Estrañeza:* alejamiento, separación.

e commo quier que ante estava con mal cuidado por las falsas palabras que la mala beguina le avía dicho, por esto que agora dixo fue muy cuitado e puso en su coraçón de se guardar e de lo provar; e fuesse para su casa.

E luego que su muger lo vio, reçibiólo mejor que los otros días de ante, e díxol que sienpre andava travajando e que non quería folgar nin descansar, mas que se echasse allí cerca della e que pusiesse la cabeça en su regaço, e ella quel espulgaría.

Quando el marido esto oyó, tovo por çierto lo quel dixiera la falsa beguina, e por provar lo que su muger faría, echóse a dormir en su regaço e començó de dar a entender que durmía. E de que su muger tovo que era adormido bien, sacó la navaja para le cortar los cabellos, segund la falsa beguina le avía dicho. Quando el marido le vio la navaja en la mano cerca de la su garganta, teniendo que era verdat lo que la falsa beguina le dixiera, sacol la navaja de las manos e degollóla con ella.

E al roído que se fizo quando la degollava, recudieron[12] el padre e los hermanos de la muger. E quando vieron que la muger era degollada e que nunca fasta aquel día oyeron al su marido nin a otro omne ninguna cosa mala en ella, por el grand pesar que ovieron, endereçaron todos al marido e matáronlo.

E a este roído recudieron los parientes del marido e mataron a aquellos que mataron a su pariente. E en tal guisa se revolvió el pleito, que se mataron aquel día la mayor parte de quantos eran en aquella villa.

E todo esto vino por las falsas palabras que sopo dezir aquella falsa beguina. Pero, porque Dios nunca quiere que el que mal fecho faze que finque sin pena, nin aún que el mal fecho sea encubierto, guisó que fuesse sabido que todo aquel mal viniera por aquella falsa beguina, e fizieron della muchas malas iusticias[13], e diéronle muy mala muerte e muy cruel.

E vos, señor conde Lucanor, si queredes saber quál

---

[12] *Recudieron:* acudieron.
[13] *Iusticias:* escarmientos.

252

es el pior omne del mundo e de que más mal puede venir a las gentes, sabet que es el que se muestra por buen christiano e por omne bueno e leal, e la su entençión es falsa, e anda asacando falsedades e mentiras por meter mal entre llas gentes. E conséjovos yo que siempre vos guardedes de los que vierdes que se fazen gatos religiosos [14] que los más dellos sienpre andan con mal e con engaño, e para que los podades conosçer, tomad el consejo del Evangelio que dize: «A fructibus eorum coñosçetis eos» que quiere dezir «que por las sus obras los cognosçeredes» [15]. Ca, çierto, sabet que non a omne en 'l mundo que muy luengamente pueda encubrir las obras que tiene en la voluntad, ca bien las puede encobrir algún tiempo, mas non luengamente.

E el conde tovo que era verdad esto que Patronio le dixo e puso en su coraçón de lo fazer assí. Rogó a Dios quel guardasse a él e a todos sus amigos de tal omne.

E entendiendo don Johan que este enxiemplo era muy bueno, fízolo escrivir en este libro e fizo estos viessos que dizen assí:

Para mientes a las obras e non a la semejança,
si cobdiçiares ser guardado de aver mala andança.

E la istoria deste enxiemplo es ésta que se sigue:

---

[14] *Gatos religiosos:* hipócritas. Vid. M.ª Rosa Lida: «Libro de los gatos o Libro de los cuentos», en *Romance Philology,* V, 1951-1953, págs. 46 y ss.
[15] Mateo, VII, 16.

Exemplo XLIII

DE LO QUE CONTESÇIÓ AL BIEN E AL MAL, E AL CUERDO CON EL LOCO [1]

El conde Lucanor fablava con Patronio, su consegero, en esta manera:

—Patronio, a mí contesçe que he dos vezinos: el uno es omne a que yo amo mucho, e ha muchos buenos deubdos entre mí e él porquel devo amar; e non sé qué pecado o qué ocasión es que muchas vezes me faze algunos yerros e algunas escatimas [2] de que tomo muy grand enojo; e el otro non es omne con quien aya grandes debdos, nin grand amor, nin ay entre nos grand razón porquel deva mucho amar; e éste, otrossí, a las vezes, fázeme algunas cosas de que yo non me pago. E por el buen entendimiento que vos avedes, ruégovos que me consejedes en qué manera passe con aquellos dos omnes.

—Señor conde Lucanor —dixo Patronio—, esto que vos dezides non es una cosa, ante son dos, e muy reves-

---

[1] Consta de dos relatos que se reúnen en los versos finales: el primero de ellos recuerda el *Exemplo XXVI:* allí la Verdad vence a la Mentira como en éste *el Bien vençe con bien al Mal;* la moraleja final aparece en otros textos didácticos medievales. El segundo relato se condensa en un refrán, que cierra el cuento. «No se conoce —dice M.ª Rosa Lida— en qué forma correría en tiempos de don Juan Manuel la historieta del loco, popular hasta hoy», y anota: «Traen el refrán Hernán Núñez («Otro loco ay en el baño») y Correas que lo registra en esa forma y también en la de «otro loco hay en Chinchilla», justificando esta última con un breve relato semejante al del *Conde Lucanor.* De aquí ha pasado a la colección de J. M. Sbarbi, *Diccionario de refranes,* Madrid, 1922, t. I, pág. 532» (1969, págs. 107 y s.). Vid. además, Devoto, 1972, págs. 144 y s.

[2] *Escatimas:* afrentas, agravios.

sadas[3] la una de la otra. E para que vos podades en esto obrar commo vos cumple, plazerme ía que sopiéssedes dos cosas que acaesçieron; la una, lo que contesçió al Bien e al Mal; e la otra, lo que contesçió a un omne bueno con un loco.

El conde le preguntó cómmo fuera aquello:

—Señor conde —dixo Patronio—, porque éstas son dos cosas que non vos las podría dezir en uno, dezirvos he primero de lo que contesçió al Bien e al Mal, e dezirvos he después lo que contesçió al omne bueno con el loco.

Señor conde, el Bien e el Mal acordaron de fazer su compañía en uno. E el Mal, que es más acuçioso[4] e siempre anda con rebuelta e non puede folgar, sinon revolver algún engaño e algún mal, dixo al Bien que sería buen recabdo que oviessen algún ganado con que se pudiessen mantener. Al Bien plogo desto. E acordaron de aver ovejas.

E luego que las ovejas fueron paridas, dixo el Mal al Bien que escogiese en el esquimo[5] daquellas ovejas. El Bien, commo es bueno e mesurado, non quiso escoger, e el Bien dixo al Mal que escogiesse él. E el Mal, porque es malo e derranchado[6], plógol ende, e dixo que tomasse el Bien los corderuelos assí commo nascían, e él, que tomaría la leche e la lana de las ovejas. E el Bien dio a entender que se pagava desta partición.

E el Mal dixo que era bien que oviessen puercos; e al Bien plogo desto. E desque parieron, dixo el Mal que, pues el Bien tomara los fijos de las ovejas e él la leche e la lana, que tomasse agora la leche e la lana de las puercas, e que tomaría él los fijos. E el Bien tomó aquella parte.

Después dixo el Mal que pusiessen alguna ortaliza; e pusieron nabos. E desque nasçieron, dixo el Mal al Bien

---

[3] *Revessadas:* contrarias.
[4] *Acuçioso:* diligente, activo. Cfr. la nota 6, *Ex. XXVI.*
[5] *Esquimo:* esquilmo; fruto que se saca del ganado o la tierra.
[6] *Derranchado:* fraudulento, engañoso. También tiene el significado de «impetuoso», «que arremete». Cfr. la nota 23, *Ex. XXI.*

que non sabía qué cosa era lo que non veía, mas, porque el Bien viesse lo que tomava, que tomasse las fojas de los nabos que parescían e estavan sobre tierra, e que tomaría él lo que estava so tierra; e el Bien tomó aquella parte.

Despúes pusieron colles; e desque nasçieron, dixo el Mal que, pues el Bien tomara la otra vez de los nabos lo que estava sobre tierra, que tomase agora de las colles lo que estava so tierra; e el Bien tomó aquella parte.

Despúes dixo el Mal al Bien que sería buen recabdo que oviessen una muger que los serviesse. E al Bien plogo desto. E desque la ovieron, dixo el Mal que tomasse el Bien de la çinta [7] contra la cabeça, e que él que tomaría de la çinta contra los pies; e el Bien tomó aquella parte. E fue assí que la parte del Bien fazía lo que cumplía en casa, e la parte del Mal era casada con él e avía de dormir con su marido.

La muger fue ençinta e encaesçió [8] de un fijo. E desque nasçió, quiso la madre dar al fijo de mamar; e quando el Bien esto vio, dixo que non lo fiziesse, ca la leche de la su parte era, e que non lo consintría en ninguna manera. Quando el Mal vino alegre por veer el su fijo quel nasçiera, falló que estava llorando, e preguntó a ssu madre que por qué llorava. La madre le dixo que porque non mamava. E díxol el Mal quel diesse a mamar. E la muger le dixo que el Bien gelo defendiera [9] diziendo que la leche era de su parte.

Quando el Mal esto oyó, fue al Bien e díxol, riendo e burlando, que fiziese dar la leche a su fijo. E el Bien dixo que la leche era de su parte e que non lo faría. E quando el Mal esto oyó, començol de affincar ende. E desque el Bien vio la priessa en que estava el Mal, díxol:

—Amigo, non cuides [10] que yo tampoco sabía que non entendía quáles partes escogiestes vos sienpre e quáles diestes a mí; pero nunca vos demandé yo nada de las

---

[7] *Çinta:* cintura.
[8] *Encaesçió:* concibió.
[9] *Defendiera:* había prohibido. Estas formas verbales equivalen al pluscuamperfecto de indicativo.
[10] *Cuides:* pienses.

vuestras partes, e passé muy lazdradamíente[11] con las partes que me vos dávades, vos nunca vos doliestes nin oviestes mensura contra mí[12], pues si agora Dios vos traxo a lugar[13] que avedes mester algo de lo mío, non vos marabilledes si vos lo non quiero dar, e acordatvos de lo que feziestes, e soffrid esto por lo ál.

Quando el Mal entendió que el Bien dizía verdat e que su fijo sería muerto por esta manera, fue muy mal cuitado e començó a rogar e pedir merçet al Bien que, por amor de Dios, oviesse piedat daquella criatura, e que non parasse mientes a las sus maldades, e que dallí adelante sienpre faría quanto mandasse.

Desque el Bien esto vio, tovo quel fiziera Dios mucho bien en traerlo a lugar que viesse el Mal que non podía guaresçer[14] sinon por la vondat del Bien, e tovo que esto le era muy grand emienda, e dixo al Mal que si quería que consintiesse que diesse la muger leche a su fijo, que tomasse el moço a cuestas e que andudiesse por la villa pregonando en guisa que lo oyessen todos, e que dixiesse: «Amigos, sabet que con bien vençe el Vien al Mal»; e faziendo esto, que consintría quel diesse la leche. Desto plogo mucho al Mal, e tovo que avía de muy buen mercado[15] la vida de su fijo, e el Vien tovo que avía muy buena emienda. E fízose assí. E sopieron todos que sienpre el Bien vençe con bien.

Mas al omne bueno contesçió de otra guisa con el loco, e fue assí:

Un omne vono avía un baño e el loco vinía al vaño quando las gentes se vañavan e dávales tantos colpes con los cubos e con piedras e con palos e con quanto fallava, que ya omne del mundo non osava ir al vaño de aquel omne bueno. E perdió su renta.

Quando el omne bueno vio que aquel loco le fazía perder la renta del vaño, madrugó un día e metiósse en

---

[11] *Lazdradamiente:* miserablemente, con sufrimientos, con «lazerias».
[12] *Mensura contra mí:* buena disposición para conmigo.
[13] *Traxo a lugar:* puso en situación.
[14] *Guaresçer:* curar.
[15] *De muy buen mercado:* a buen precio, en buenas condiciones.

el vaño ante que el loco viniesse. E desnuyóse [16] e tomó un cubo de agua bien caliente, e una grand maça de madero. E quando el loco que solía venir al vaño para ferir los que se vañassen llegó, endereçó al vaño commo solía. E quando el omne bueno que estaba atendiendo [17] desnuyo le vio entrar, dexóse ir a él muy bravo e muy sañudo, e diol con el cubo del agua caliente por çima de la cabeça, e metió mano a la maça e diol tantos e tales colpes con ella por la cabeça e por el cuerpo, que el loco cuidó ser muerto, e cuidó que aquel omne bueno que era loco. E salió dando muy grandes vozes, e topó con un omne e preguntol cómmo vinía assí dando vozes, quexándose tanto; e el loco le dixo:

—Amigo, guardatvos, que sabet que otro loco a en el vaño.

E vos, señor conde Lucanor, con estos vuestros vezinos passat assí: con el que avedes tales debdos que en toda guisa quered que sienpre seades amigos, e fazedle sienpre buenas obras, e aunque vos faga algunos enojos, datles passada e acorredle sienpre al su mester, pero siempre lo fazed dándol a entender que lo fazedes por los debdos e por el amor quel avedes, mas non por vençimiento [18]; mas al otro, con quien non avedes tales debdos, en ninguna guisa non le sufrades cosa del mundo, mas datle bien a entender que por quequier que vos faga todo se aventurará sobrello. Ca bien cred que los malos amigos, que más guardan el amor por varata [19] e por reçelo, que por otra buena voluntad.

El conde tovo éste por muy buen consejo e fízolo assí, e fallóse ende muy bien.

E porque don Johan tovo éstos por buenos enxiemplos, fízolos escrivir en este libro e fizo estos viessos que dizen assí:

---

[16] *Desnuyóse*: desnudóse
[17] *Atendiendo*: esperando.
[18] *Vençimiento:* convencimiento.
[19] *Por varata*: por engaño. «Trueque malicioso», define el *Dic. Aut.* y en el *Libro Infinido* se lee: «Amor de varata es cuando un omne ama a otro e le ayuda porque el otro le amó ante a él e le ayudó, e falla que esto le es buen barato» (ed. cit., pág. 186).

Siempre el Bien vençe con bien al Mal;
sofrir al omne malo poco val.

E la istoria deste enxiemplo es ésta que se sigue:

Exemplo XLIV

De lo que contesçió a don Pero Núñez el Leal e a don Roy Gonzáles Çavallos e a don Gutier Roiz de Blaguiello con el conde don Rodrigo el Franco [1]

Otra vez fablava el conde Lucanor con Patronio, su consegero, e díxole:

[1] Don Juan Manuel destina su relato a exaltar la lealtad ejemplar de tres vasallos a su señor leproso y, al mismo tiempo, la fidelidad —lealtad también— de las esposas (la de *Roy Gonçález* interpreta literalmente sus palabras, e *por esto nunca comiera nin biviera sinon pan e aqua;* la de *Pero Núñez, el leal* por antonomasia, se salta un ojo para que *nunca él cuidasse que reía por le fazer escarnio.* Vid. en este sentido la interpretación de E. Caldera (1966-67, págs. 106 y ss.). La dedicación de los tres caballeros a su señor es el eje que estructura el relato, en el cual se inscriben otros episodios y caben interesantes escenas realistas y fieles reflejos de algunas costumbres de la época. Los elementos narrativos se muestran en equilibrio: don Pero Núñez, recordando la injusticia cometida por su señor con su mujer, se encarga de la defensa de la *dueña* acusada por su cuñado; antes de entrar en lid, se asegura de la justicia de su causa... *y dixo a sus parientes que ...él fincaría con onra e salvaría la dueña, mas que non podía seer que a él non le viniesse alguna ocasión por lo que la dueña quisiera fazer,* y, en efecto, pierde un ojo; si esta mujer no es totalmente fiel (*pues ella de su talante quisiera fazer lo que non devía*), los dos personajes femeninos del final serán modelo de integridad moral, etc. Don Juan Manuel crea así una verdadera novela corta en la que unos hechos ficticios, procedentes de diversas fuentes, toman apariencia de historia al atribuirlos a personajes sin duda conocidos por el público al que dirigía su obra; los personajes del ejemplo —dice María Rosa Lida—, «nombrados de tan prolija y fehaciente manera, no tienen de histórico... más que el nombre, no el carácter ni las

—Patronio, a mí acaesçió de aver muy grandes guerras, en tal guisa que estava la mi fazienda en muy grand peligro. E quando yo estava en mayor mester, algunos de aquellos que yo crié[2] e a quien fiziera mucho bien, dexáronme, e aun señaláronse mucho a me fazer mucho desserviçio. E tales cosas fizieron ante mí aquéllos, que bien vos digo que me fizieron aver muy peor esperança de las gentes de quanto avía, ante que aquellos que assí errasen contra mí. E por el buen seso que Dios vos dio, ruégovos que me consejedes lo que vos paresçe que devo fazer en esto.

—Señor conde —dixo Patronio—, si los que assí erraron contra vos fueran tales commo fueron don Pero Núñez de Fuente Almexir e don Roy Gonzáles de Çavallos e don Gutier Roiz de Blaguiello e sopieran lo que les contesçió, non fizieran lo que fizieron.

El conde le preguntó cómmo fuera aquello.

—Señor conde —dixo Patronio—, el conde don Rodrigo el Franco fue casado con una dueña, fija de don Gil García de Çagra, e fue muy buena dueña, e el conde, su marido, asacol[3] falso testimonio. E ella, quexándose desto, fizo su oración a Dios que si ella era culpada, que Dios mostrasse su miraglo en ella; e si el marido le assacara falso testimonio, que lo mostrasse en él.

Luego que la oración fue acabada, por el miraglo de Dios, engafezió[4] el conde su marido, e ella partiósse

---

peregrinas aventuras, atribuidas en diferentes leyendas a muy diversos personajes» (1969, pág. 108, núm. 18). Blecua anota: Pedro Núñez de Fuente Almejir mereció el sobrenombre de ''Leal'' por haber salvado a Alfonso VIII, niño aún, huyendo con él a Atienza desde Soria; Ruy González era señor de Cevallos, primo de Rodrigo el Franco; Gutierre Roy de Blaguiello estaba también emparentado con el anterior y Rodrigo González de Lara, el Franco, fue conde de las Asturias de Santillana en tiempos de Alfonso VII. Hacia 1141 estuvo en Jerusalén. Knust (págs. 399 y ss.) ofrece abundantes datos» (1969, pág. 217). Vid., además, Devoto (1972, págs. 445 y ss.), quien recoge los numerosos elementos tradicionales señalados en el relato; entre ellos: mujer injustamente culpada, la enfermedad como castigo del acusador, la inocente que aparece como culpable, etc.

[2] *Crié:* eduqué.

[3] *Asacol*: Le imputó.

[4] *Engafezió*: contrajo la lepra.

dél [5]. E luego que fueron partidos, envió el rey de Navarra sus mandaderos a la dueña, e casó con ella, e fue reina de Navarra.

El conde, seyendo gafo [6] e veyendo que non podía guaresçer [7], fuesse para la Tierra Sancta en romería para morir allá. E commo quier que él era muy onrado e avía muchos buenos vasallos, non fueron con él sinon estos tres cavalleros dichos, e moraron allá tanto tiempo que les non cumplió [8] lo que levaron de su tierra e ovieron de venir a tan grand pobreza, que non avían cosa que dar al conde, su señor, para comer; e por la grand mengua, alquilávanse cada día los dos en la plaça e el uno fincava con el conde, e de lo que ganavan de su alquilé [9] governavan [10] su señor e a ssí mismos. E cada noche vañavan al conde e alinpiávanle las llagas de aquella gafedat [11].

E acaesçió que, en lavándole una noche los pies e las piernas, que, por aventura, ovieron mester de escopir, e escupieron. Quando el conde vio que todos escupieron, cuidando que todos lo fazían por asco que dél tomavan, començó a llorar e a quexarse del grand pesar e quebranto que daquello oviera.

E porque [12] el conde entendiesse que non avían asco de la su dolençia, tomaron con las manos daquella agua que estava llena de podre [13] e de aquellas pustuellas [14] que salían de las llagas de la gafedat que el conde avía, e bevieron della muy grand pieça. E passando con el conde su señor tal vida, fincaron con él fasta que el conde murió.

E porque ellos tovieron que les sería mengua de tor-

---

[5] *Partiósse dél*: se separó, se divorció. María Goyri anota que la lepra podía ser causa de disolución del matrimonio.
[6] *Gafo*: leproso. Vocablo de origen incierto, tal vez del árabe.
[7] *Guaresçer:* curar, sanar.
[8] *Cumplió*: fue suficiente.
[9] *Alquilé*: alquiler, contratación.
[10] *Governavan:* sustentaban.
[11] *Gafedat:* lepra.
[12] *E porque:* valor final.
[13] *Podre*: pus.
[14] *Pustuellas*: pústulas, postillas.

nar a Castiella sin su señor, vivo o muerto, non quisieron venir sin él [15]. E commo quier que les dizían quel fiziessen cozer e que levassen los sus huesos, dixieron ellos que tampoco consintrían que ninguno pusiesse la mano en su señor, seyendo muerto como si fuesse vivo. E non consintieron quel coxiessen [16], mas enterráronle e esperaron tanto tiempo fasta que fue toda la carne desfecha. E metieron los huesos en una arqueta, e traíenlo a veces [17] a cuestas.

E assí vinían pidiendo las raçiones, trayendo a su señor a cuestas, pero traían testimonio de todo esto que les avía contesçido. E viniendo ellos tan pobres, pero tan bien andantes, llegaron a tierra de Tolosa, e entrando por una villa, toparon con muy grand gente que levavan a quemar una dueña muy onrada porque la acusava un hermano de su marido. E dizía que si algún cavallero non la salvasse, que cumpliessen en ella aquella justiçia, e non fallavan cavallero que la salvasse.

Quando don Pero Núñez el Leal e de buena ventura entendió que, por mengua de cavallero, fazían aquella justiçia de aquella dueña, dixo a sus compañeros que si él sopiesse que la dueña era sin culpa, que él la salvaría.

E fuesse luego para la dueña e preguntol la verdat de aquel fecho. E ella díxol que ciertamente ella nunca fiziera aquel yerro de que la acusavan, mas que fuera su talante de lo fazer.

E commo quier que don Pero Núñez entendió que, pues ella de su talante quisiera fazer lo que non devía, que non podía seer que algún mal non le contesçiesse a él que la quería salvar, pero pues lo avía començado e sabía que non fiziera todo el yerro de que la acusavan, dixo que él la salvaría.

E commo quier que los acusadores lo cuidaron desechar diziendo que non era cavallero, desque mostró el testimonio que traía, non lo podieron desechar. E los parientes de la dueña diéronle cavallo e armas e ante

---

[15] Se consideraba deshonroso dejar el cuerpo del señor en tierra extraña (nota María Goyri, ed. cit., pág. 144).

[16] *Coxiessen*: cociesen.

[17] *A veces*: sucesivamente, por turno.

que entrasse en el campo dixo a sus parientes que, con la merçed de Dios, que él fincaría con onra e salvaría la dueña, mas que non podía seer que a él non le viniesse alguna ocasión [18] por lo que la dueña quisiera fazer.

Desque entraron en 'l campo ayudó Dios a don Pero Núñez, e vençió la lid e salvó la dueña, pero perdió ý don Pero Núñez el ojo, e assí se cumplió todo lo que don Pero Núñez dixiera ante que entrasse en el campo.

La dueña e los parientes dieron tanto aver [19] a don Pero Núñez con que pudieron traer los huesos del conde su señor, ya quanto [20] más sin lazeria que ante.

Quando las nuebas llegaron al rey de Castiella de cómmo aquellos vien andantes cavalleros vinían e traían los huesos del conde, su señor, e cómmo vinían tan vien andantes, plógole mucho ende e gradesçió mucho a Dios porque eran del su regno omnes que tal cosa fizieran. E envióles mandar [21] que viniessen de pie, assí mal vestidos commo vinían. E el día que ovieron de entrar en el su regno de Castilla, salíólos a reçebir el rey de pie bien çinco leguas ante que llegassen al su regno, e fízoles tanto bien que oy en día son heredados [22] los que vienen de los sus linages de lo que el rey les dio.

E el rey, e todos quantos eran con él, por fazer onra al conde, e señaladamente por lo fazer a los cavalleros, fueron con los huesos del conde fasta Osma, do lo enterraron. E desque fue enterrado, fuéronse los cavalleros para sus casas.

E el día que don Roy Gonzáles llegó a su casa, quando se assentó a la mesa con su muger, desque la buena dueña vio la vianda ante sí, alçó las manos contra Dios e dixo:

—¡Señor!, ¡vendito seas tú que me dexaste veer este día, ca tú sabes que depués que don Roy Gonzáles se partió desta tierra, que ésta es la primera carne que yo comí, e el primero vino que yo beví!

[18] *Ocasión*: daño, desgracia. Como en la nota 5, *Ex. XVIII*.
[19] *Aver*: sustantivo.
[20] *Ya quanto*: algo.
[21] *Mandar*: recado, orden.
[22] *Son heredados*: reciben heredades.

A don Roy Gonzáles pesó por esto, e preguntol por qué lo fiziera. E ella díxol que bien sabía él que, quando se fuera con el conde, quel dixiera que él nunca tornaría sin el conde e ella que visquiesse commo buena dueña, que nunca le menguaría pan e agua en su casa, e pues él esto le dixiera, que non era razón quel saliese ella de mandado, e por esto nunca comiera nin biviera sinon pan e agua.

Otrosí, desque don Pero Núñez llegó a ssu casa, desque fincaron él e su muger e sus parientes sin otra compaña, la buena dueña e sus parientes ovieron con él tan grand plazer, que allí começaron a reir. E cuidando don Pero Núñez que fazían escarnio dél porque perdiera el ojo, cubrió el manto por la cabeça e echóse muy triste en la cama. E quando la buena dueña lo vio assí ser triste [23], ovo ende muy grand pesar, e tanto le afincó fasta quel ovo a dezir que se sintía mucho porquel fazían escarnio por el ojo que perdiera.

Quando la buena dueña esto oyó, diose con una aguja en 'l su ojo e quebrólo, e dixo a don Pero Núñez que aquello fiziera ella porque si alguna vez riesse, que nunca él cuidasse que reía por le fazer escarnio.

E assí fizo Dios vien en todo aquellos buenos cavalleros por el bien que fizieron.

E tengo que si los que tan bien non lo acertaron en vuestro serviçio, fueron tales commo éstos, e sopieran quánto bien les vino por esto que fizieron e non lo erraran commo erraron; pero vos, señor conde, por vos fazer algún yerro algunos que lo non devían fazer, nunca vos por esso dexedes de fazer bien, ca los que vos yerran, más yerran a ssí mismos que a vos. E parad mientes que si algunos vos erraron, que muchos otros vos servieron; e más vos cumplió el serviçio que aquéllos vos fizieron, que vos enpeçó nin vos tovo mengua los que vos erraron. E non creades que de todos los que vos fazedes bien, que de todos tomaredes serviçio, mas

<hr>

[23] *Ser triste:* Cfr. lo dicho en la nota 24, *Ex. V,* acerca de la indeterminación de funciones de los verbos auxiliares en tiempos de don Juan Manuel.

un tal acaesçimiento vos podrá acaesçer: que uno vos
fará tal serviçio, que ternedes por bien enpleado quanto
bien fazedes a los otros.

El conde tovo éste por buen consejo e por verdadero.

E entendiendo don Johan que este enxiemplo era muy
bueno, fízolo escrivir en este libro, e fizo estos viessos
que dizen assí:

> Maguer que algunos te ayan errado,
> nunca dexes de fazer aguisado [24].

E la istoria deste enxiemplo es ésta que se sigue:

Exemplo XLV

De lo que contesçió a un omne que se fizo amigo e vasallo del Diablo [1]

Fablava una vez el conde Lucanor con Patronio, su
consejero, en este guisa:

—Patronio, un omne me dize que sabe muchas ma-

---

[24] *Fazer aguisado*: obrar con rectitud.

[1] Este cuento se encuentra también en el *Libro de Buen Amor,*
del Arcipreste de Hita («Enxiemplo del ladrón que fizo carta al
diablo de su ánima», coplas 1454 y ss.). F. Lecoy (*ob. cit.,* página 154) estudió las correspondencias entre las dos versiones
(ninguno parece haber conocido la versión del otro) de un tema
(«pacto diabólico») muy conocido durante la Edad Media en
toda Europa y que aparece en numerosas colecciones (*Summa
Praedicantium,* de Bromyard; *Speculum laicorum,* de John de
Hoveden, etc.). Don Juan Manuel pudo muy bien conocerlo a
través de alguna colección dominica. Cfr. Lida, 1969, págs. 96 y
siguientes. Pero «en medio de tanta riqueza —dice Ayerbe-Chaux—
lo admirable es que el personaje de don Juan Manuel conserva
una originalidad y una fuerza extraordinarias por la manera como
el narrador desarrolla su cuento» (1975, pág. 7). La forma con
que aparece más frecuentemente el tema en los ejemplarios es
«el milagro de Teófilo» (en España: Berceo, *Milagros de Nuestra Señora* (núm. XXIV), Alfonso X el Sabio, *Cantigas de San-
ta María* (núm. 3), *Castigos e documentos* (cap. LXXXII), etcé-

neras, tanbién de agüeros commo de otras cosas, en cómmo podré saber las cosas que son por venir e cómmo podré fazer muchas arterías [2] con que podré aprovechar mucho mi fazienda, pero en aquellas cosas tengo que non se puede escusar de aver ý pecado. E por la fiança que de vos he, ruégovos que me consejedes lo que faga en esto.

—Señor conde —dixo Patronio—, para que vos fagades en esto lo que vos más cumple, plazerme ía que sepades lo que contesçió a un omne con el Diablo.

El conde le preguntó cómmo fuera aquello.

—Señor conde —dixo Patronio—, un omne fuera muy rico e llegó a tan grand pobreza, que non avía cosa de que se mantener. E porque non a en el mundo tan grand desventura commo seer muy mal andante el que suele seer bien andante, por ende aquel omne que fuera muy bien andante, era llegado a tan grand mengua, que se sintía dello mucho. E un día iva en su cabo [3], solo, por un monte, muy triste e cuidando muy fieramente [4], e yendo assí tan coitado encontrósse con el Diablo.

---

tera), que nos lleva a *El esclavo del demonio*, de Mira de Amescua, *El mágico prodigioso,* de Calderón, y a la leyenda de Fausto. Cfr. Devoto, 1972, pág. 449. Don Juan Manuel, pues, recrea un cuento existente anteriormente y se sirve de él para condenar la superstición. Como ilustración —el autor prefiere siempre «ilustrar sus enseñanzas con personajes y sucesos contemporáneos»—, dos de sus enemigos: Álvar Núñez de Castro y Garcilaso de la Vega, «modelo de necia fe en agorerías y de fin desastrado» (Lida, 1969, pág. 118). Sobre estos personajes contemporáneos anota Blecua: «Se trata de Álvar Núñez, el caballero a quien Alfonso XI dio gran poder y que más tarde, unido al propio don Juan Manuel, se alzó contra el rey y fue muerto en Soria. En la *Crónica de Alfonso XI* (Valladolid, 1551, cap. LXV) se lee: «Y este Garcilasso era ome que catava mucho en agüeros y traya omes que sabian mucho desto, y antes que fuesse arredrado de Cordova, dixo que avia visto agüeros que avia de morir en aquel camino y morirían con él otros muchos caballeros. Y él pensó que, desque oviesse ayuntado consigo algunas compañas, que yria a la comarca do era D. Juan, fijo del infante D. Manuel, y que en pelea moriría él y otros muchos» (1969, pág. 226).

[2] *Arterías*: artimañas.
[3] *En su cabo*: a solas.
[4] *Cuidando muy fieramente*: pensando muy desesperadamente.

E commo el Diablo sabe todas las cosas passadas, e sabía el coidado en que vinía aquel omne, e preguntol por qué vinía tan triste. E el omne díxole que para que gelo diría, ca él non le podría dar consejo [5] en la tristeza que él avía.

E el Diablo díxole que si él quisiesse fazer lo que él le diría, que él le daría cobro [6] paral cuidado que avía e porque entendiesse que lo podía fazer, quel diría en lo que vinía cuidando e la razón porque estava tan triste. Estonçe le contó toda su fazienda e la razón de su tristeza commo aquel que la sabía muy bien. E díxol que si quisiesse fazer lo que él le diría, que él le sacaría de toda lazeria e lo faría más rico que nunca fuera él nin omne de su linage, ca él era el Diablo, e avía poder de lo fazer.

Quando el omne oyó dezir que era el Diablo, tomó ende muy grand reçelo, pero por la grand cuita e grand mengua en que estava, dixo al Diablo que si él le diesse manera commo pudiesse seer rico, que faría quanto él quisiesse.

E bien cred que el Diablo sienpre cata tiempo [7] para engañar a los omnes; quando vee que están en alguna quexa, o de mengua, o de miedo, o de querer complir su talante, estonçe libra él con ellos todo lo que quiere, e assí cató manera para engañar a aquel omne en 'l tiempo que estava en aquella coita.

Estonçe fizieron sus posturas [8] en uno e el omne fue su vasallo. E desque las avenençias fueron fechas, dixo el Diablo al omne que, dallí adellante, que fuesse a furtar, ca nunca fallaría puerta nin casa, por bien çerrada que fuesse, que él non gela abriesse luego, e si por aventura en alguna priesa [9] se viesse o fuesse preso, que luego que lo llamasse e le dixiesse: «Acorredme, don Mar-

---

[5] *Consejo:* remedio. Cfr. la nota 11, *Ex. VI.*
[6] *Cobro:* medio, recurso.
[7] *Cata tiempo:* busca ocasión.
[8] *Posturas:* convenios.
[9] *Priesa:* apuro.

tín», que luego fuesse [10] con él e lo libraría de aquel periglo en que estudiesse.

Las posturas fechas entre ellos, partiéronse.

E el omne endereçó a casa de un mercadero, de noche oscura: ca los que mal quieren fazer siempre aborrecen la lumbre [11]. E luego que legó a la puerta, el diablo avriógela, e esso mismo fizo a las arcas, en guisa que luego ovo ende muy grant aver.

Otro día fizo otro furto muy grande, e después otro, fasta que fue tan rico que se non acordava de la pobreza que avía passado. E el mal andante, non se teniendo por pagado de cómmo era fuera de lazeria, començó a furtar aun más; e tanto lo usó, fasta que fue preso.

E luego que lo prendieron llamó a don Martín que lo acorriesse; e don Martín llegó muy apriessa e librólo de la prisión. E desque el omne vio que don Martín le fuera tan verdadero, començó a furtar commo de cabo [12], e fizo muchos furtos, en guisa que fue más rico e fuera de lazeria.

E usando [13] a furtar, fue otra vez preso, e llamó a don Martín, mas don Martín non vino tan aína commo él quisiera, e los alcaldes del lugar do fuera el furto començaron a fazer pesquisa sobre aquel furto. E estando assí el pleito, llegó don Martín; e el omne díxol:

—¡A, don Martín! ¡Qué grand miedo me pusiestes! ¿Por qué tanto tardávades?

E don Martín le dixo que estava en otras grandes priessas e que por esso tardara; e sacólo luego de la prisión.

El omne se tornó a furtar, e sobre muchos furtos fue preso, e fecha la pesquisa dieron sentençia contra él. E la sentençia dada, llegó don Martín e sacólo.

E él tornó a furtar porque veía que siempre le acorría don Martín. E otra vez fue preso, e llamó a don

---

[10] *Fuesse:* iría.
[11] *Lumbre:* luz.
[12] *De cabo*: al principio.
[13] *Usando a:* tratando de, intentando.

Martín, e non vino, e tardó tanto fasta que fue jubgado a muerte, e seyendo jubgado, llegó don Martín
e tomó alçada [14] para casa del rey e libróle de la prisión, e fue quito [15].

Después tornó a furtar e fue preso, e llamó a don
Martín, e non vino fasta que jubgaron quel enforcassen. E seyendo al pie de la forca, llegó don Martín;
e el omne le dixo:

—¡A, don Martín, sabet que esto non era juego,
que vien vos digo que grand miedo he passado!

E don Martín le dixo que él le traía quinientos maravedís en una limosnera e que los diesse al alcalde e
que luego sería libre. El alcalde avía mandado ya que
lo enforcassen, e non fallaban soga para lo enforcar.
E en quanto buscavan la soga, llamó el omne al alcalde e diole la limosnera con los dineros. Quando el
alcalde cuidó quel dava los quinientos maravedís, dixo
a las gentes que ý estavan:

—Amigos, ¡quién vio nunca que menguasse soga
para enforcar omne! Çiertamente este omne non es
culpado, e Dios non quiere que muera e por esso nos
mengua la soga; mas tengámoslo fasta cras [16] e veremos
más en este fecho; ca si culpado es, ý se finca para
complir cras la justiçia.

E esto fazía el alcalde por lo librar por los quinientos maravedís que cuidava que le avía dado. E oviendo·
esto assí acordado, apartósse el alcalde e avrió la limosnera, e cuidando fallar los quinientos maravedís,
non falló los dineros, mas falló una soga en la limosnera.
E luego que esto vio, mandol enforcar.

E puniéndolo en la forca, vino don Martín e el omne
le dixo quel acorriesse. E don Martín le dixo que siempre

---

[14] *Alçada*: apelación. «Alçada es querella que alguna de las
partes faze de juicio que fuesse contra ella, llamando e reco-
rriéndose a enmienda de mayor juez», Partidas III, tít. 23, L. 1.

[15] *Quito:* libre. Procede por vía semiculta del latín *quietus,*
«tranquilo, libre de guerras». Corominas. *DELC, s. v.: Quitar.*
Cfr.: «Débele judgar a la pena que entendiere que merece o
darlo por quito si entendiese que es sin culpa», *Partidas,* V, título 9, L. 2.

[16] *Fasta cras*: hasta mañana.

él acorría a todos sus amigos fasta que los llegava a tal lugar.

E assí perdió aquel omne el cuerpo e el alma, creyendo al Diablo e fiando dél. E çierto sed que nunca omne dél creyó nin fió que non llegasse a aver mala postremería [17]; sinon, parad mientes a todos los agoreros o sorteros [18] o adevinos, o que fazen cercos [19] o encantamientos e destas cosas qualesquier, e veredes que siempre ovieron malos acabamientos. E si non me credes, acordat vos de Alvar Núñez e de Garcilasso, que fueron los omnes del mundo que más fiaron en agüeros e en estas tales cosas e veredes quál acabamiento ovieron.

E vos, señor conde Lucanor, si bien queredes fazer vuestra fazienda paral cuerpo e paral alma, fiat derechamente en Dios e ponet en 'l toda vuestra esperança e vos ayudatvos quanto pudierdes, e Dios ayudarvos ha. E non creades nin fiedes en agüeros, nin en otro devaneo, ca çierto sed que de los pecados del mundo, el que a Dios más pesa e en que omne mayor tuerto e mayor desconosçimiento faze a Dios, es en catar agüero e estas tales cosas.

El conde tovo éste por buen consejo, e fízolo assí e fallósse muy bien dello.

E porque don Johan tovo este por buen exiemplo, fízolo escrivir en este libro, e fizo estos viessos que dizen assí:

> *El que en Dios non pone su esperança,*
> *morrá mala muerte, abrá mala andança.*

E la estoria deste exiemplo es ésta que se sigue:

---

[17] *Postremería*: fin.
[18] *Sorteros*: que echan las suertes.
[19] *Cercos*: círculos. Los hechiceros los trazaban en el suelo y desde dentro invocaban a los demonios.

Exemplo XLVI

De lo que contesçió a un philósopho que por ocasión entró en una calle do moravan malas mugeres [1]

Otra vez fablava el conde Lucanor con Patronio, su consegero, en esta manera:

—Patronio, vos sabedes que una de las cosas del mundo por que omne más deve trabajar es por aver buena fama e por se guardar que ninguno non le pueda travar [2] en ella. E porque yo sé que en esto, nin en ál, ninguno non me podría mejor consejar que vos, ruégovos que me consejedes en quál manera podré mejor encresçentar e levar adelante e guardar la mi fama.

---

[1] Don Juan Manuel plantea en este ejemplo uno de los temas que más le preocupan: *ruégovos que me consejedes en quál manera podré mejor encresçentar e levar adelante e guardar la mi fama.* Según D. Marín (1955), tiene un origen árabe, aunque puede pensarse que es una creación original partiendo de un tema ya existente: el de las malas compañías. En *El Espéculo de los legos* aparece un relato, que procede de la *Disciplina clericalis* («e aun cuenta ese mesmo Per Alfonso»), en el que se nos narra cómo un clérigo entró en una taberna «e a poco espacio vino la justiçia de la çibdat a prender a los beuedores que estavan en aquella taverna por un omiçidio que en la çibdat se fiziera, e fue preso e colgado con ellos aquel clérigo» (ed. cit., número 533, pág. 421). El tema es el mismo: el clérigo es en el *Lucanor* un filósofo muy conocido y con numerosos discípulos, *porque paresçe muy peor e fablan muy más e muy peor las gentes dello cuando algún omne de grand guisa faze alguna cosa quel non pertenesçe e le está peor por pequeña que sea...,* y sus palabras finales corresponden a las citas bíblicas del *Espéculo*. Como en otros ejemplos, la moralidad, expresada en los versos finales, responde al problema planteado por el Conde y no al relato en sí: el filósofo de éste ignora totalmente las circunstancias (don Juan Manuel insiste en ello), aunque no puede evitar la condena de sus discípulos; sin embargo, su respuesta será convincente.

[2] *Travar:* censurar. Cfr. la nota 3, *Ex. II.*

—Señor conde Lucanor —dixo Patronio—, mucho me plaze desto que dezides, e para que vos mejor lo podades fazer, plazerme ía que sopiésedes lo que contesçió a un muy grand philósopho e mucho ançiano.

El conde le preguntó cómmo fuera aquello.

—Señor conde —dixo Patronio—, un muy grand philósopho morava en una villa del reino de Marruecos; e aquel philósopho avía una enfermedad: que quandol era mester de se desenbargar [3] de las cosas sobejanas [4] que fincavan de la vianda que avía reçebido, non lo podía fazer sinon con muy grant dolor e con muy grand pena, e tardava muy grand tiempo ante que pudiesse seer [5] desenbargado.

E por esta enfermedat que avía, mandávanle los físicos que cada [6] quel tomasse talante de se desenbargar de aquellas cosas sobejanas, que lo provasse luego, e non lo tardasse; porque quanto aquella manera más se quemasse, más se desecaríe e más endurescríe [7], en guisa quel seríe grand pena e grand daño para la salud del cuerpo. E porque esto le mandaron los físicos, fazíelo e fallávasse ende bien.

E acaesçió que un día, yendo por una calle de aquella villa do morava e do teníe muchos discípulos que aprendían dél, quel tomó talante de se desenbargar commo es dicho. E por fazer lo que los físicos le consejavan, e era su pro, entró en una calleja para fazer aquello que non pudíe escusar.

E atal fue su ventura, que en aquella calleja do él entró, que moravan ý las mugeres que públicamente biven en las villas fiziendo daño de sus almas e desonra de sus cuerpos. E desto non sabía nada el philósopho que tales mugeres moravan en aquel lugar. E por la

---

[3] *Se desenbargar:* desembarazarse, librarse de. Cfr. la nota 15, *Exemplo II.*

[4] *Sobejanas:* innecesarias, superfluas. Cfr. las conocidas palabras del Prólogo que Alfonso X puso al *Libro de la Ochava Esphera:* «... tolló las razones que entendió eran sobeianas et dobladas a que non eran en castellano drecho.»

[5] *Seer:* estar, quedar.

[6] *Cada que:* cada vez que,

[7] *Endurescrié:* endurecería.

manera de la enfermedat que él avía, e por el grant tiempo que se detovo en aquel lugar e por las semejanças que en él paresçieron quando salió de aquel lugar do aquellas mugeres moravan, commoquier que él non sabía que tal compaña allí morava, con todo esso, quando ende salió, todas las gentes cuidaron que entrara en aquel logar por otro fecho que era muy desbariado [8] de la vida que él solía e devía fazer. E porque paresçe muy peor e fablan muy más e muy peor las gentes dello quando algún omne de grand guisa faze alguna cosa quel non pertenesçe e le está peor, por pequeña que sea, que a otro que saben las gentes que es acostumbrado de non se guardar de fazer muchas cosas peores, por ende, fue muy fablado [9] e muy tenido a mal, porque aquel philósopho tan onrado e tan ançiano entrava en aquel lugar quel era tan dañoso paral alma e paral cuerpo e para la fama.

E quando fue en su casa, vinieron a él sus discípulos e con muy grand dolor de sus coraçones e con grand pesar, començaron a dezir qué desaventura o qué pecado fuera aquél porque en tal manera confondiera a ssí mismo e a ellos, e perdiera toda su fama que fata [10] entonçe guardara mejor que omne del mundo.

Quando el philósopho esto oyó, fue tanto espantado e preguntóles que por qué dizían esto o qué mal era éste que él fiziera o quándo o en qué lugar. Ellos le dixieron que por qué fablava assí en ello, que ya por su desabentura dél e dellos, que non avía omne en la villa que non fablase de lo que él fiziera quando entrara en aquel lugar do aquellas talles mugeres moravan.

Quando el philósopho esto oyó, ovo muy grand pesar, pero díxoles que les rogava que se non quexassen mucho desto, e que dende a ocho días les daría ende repuesta [11].

E metiósse luego en su estudio, e conpuso un librete pequeño e muy bueno e muy aprovechoso. E entre mu-

---

[8] *Desbariado*: diferente.
[9] *Fablado*: censurado, criticado.
[10] *Fata:* hasta.
[11] *...Les daría respuesta:* Vid. lo dicho en la nota 30, *Exemplo XXVII,* acerca de este tipo de recursos estructurales.

chas cosas buenas que en él se contienen, fabla ý de la
buena bentura e de la desabentura, e commo en manera
de departimiento [12] que departe con sus discípulos, dize assí.

—Fijos, en la buena ventura e en la desaventura contesçe assí: a las vegadas es fallada e buscada, e algunas
vegadas es fallada e non buscada. La fallada e buscada
es quando algund omne faze bien, e por aquel buen
fecho que faze, le biene alguna buena ventura; e esso
mismo quando por algún fecho malo que faze le viene
alguna mala ventura; esto tal es ventura, buena o mala,
fallada e buscada, que él busca e faz porquel venga aquel
bien o aquel mal.

Otrosí, la fallada e non buscada es quando un omne,
non faziendo nada por ello le viene alguna pro o algún
bien: así commo si omne fuesse por algún lugar e fallasse muy grand aver o otra cosa muy aprovechosa
porque él non oviesse nada fecho; e esso mismo, quando
un omne, non faziendo nada por ello, le viene algún mal
o algún daño, assí commo si omne fuesse por una calle
e lançasse otro una piedra a un páxaro e descalabrasse a
él en la cabeça: ésta es desabentura fallada e non buscada, ca él nunca fizo nin buscó cosa porquel deviesse
venir aquella desaventura. E, fijos, devedes saber que en
la buena ventura o desabentura fallada e buscada ay
meester dos cosas: la una, que se ayude el omne faziendo
bien para aver bien o faziendo mal para aver mal; e la
otra, que le galardone Dios segund las obras buenas e
malas que el omne oviere fecho. Otrosí, en la ventura
buena o mala, fallada e non buscada, ay meester otras
dos cosas: la una, que se guarde omne quanto pudiere
de non fazer mal nin meterse en sospecha nin en semejança porquel deva venir alguna desaventura o mala
fama; la otra, es pedir merçed e rogar a Dios que, pues
él se guarda quanto puede porquel nol venga desaventura
nin mala fama, quel guarde Dios que non le venga ninguna desaventura commo vino a mí el otro día que entré
en una calleja por fazer lo que non podía escusar para

---

[12] *Departimiento:* conversación.

la salud del mi cuerpo e que era sin pecado e sin ninguna mala fama, e por mi desaventura moravan ý tales compañas, porque maguer yo era sin culpa, finqué mal enfamado.

E vos, señor conde Lucanor, si queredes acrescentar e levar adelante vuestra buena fama, conviene que fagades tres cosas: la primera, que fagades muy buenas obras a plazer de Dios, e esto guardado, después, en lo que pudierdes, a plazer de las gentes, e guardando vuestra onra e vuestro estado, e que non cuidedes que por buena fama que ayades, que la non perderedes si devedes de fazer buenas obras e fiziéredes las contrarias, ca muchos omnes fizieron bien un tiempo e porque depués non lo levaron adelante, perdieron el bien que avían fecho e fincaron con la mala fama postrimera; la otra es que roguedes a Dios que vos endereçe que fagades tales cosas porque la vuestra buena fama se acresçiente e vaya siempre adelante e que vos guarde de fazer nin de dezir cosa porque la perdades: la terçera cosa es que por fecho, nin por dicho, nin por semejança, nunca fagades cosa porque las gentes puedan tomar sospecha, porque la vuestra fama vos sea guardada commo deve, ca muchas vezes faze omne buenas obras e por algunas malas semejanças que faze, las gentes toman tal sospecha, que enpeeçe poco menos paral mundo e paral dicho de las gentes commo si fiziesse la mala obra. E devedes saber que en las cosas que tañen a la fama, que tanto aprovecha o enpeçe lo que las gentes tienen e dizen commo lo que es verdat en sí; mas quanto para Dios e paral alma non aprovecha nin enpeçe sinon las obras que el omne faze e a quál entención son fechas.

E el conde tovo éste por buen exiemplo e rogó a Dios quel dexasse fazer tales obras quales entendía que cumplen para salvamiento de su alma e para guarda de su fama e de su onra e de su estado.

E porque don Johan tovo éste por muy buen enxiemplo, fízolo escrivir en este libro, e fizo estos viessos que dizen assí:

Faz siempre bien e guárdate de sospecha,
e siempre será la tu fama derecha.

E la estoria deste exiemplo es ésta que se sigue:

Exemplo XLVII

De lo que contesçió a un moro con una su hermana que dava a entender que era muy medrosa [1]

Un día fablava el conde Lucanor con Patronio en esta guisa:

---

[1] Es uno de los ejemplos «derivados de una tradición árabe, ya que no parece existir versión latina o romance de ellos y son los únicos en que se ha mantenido la atmósfera islámica. La inexistencia de fuentes árabes conocidas hace pensar en una tradición oral» (Marín, 1955, pág. 2. Cfr. Lida, 1969, págs. 97 y 110). La cita del proverbio árabe (*agora muy retraído entre los moros*), que sirve de base al cuento, parece confirmarlo. Gayangos señaló que el cuento «está conocidamente tomado de un libro arábigo, o cuando menos don Juan lo oyó de boca de algún moro granadino» (BAE, LI, pág. XX). María Goyri de Menéndez Pidal («Sobre el ejemplo 47 de *El conde Lucanor*», en *Correo Erudito*, 1 (1940), págs. 102-104, cit. en Devoto, 1972) insiste en el origen oriental del cuento, no sólo por la cita árabe, sino por «la simplicidad de la narración y el detalle de la violación de la sepultura, tan común en Oriente». Señala también la causa del miedo de la mora a beber en las terrezuelas, en la observación de fray Diego de Haedo (*Topografía e historia general de Argel*, reedición de los Bibliófilos Españoles, tomo III, pág. 231) sobre los morabitos: «Éstos, tan alumbrados letrados y santos, afirman que beber por vaso de cuello largo, y que haga *glo, glo*, como una garrafa o frasco, es gran pecado, y si bebieren, que no lo hinchan más que hasta el cuello porque no haga aquel rumor; y dan neciamente por causa que de aquella manera fuerzan el vaso con violencia que dé la agua.» Y comenta doña María Goyri: «La protagonista del cuento árabe en que se inspiró don Juan Manuel, sin duda se espantaba no solamente por oír el *boc, boc* de la botija, sino porque veía en ello un pecado y, por el contrario, el hermano del Conde hace alarde de temer el pe-

—Patronio, sabet que yo he un hermano que es mayor que yo, e somos fijos de un padre e de una madre e porque es mayor que yo, tengo que lo he de tener en logar de padre e seerle a mandado [2]. E él ha fama que es muy buen christiano e muy cuerdo, pero guisólo Dios assí: que só yo más rico e más poderoso que él; e commo quier que él non lo da a entender, só çierto que a ende envidia, e cada que yo he mester su ayuda e que faga por mí alguna cosa, dame a entender que lo dexa de fazer porque sería peccado, e estráñamelo [3] tanto fasta que lo parte [4] por esta manera. E algunas vezes que ha mester mi ayuda, dame a entender que aunque todo el mundo se perdiesse, que non devo dexar de aventurar el cuerpo e quanto he porque se faga lo que a él cumple. E porque yo passo con él en esta guisa, ruégovos que me consegedes lo que viéredes que devo en esto fazer e lo que me más cumple.

—Señor conde —dixo Patronio—, a mí paresçe que la manera que este vuestro hermano trae conbusco, semeja mucho a lo que dixo un moro a una su hermana.

El conde le preguntó cómmo fuera aquello.

—Señor conde —dixo Patronio—, un moro avía una hermana que era tan regalada, que de quequier que veíe o la fazíen, que de todo dava a entender que tomava reçelo e se espantava. E tanto avía esta manera, que quando bevía del agua en unas tarrazuelas [5] que la suelen bever [6] los moros, que suena el agua quando beven, quando aquella mora oyó aquel sueno [7] que fazía

cado, aunque sea sólo imaginario, mientras para lograr su conveniencia no halla estorbo moral.

Al trasladar el cuento oriental al mundo cristiano, el temor de la mora no se comprende sin aclarar la superstición, y al prescindir de este motivo el relato ganó en comicidad, pero perdió su clara correlación con el problema inicial que en su consulta propone el conde» (pág. 103).

[2] *Seerle a mandado*: prestarle obediencia.
[3] *Estráñamelo:* me lo rehúye.
[4] *Lo parte*: lo aparta, lo evita.
[5] *Tarrazuelas:* jarras pequeñas, de dos asas.
[6] … *Que la suelen bever:* uso sin preposición.
[7] *Sueno*: sonido, son.

el agua en aquella tarraçuella, dava a entender que tan grant miedo avía daquel sueno que se quería amorteçer [8].

E aquel su hermano era muy buen mançebo, mas era muy pobre, e porque la grant pobreza faz a omne fazer lo que non querría, non podía escusar aquel mançebo de buscar la vida muy vergonçosamente. E fazíalo assí: que cada que moría algún omne iva de noche e tomávale la mortaja e lo que enterravan con él, e desto mantenía a ssí e a su hermana e a ssu compaña. Su hermana sabía esto.

E acaesçió que murió un omne muy rico, e enterraron con él muy ricos paños e otras cosas que valían mucho. Quando la hermana esto sopo, dixo a su hermano que ella quería ir con él aquella noche para traer aquello con que aquel omne avían enterrado.

Desque la noche vino, fueron el mançebo e su hermana a la fuessa [9] del muerto, e avriéronla, e quando le cuidaron tirar [10] aquellos paños muy preçiados que tenía vestidos, non pudieron sinon rompiendo los paños o crebando [11] las cervizes del muerto.

Quando la hermana vio que si non quebrantassen el pescueço del muerto, que avrían de ronper los paños e que perderían mucho de lo que valían, fue tomar con las manos, muy sin duelo e sin piedat, de la cabeça del muerto e descojuntólo todo, e sacó los paños que tenía vestidos, e tomaron quanto ý estava, e fuéronse con ello.

E luego, otro día, quando se asentaron a comer, desque començaron a bever, quando la tarrazuela començó a sonar, dio a entender que se quería amorteçer de miedo de aquel sueno que fazía la tarrazuela. Quando el hermano aquello vio, e se acordó quánto sin miedo e sin duelo desconjuntara la cabeça del muerto, díxol en algaravía:

---

[8] *Amorteçer:* desmayarse. Cfr. «Lucrecia, ¡entra presto acá!, verás amortescida a tu señora entre mis manos», *Celestina,* acto X.

[9] *Fuessa:* fosa. Con diptongación de la ŏ.

[10] *Cuidaron tirar:* intentaron quitar.

[11] *Crebando:* quebrando.

—Aha ya ohti, tafza min bocu, bocu, va liz tafza min fotuh encu [12].

E esto quiere decir: «Ahá, hermana, despantádesvos [13] del sueno de la tarrazuela que faze boc, boc, e non vos espantávades del desconjuntamiento del pescueço». E este proberbio es agora muy retraído entre los moros.

E vos, señor conde Lucanor, si aquel vuestro hermano mayor veedes que en lo que a vos cumple se escusa por la manera que avedes dicha, dando a entender que tiene por grand pecado lo que vos querríades que fiziesse por vos, non seyendo tanto commo él dize, e tiene que es guisado, e dize que fagades vos lo que a él cumple, aunque sea mayor peccado e muy grand vuestro daño, entendet que es de la manera de la mora que se espantava del sueno de la tarrazuela e non se espantava de desconjuntar la cabeça del muerto. E pues él quiere que fagades vos por él lo que sería vuestro daño si lo fiziésedes, fazet vos a él lo que él faze a vos: dezilde buenas palabras, e mostradle muy buen talante; e en lo que vos non enpeesçiere, facet por él todo lo que cumpliere, mas en lo que fuer vuestro daño, partitlo siempre con la más apuesta manera que pudiéredes, e en cabo, por una guisa o por otra, guardatvos de fazer vuestro daño.

El conde tovo éste por buen consejo e fízolo así e fallóse ende muy bien.

E teniendo don Johan este enxiemplo por bueno, fízolo escrivir en este libro, e fizo estos viessos que dizen assí:

> Porque non quiere lo que tu cumple fazer,
> e tú non quieras lo tuyo por él perder.

E la estoria deste enxiemplo es ésta que se sigue:

---

[12] Knust transcribe: «*Aha ya uchti, tafza min bakki, vala tafza min fatr onki*». Y Nykl: «*Aha ya ukhti, tafza` min baqbaqu wa la* (or *les*) *tafza` min fatq* (possibly *fatr, farq*) *`unqu*».

[13] *Despantádesvos*: os espantáis.

Exemplo XLVIII

Otra vez fablava el conde Lucanor con Patronio, su consejero, en esta manera:

—Patronio, segunt el mio cuidar, yo he muchos ami-

---

[1] Dentro del tema general de la exaltación de la amistad verdadera, cuyo origen puede remontarse a la Biblia (*Eclesiástico*: «un amigo fiel es poderoso protector; / el que le encuentra halla un tesoro. / Nada vale tanto como un amigo fiel; / su precio es incalculable», VI, 14-15, y XII, 8, XXII, 24-32, etc.), la «prueba de los amigos» es uno de los cuentos de origen oriental más conocidos del folklore universal. En la literatura española aparece también en los *Castigos e documentos,* el *Libro de los enxemplos, El caballero Cifar, El Espéculo de los legos, Vida del Ysopete con sus fábulas historiadas,* etc. La versión juanmanuelina del cuento, según Devoto, sumergida en una «excesiva consideración erudita», combina «tres cuentos distintos que circulan la tradición medieval»: el del medio amigo, el del amigo entero y el de los tres amigos (1972, págs. 455 y ss. Vid. además los numerosos estudios que cita). Dentro del tema de la «prueba de los amigos», señala Ayerbe-Chaux dos ramas: una procedente del *Barlaam* («esencialmente anecdótica») y otra de la *Disciplina clericalis,* de Pedro Alfonso («estrictamente alegórica») (1975. Vid. su análisis, págs. 161-169). Don Juan Manuel recrea, pues, un tema de amplia tradición de un modo personal y complejo. «Parece ser, —dice María Rosa Lida— que tanto don Juan Manuel como el autor del *Caballero Cifar* (cap. V de la primera parte: «De los ejemplos que dijo el caballero Cifar a su muger para inducirla a guardar secreto: y el primero es del medio amigo», ed. cit., pág. 56b) partieron de la versión contenida en el manuscrito B de *Castigos e documentos* (ed. de Gayangos, páginas 157b y ss.), en la cual el hijo continúa la prueba del medio amigo de su padre abofeteándole en un convite, lo que provoca la respuesta: «Aunque me des otra a tuerto, sin derecho, nunca se descobrieran las berzas del huerto.» Los dos narradores de talento «... han procedido con entera independencia...». Pero, don Juan Manuel —sigue diciendo— «prefiere destacar el dicho proverbial motivándolo con eficaz dramatismo: así, la sobriedad con que narra la historia del medio amigo apunta al tono grave de la segunda parte, ya que es don Juan Manuel único en sustituir

gos que me dan a entender que por miedo de perder los cuerpos nin lo que an, que non dexarían de fazer lo que me cumpliesse, que por cosa del mundo que pudiesse acaesçer non se parterían de mí. E por el buen entendimiento que vos avedes, ruégovos que me digades en qué manera podré saber si estos mis amigos farían por mí tanto commo dizen.

—Señor conde Lucanor —dixo Patronio—, los buenos amigos son la mejor cosa del mundo, e bien cred que quando biene grand mester e la grand quexa, que falla omne muy menos de quantos cuida; e otrosí, quando el mester non es grande, es grave de provar quál sería

---

el cuento de amores del amigo entero por un devoto cuento alegórico...» (1969, pág. 108). Vid. R. Brian Tate, art. cit., páginas 549-554.

El autor castellano estructura las partes en progresión ascendente hacia la perfección en la amistad para acabar en una interpretación alegórica que recoge, —también estructurada en progresión ascendente—, los motivos anteriores: 1/ Consejo del padre a su hijo y prueba de los falsos amigos: saco ensangrentado y decepción (... *non se atreverían a le ayudar... todos..., algunos..., otros...;* tiene su correspondencia en la interpretación alegórica: *seglares... religiosos... muger, fijo...*). 2/ Prueba del medio amigo: saco ensangrentado y prueba de paciencia y fidelidad (dicho proverbial). 3/ Prueba de amigo entero: saco ensangrentado y éxito (*él le guardaría de muerte e de daño);* la ficción se transforma en realidad trágica (motivos: acusación falsa, derivada de las circunstancias; acusación propia —en este caso de un hijo [tendrá también su correspondencia en la interpretación espiritual]— para salvar a un inocente).

Patronio en sus palabras finales, después de la acostumbrada aplicación moral del cuento, pasa a la interpretación alegórica (el hombre ante la muerte) de la que parten los versos finales. Ayerbe-Chaux señala algo que no escapó al análisis de K. R. Scholberg («A Half-friend and a friend and a half», en *Bulletin of Hispanic Studies,* 35, 1958, págs. 187-198; en especial, página 192): este ejemplo y el siguiente, —dice—, son los únicos del libro «en que cada una de las partes de la narración tiene su aplicación espiritual... Se hallan además colocados al final del *Patronio,* después de que el autor ha analizado todos los aspectos de la conducta humana. Aquí presenta la verdad suprema de la gratuita redención del hombre; por eso no es justo analizar el cuento desde el simple punto de vista de la realidad. Hay que subrayar que si la aplicación espiritual es central, la parte narrativa depende en sus elementos de dicha aplicación» (1975, página 165).

amigo verdadero quando la priessa veniesse; pero para que vos podades saber quál es el amigo verdadero, plazerme ía que sopiéssedes lo que contesçió a un omne bueno con un su fijo que dizía que avía muchos amigos.

El conde le preguntó cómmo fuera aquello.

—Señor conde Lucanor —dixo Patronio—, un omne bueno avía un fijo, e entre las otras cosas quel mandava e le consejava, dizíal sienpre que puñasse [2] en aver muchos amigos e buenos. El fijo fízolo assí, e començó a acompañarse e a partir de lo que avía con muchos omnes por tal de los aver por amigos. E todos aquellos dizían que eran sus amigos e que farían por él todo quantol cumpliesse, e que aventurarían por él los cuerpos e quanto en 'l mundo oviessen quandol fuesse mester.

Un día, estando aquel mançebo con su padre, preguntol si avía fecho lo quel mandara, e si avía ganado muchos amigos. E el fijo díjole que sí, que había muchos amigos, mas que señaladamente entre todos los otros avía fasta diez de que era çierto que por miedo de muerte, nin de ningún reçelo, que nunca le errarien [3] por quexa, nin por mengua, nin por ocasión quel acaesçiesse.

Quando el padre esto oyó, díxol que se marabillaba ende mucho porque en tan poco tiempo pudiera aver tantos amigos e tales, ca él, que era mucho ançiano, nunca en toda su vida pudiera aver más de un amigo e medio.

El fijo començó a porfiar diziendo que era verdat lo que él dizía de sus amigos. Desque el padre vio que tanto porfiava el fijo, dixo que los provasse en esta guisa: que matasse un puerco e que lo metiesse en un saco, e que se fuesse a casa de cada uno daquellos sus amigos, e que les dixiesse que aquél era un omne que él avía muerto, e que era çierto; e si aquello fuesse sabido, que non avía en 'l mundo cosa quel pudiesse escapar de la muerte a él e a quantos sopiessen que sabían daquel fecho; e que les rogasse, que pues sus

---

[2] *Puñasse:* se esforzase. Cfr. la nota 13, *Ex. XII.*
[3] *Errarien:* fallarían, defraudarían.

amigos eran, quel encubriessen aquel omne e, si mester le fuesse, que se parassen [4] con él a lo defender.

El mançebo fízolo e fue provar sus amigos según su padre le mandara. E desque llegó a casa de sus amigos e les dixo aquel fecho perigloso quel acaesçiera, todos le dixieron que en otras cosas le ayudaríen; mas que en esto, porque podrían perder los cuerpos e lo que avían, que non se atreverían a le ayudar e que, por amor de Dios, que guardasse que non sopiessen ningunos que avía ido a sus casas. Pero destos amigos, algunos le dixieron que non se atreverían a fazerle otra ayuda, mas que irían rogar por él; e otros le dixieron que quando le levassen a la muerte, que non lo desanpararían fasta que oviessen conplido en 'l la justicia, e quel farían onrra al su enterramiento.

Desque el mançebo ovo probado assí todos sus amigos e non falló cobro [5] en ninguno, tornóse para su padre e díxol todo lo quel acaesçiera. Quando el padre así lo vio venir, díxol que bien podía ver ya que más saben los que mucho an visto e provado, que los que nunca passaron por las cosas. Estonçe le dixo que él non avía más de un amigo e medio, e que los fuesse provar.

El mancebo fue provar al que su padre tenía por medio amigo; e llegó a ssu casa de noche e levava el puerco muerto a cuestas, e llamó a la puerta daquel medio amigo de su padre e contol aquella desaventura quel avía contesçido e lo que fallara en todos sus amigos, e rogol que por el amor que avía con su padre quel acorriese en aquella cuita.

Quando el medio amigo de su padre aquello vio, díxol que con él non avía amor nin affazimiento [6] porque se deviesse tanto aventurar, mas que por el amor que avía con su padre, que gelo encubriría.

Entonçe tomó el saco con el puerco a cuestas, cuidando que era omne, e levólo a una su huerta e enterrólo en un sulco [7] de coles; e puso las coles en el surco assí

---

[4] *Parasen:* dispusiesen, preparasen.
[5] *Cobro:* ayuda. Cfr. la nota 6, *Ex. XLV.*
[6] *Affazimiento:* confianza.
[7] *Sulco:* surco.

como ante estavan e envió el mançebo a buena bentura.

E desque fue con su padre, contol todo lo quel contesçiera con aquel su medio amigo. El padre le mandó que otro día, quando estudiessen en conçejo, que sobre cualquier razón que despartiessen, que començasse a porfiar con aquel su medio amigo, e, sobre la porfía, quel diesse una puñada [8] en 'l rostro, la mayor que pudiesse.

El mançebo fizo lo quel mandó su padre e quando gela dio, catol el omne bueno e díxol:

—A buena fe, fijo, mal feziste; mas dígote que por éste nin por otro mayor tuerto, non descubriré las coles del huerto.

E desque el mançebo esto contó a su padre, mandol que fuesse provar aquel que era su amigo complido. E el fijo fízolo.

E desque llegó a casa del amigo de su padre e le contó todo lo que le avía contesçido, dixo el omne bueno, amigo de su padre, que él le guardaría de muerte e de daño.

Acaesçió, por aventura, que en aquel tiempo avían muerto un omne en aquella villa, e non podían saber quién lo matara. E porque algunos vieron que aquel mançebo avía ido con aquel saco a cuestas muchas vezes de noche, tovieron que él lo avía muerto.

¿Qué vos iré alongando? [9] El mançebo fue jubgado que lo matassen. E el amigo de su padre avía fecho quanto pudiera por lo escapar. Desque vio que en ninguna manera non lo pudiera librar de muerte, dixo a los alcaldes que non quería levar pecado de aquel mançebo, que sopiessen que aquel mançebo non matara el omne, mas que lo matara un su fijo solo que él avía. E fizo al fijo que lo cognosçiesse [10]; e el fijo otorgólo; e matáronlo. E escapó de la muerte el fijo del omne bueno que era amigo de su padre.

Agora, señor conde Lucanor, vos he contado cómmo se pruevan los amigos, e tengo que este enxiemplo es

---

[8] *Puñada:* puñetazo.

[9] *¿Qué vos iré alongando?:* ¿Qué os diré más? ¿Para qué alargarme más? Cfr. lo dicho en la nota 10, *Ex. XXXII.*

[10] *Cognosçiesse:* reconociese.

bueno para saber en este mundo quáles son los amigos, e que los deve provar ante que se meta en grant periglo por su fuza [11], e que sepa a quánto se pararan por él sil fuere mester. Ca çierto seet que algunos son buenos amigos, mas muchos, e por aventura los más, son amigos de la ventura [12], que, assí commo la ventura corre, assí son ellos amigos.

Otrosí, este enxiemplo se puede entender spiritualmente en esta manera: todos los omnes en este mundo tienen que an amigos, e quando viene la muerte, anlos de provar en aquella quexa, e van a los seglares, e dízenlos que assaz an que fazer en sí; van a los religiosos e dízenles que rogarán a Dios por ellos; van a la muger e a los fijos e dízenles que irán con ellos fasta la fuessa e que les farán onrra a ssu enterramiento; e assí prueван a todos aquellos que ellos cuidavan que eran sus amigos. E desque non fallan en ellos ningún cobro para escapar de la muerte, assí commo tornó el fijo, depués que non falló cobro en ninguno daquellos que cuidava que eran sus amigos, tornánse a Dios, que es su padre, e Dios dízeles que prueven a los sanctos que son medios amigos. E ellos fázenlo. E tan grand es la vondat de los sanctos e sobre todos de sancta María, que non dexan de rogar a Dios por los pecadores; e sancta María muéstrale cómmo fue su madre e quánto trabajo tomó en lo tener e en lo criar, e los sanctos muéstranle las lazerias e las penas e los tormentos e las passiones que reçebieron por él; e todo esto fazen por encobrir los yerros de los pecadores. E aunque ayan reçebido muchos enojos dellos, non le descubren, assí commo non descubrió el medio amigo la puñada quel dio el fijo del su amigo. E desque el pecador vee spiritualmente que por todas estas cosas non puede escapar de la muerte del alma, tórnasse a Dios, assí commo tornó el fijo al padre después que non falló quien lo pudiesse escapar de la muerte. E nuestro señor Dios, assí commo padre e amigo verdadero, acordándose del amor que ha

---

[11] *Fuza:* confianza.
[12] *De la ventura:* por conveniencia.

al omne, que es su criatura, fizo commo el buen amigo, ca envió al su fijo Ihesu Christo que moriesse, non oviendo ninguna culpa e seyendo sin pecado, por desfazer las culpas e los pecados que los omnes meresçían. E Ihesu Christo, commo buen fijo, fue obediente a su padre e seyendo verdadero Dios e verdadero omne quiso reçebir, e reçebió, muerte, e redimió a los pecadores por la su sangre.

E agora, señor conde, parat mientes quáles destos amigos son mejores e más verdaderos, o por quáles devía omne fazer más por los ganar por amigos.

Al conde plogo mucho con todas estas razones, e tovo que eran muy buenas.

E entendiendo don Johan que este enxiemplo era muy bueno, fízolo escrivir en este libro, e fizo estos viessos que dizen assí:

> *Nunca omne podría tan buen amigo fallar*
> *commo Dios, que lo quiso por su sangre comprar.*

E la estoria deste enxiemplo es ésta que se sigue:

Exemplo XLIX

De lo que contesçió al que echaron en la isla desnuyo quandol tomaron el señorío que teníe [1]

Otra vez fablava el conde Lucanor con Patronio, e díxole:

---

[1] Este ejemplo —de presumible fuente dominica (Knust, 1900, páginas 412 y s.)— y el anterior son los únicos del libro en que la parte narrativa tiene en las palabras finales de Patronio una interpretación espiritual, en estrecho paralelo, de la que se extraen los versos finales. Su versión más antigua es la del *Barlaam e Josafat;* aparece también en Jacques de Vitry, *Legenda aurea,*

—Patronio, muchos me dizen que, pues yo só tan onrado e tan poderoso, que faga quanto pudiere por aver grand riqueza e grand poder e grand onra, e que esto es lo que me más cumple e más me pertenesçe. E porque yo sé que siempre me consejades lo mejor e que lo faredes assí daquí adelante, ruégovos que me consejedes lo que vierdes que me más cumple en esto.

—Señor conde —dixo Patronio—, este consejo que me vos demandades es grave de dar por dos razones: lo primero, que en este consejo que me vos demandades, avré a dezir contra vuestro talante; e lo otro, porque es muy grave de dezir contra el consejo que es dado a pro del señor. E porque en este consejo ha estas dos cosas, esme[2] muy grave de dezir contra él, pero, porque todo consejero, si leal es, non deve catar sinon por dar el mejor consejo e non catar su pro, nin su daño, nin si le plaze al señor, nin si le pesa, sinon dezirle lo mejor que omne viere, por ende, yo non dexaré de vos dezir en este consejo lo que entiendo que es más vuestra pro e vos cumple más. E por ende, vos digo que los que esto vos dizen que, en parte, vos consejan bien, pero non es el consejo complido nin bueno para vos; mas para seer del todo complido e bueno, seríe muy bien e

Gesta romanorum, Libro de los enxemplos, El Espéculo de los legos y en otras colecciones. Vid. Devoto (1972, págs. 459-461) y Ayerbe-Chaux (1975, págs. 169-171), quien señala que «sólo la versión de don Juan Manuel omite el detalle de la ignorancia de la víctima y así subraya sutilmente el descuido de los hombres que saben lo caduco de la existencia y viven, sin embargo, como si ésta nunca fuera a terminar». En este ejemplo don Juan Manuel plantea el problema de la salvación mediante las buenas obras..., *pero seyendo estas cosas guardadas* —dice Patronio—, *todo lo que pudierdes fazer por levar vuestra onra e vuestro estado adelante, tengo que lo devedes fazer e es bien que lo fagades.* «A tal extremo llega don Juan Manuel en su empeño de exaltar las jerarquías sociales... que no siente la incongruencia de zurcir una apostilla mundana para legitimar su ambición de noble, a continuación del más ascético de los apólogos derivados del *Barlaam e Josafat...*, así como en el *Libro de los Estados* se sirve de la misma novela india, eminentemente ascética, para exponer su doctrina afirmadora de la sociedad» (M.ª Rosa Lida, 1969, página 99).
[2] *Esme:* me es.

plazerme ía mucho que sopiésedes lo que acaesçió a un omne quel fizieron señor de una grand tierra.

El conde le preguntó cómmo fuera aquello.

—Señor conde Lucanor —dixo Patronio—, en una tierra avían por costumbre que cada año fazían un señor. E en quanto durava aquel año, fazían todas las cosas que él mandava; e luego que el año era acabado, tomávanle quanto avía e desnuyávanle e echávanle en una isla solo, que non fincava con él omne del mundo.

E acaesçió que ovo una vez aquel señorío un omne que fue de mejor entendimiento e más aperçebido que los que lo fueron ante. E porque sabía que desque el año passase, quel avían de fazer lo que a los otros, ante que se acabasse el año del su señorío, mandó, en grand poridat, fazer en aquella isla, do sabía que lo avían de echar, una morada muy buena e muy conplida en que puso todas las cosas que eran mester para toda su vida. E fizo la morada en lugar tan encubierto, que nunca gelo pudieron entender los de aquella tierra quel dieron aquel señorío.

E dexó algunos amigos en aquella tierra assí adebdados e castigados[3] que si, por aventura, alguna cosa oviessen mester de las que él non se acordara de enviar adelante, que gelas enviassen ellos en guisa quel non menguasse ninguna cosa.

Quando el año fue complido e los de la tierra le tomaron el señorío e le echaron desnuyo en la isla, assí commo a los otros fizieron que fueron ante que él; porque él fuera apercebido e abía fecho tal morada en que podía vevir muy biçioso e muy a plazer de sí, fuesse para ella, e viscó[4] en ella muy bien andante.

E vos, señor conde Lucanor, si queredes seer vien consejado, parad mientes que este tiempo que avedes de bevir en este mundo, pues sodes çierto quel avedes a dexar e que vos avedes a parar desnuyo dél e non avedes a levar del mundo sinon las obras que fizierdes, guisat que las fagades tales, porque, quando deste mun-

---

[3] *Castigados:* aconsejados.
[4] *Viscó:* vivió.

do salierdes, que tengades fecha tal morada en 'l otro, porque quando vos echaren deste mundo desnuyo, que fagades buena morada para toda vuestra vida. E sabet que la vida del alma non se cuenta por años, mas dura para siempre sin fin; ca el alma es cosa spiritual e non se puede corromper, ante dura e finca para siempre. E sabet que las obras buenas o malas que el omne en este mundo faze, todas las tiene Dios guardadas para dar dellas galardón en 'l otro mundo, segund sus mereçimientos. E por todas estas razones, conséjovos yo que fagades tales obras en este mundo porque quando dél ovierdes de salir, falledes buena posada en el aquél do avedes a durar para sienpre, e que por los estados e honras deste mundo, que son vanas e falleçederas, que non querades perder aquello que es çierto que a de durar para siempre sin fin. E estas buenas obras fazetlas sin ufana e sin vana gloria, que aunque las vuestras buenas obras sean sabidas, sienpre serían encubiertas, pues non las fazedes por ufana, nin por vana gloria. Otrosí, dexat acá tales amigos que lo que vos non pudierdes complir en vuestra vida, que lo cumplan ellos a pro de la vuestra alma. Pero seyendo estas cosas guardadas, todo lo que pudierdes fazer por levar vuestra onra e vuestro estado adelante, tengo que lo devedes fazer e es bien que lo fagades.

El conde tovo este por buen enxiemplo e por buen consejo e rogó a Dios quel guisase que lo pudiesse assí fazer commo Patronio dizía.

E entendiendo don Johan que este enxiemplo era bueno, fízolo escrivir en este libro, e fizo estos viessos que dizen assí:

> *Por este mundo falleçedero,*
> *non pierdas el que es duradero.*

E la estoria deste enxiemplo es ésta que se sigue:

Exemplo L

Fablava el conde Lucanor un día con Patronio, su
consegero, en esta guisa:

---

[1] Relacionado con un cuento del *Syntipas,* que «aparece en el
Libro de los engannos (núm. 1), no parece probable que
D. Juan Manuel tomase su cuento directamente de este libro,
aunque sin duda le era conocido por haberse traducido en la
escuela toledana, por orden de Don Fadrique, hermano del rey
Alfonso. El desarrollo del tema presenta suficientes diferencias
para sospechar que hubo otra fuente o para establecer la originalidad de D. Juan Manuel. La narración está muy ampliada
con material nuevo, como la búsqueda de la 'vergüenza' por
Saladín, que sostiene la tensión dramática, mientras que por otro
lado faltan en este exemplo la alusión al león y la intervención
del marido y los parientes de la mujer acusada» (Marín, 1955,
páginas 7 y s.). Devoto recoge algunos motivos tradicionales señalados: mujer que con tacto consigue que el rey deponga su
solicitud amorosa, mujer que evita la realización de la lujuria del
rey avergonzándolo, alejamiento del marido para cortejar a su
mujer, etc. (1972, págs. 461 y s.). Señala también algunas correspondencias con respecto a la vergüenza como fuente de virtud.
El mismo don Juan Manuel dice en su *Libro del caballero y del
escudero:* «La vergüenza otrosí cumple mucho al caballero más
que otra cosa ninguna, e tanto le cumple, que yo diría que valdrá
más al caballero aver en sí vergüenza e non aver otra manera ninguna buena, que aver todas las buenas maneras e non aver vergüenza... E así podedes saber que la vergüenza es la cosa porque
home deja de fazer todas las cosas que non debe fazer, e le faze
fazer todo lo que debe. E por ende la madre e la cabeza de todas
las vondades es la vergüenza» (cap. XIX). Vid., además, el análisis
del cuento que hace Ayerbe-Chaux, 1975, págs. 124-137, y el trabajo de M. Hernández Esteban, «Seducción por obtener/adulterio
por evitar en *Sendebar* 1, *Lucanor* L y *Decamerón* 1, 5», en *Prohe-
mio,* VI (1975), págs. 45-66.

Saladín: anota González Palencia (1965, 49.ª], pág. 104): «Yu-
suf Salah al-dín, llamado Saladino, de la dinastía turca de los
atabeks, que dominó en Egipto y sucedió a los fatimíes en el
califato. Gobernó entre 1160 y 1194, e intervino en las luchas

—Patronio, bien sé yo çiertamente que vos avedes tal entendimiento que omne de los que son agora en esta tierra non[2] podría dar tan buen recabdo[3] a ninguna cosa quel preguntassen commo vos. E por ende, vos ruego que me digades quál es la mejor cosa que omne puede aver en sí. E esto vos pregunto porque bien entiendo que muchas cosas a mester el omne para saber acertar en lo mejor e fazerlo, ca por entender omne la cosa e non obrar della bien, non tengo que mejora muncho en su fazienda. E porque las cosas son tantas, querría saber a lo menos una, porque siempre me acordasse della para la guardar.

—Señor conde Lucanor —dixo Patronio—, vos, por vuestra merçed, me loades mucho señaladamente e dizides que yo he muy grant entendimiento. E, señor conde, yo reçelo que vos engañades en esto. E bien cred que non a cosa en 'l mundo en que omne tanto nin tan de ligero se engañe como en cognoscer los omnes quáles son en sí e quál entendimiento an. E estas son dos cosas: la una, quál es el omne en sí; la otra, qué entendimiento ha. E para saber quál es en sí, asse de mostrar en las obras que faze a Dios e al mundo; ca muchos parescen que fazen buenas obras, e non son buenas: que todo el su bien es para este mundo. E creet que esta vondat quel costará muy cara, ca por este vien que dura un día, sufrirá mucho mal sin fin. E otros fazen buenas obras para serviçio de Dios e non cuidan en lo del mundo; e commo quier que éstos escogen la mejor parte e la que nunca les será tirada[4] nin la perderán; pero los unos nin los otros non guardan entreamas las carreras[5], que son lo de Dios e del mundo.

---

con los cruzados en Palestina. Véase A. G. Palencia, *El mundo islámico en los siglos* XI-XIII, en la *Historia Universal,* de Gallach, Barcelona, volumen II, pág. 371». Vid. además, *Ex. XXV,* nota 1.

[2] *Omne... non:* nadie.

[3] *Recabdo:* En este caso, razón, respuesta, solución. Vid. también la nota 21, *Ex. II.*

[4] *Tirada:* quitada.

[5] *Carreras:* caminos.

E para las guardar amas [6], ha mester muy buenas obras e muy grant entendimiento, que tan grand cosa es de fazer esto commo meter la mano en 'l fuego e non sentir la su calentura; pero, ayudándole Dios, e ayudándosse el omne, todo se puede fazer; ca ya fueron muchos buenos reys e otros homnes sanctos; pues éstos buenos fueron a Dios e al mundo. Otrosí, para saber quál ha buen entendimiento, ha mester muchas cosas; ca muchos dizen muy buenas palabras e grandes sesos [7] e non fazen sus faziendas tan bien commo les complía; mas otros traen muy bien sus faziendas e non saben o non quieren o non pueden dezir tres palabras a derechas. Otros fablan muy bien e fazen muy bien sus faziendas, mas son de malas entençiones, e commo quier que obran bien para sí, obran malas obras para las gentes. E destos tales dize la Scriptura que son tales como el loco que tiene la espada en la mano, o commo el mal príncipe que ha grant poder.

Mas, para que vos e todos los omnes podades cognosçer quál es bueno a Dios e al mundo, e quál es de buen entendimiento e quál es de buena palabra e quál es de buena entençión, para lo escoger verdaderamente, conviene que non judguedes a ninguno sinon por las obras que fiziere luengamente, e non poco tiempo, e por commo viéredes que mejora o que peora su fazienda, ca en estas dos cosas se paresçe todo lo que desuso es dicho.

E todas estas razones vos dixe agora porque vos loades mucho a mí e al mio entendimiento, e so çierto que, desque a todas estas cosas catáredes, que me non loaredes tanto. E a lo que me preguntastes que vos dixiesse quál era la mejor cosa que omne podía aver en sí, para saber desto la verdat, querría mucho que sopiésedes lo que contesçió a Saladín con una muy buena dueña, muger de un cavallero, su vasallo.

E 'l conde le preguntó cómmo fuera aquello.

—Señor conde Lucanor —dixo Patronio—, Saladín

6 *Amas:* las dos.
7 *Sesos:* consejos, sentencias.

era soldán de Babillonia e traía consigo sienpre muy grand gente; e un día, porque todos non podían posar con él, fue posar [8] a casa de un cavallero.

E quando el cavallero vio a su señor, que era tan onrado, en su casa, fízole quanto serviçio e quanto plazer pudo, e él e su muger e sus fijos e sus fijas servíanle quanto podían. E el Diablo, que siempre se trabaja en que faga el omne lo más desaguisado, puso en el talante de Saladín que olbidasse todo lo que devía guardar e que amasse aquella dueña non commo devía.

E 'l amor fue tan grande, quel ovo de traer a consejarse con un su mal consejero en qué manera podría complir lo que él quería. E devedes saber que todos devían rogar a Dios que guardasse a su señor de querer fazer mal fecho, ca si el señor lo quiere, çierto seed que nunca menguará quien gelo conseje e quien lo ayude a lo complir.

E assí contesçió a Saladín, que luego falló quien lo consejó cómmo pudiesse complir aquello que quería. E aquel mal consejero, consejol que enviasse por su marido e quel fiziesse mucho vien e quel diesse muy grant gente de que fuesse mayoral [9] e a cabo de algunos días, quel enviasse a alguna tierra lueñe en su serviçio, e en quanto el cavallero estudiesse allá, que podría él complir toda su voluntad.

Esto plogo a Saladín, e fízolo assí. E desque el cavallero fue ido en su serviçio, cuidando que iba muy bien andante e muy amigo de su señor, fuesse Saladín para su casa. Desque la buena dueña sopo que Saladín vinía, porque tanta merçed avía fecho a ssu marido, reçibiólo muy bien e fízole mucho serviçio e quanto plazer pudo ella e toda su compaña. Desque la mesa fue alçada e Saladín entró en su cámara, envió por la dueña. E ella, teniendo que enviaba por ál, fue a él. E Saladín le dixo que la amava mucho. E luego que ella esto oyó, entendiólo muy bien, pero dio a entender que non entendía aquella razón e díxol quel diesse Dios buena vida e que

[8] *Posar:* alojarse.
[9] *Mayoral:* jefe.

293

gelo gradesçíe, ca bien sabíe Dios que ella mucho deseava la su vida, e que siempre rogaría a Dios por él, commo lo devía fazer, porque era su señor e, señaladamente, por quanta merçed fazía a su marido e a ella.

Saladín le dixo que, sin todas aquellas razones, la amava más que a muger del mundo. E ella teníagelo en merçed, non dando a entender que entendía otra razón. ¿Qué vos iré más alongando? Saladín le ovo a dezir cómmo la amava. Quando la buena dueña aquello oyó, commo era muy buena e de muy buen entendimiento, respondió assí a Saladín:

—Señor, como quier que yo só assaz muger de pequeña guisa, pero vien sé que el amor non es en poder del omne, ante es el omne en poder del amor. E bien sé yo que si vos tan grand amor me avedes commo dezides, que podría ser verdat esto que me vos dezides, pero assí commo esto sé bien, assí sé otra cosa: que quando los omnes, e señaladamente los señores, vos pagades de alguna muger, dades a entender que faredes quanto ella quisiere, e desque ella finca mal andante e escarnida [10], preçiádesla poco, e commo es derecho, finca del todo mal. E yo, señor, reçelo que conteçerá assí a mí.

Saladín gelo començó a desfazer prometiéndole quel faría quanto ella quisiesse porque fincasse muy bien andante. Desque Saladín esto le dixo, respondiol la buena dueña que si él le prometiesse de conplir lo que ella le pidría [11], ante quel fiziesse fuerça nin escarnio, que ella le prometía que, luego que gelo oviesse complido, faría ella todo lo que él mandasse.

Saladín le dixo que reçelava quel pidría que non le fablasse más en aquel fecho. E ella díxol que non le demandaría esso nin cosa que él muy bien non pudiesse fazer. Saladín gelo prometió. La buena dueña le vesó la mano e el pie e díxole que lo que dél quería era quel dixiesse quál era la mejor cosa que omne podía aver en sí, e que era madre e cabeça de todas las vondades.

___

[10] *Escarnida:* escarnecida, deshonrada.
[11] *Pidría:* pediría.

Quando Saladín esto oyó, començó muy fieramente a cuidar, e non pudo fallar qué respondiesse a la buena dueña. E porquel avía prometido que non le faría fuerça nin escarnio fasta quel cumpliesse lo quel avía prometido, díxole que quería acordar [12] sobresto. E ella díxole que prometía que en qualquier tiempo que desto le diesse recado, que ella compliría todo lo que él mandasse.

Assí fincó pleito puesto entrellos. E Saladín fuesse para sus gentes; e, commo por otra razón, preguntó a todos sus sabios por esto. E unos dizían que la mejor cosa que omne podía aver era seer omne de buena alma. E otros dizían que era verdat para el otro mundo, mas que por seer solamente de buena alma, que non sería muy bueno para este mundo. Otros dizían que lo mejor era seer omne muy leal. Otros dizían que, commo quier que seer leal es muy buena cosa, que podría seer leal e seer muy cobarde, o muy escasso [13], o muy torpe, o mal acostumbrado, e assí que ál avía mester, aunque fuesse muy leal. E desta guisa fablavan en todas las cosas, e non podían acertar en lo que Saladín preguntava.

Desque Saladín non falló qui le dixiesse e diesse recabdo a ssu pregunta en toda su tierra, traxo consigo dos jubglares, e esto fizo porque mejor pudiesse con éstos andar por el mundo. E desconoçidamente passó la mar, e fue a la corte del Papa, do se ayuntan todos los christianos. E preguntando por aquella razón, nunca falló quien le diesse recabdo. Dende, fue a casa del rey de Françia, e a todos los reyes e nunca falló recabdo. E en esto moró tanto tiempo que era ya repentido de lo que avía començado.

E ya por la dueña non fiziera tanto; mas, porque él era tan buen omne [14], tenía quel era mengua si dexasse de saber aquello que avía començado; ca, sin dubda, el grant omne grant mengua faze si dexa lo que una vez comiença, solamente que el fecho non sea malo o pecado;

---

[12] *Acordar:* pensar, meditar.

[13] *Escasso:* mezquino.

[14] *Buen omne:* Evidentemente, con el significado de «persona de alta condición social», «noble», como en la nota 23, *Ex. XI.*

mas, si por miedo o trabajo lo dexa, non se podría de mengua escusar. E por ende, Saladín non quería dexar de saber aquello porque salliera de su tierra.

E acaesçió que un día, andando por su camino con sus jubglares, que toparon con un escudero que vinía de correr monte e avía muerto un ciervo. E el escudero casara [15] poco tiempo avía, e abía un padre muy viejo que fuera el mejor cavallero que oviera en toda aquella tierra. E por la grant vejez, non veía e non podía salir de su casa, pero avía el entendimiento tan bueno e tan complido, que non le menguava ninguna cosa por la vejez. El escudero, que venía de su caça muy alegre, preguntó aquellos omnes que d'onde vinían e qué omnes eran. Ellos le dixieron que eran joglares.

Quando él esto oyó, plógol ende mucho, e díxoles quél vinía muy alegre de su caça e para complir el alegría, que pues eran ellos muy buenos joglares, que fuessen con él essa noche. E ellos le dixieron que ivan a muy grant priessa, que muy grant tiempo avía que se partieran de su tierra por saber una cosa e que non pudieron fallar della recabdo e que se querían tornar, e que por esso non podían ir con él essa noche.

El escudero les preguntó tanto, fasta quel ovieron a dezir qué cosa era aquello que querían saber. Quando el escudero esto oyó, díxoles que si su padre non les diesse consejo a esto, que non gelo daría omne del mundo, e contóles qué omne era su padre.

Quando Saladín, a que el escudero tenía por joglar, oyó esto, plógol ende muncho. E fuéronse con él.

E desque llegaron a casa de su padre, e el escudero le contó cómmo vinía mucho alegre porque caçara muy bien e aún, que avía mayor alegría porque traía consigo aquellos juglares; e dixo a su padre lo que andavan preguntando, e pidiol por merçed que les dixiesse lo que desto entendía él, ca él les avía dicho que, pues non fallavan quien les diesse desto recabdo, que si su padre non gelo diesse, que non fallarían omne que les diesse recabdo.

---

[15] *Casara:* se había casado.

Quando el cavallero ançiano esto oyó, entendió que aquél que esta pregunta fazía que non era juglar; e dixo a su fijo que, depués que oviessen comido[16], que él les daría recabdo a esto que preguntavan.

E 'l escudero dixo esto a Saladín, que él tenía por joglar, de que fue Saladín mucho alegre, e alongávasele ya mucho porque avía de atender[17] fasta que oviesse comido.

Desque los manteles fueron levantados e los juglares ovieron fecho su mester[18], díxoles el cavallero ançiano quel dixiera su fijo que ellos andavan faziendo una pregunta e que non fallavan omne que les diesse recabdo, e quel dixiessen qué pregunta era aquélla, e él que les diría lo que entendía.

Entonçe, Saladín, que andava por[19] juglar, díxol que la pregunta era ésta: que quál era la mejor cosa que omne podía aver en sí, e que era madre e cabeça de todas las vondades.

Quando el cavallero ançiano oyó esta razón, entendióla muy bien; e otrosí, conosçió en la palabra que aquél era Saladín; ca él visquiera muy grand tiempo con él en su casa e reçibiera dél mucho vien e mucha merçed, e díxole:

—Amigo, la primera cosa que vos respondo, dígovos que çierto só que fasta el día de oy, que nunca tales juglares entraron en mi casa. E sabet que, si yo derecho fiziere, que vos debo cognosçer quánto bien de vos tomé, pero desto non vos diré agora nada, fasta que fable conbusco en poridat, porque non sepa ninguno nada de vuestra fazienda. Pero, quanto a la pregunta que fazedes, vos digo que la mejor cosa que omne puede aver en sí, e que es madre e cabeça de todas las vondades, dígovos que ésta es la vergüença; e por vergüença suffre omne la muerte, que es la más grave cosa que puede seer, e

---

[16] *... Depués que oviessen comido:* Otra vez la fórmula por la que se demora la respuesta, recurso estructural tantas veces repetido.

[17] *Atender:* esperar.

[18] *Mester:* oficio.

[19] *Andava por:* pasaba por.

por vergüença dexa omne de fazer todas las cosas que non le paresçen bien, por grand voluntat que aya de las fazer. E assí, en la vergüença an comienço e cabo todas las vondades, e la vergüença, es partimiento [20] de todos los malos fechos.

Quando Saladín esta razón oyó, entendió verdaderamente que era assí commo el cavallero le dizía. E pues entendió que avía fallado recabdo de la pregunta que fazía, ovo ende muy grant plazer e espidióse del cavallero e del escudero cuyos huéspedes avían seido. Mas ante que se partiessen de su casa, fabló con él el cavallero ançiano, e le dixo cómmo lo conosçía que era Saladín, e contol quánto bien dél avía reçebido. E él e su fijo fiziéronle quanto serviçio pudieron, pero en guisa que non fuesse descubierto.

E desque estas cosas fueron passadas, endereçó Saladín para irse para su tierra quanto más aína pudo. E desque llegó a ssu tierra, ovieron las gentes con 'l muy grand plazer e fizieron muy grant alegría por la su venida.

E después que aquellas allegrías fueron passadas, fuesse Saladín para casa de aquella buena dueña quel fiziera aquella pregunta. E desque ella sopo que Saladín vinía a su casa, reçibiol muy bien, e fízol quanto serviçio pudo.

E depués que Saladín ovo comido e entró en su cámara, envió por la buena dueña. E ella vino a él. E Saladín le dixo quánto avía trabajado por fallar repuesta çierta de la pregunta quel fiziera e que la avía fallado, e pues le podía dar repuesta complida, assí comol avía prometido, que ella otrosí cumpliesse lo quel prometiera. E ella le dixo quel pidía por merçed quel guardasse lo quel avía prometido e quel dixiesse la repuesta a la pregunta quel avía fecho, e que si fuesse tal que él mismo entendiesse que la repuesta era complida, que ella muy de grado compliría todo lo quel avía prometido.

Estonçe le dixo Saladín quel plazía desto que ella le dizía, e díxol que la repuesta de la pregunta que ella

---

[20] *Partimiento:* punto de partida.

fiziera, que era ésta: que ella le preguntara quál era la mejor cosa que omne podía aver en sí e que era madre e cabeça de todas las vondades, quel respondía que la mejor cosa que omne podía aver en sí e que es madre e cabeça de todas las vondades, que ésta es la vergüença.

Quando la buena dueña esta repuesta oyó, fue muy alegre, e díxol:

—Señor, agora conosco que dezides verdat, e que me avedes complido quanto me prometiestes. E pídovos por merçed que me digades, assí commo rey deve dezir verdat, si cuidades que ha en 'l mundo mejor omne que vos.

E Saladín le dixo que, commo quier que se le fazía vergüença de dezir, pero pues avía a dezir verdat commo rey, quel dizía que más cuidava que era él mejor que los otros, que non que avía otro mejor que él.

Quando la buena dueña esto oyó, dexósse caer en tierra ante los sus pies, e díxol assí, llorando muy fieramente:

—Señor, vos avedes aquí dicho muy grandes dos verdades: la una, que sodes vos el mejor omne del mundo; la otra, que la vergüença es la mejor cosa que el omne puede aver en sí. E señor, pues vos esto conosçedes, e sodes el mejor omne del mundo, pídovos por merçed que querades en vos la mejor cosa del mundo, que es la vergüença, e que ayades vergüença de lo que me dezides.

Quando Saladín todas estas buenas razones oyó e entendió cómmo aquella buena dueña, con la su vondat e con el su buen entendimiento, sopiera aguisar que fuesse él guardado de tan grand yerro, gradesçiólo mucho a Dios. E commoquier que la él amava ante de otro amor, amóla muy más dallí adellante de amor leal e verdadero, qual deve aver el buen señor e leal a todas sus gentes. E señaladamente por la su vondat della, envió por su marido e fízoles tanta onra e tanta merçet porque ellos, e todos los que dellos vinieron, fueron muy bien andantes entre todos sus vezinos.

E todo este bien acaesçió por la vondat daquella buena dueña, e porque ella guisó que fuesse sabido que la vergüença es la mejor cosa que omne puede aver en sí, e que es madre e cabeça de todas las vondades.

E pues vos, señor conde Lucanor, me preguntades quál es la mejor cosa que omne puede aver en sí, dígovos que es la vergüença: ca la vergüença faze a omne ser esforçado e franco e leal e de buenas costumbres e de buenas maneras, e fazer todos los vienes que faze. Ca bien cred que todas estas cosas faze omne más con vergüença que con talante que aya de lo fazer. E otrosí, por vergüença dexa omne de fazer todas las cosas desaguisadas que da la voluntad al omne de fazer. E por ende, quán buena cosa es aver el omne vergüença de fazer lo que non deve e dexar de fazer lo que deve, tan mala e tan dañosa e tan fea cosa es el que pierde la vergüença. E devedes saber que yerra muy fieramente el que faze algún fecho vergonçoso e cuida que, pues que lo faze encubiertamente, que non deve aver ende vergüença. E cierto sed que non ha cosa, por encubierta que sea, que tarde o aína non sea sabida. E aunque luego que la cosa vergonçosa se faga, non aya ende vergüença, devríe omne cuidar qué vergüença seríe quando fuere sabido. E aunque desto non tomasse vergüença, dévela tomar de ssí mismo, que entiende el pleito vergonçoso que faze. E quando en todo esto non cuidasse, deve entender quánto sin ventura es (pues sabe que si un moço viesse lo que él faze, que lo dexaríe por su vergüença) en non lo dexar nin aver vergüença nin miedo de Dios, que lo vee e lo sabe todo, e es çierto quel dará por ello la pena que meresciere.

Agora, señor conde Lucanor, vos he respondido a esta pregunta que me feziestes e con esta repuesta vos he respondido a çinquenta preguntas que me avedes fecho. E avedes estado en ello tanto tiempo, que só çierto que son ende enojados muchos de vuestras compañas, e señaladamente se enojan ende los que non an muy grand talante de oir nin de aprender las cosas de que se pueden mucho aprovechar. E contésceles commo a las vestias que van cargadas de oro, qué sienten el peso que lievan a cuestas e non se aprovechan de la pro que ha en ello. E ellos sienten el enojo de lo que oyen e non se aprovechan de las cosas buenas e aprovechosas que oyen. E por ende, vos digo que lo uno por esto, e lo ál por el trabajo que he tomado en las otras respuestas que vos di, que vos non quiero más responder a otras preguntas que vos fagades, que en este enxiemplo e en otro que se sigue adelante deste vos quiero fazer fin a este libro.

El conde tovo éste por muy buen enxiemplo. E quanto de lo que Patronio dixo que non quería quel feziessen más preguntas, dixo que esto fincasse en cómo se pudiesse fazer.

E porque don Johan tovo este enxiemplo por muy bueno, fízolo escrivir en este libro e fizo estos viessos que dizen assí:

> La vergüença todos los males parte;
> por vergüença faze omne bien sin arte.

E la estoria deste enxiemplo es ésta que se sigue:

Exemplo LI

LO QUE CONTESÇIÓ A UN REY CHRISTIANO QUE ERA MUY PODEROSO E MUY SOBERBIOSO [1]

Otra vez fablava el conde Lucanor con Patronio, su consegero, e díxole assí:

—Patronio, muchos omnes me dizen que una de las

---

[1] La crítica, en general, no ha mantenido una postura uniforme acerca de la autenticidad de este ejemplo, que sólo se encuentra en el manuscrito (vid. nota 66 de la Introducción). Menéndez Pelayo (*Orígenes de la novela*, I, Madrid, 1925, pág. LXXXVIII) dudaba que perteneciese a don Juan Manuel. Para José M. Blecua, «ofrece todas las garantías», y además anota: «Procede de la *Gesta Romanorum*, núm. 59. De este cuento deriva el *Auto del Emperador Juvencio*, de nuestro teatro primitivo, y la comedia de don Rodrigo Herrera *Del cielo viene el buen rey*» (1969, pág. 254); también para Devoto (1972, págs. 462 y ss.). Vid. además J. England, «*Exemplo* 51 of *El Conde Lucanor*: the Problem of Authorship», en *Bulletin of Hispanic Studies*, LI (1974), págs. 16-27; y David

cosas porque el omne se puede ganar con Dios es por seer omildoso; otros me dizen que los omildosos son menospreçiados de las otras gentes e que son tenidos por omnes de poco esfuerço e de pequeño coraçón, e que el grand señor, quel cumple e le aprovecha ser sobervio. E porque yo sé que ningún omne non entiende mejor que vos lo que deve fazer el grand señor, ruégovos que me consejedes quál destas dos cosas me es mejor, o qué yo devo más fazer.

—Señor conde Lucanor—dixo Patronio—, para que vos entendades qué es en esto lo mejor e vos más cumple de fazer, mucho me plazería que sopiéssedes lo que conteçió a un rey christiano que era muy poderoso e muy sobervioso.

El conde le rogó quel dixiesse cómmo fuera aquello.

—Señor conde —dixo Patronio—, en una tierra de que me non acuerdo el nombre, avía un rey muy mançebo e muy rico e muy poderoso, e era muy soberbio a grand maravilla; e a tanto llegó la su sobervia, que una vez, oyendo aquel cántico de sancta María que dize: «Magnificat anima mea dominum», oyó en él un viesso que dize: «Deposuit potentes de sede et exaltavit humiles» [2] que quier decir: «Nuestro señor Dios tiró e abaxó los poderosos sobervios del su poderío e ensalçó los omildosos». Quando esto oyó, pesol mucho e mandó por todo su regno que rayessen este viesso de los libros, e que pusiessen en aquel lugar: «Et exaltavit potentes in sede et humiles posuit in natus» [3], que quiere dezir: «Dios ensalçó las siellas de los sobervios poderosos e derribó los omildosos.»

A. Flory, «A Suggested Emendation of *El Conde Lucanor,* Pars I and III», en *Studies,* págs. 87-89. Sin embargo, Alberto Blecua, que aduce valiosos datos textuales, se inclina a considerar apócrifo este ejemplo; completa el análisis de England y concluye que «frente a las concomitancias innegables que se dan entre este ejemplo y el resto de la obra de don Juan Manuel, existen determinadas divergencias que (…) son indicios suficientes para oponer una duda razonable a la autoría del cuento» *(ob. cit.,* 1980, pág. 121). Cfr. la nota 67 de la Introducción.

[2] Lucas, I, 46 y 52.
[3] Knust edita *in terra.*

Esto pesó mucho a Dios, e fue muy contrario de lo que dixo sancta María en este cántico mismo; ca desque vio que era madre del fijo de Dios que ella conçibió e parió, seyendo e fincando siempre virgen e sin ningún corrompimiento [4] e veyendo que era señora de los çielos e de la tierra, dixo de sí misma, alabando la humildat sobre todas las virtudes: «Quia respexit humilitatem ancillae suae, ecce enim ex hoc benedictam me dicent omnes generationes» [5], que quiere dezir: «Porque cató el mi señor Dios la omildat de mí, que só su sierva, por esta razón me llamarán todas las gentes bienaventurada.» E assí fue, que nunca ante nin después, pudo seer ninguna muger bienaventurada; ca por las vondades, e señaladamente por la su grand omildat, meresçió seer madre de Dios e reina de los çielos e de la tierra e seer Señora puesta sobre todos los choros de los ángeles.

Mas al rey sobervioso conteçió muy contrario desto: ca un día ovo talante de ir al vaño e fué allá muy argullosamente con su compaña. E porque entró en 'l vaño, óvose a desnuyar e dexó todos sus paños fuera del vaño. E estando él vañándose, envió nuestro señor Dios un ángel al vaño, el qual, por la virtud e por la voluntad de Dios, tomó la semejança del rey e salió del vaño e vistióse los paños del rey e fuéronse todos con él paral alcáçar. E dexó a la puerta del vaño unos pañizuelos muy biles e muy rotos, commo destos pobrezuelos que piden a las puertas.

El rey, que fincava en el vaño non sabiendo desto ninguna cosa, quando entendió que era tiempo para salir del vaño, llamó a aquellos camareros e aquellos que estavan con 'l. E por mucho que llos llamó, non respondió ninguno dellos, que eran idos todos, cuidando que ivan con el rey. Desque vio que non le respondió ninguno, tomol tan grand saña, que fue muy grand marabilla, e començó a jurar que los faría matar a todos de

---

[4] *Corrompimiento:* Vid. lo dicho en la nota 4, *Ex. XLI* sobre la preferencia de don Juan Manuel por este sufijo (como, más abajo, *perdimiento, abaxamiento*).

[5] Lucas, 1, 48.

muy crueles muertes. E teniéndose por muy escarnido, salió del vaño desnuyo, cuidando que fallaría algunos de sus omnes quel diessen de vestir. E desque llegó do él cuidó fallar algunos de los suyos, e non falló ninguno, començó a catar del un cabo e del otro del vaño, e non falló a omne del mundo a qui dezir una palabra.

E andando assí muy coitado, e non sabiendo qué se fazer, vio aquellos pañiziellos viles e rotos que estavan a un roncón e pensó de los vestir e que iría encubierta-mente a su casa e que se vengaría muy cruelmente de todos los que tan grand escarnio le avían fecho. E vis-tiósse los paños e fuesse muy encubiertamente al alcáçar, e quando ý llegó, vio estar a la puerta uno de los sus porteros que conosçía muy bien que era su portero, e uno de los que fueran con él al vaño, e llamol muy pas-so [6] e díxol quel avriesse la puerta e le metiesse en su casa muy encubiertamente, porque non entendiesse nin-guno que tan envergonçadamente vinía.

El portero tenía muy buena espada al cuello e muy buena maça en la mano e preguntol qué omne era que tales palabras dizía. E el rey le dixo:

—¡A, traidor! ¿Non te cumple [7] el escarnio que me feziste tú e los otros en me dexar solo en 'l vaño e ve-nir tan envergonçado commo vengo? ¿Non eres tú fu-lano, e non me conosçes cómmo só yo el rey, vuestro señor, que dexastes en 'l vaño? Ábreme la puerta, ante que venga alguno que me pueda conosçer, e sinon, se-guro sey [8] que yo te faré morir mala muerte e muy cruel.

E el portero le dixo:

—¡Omne loco, mesquino!, ¿qué estás diziendo? Ve a buena ventura e non digas más estas locuras, sinon, yo te castigaré bien commo a loco, ca el rey, pieça ha que vino del vaño, e viniemos todos con él, e ha comido e es echado a dormir, e guárdate que non fagas aquí roído por quel despiertes.

---

[6] *Passo:* quedo, en voz baja.
[7] *Cumple:* es suficiente. Como en la nota 9, *Ex. XLIV.*
[8] *Sey:* sed, estad.

Quando el rey esto oyó, cuidando que gelo dizía faziéndol escarnio, començó a rabiar de saña e de malenconia [9], e arremetiósse a él, cuidándol tomar por los cabellos. E de que el portero esto vio, non le quiso ferir
con la maça, mas diol muy grand colpe con el mango,
en guisa quel fizo salir sangre por muchos lugares. De
que el rey se sintió ferido e vio que el portero teníe
buena espada e buena maça e que él non teníe ninguna
cosa con quel pudiesse fazer mal, nin aun para se defender, cuidando que el portero era enloqueçido, e que si
más le dixiesse quel mataría por aventura, pensó de ir a
casa del su mayordomo e de encobrirse ý fasta que fuesse
guarido, e después que tomaría vengança de todos aquellos traidores que tan grant escarnio le avían traído.

E desque llegó a casa de su mayordomo, si mal le
contesçiera en su casa con 'l portero, muy peor le acaesçió en casa de su mayordomo.

E dende, fuesse lo más encubiertamente que pudo
para casa de la reina, su muger, teniendo çiertamente
que todo este mal quel vinía porque aquellas gentes non
le conosçían; e teníe sin duda que quando todo el mundo le desconosçiese, que non lo desconosçería la reina,
su muger. E desque llegó ante ella e le dixo quánto
mal le avían fecho e cómmo él era el rey, la reina, re-
çellando que si el rey, que ella cuidava que estava en
casa, sopiesse que ella oíe tal cosa, quel pesaría ende,
mandol dar muchas palancadas [10], diziéndol quel echassen
de casa aquel loco quel dizía aquellas locuras.

El rey, desaventurado, de que se vio tan mal andante, non sopo qué fazer e fuesse echar en un ospital muy
mal ferido e muy quebrantado, e estudo allí muchos días.
E quando le aquexava la fanbre, iba demandando por
las puertas, e diziéndol las gentes, e fiziéndol escarnio,

---

[9] *Malenconia:* Con metátesis de las vocales, separándose de la
forma originaria debido a una errónea interpretación etimológica,
al creerlo compuesto del adverbio «mal». Pidal, *ob. cit.,* 70. 3.
Es uno de los muchos casos de etimología popular, frecuente en
la lengua antigua.
[10] *Palancadas:* golpes (dados con la palanca).

que cómmo andava tan lazdrado seyendo rey de aquella tierra. E tantos omnes le dixieron esto e tantas vezes e en tantos logares, que ya él mismo cuidava que era loco e que con locura pensava que era rey de aquella tierra. E desta guisa andudo muy grant tiempo, teniendo todos los quel conosçían que era loco de una locura que contesçió a muchos: que cuidan por sí mismos que son otra cosa o que son en otro estado.

E estando aquel rey en tan grand mal estado, la vondat e la piadat de Dios, que siempre quiere pro de los pecadores e los acarrea[11] a la manera commo se pueden salvar, si por grand su culpa non fuere, obraron en tal guisa, que el cativo[12] del rey, que por su sobervia era caído en tan grant perdimiento e a tan grand abaxamiento, començó a cuidar que este mal quel viniera, que fuera por su pecado e por la grant sobervia que en él avía, e, señaladamente, tovo que era por el viesso que mandara raer del cántico de sancta María que desuso es dicho, que mudara con grant sobervia e por tan grant locura. E desque esto fue entendiendo, començó a aver atan grant dolor e tan grant repentimiento en su coraçón, que omne del mundo non lo podría dezir por la voca; e era en tal guisa, que mayor dolor e mayor pesar avía de los yerros que fiziera contra nuestro Señor, que del regno que avía perdido, e vio quanto mal andante el su cuerpo estava, e por ende, nunca ál fazía sinon llorar e matarse e pedir merçed a nuestro señor Dios quel perdonasse sus pecados e quel oviesse merçed al alma. E tan grant dolor avía de sus pecados, que solamente nunca se acordó nin puso en su talante de pedir merçed a nuestro señor Dios quel tornasse en su regno nin en su onra; ca todo esto preçiava él nada, e non cobdiçiava otra cosa sinon aver perdón de sus pecados e poder salvar el alma.

E bien cred, señor conde, que quantos fazen romerías e ayunos e limosnas e oraciones o otros bienes qualesquier porque Dios les dé o los guarde o los acres-

---

[11] *Acarrea:* lleva, encamina.
[12] *Cativo:* desgraciado.

çiente en la salud de los cuerpos o en la onra o en los vienes temporales, yo non digo que fazen mal, mas digo que si todas estas cosas fiziessen por aver perdón de todos sus pecados o por aver la gracia de Dios, la cual se gana por buenas obras e buenas entençiones sin ipocrisia e sin infinta [13], que seríe muy mejor, e sin dubda avríen perdón de sus pecados e abrían la gracia de Dios: ca la cosa que Dios más quiere del pecador es el coraçón quebrantado e omillado e la entençión buena e derecha.

E por ende, luego que por la merçed de Dios el rey se arrepentió de su pecado e Dios vio el su grand repentimiento e la su buena entención, perdonol luego. E porque la voluntad de Dios es tamaña que non se puede medir, non tan solamente perdonó todos sus pecados al rey tan pecador, mas ante le tornó su regno e su onra más complidamente que nunca la oviera, e fízolo por esta manera:

El ángel que estava en logar de aquel rey e teníe la su figura llamó un su portero e díxol:

—Dízenme que anda aquí un omne loco que dize que fue rey de aquesta tierra, e dize otras muchas buenas locuras; que te vala Dios, ¿qué omne es o qué cosas dize?

E acaesçió assí por aventura, que el portero era aquél que firiera al rey el día que se demudó quando sallió del vaño. E pues el ángel, quél cuidava ser el rey, gelo preguntava todo lo quel contesçiera con aquel loco, e contol cómmo andavan las gentes riendo e trebejando con él, oyendo las locuras que dizíe. E desque esto dixo el portero al rey, mandol quel fuesse llamar e gelo troxiesse. E desque el rey que andava por loco vino ante el ángel que estava en lugar de rey, apartósse con él e díxol:

—Amigo, a mí dizen que vos que dezides que sodes rey desta tierra, e que lo perdiestes, non sé por quál mala ventura e por qué ocasión. Ruégovos, por la fe

---

[13] *Infinta:* fingimiento, engaño. Cfr. «Pero luego comenzó a fazer infinta de encubrir aque su mal veneno», *Crónica General,* 243.

que devedes a Dios, que me digades todo commo cuidades que es, e que non me encubrades ninguna cosa,
e yo vos prometo a buena ffe que nunca desto vos venga
daño.

Quando el cuitado del rey que andava por loco e tan
mal andante oyó dezir aquellas cosas aquél que él cuidava que era rey, non sopo qué responder: ca de una parte ovo miedo que gelo preguntava por lo sosacar, e si
dixiesse que era rey quel mataría e le faría más mal andante de quanto era, e por ende començó a llorar muy
fieramente e díxole, commo omne que estava muy
coitado:

—Señor, yo non sé lo que vos responder a esto que
me dezides, pero porque entiendo que me sería ya tan
buena la muerte commo la vida (e sabe Dios que non
tengo mientes por cosa de bien nin de onra en este mundo), non vos quiero encobrir ninguna cosa de commo
lo cuido en mi coraçón. Dígovos, señor, que yo veo que
só loco, e todas las gentes me tienen por tal e tales obras
me fazen que yo por tal manera ando grand tiempo a en
esta tierra. E commo quier que alguno errasse, non podría seer, si yo loco non fuesse, que todas las gentes,
buenos e malos, e grandes e pequeños, e de grand entendimiento e de pequeño, todos me toviessen por loco;
pero, commo quier que yo esto veo e entiendo que es
assí, çiertamente la mi entençión e la mi crençia es que
yo fui rey desta tierra e que perdí el regno e la gracia
de Dios con grand derecho por mios pecados, e, señaladamente, por la grant sobervia e grant orgullo que en
mí avía.

E entonce contó con muy grand cuita e con muchas
lágrimas, todo lo quel contesçiera, tanbién del viesso que
fiziera mudar, commo los otros pecados. E pues el ángel, que Dios enviara tomar la su figura e estava por
rey, entendió que se dolía más de los yerros en que ca-
yera que del regno e de la onra que avía perdido, díxol
por mandado de Dios:

—Amigo, dígovos que dezides en todo muy grand
verdat, que vos fuestes rey desta tierra, e nuestro señor

Dios tiróvoslo [14] por estas razones mismas que vos dezides, e envió a mí, que só su ángel, que tomasse vuestra figura e estudiesse en vuestro lugar. E porque la piadat de Dios es tan complida, e non quiere del pecador sinon que se arrepienta verdaderamente [15], este prodigio verdaderamente amostró dos cosas para seer el repentimiento verdadero: la una es que se arrepienta para nunca tornar aquel pecado; e la otra, que sea el repentimiento sin infinta. E porque el nuestro señor Dios entendió que el vuestro repentimiento es tal, avos perdonado, e mandó a mí que vos tornasse en vuestra figura e vos dexasse vuestro regno. E ruégovos e conséjovos yo que entre todos los pecados vos guardedes del pecado de la sobervia; ca sabet que de los pecados en que, segund natura, los omnes caen, que es el que Dios más aborreçe, ca es verdaderamente contra Dios e contra el su poder, e siempre que es muy aparejado para fazer perder el alma. Seed çierto que nunca fue tierra, nin linage, nin estado, nin persona en que este pecado regnasse, que non fuesse desfecho o muy mal derribado.

Quando el rey que andava por loco oyó dezir estas palabras del ángel, dexósse caer ante él llorando muy fieramente, e creyó todo lo quel dizía e adorol por reverençia de Dios, cuyo ángel mensagero era, e pidiol merçed que se non partiesse ende fasta que todas las gentes se ayuntassen porque publicasse este tan grant miraglo que nuestro señor Dios fiziera. E el ángel fízolo assí. E desque todos fueron ayuntados, el rey predicó e contó todo el pleito commo passara. E el ángel, por voluntat de Dios, paresçió a todos manifiestamente e contóles esso mismo.

Entonçe el rey fizo quantas emiendas pudo a nuestro señor Dios; e entre las otras cosas, mandó que, por remembrança desto, que en todo su regno para siempre fuesse escripto aquel viesso que él revesara [16] con letras

---

[14] *Tiróvoslo:* os lo quitó.
[15] Cfr. Ezequiel, XXXIII, 11.
[16] *Revesara:* cambiara, trocara.

de oro. E oí dezir que oy en día assí se guarda en aquel regno. E esto acabado, fuesse el ángel para nuestro señor Dios quel enviara, e fincó el rey con sus gentes muy alegres e muy bien andantes. E dallí adellante fue el rey muy bueno para serviçio de Dios e pro del pueblo e fizo muchos buenos fechos porque ovo buena fama en este mundo e meresçió aver la gloria del Paraíso, la qual Él nos quiera dar por la su merçed.

E vos, señor conde Lucanor, si queredes aver la gracia de Dios e buena fama del mundo, fazet buenas obras, e sean bien fechas, sih infinta e sin ipocrisía, e entre todas las cosas del mundo vos guardat de sobervia e set omildoso sin beguenería[17] e sin ipocrisía; pero la humildat, sea siempre guardando vuestro estado en guisa que seades omildoso, mas non omillado. E los poderosos sobervios nunca fallen en vos humildat con mengua, nin con vençimiento, mas todos los que se vos omillaren fallen en vos siempre omildat de vida e de buenas obras complida.

Al conde plogo mucho con este consejo, e rogó a Dios quel endereçasse por quel pudiesse todo esto complir e guardar.

E porque don Johan se pagó mucho además deste enxiemplo, fízolo poner en este libro, e fizo estos viessos que dizen assí:

Los derechos[18] omildosos Dios mucho los ensalça,
a los que son sobervios fiérelos peor que maça.

E la estoria deste enxiemplo es ésta que se sigue.

---

[17] *Beguenería:* falsa beatería.
[18] *Derechos:* justos, rectos.

Segunda parte
del libro del Conde Lucanor
e de Patronio [1]

RAZONAMIENTO QUE FACE DON JUAN POR AMOR DE DON JAIME, SEÑOR DE XÉRICA

Después que yo, don Johan, fijo del muy noble infante don Manuel, adelantado mayor de la frontera e del regno de Murcia, ove acabado este libro del conde

---

[1] Estas últimas partes del *Lucanor,* no recogidas en la mayoría de las ediciones, fueron publicadas por primera vez por Gayangos en el volumen LI de la BAE (1860) y más tarde por Knust (1900), aunque dividieron incorrectamente el texto.

Comienzan por un *Razonamiento* en el que don Juan Manuel, tras repetir que se dirige a *los que non fuessen muy letrados, assí commo yo,* y justificar el cambio de estilo (... *porque don Jaime, señor de Xérica... me dixo que querría que los mis libros fablassen más oscuro...*), anuncia la materia de la que va a tratar, que no es otra sino la de todo el libro (... *fablaré en este libro en las cosas que yo entiendo que los omnes se pueden aprovechar para salvamiento de las almas e aprovechamiento de sus cuerpos e mantenimiento de sus onras e de sus estados..., porque es más provechoso segund el mío estado, fablar desta materia que de otra arte o sciencia*) y que repite en otros lugares. Siguen a continuación una serie de máximas, muchas de las cuales recuerdan algunos *exemplos* de la 1.ª parte del libro. En la 4.ª parte, Patronio, tras resumir lo anterior anuncia al Conde: ... *dezirvos he algunas cosas más oscuras... avervos he a fablar en tal manera que vos converná de aguzar el entendimiento para las entender.* En la 5.ª y última parte, pequeño tratado o breve

Lucanor e de Patronio que fabla de enxiemplos, e de la manera que avedes oído, segund paresce por el libro e por el prólogo, fízlo en la manera que entendí que sería más ligero de entender. E esto fiz porque yo non so muy letrado e queriendo que non dexassen de sse aprovechar dél los que non fuessen muy letrados, assí commo yo, por mengua de lo seer, fiz las razones e enxiemplos que en el libro se contienen assaz llanas e declaradas [2].

E porque don Jaime, señor de Xérica, que es uno de los omnes del mundo que yo más amo e por ventura non amo a otro tanto commo a él, me dixo que querría que los mis libros fablassen más oscuro, e me rogó que si algund libro feziesse, que non fuesse tan declarado. E so çierto que esto me dixo porque él es tan

resumen de doctrina cristiana, abandona los ejemplos (recuerda algunos de la 1.ª parte y agrega uno nuevo) y los proverbios para hablar *en otra cosa que es muy más provechosa:* lo que se debe saber para salvar el alma. Cfr. caps. 26-29 del *Libro de los estados* (ed. cit., págs. 240 y ss.). Sobre el estilo de estas últimas partes, que María Goyri (reseña de la edición de Knust, en *Romania,* 29, 1900, págs. 600-602) calificaba de «procedimiento verdaderamente infantil», dice M.ª Rosa Lida: «... las ingeniosas variaciones —tan laboriosamente justificadas y explicadas...— revelan una consciente avidez de experimentación estilística nada común en la literatura medieval castellana, que delata a voces al letrado ducho en la retórica latina» (1969, pág. 131). Sin embargo, la intención de don Juan Manuel «si se manifiesta por un procedimiento indiscutiblemente estilístico, artístico, no es puramente estética, sino moral. Se vale de un determinado procedimiento para comunicarnos su experiencia y saber, pero tal procedimiento responde a algo más que a una simple voluntad decorativa: está impuesto por la materia misma que transmite, por el precio de lo que nos dice, y porque se agrega a lo dicho la dificultad vencida («Porque segunt dizen los sabios, quanto ome más trabaja por haber la cosa, más la terná después que la ha»)», Devoto, 1972, pág. 468. Cfr. Taylor, B., «Don Jaime de Jérica y el público de *El Conde Lucanor», RFE,* LXVI, 1986, págs. 39-58. Vid. nota 67 de la Introducción para las partes del libro que siguen.

[2] *Declaradas:* claras, explícitas. Hasta aquí, la declaración de su intención al escribir el libro, que ya expresó en el Prólogo y que su estilo, en general, ratifica. A partir de ahora, don Juan Manuel irá haciendo una demostración progresiva de su capacidad también para el «hablar oscuro», que alcanzará su intensidad máxima en la parte 4.ª

sotil e tan de buen entendimiento, e tiene por mengua de sabiduría fablar en las cosas muy llana e declaradamente.

E lo que yo fiz fasta agora, fízlo por las razones que desuso he dicho, e agora que yo só tenudo de complir en esto e en ál quanto yo pudiesse su voluntad, fablaré en este libro en las cosas que yo entiendo que los omnes se pueden aprovechar para salvamiento de las almas e aprovechamiento de sus cuerpos e mantenimiento de sus onras e de sus estados. E commo quier que estas cosas non son muy sotiles en sí, assí commo si yo fablasse de la sciençia de theología, o metafísica, o filosofía natural, o aun moral, o otras sçiençias muy sotiles, tengo que me cae más, e es más aprovechoso segund el mío estado, fablar desta materia que de otra arte o sciençia. E porque estas cosas de que yo cuido fablar non son en sí muy sotiles, diré yo, con la merçed de Dios, lo que dixiere por palabras que los que fueran de tan buen entendimiento commo don Jaime, que las entiendan muy bien, e los que non las entendieren non pongan la culpa a mí, ca yo non lo quería fazer sinon commo fiz los otros libros, mas pónganla a don Jaime, que me lo fizo assí fazer, e a ellos, porque lo non pueden o non quieren entender.

E pues el prólogo es acabado en que se entiende la razón porque este libro cuidó componer en esta guisa, daquí adelante començaré la manera [3] del libro; e Dios por la su merçed e piadat quiera que sea a ssu serviçio e a pro de los que lo leyeren e lo oyeren, e guarde a mí de dezir cosa de que sea reprehendido. E bien cuido que el que leyere este libro e los otros que yo fiz, que pocas cosas puedan acaesçer para las vidas e las faziendas de los omnes, que non fallen algo en ellos, ca yo non quis poner en este libro nada de lo que es puesto en los otros, mas qui de todos fiziere un libro, fallarlo ha ý más complido.

E la manera del libro es que Patronio fabla con el Conde Lucanor segund adelante veredes.

---

[3] *Manera:* Con el significado, por un lado, de «materia», y, por otro, con el de «forma» de escribir. Vid también más abajo, en la 4.ª parte.

—Señor conde Lucanor —dixo Patronio—, yo vos fablé fasta agora lo más declaradamente que yo pude, e porque sé que lo queredes, fablarvos he daquí adelante essa misma manera, mas non por essa manera que en 'l otro libro ante déste.

E pues el otro es acabado, este libro comiença assí[4]:

—En las cosas que ha muchas sentençias, non se puede dar regla general.

—El más complido[5] de los omnes es el que cognosce la verdat e la guarda.

—De mal seso es el que dexa e pierde lo que dura e non ha preçio, por lo que non puede aver término a la su poca durada[6].

—Non es de buen seso el que cuida entender por su entendimiento lo que es sobre todo entendimiento.

—De mal seso es el que cuida que contesçerá a él lo que non contesçió a otri; de peor seso es si esto cuida porque non se guarda.

—¡O Dios, señor criador e complido!, ¡cómmo me marabillo porque pusiestes vuestra semejança en omne nesçio, ca quando fabla, yerra; quando calla, muestra su mengua; quando es rico, es orgulloso; quando pobre, non lo preçia nada; si obra, non fará obra de recabdo; si está de vagar, pierde lo que ha; es sobervio sobre el que ha poder, e vénçesse[7] por el que más puede; es ligero de forçar e malo de rogar; conbídase de grado, conbida mal e tarde; demanda quequier[8] e con

---

[4] Gran parte de las sentencias y los aforismos éticos que componen esta parte y las dos siguientes están extraídos en su mayoría de las colecciones que aparecieron en España en las primeras décadas del siglo XIII. Son las principales las llamadas *Flores de la filosofía,* de corte senequista, *Poridad de poridades* (*Secreto de los secretos*) y el *Bonium o Bocados de Oro,* colección ésta la más influyente. Son tan abundantes las coincidencias que podemos pensar que tuvo muy presente este libro al componer estas últimas partes. Vid, las anotaciones de Knust (1900, páginas 418 y ss.), y Devoto (1972, págs. 469 y ss.).

[5] *Complido:* perfecto.

[6] *Durada:* duración.

[7] *Vénçesse:* es vencido.

[8] *Quequier:* cualquier cosa.

porfía; da tarde e amidos [9] e con façerio [10]; non se vergüença por sus yerros, e aborreçe quil castiga; el su fallago [11] es enojoso; la su saña, con denuesto; es sospechoso e de mala poridat; espántasse sin razón; toma esfuerço ó non deve; do cuida fazer plazer, faze pesar; es flaco en los vienes e reçio en los males; non se castiga por cosa quel digan contra su voluntad. En grave día nasçió quien oyó el su castigo; si lo aconpañan non lo gradesçe e fázelos lazdrar; nunca conçierta en dicho nin en fecho, nin yerra en lo quel non cumple; lo quél dize non se entiende, nin entiende lo quel dizen; siempre anda desabenido de su compaña; non se mesura en sus plazeres, nin cata su mantenençia; non quiere perdonar e quiere quel perdonen; es escarnidor e él es el escarnido; querría engañar si lo sopiesse fazer; de todo lo que se pagaría [12] tiene que es lo mejor, aunque lo non sea; querría folgar e que lazdrassen los otros. ¿Qué diré más? En los fechos e en los dichos, en todo yerra; en lo demás, en su vista [13] paresçe que es nesçio, e muchos son nesçios que non lo paresçen, mas el que lo paresçe nunca yerra de lo seer.

—Todas las cosas an fin e duran poco e se mantienen con grand trabajo e se dexan con grand dolor e non finca otra cosa para sienpre, sinon lo que se faze solamente por amor de Dios.

—Non es cuerdo el que solamente sabe ganar el aver, mas eslo el que se sabe servir e onrar él dél commo deve.

—Non es de buen seso el que se tiene por pagado de dar o dezir buenos sesos [14], mas eslo el que los dize e los faze.

—En las cosas de poca fuerça, cumplen las apuestas [15] palabras; en las cosas de grand fuerça, cumplen los apuestos e provechosos fechos.

---

[9] *Amidos:* con pesar, de mala gana.
[10] *Façerio:* disgusto.
[11] *Fallago:* halago.
[12] *Se pagaría:* se contentaría, gozaría.
[13] *Vista:* aspecto.
[14] *Sesos:* consejos.
[15] *Apuestas:* hermosas.

—Más val al omne andar desnuyo, que cubierto de malas obras.

—Quien ha fijo de malas maneras e desvergonçado e non reçebidor de buen castigo, mucho le sería mejor nunca aver fijo.

—Mejor sería andar solo que mal acompañado.

—Más valdría seer omne soltero, que casar con mujer porfiosa.

—Non se ayunta el aver de tortiçería [16] e si se ayunta, non dura.

—Non es de crer en fazienda agena el que en la suya pone mal recabdo.

—Unas cosas pueden seer acerca e otras alueñe: pues dévese omne atener a lo çierto.

—Por rebato e por pereza yerra omne muchas cosas, pues de grand seso es el que se sabe guardar de amas.

—Sabio es el que sabe soffrir e guardar su estado en el tiempo que es turbio.

—En grant cuita e periglo bive qui reçela que sus consejeros querrían más su pro que la suya.

—Quien sembra sin tiempo non se marabille de non seer buena la cogida.

—Todas las cosas paresçen bien e son buenas, e paresçen mal e son malas, e paresçen bien e son malas, e paresçen malas e son buenas.

—En mejor esperança está el que va por la carrera derecha e non falla lo que demanda, que el que va por la tuerta [17] e se le faze [18] lo que quiere.

—Más val alongarse omne del señor tortiçiero, que seer mucho su privado.

—Quien desengaña con verdadero amor, ama; quien lesonia [19], aborreçe.

—El que más sigue la voluntat que la razón, trae el alma e el cuerpo en grand periglo.

—Usar más de razón el deleite de la carne, mata el

---

[16] *Tortiçería:* de mala forma, contra derecho. Como *Tortiçero:* «que falta a la justicia».

[17] *Tuerta:* torcida.

[18] *Se le faze:* consigue.

[19] *Lesonia:* lisonjea, halaga.

alma e destruye la fama e enflaqueçe el cuerpo e mengua el seso e las buenas maneras.

—Todas las cosas yazen so la mesura; e la manera es el peso.

—Quien non ha amigos sinon por lo que les da, poco les durarán.

—Aborreçida cosa es qui quiere estar con malas compañas.

—El que quiere señorear los suyos por premia [20] e non por buenas obras, los coraçones de los suyos demandan quien los señoree.

—Commo quier que contesçe, grave cosa es seer dessemejante a su linage.

—Qual omne es, con tales se aconpaña.

—Más vale seso que ventura, que riqueza, nin linage.

—Cuidan que el seso e el esfuerço que son dessemejantes, e ellos son una cosa.

—Mejor es perder faziendo derecho, que ganar por fazer tuerto, ca el derecho ayuda al derecho.

—Non deve omne fiar en la ventura, ca múdanse los tiempos é contiénense [21] las venturas.

—Por riqueza, nin pobreza, nin buena andança, nin contraria, non deve omne pararse [22] del amor de Dios.

—Más daño recibe omne del estorvador, que provecho del quel ayuda.

—Non es sabio quien se puede desenbargar de su enemigo e lo aluenga.

—Qui a ssí mismo non endereça, non podría endereçar a otri.

—El señor muy falaguero es despreciado; el bravo, aborrecido; el cuerdo, guárdalo con la regla [23].

—Quien por poco aprovechamiento aventura grand cosa, non es de muy buen seso.

—¡Cómmo es aventurado qui sabe soffrir los espantos e non se quexa para fazer su daño!

---

[20] *Premia:* opresión.
[21] *Contiénense:* detiénense.
[22] *Pararse:* apartarse.
[23] *Con la regla:* según la regla.

—Si puede omne dezir o fazer su pro, fágalo, e sinon, guárdese de dezir o fazer su daño.

—Omildat con razón es alabada.

—Quanto es mayor el subimiento, tanto es peor la caída.

—Paresçe[24] la vondat del señor en quáles obras faze, quáles leyes pone.

—Por dexar el señor al pueblo lo que deve aver dellos, les tomará lo que non deve.

—Qui non faz buenas obras a los que las an mester, non le ayudarán quando los ovier mester.

—Más val sofrir fanbre que tragar bocado dañoso.

—De los viles se sirve omne por premia; de los buenos e onrados, con amor e buenas obras.

—Ay verdat buena, e ay verdat mala.

—Tanto enpeeçe[25] a vegadas la mala palabra commo la mala obra.

—Non se escusa de ser menguado qui por otri faze su mengua.

—Qui ama más de quanto deve, por amor será desamado.

—La mayor desconosçençia es quien non conosçe a ssí; pues ¿cómo conozcrá a otri?

—El que es sabio sabe ganar perdiendo, e sabe perder ganando.

—El que sabe, sabe que non sabe; el que non sabe, cuida que sabe.

—La escalera del galardón es el pensamiento, e los escalones son las obras.

—Quien non cata las fines fará los comienços errados.

—Qui quiere acabar lo que desea, desee lo que puede acabar.

—Quando se non puede fazer lo que omne quiere, quiera lo que se pueda fazer.

—El cuerdo sufre al loco, e non sufre el loco al cuerdo, ante le faz premia.

---

[24] *Paresçe:* aparece.
[25] *Enpeeçe:* daña, hace mal.

—El rey rey, reina; el rey non rey, non reina, mas es reinado.

—Muchos nombran a Dios e fablan en 'l, e pocos andan por las sus carreras.

—Espantosa cosa es enseñar el mudo, guiar el çiego, saltar el contrecho [26]; más lo es dezir buenas palabras e fazer malas obras.

—El que usa parar lazos en que cayan los omnes, páralos a otri e él caerá en ellos.

—Despreçiado deve seer el castigamiento [27] del que non bive vida alabada [28].

—¡Quántos nombran la verdat e non andan por sus carreras!

—Venturado e de buen seso es el que fizo caer a su contrario en el foyo que fiziera para en que él cayesse.

—Quien quiere que su casa esté firme, guarde los çimientos, los pilares e el techo.

—Usar la verdat, seer fiel, e non fablar en lo que non aprovecha, faz llegar a omne a grand estado.

—El mejor pedaço que ha en 'l omne es el coraçón; esse mismo es el peor.

—Qui non enseña e castiga sus fijos ante del tiempo de la desobediençia, para siempre ha dellos pecado.

—La mejor cosa que omne puede escoger para este mundo es la paz sin mengua e sin vergüença.

—Del fablar biene mucho bien; del fablar biene mucho mal.

—Del callar biene mucho bien; del callar biene mucho mal.

—El seso e la mesura e la razón departen e judgan las cosas.

—¡Cómmo sería cuerdo qui sabe que ha de andar grand camino e passar fuerte puerto si aliviasse la carga e amuchiguasse [29] la vianda!

---

[26] *Contrecho:* lisiado.
[27] *Castigamiento:* consejo.
[28] *Alabada:* digna.
[29] *Amuchiguasse:* acrecentase. Cfr. «E despues desto assossegaron, e creció e amuchigóse tanto el pueblo de ella, que non pudieron í caber». *Crónica General,* 26.

—Quando el rey es de buen seso e de buen consejo e sabio sin maliçia, es bien del pueblo; e el contrario.

—Qui por cobdiçia de aver dexa los non fieles en desobediençia [30] de Dios, non es tuerto de seer su despagado.

—Al que Dios da vençimiento de su enemigo, guárdesse de lo porque fue vençido.

—Si el fecho faz grand fecho e buen fecho e bien fecho, non es grand fecho. El fecho es fecho quando el fecho faze el fecho; es grand fecho e bien fecho si el non fecho faz grand fecho e bien fecho.[31]

—Por naturales [32] e vatalla campal se destruyen e se conquieren [33] los grandes regnos.

—Guiamiento de la nave, vençimiento de lid, melezinamiento de enfermo, senbramiento de qualquier semiente, ayuntamiento de novios, non se pueden fazer sin seso de omne e voluntat e gracia speçial de Dios.

—Non será omne alabado de complida fialdat [34], fata que todos sus enemigos fien dél sus cuerpos e sus fechos. Pues cate omne por quál es tenido si sus amigos non osan fiar dél.

—Qui escoge morada en tierra do non es el señor derechudero [35] e fiel e apremiador e físico sabidor e complimiento [36] de agua, mete a ssí e a ssu compaña en grant aventura.

—Todo omne es bueno, mas non para todas las cosas.

—Dios guarde a omne de fazer fecho malo, ca por lo encobrir abrá de fazer otro o muchos malos fechos.

—Qui faze jurar al que bee que quiere mentir, ha parte en 'l pecado.

—El que faze buenas obras a los buenos e a los malos, recibe bien de los buenos e es guardado de los malos.

---

[30] *Desobediencia:* Aquí, con el sentido de «desconocimiento».

[31] *Fecho... e bien fecho:* Podría proponerse este párrafo como ejemplo claro de ese hablar oscuro (aparte el «juego» que supone la 4.ª parte) que don Juan Manuel se ha propuesto.

[32] *Naturales:* causas naturales.

[33] *Conquieren:* conquistan.

[34] *Fialdat:* fidelidad.

[35] *Derechudero:* justiciero.

[36] *Complimiento:* abundancia.

—Por omillarse al rey e obedeçer a los príncipes, e honrar a los mayores e fazer bien a los menores, e consejarse con los sus leales, será omne seguro e non se arrepintrá.

—Qui escarneçe de la lisión o mal que viene por obra de Dios, non es seguro de non acaesçer a él.

—Non deve omne alongar el bien, pues lo piensa, porque non le estorve la voluntat.

—Feo es ayunar con la voca sola e pecar con todo el cuerpo.

—Ante se deven escoger los amigos que omne mucho fíe nin se aventure por ellos.

—Del que te alaba más de quanto es verdat, non te assegures de te denostar más de quanto es verdat.

Tercera parte
del libro del Conde Lucanor
e de Patronio

—Señor conde Lucanor—dixo Patronio—, después que el otro libro fue acabado, porque entendí que lo queríades vos, començé a fablar en este libro más avreviado e más oscuro que en 'l otro. E commo quier que en esto que vos he dicho en este libro ay menos palabras que en el otro, sabet que non es menos el aprovechamiento e el entendimiento deste que del otro, ante es muy mayor para quien lo estudiare e lo entendiere; ca en 'l otro ay cinquenta enxiemplos e en éste ay ciento. E pues en el uno e en 'l otro ay tantos enxiemplos, que tengo que devedes tener por assaz, paresçe que faríedes mesura si me dexásedes folgar daquí adelante.

—Patronio —dixo el conde Lucanor—, vos sabedes que naturalmente de tres cosas nunca los omnes se pueden tener por pagados e siempre querrían más dellas: la una es saber, la otra es onra e preçiamiento, la otra es abastamiento[1] para en su vida. E porque el saber es tan buena cosa, tengo que non me devedes culpar por querer ende aver yo la mayor parte que pudiere, e por-

---

[1] *Abastamiento:* abundancia de bienes, abastecimiento.

que sé que de ninguno non lo puedo mejor saber que de vos, creed que, en quanto viva, nunca dexaré de vos affincar que me amostredes lo más que yo pudiere aprender de lo que vos sabedes.

—Señor Conde Lucanor —dixo Patronio—, pues veo que tan buena razón e tan buena entençión vos muebe a esto, dígovos que tengo por razón de trabajar aún más, e dezirvos he lo que entendiere de lo que aún fata aquí non vos dixe nada. Ca dezir una razón muchas vegadas, si non es por algún provecho señalado, o paresçe que cuida el que lo dize que aquel que lo ha de oir es tan boto [2] que lo non puede entender sin lo oir muchas vezes, o paresçe que ha sabor de fenchir el libro non sabiendo qué poner en él. E lo que daquí adelante vos he a dezir comiença assí:

—Lo caro es caro, cuesta caro, guárdasse caro, acábalo caro; lo rehez [3] es rehez, cuesta rehez, gánase rehez, acábalo rehez; lo caro es rehez, lo rehez es caro.

—Grant marabilla será, si bien se falla, el que fía su fecho e faze mucho bien al que erró e se partió sin grand razón del con qui avía mayor debdo.

—Non deve omne crer que non se atreverá a él por esfuerço de [4] otri, el que se atreve a otri por esfuerço dél.

—El que quiere enpeeçer [5] a otri, non deve cuidar que el otro non enpeçerá a él.

—Por seso se mantiene el seso. El seso da seso al que non ha seso. Sin seso non se guarda el seso.

—Tal es Dios e los sus fechos, que señal es que poco lo conosçerán los que mucho fablan en Él.

—De buen seso es el que non puede fazer al otro su amigo, de non lo fazer su enemigo.

—Qui cuida aprender de los omnes todo lo que saben, yerra; qui aprende lo aprovechoso, açierta.

—El consejo, si es grand consejo, es buen consejo; faz

---

[2] *Boto:* torpe, corto de entendimiento. Literalmente: romo, falto de punta.
[3] *Rehez:* vil, de poca calidad.
[4] *Por esfuerço de:* con ayuda de.
[5] *Enpeeçer:* dañar.

buen consejo, da buen consejo; párasse al consejo qui de mal consejo faz buen consejo; el mal consejo de buen consejo faz mal consejo. A grand consejo a mester grand consejo. Grand bien es del qui ha e quiere e cree buen consejo.

—El mayor dolor faz olvidar al que non es tan grande.

—Qui ha de fablar de muchas cosas ayuntadas, es commo el que desbuelve grand oviello que ha muchos cabos.

—Todas las cosas naçen pequeñas e creçen; el pesar nasçe grande e cada día mengua.

—Por onra reçibe onra qui faz onra. La onra dévese fazer onra, guardándola.

—El cuerdo, de la bívora faz triaca [6]; e el de mal seso, de gallinas faz vegambre [7].

—Qui se desapodera [8] non es seguro de tornar a ssu poder quando quisiere.

—Non es de buen seso qui mengua su onra por cresçer la agena.

—Qui faż bien por reçebir bien non faz bien; porque el bien es carrera del complido bien, se deve fazer el bien. Aquello es bien que se faz bien. Por fazer bien se ha el complido bien.

—Usar malas viandas e malas maneras es carrera de traer el cuerpo e la fazienda e la fama en peligro.

—Qui se duele mucho de la cosa perdida que se non puede cobrar, e desmaya por la ocasión de que non puede foir, non faze buen seso.

—Muy caro cuesta reçebir don del escasso; quanto más pedir al avariento.

—La razón es razón de razón. Por razón es el omne cosa de razón. La razón da razón. La razón faz al omne seer omne: assí por razón es el omne; quanto el omne a más de razón, es más omne; quanto menos, menos; pues el omne sin razón non es omne, mas es de las cosas en que non ha razón.

---

[6] *Triaca:* antídoto contra picaduras venenosas que se obtiene de la misma víbora.

[7] *Vegambre:* veneno, eléboro blanco.

[8] *Desapodera:* se queda sin poder, pierde su autoridad.

—El soffrido sufre quanto deve e despuês côbrasse con bien e con plazer.

—Razôn es de bevir mal a los que son dobles de coraçôn e sueltos para complir los desaguisados deseos.

—Los que non creen verdaderamente en Dios, razôn es que non sean por êl defendidos.

—Si el omne es omne, quanto es mâs omne es mejor omne. Si el grand omne es bien omne, es buen omne e grand omne; quanto el grand omne es menos omne, es peor omne; non es grand omne sinon el buen omne; si el grand omne non es buen omne, nin es grand omne nin buen omne, mejor le serîa nunca seer omne.

—Largueza en mengua, astinençia en abondamiento, castidat en mançebîa [9], omildat en grand onra, fazen al omne mârtir sin escarnimiento [10] de sangre.

—Qui demanda las cosas mâs altas que sî, e escodriña las mâs fuertes, non faze buen recabdo.

—Razôn es que reciba omne de sus fijos lo que su padre reçibiô dêl.

—Lo mucho es para mucho; mucho sabe qui en lo mucho faz mucho por lo mucho; lo poco dexa por lo mucho. Por mengua non pierde. Lo poco endereça lo mucho. Siempre ten el coraçôn en lo mucho.

—Quanto es el omne mayor, si es verdadero omildoso, tanto fallarâ mâs gracia ante Dios.

—Lo que Dios quiso asconder non es aprovechoso de lo veer omne con sus ojos.

—Por la bendiçiôn del padre se mantienen las casas de los fijos; por la maldiçiôn de la madre se derriban los çimientos de raîz.

—Si el poder es grand poder, el grand poder ha grand saber. Con grand saber es grand querer; teniendo que de Dios es todo el poder, e de su gracia aver poder, deve creçer su grand poder.

—Qui quiere onrar a ssî e a ssu estado, guise que sean seguros dêl los buenos e que se reçelen dêl los malos.

---

9 *Mançebîa:* mocedad, juventud.
10 *Escarnimiento:* derramamiento.

—La dubda e la pregunta fazen llegar al omne a la verdat.

—Non deve omne aborreçer todos los omnes por alguna tacha, ca non puede seer ninguno guardado de todas las tachas.

—El yerro es yerro; del yerro nasçe yerro; del pequeño yerro nasçe grand yerro; por un yerro viene otro yerro; si bien biene del yerro, siempre torna en yerro; nunca del yerro puede venir non yerro.

—Qui contiende con el que se paga del derecho e de la verdat, e lo usa, non es de buen seso.

—Los cavalleros e el aver son ligeros de nombrar e de perder, e graves [11] de ayuntar e más de mantener.

—El cuerdo tiene los contrarios e el su poder por más de quanto es, e los ayudadores e el su poder por menos de quanto es.

—Fuerça non fuerça a fuerça; fuerça desfaz con fuerça, a vezes mejor sin fuerça; non se dize bien: fuerça a veces presta la fuerça; do se puede escusar, non es de provar fuerça.

—Cuerdo es quien se guía por lo que contesçió a los que passaron.

—Commo cresçe el estado, assí cresçe el pensamiento; si mengua el estado, cresçe el cuidado.

—Con dolor non guaresçe la gran dolençia, mas con melezina sabrosa.

—Amor creçe amor; si amor es buen amor, es amor; amor más de amor non es amor; amor, de grand amor faz desamor.

—A [12] cuidados que ensanchan e cuidados que encogen.

—Mientre se puede fazer, mejor es manera que la fuerça.

—Los leales dizen lo que es; los arteros [13] lo que quieren.

—Vida buena, vida es; vida buena, vida da. Qui non a vida non da vida; qui es vida da vida. Non es vida la

---

[11] *Graves:* difíciles.
[12] *A:* hay.
[13] *Arteros:* astutos.

mala vida. Vida sin vida, non es vida. Qui non puede aver vida, cate que aya complida vida [14].

[14] Se ha tenido en cuenta el estudio de David A. Flory, «A Suggested Emendation of *El Conde Lucador,* Parts I and III», en *Studies,* págs. 87-99.

Cuarta parte
del libro del Conde Lucanor
e de Patronio

RAZONAMIENTO DE PATRONIO AL CONDE LUCANOR [1]

—Señor conde Lucanor —dixo Patronio—, porque entendí que era vuestra voluntat, e por el afincamiento que me fiziestes, porque entendí que vos movíades por buena entençión, trabajé de vos dezir algunas cosas más de las que vos avía dicho en los enxiemplos que vos dixe en la primera parte deste libro en que ha çinquenta enxiemplos que son muy llanos e muy declarados; e pues en la segunda parte ha çient proverbios e algunos fueron ya quanto [2] oscuros e los más, assaz declarados; e en esta terçera parte puse çinquenta proverbios, e son más oscuros que los primeros çinquenta enxiemplos, nin los çient proverbios. E assí, con los enxiemplos e con los proverbios, hevos [3] puesto en este libro dozientos entre proverbios e enxiemplos, e más: ca en los çinquenta en-

---

[1] En las notas siguientes recogemos las interpretaciones de Sánchez Cantón (1920) y de C. Michaëlis de Vasconcellos («Zum Sprichwörterschatz des Don Juan Manuel», en *Bausteine zur romanischen Philologie. Festgabe für A. Mussafia.* Halle, Niemeyer, 1905, págs. 594-608), trabajo «escondido en una publicación difícil de encontrar», y que recoge Devoto (1972, págs. 474 y ss.).

[2] *Ya quanto:* algo, un tanto.

[3] *Hevos:* os he.

xiemplos primeros, en contando [4] el enxiemplo, fallaredes en muchos lugares algunos proverbios tan buenos e tan provechosos commo en las otras partes deste libro en que son todos proverbios. E bien vos digo que qualquier omne que todos estos proverbios e enxiemplos sopiesse, e los guardasse e se aprovechasse dellos, quel cumplían assaz para salvar el alma e guardar su fazienda e su fama e su onra e su estado. E pues tengo que en lo que vos he puesto en este libro ha tanto que cumple para estas cosas, tengo, que si aguisado [5] quisiéredes catar, que me devíedes ya dexar folgar.

—Patronio —dixo el conde—, ya vos he dicho que por tan buena cosa tengo el saber, e tanto querría dél aver lo más que pudiesse, que por ninguna guisa nunca he de partir manera de fazer todo mio poder por saber ende lo más que yo pudiere. E porque sé que non podría fallar otro de quien más pueda saber que de vos, dígovos que en toda la mi vida nunca dexaré de vos preguntar e affincar por saber de vos lo más que yo pudiere.

—Señor conde Lucanor—dixo Patronio—, pues assí es, e assí lo queredes, yo dezirvos he algo segund lo entendiere de lo que fasta aquí non vos dixe, mas pues veo que lo que vos he dicho se vos faze muy ligero de entender, daquí adelante dezirvos he algunas cosas más oscuras que fasta aquí e algunas assaz llanas. E si más me affincáredes, avervos he a fablar en tal manera que vos converná de aguzar el entendimiento para las entender.

—Patronio —dixo el conde—, bien entiendo que esto me dezides con saña e con enojo por el affincamiento que vos fago; pero commo quier que segund el mio flaco saber querría más que me fablássedes claro que oscuro, pero tanto tengo que me cumple lo que vos dezides, que querría ante que me fablássedes quanto oscuro vos quisierdes, que non dexar de me mostrar algo de quanto vos sabedes.

_____

[4] _En contando:_ leyendo.
[5] _Aguisado:_ advertido.

—Señor conde Lucanor —dixo Patronio—, pues assí lo queredes, daquí adellante parad bien mientes a lo que vos diré.

—En el presente muchas cosas grandes son tiempo grandes e non parescen, e omne nada en 'l passado las tiene [6].

—Todos los omnes se engañan en sus fijos e en su apostura e en sus vondades e en su canto.

—De mengua seso es muy grande por los agenos grandes tener los yerros pequeños por los suyos [7].

—Del grand afazimiento [8] nasçe menospreçio.

—En el medrosas deve señor idas primero e las apressuradas ser sin el que saliere lugar, enpero fata grand periglo que sea [9].

—Non deve omne fablar ante otro muy sueltamente fasta que entienda qué conparación ha entre el su saber e el del otro.

—El mal porque toviere lo otro en que vee guardar en el que se non deve querer caya [10].

—Non se deve omne tener por sabio nin encobrir su saber más de razón.

—Non la salut siente nin el bien, el siente se contrario [11].

—Non faze buen seso el señor que se quiere servir o se paga [12] del omne que es maliçioso, nin mintroso [13].

—Con más mansedumbre sabios sobervia, con que cosas fallago con braveza los acaban [14].

---

[6] «En el tiempo pasado muchas cosas parecen grandes et en el presente non son grandes et home [en] nada las tiene» (C. M.).

[7] «Muy grande mengua de seso es tener por grandes los yerros ajenos et por pequeños los suyos» (C. M.).

[8] *Afazimiento:* confianza.

[9] «El señor debe ser [el] primero que saliere en las medrosas e apresuradas idas, empero, fasta que sea el lugar sin gran peligro» (S. C.).

[10] «El mal que [omne] toviere por mal en otrie, debie guardarse porque non caya en él» (C. M.).

[11] «Non siente la salud nin el su. bien [qui no] siente [o sintió] su contrario» (C. M.).

[12] *Se paga:* se contenta.

[13] *Mintroso:* mentiroso.

[14] «Los sabios acaban las cosas con más mansedumbre [et] falago, que con braveza [et] soberbia» (S. C.).

—De buen seso es qui se guarda de se desavenir con aquél sobre que ha poder, quanto más con el que lo ha mayor que él.

—Aponen[15] que todo omne deve alongar de sí el sabio, ca los faze con él mal los malos omnes[16].

—Qui toma contienda con el que más puede, métese en grand periglo; qui la toma con su egual, métese en aventura; qui la toma con el que menos puede, métese en menospreçio; pues lo mejor es qui puede aver paz a su pro e su onra.

—El seso por que guía, non es su alabado e el que non fía mucho de su seso descubre poridat al de qui es flaco[17].

—Más aprovechoso es a muchos omnes aver algún reçelo que muy grand paz sin ninguna contienda.

—Grand bien es al señor que non aya el coraçón esforçado e si oviere de seer de todo coraçón fuerte, cúmplel cuerpo assaz lo esforçado[18].

—El más complido e alabado para consegero es el que guarda bien la poridat e es de muertas cobdiçias e de bivo entendimiento.

—Más tiempos aprovecha paral continuado deleite, que a la fazienda pensamiento e alegría[19].

—Por fuertes ánimos, por mengua de aver, por usar mucho mugeres, e bino e malos plazeres, por ser tortiçero e cruel, por aver muchos contrarios e pocos amigos se pierden los señoríos o la vida.

---

[15] *Aponen:* achacan, atribuyen.

[16] «Todo omne sabio debe alongar de sí los malos omnes, ca aponen [que] el mal lo(s) faze[n] con él» (Devoto, 1972, página 475, quien varía la interpretación de C. M.).

[17] «El que [se] guía por su seso non es alabado, et el que descubre su poridad al de qui non fía mucho es de flaco seso» (María Goyri, reseña ed. de Knust cit., pág. 601).

[18] «Grant bien es al señor que aya el coraçón esforzado et si non obiere de todo coraçón esforzado, asaz cumple de ser el cuerpo esforzado» (C. M.).

[19] «Para el continuado deleite más aprovecha pensamiento et alegría que tiempos e facienda. O: A la facienda más aprovecha tiempo(s) para pensamiento que continuado deleite et alegría» (C. M.). Para Devoto es preferible la segunda interpretación.

—Errar para perdonar a de ligero da atrevimiento los omnes [20].

—El plazer faze sin sabor las viandas que lo non son, el pesar faze sabrosas las viandas [21].

—Grand vengança para menester luengo tiempo encobrir la madureza seso es [22].

—Assí es locura si el de muy grand seso se quier mostrar por non lo seer, commo es poco seso si el cuerdo se muestra cuerdo algunas vezes [23].

—Por fuerte voluntat que sea contender con su enemigo luengo tiempo, más fuerte cosa es con su omne [24].

—Dizen por mal uso complir mester por su talante verdat de quanto menos por fablar lo de los omnes es o por más saber [25].

De buen seso es qui non quiere fazer para grand obra, lo que la ha, non teniendo acabar mester aparejado [26].

—Más fechos non deve omne acomendar a un omne de a quantos non puede poner recabdo.

—Luengos tiempos ha omne obrado dallí adelante que creer en quál manera obrar deven assí.

---

[20] «Perdonar de ligero da atrevimiento a los omnes para errar» (C. M.).

[21] «El pesar face sin sabor las viandas; el placer face sabrosas las que non lo son» (C. M.).

[22] «Gran madureza de seso es mester para encobrir luengo tiempo la vengança» (S. C.).

[23] «Como es locura si el de poco seso, para lo non seer, se quiere mostrar cuerdo, así es si el cuerdo se muestra loco algunas veces» (C. M.).

[24] *Con su omne:* consigo mismo.

[25] Devoto (1972, pág. 477) lo ordena e interpreta así: «*Los omnes dizen mal por mester (o) por complir su talante; cuánto menos es por uso de fablar verdat o por saber más.* Es decir: «se calumnia por necesidad o por voluntad más veces de las que se dice mal de alguien porque se acostumbra decir la verdad o porque se conocen sus asuntos».

[26] «De buen seso es qui non quiere fazer grand obra, non teniendo aparejado lo que ha menester para la acabar» (María Goyri, reseña citada, pág. 601).

Quinta parte
del libro del Conde Lucanor
e de Patronio

—Señor conde Lucanor —dixo Patronio—, ya desuso vos dixe muchas vezes que tantos enxiemplos e proverbios, dellos muy declarados, e dellos ya quanto más oscuros, vos avía puesto en este libro, que tenía que vos cumplía assaz, e por affincamiento que me feziestes ove de poner en estos postremeros treinta proverbios algunos tan oscuramente que será marabilla si bien los pudierdes entender, si yo o alguno de aquellos a qui los yo mostré non vos los declarare; pero seet bien çierto que aquellos que parescen más oscuros o más sin razón que, desque los entendiéredes, que fallaredes que non son menos aprovechosos que qualesquier de los otros que son ligeros de entender. E pues tantas cosas son escriptas en este libro sotiles e oscuras e abreviadas, por talante que don Johan ovo de complir talante[1] de don Jaime, dígovos que non quiero fablar ya en este libro de enxiemplos, nin de proverbios, mas fablar he un poco en otra cosa que es muy más aprovechosa.

Vos, señor conde, sabedes que quanto las cosas spirituales son mejores e más nobles que las corporales, señaladamente porque las spirituales son duraderas e las corporales se an de corromper, tanto es mejor cosa

---

[1] *Talante:* voluntad.

e más noble el alma que el cuerpo, ca el cuerpo es cosa corrutible el alma cosa duradera; pues si el alma es más noble e mejor cosa que el cuerpo, e la cosa mejor deve seer más preçiada e más guardada, por esta manera, non puede ninguno negar que el alma non deve seer más preçiada e más guardada que el cuerpo.

E para seer las almas guardadas ha mester muchas cosas, e entendet que en dezir guardar las almas, non quiere ál dezir sinon fazer tales obras porque se salven las almas; ca por dezir guardar las almas, non se entiende que las metan en un castillo, nin en un arca en que estén guardadas, mas quiere dezir que por fazer omne malas obras van las almas al Infierno. Pues para las guardar que non cayan al Infierno, conviene que se guarde de las malas obras que son carrera para ir al Infierno, e guardándose destas malas obras se guarde del Infierno.

Pero devedes saber que para ganar la gloria del Paraíso, que ha guardarse omne de malas obras, que mester es de fazer buenas obras, e estas buenas obras para guardar las almas e guisar que vayan a Paraíso ha mester ý estas quatro cosas: la primera, que aya omne fee e biva en ley de salvaçión; la segunda, que desque es en tiempo para lo entender, que crea · toda su ley e todos sus artículos e que non dubde en ninguna cosa dello; la terçera, que faga buenas obras e a buena entençión porque gane el Paraíso: la quarta, que se guarde de fazer malas obras porque sea guardada la su alma de ir al Infierno.

A la primera, que aya omne fee e biva en ley de salvaçión: a ésta vos digo que, segund verdat, la ley de salvaçión es la sancta fe cathólica segund la tiene e la cree la sancta madre Ecclesia de Roma. E bien creed que en aquella manera que lo tiene la begizuela[2] que esta filando[3] a ssu puerta al sol, que assí es verdaderamente; ca ella cree que Dios es Padre e Fijo e Spíritu Sancto, que son tres personas e un Dios; e cree que Ihesu-Christo

---

[2] *Begizuela:* viejecilla. Más abajo: *veguzuela.*
[3] *Filando:* hilando.

es verdadero Dios e verdadero omne; e que fue fijo de
Dios e que fue engendrado por el Spíritu Sancto en el
vientre de la bienaventurada Virgo Sancta María; e que
nasçió della Dios e omne verdadero, e que fincó ella virgen quando conçibió, e virgen seyendo preñada, e virgen
después que parió; e que Ihesu-Christo se crió e cres-
çió commo otro moço; e después, que predicó, e que fue
preso e tormentado, e después puesto en la cruz, e que
tomó ý muerte por redemir los pecadores, e que descendió
a los infiernos, e que sacó ende los Padres que sabían
que avía de venir e esperavan la su venida, e que resusçitó al terçer día e aparesçió a muchos, e que subió
a los çielos en cuerpo e en alma, e que envió a los apóstoles el Spíritu Sancto que los confirmó e los fizo saber
las Scripturas e los lenguages, e los envió por el mundo
a predigar el su Sancto Evangelio. E cree que Él ordenó
los sacramentos de Sancta Eglesia, e que los son verdaderamente assí commo Él ordenó, e que ha de venir a
nos judgar, e nos dará lo que cada uno meresçió, e que
resusçitaremos, e que en cuerpo e en alma avremos después gloria o pena segund nuestros meresçimientos. E
ciertamente qualquier veguzuela cree esto, e esso mismo
cree qualquier christiano.

E, señor conde Lucanor, bien cred por cierto que todas estas cosas, bien assí commo los christianos las creen,
que bien assí son, mas los christianos que non son muy
sabios, nin muy letrados, créenlas simplemente commo
las cree la Sancta Madre Eglesia e en esta fe e en esta
creençia se salvan; mas, si lo quisierdes saber cómmo es
e cómmo puede seer e cómmo devía seer, fallarlo hedes
más declarado que por dicho e por seso de omne se
puede dezir e entender en 'l libro que don Johan fizo
a que llaman *De los Estados,* e tracta de cómmo se prueva por razón que ninguno, christiano nin pagano, nin
ereje, nin judío, nin moro, nin omne del mundo, non
pueda dezir con razón que el mundo non sea criatura
de Dios, e que, de neçessidat, conviene que sea Dios
fazedor e criador e obrador de todos, e en todas las cosas: e que ninguna non obra en Él. E otrosí, tracta
cómmo pudo ser e cómmo e por quáles razones pudo

ser e deve seer que Ihesu Christo fuesse verdadero Dios e verdadero omne; e cómmo puede seer que los sacramentos de Sancta Ecclesia ayan aquella virtud que Sancta Eglesia dize e cree. Otrosí, tracta de cómmo se prueva por razón que el omne es compuesto de alma e de cuerpo, e que las almas ante de la resurrectión avrán gloria o pena por las obras buenas o malas que ovieron fechas seyendo ayuntadas con los cuerpos, segund sus meresçimientos, e después de la resurrectión que lo avrán ayuntadamente el alma e el cuerpo; e que assí commo ayuntadamente fizieron el bien o el mal, que assí ayuntadamente, ayan el galardón o la pena.

E, señor conde Lucanor, en esto que vos he dicho que fallaredes en aquel libro, vos digo assaz de las dos cosas primeras que convienen para salvamiento de las almas, que son: la primera, que aya omne e viva en ley de salvaçión; e la segunda, que crea toda su ley e todos sus artículos e que non dubde en ninguno dellos. E porque las otras dos, que son: cómmo puede omne e deve fazer buenas obras para salvar el alma e guardarse de fazer las malas por escusar las penas del Infierno, commo quier que en aquel mismo libro tracta desto assaz complidamente, pero, porque esto es tan mester de saber e cumple tanto, e porque por aventura algunos leerán este libro e non leerán el otro, quiero yo aquí fablar desto; pero só çierto que non podría dezir complidamente todo lo que para esto sería mester. Diré ende, segund el mio poco saber, lo que Dios me endereçe a dezir, e quiera Él, por la su piadat, que diga lo que fuere su serviçio e provechamiento de los que lo leyeren e lo oyeren.

Pero ante que fable en estas dos maneras —cómmo se puede e deve omne guardar de fazer malas obras para escusar las penas del Infierno, e fazer las buenas para ganar la gloria del Paraíso— diré un poco cómmo es e cómmo puede seer que los Sacramentos sean verdaderamente assí commo lo tiene la Sancta Eglesia de Roma. E esto diré aquí, porque non fabla en ello tan declaradamente en 'l dicho libro que don Johan fizo.

E fablaré primero en el sacramento del cuerpo de

Dios; que es el sacramento de la hostia, que se consagra en 'l altar. E comienço en éste porque es el más grave de creer que todos los sacramentos; e probándose esto por buena e por derecha razón, todos los otros se pruevan. E con la merçed de Dios, desque éste oviere provado, yo provaré tanto de los otros con buena razón, que todo omne, aunque non sea christiano, e aya en sí razón e buen entendimiento, entendrá que se prueva con razón; que para los christianos non cumple de catar razón, ca tenudos son de lo creer, pues es verdat, e lo cree Sancta Eglesia, e commo quier que esto les cumplía assaz, pero non les enpesçe saber estas razones, que ya desuso en aquel libro se prueva por razón que forçadamente avemos a saber e creer que Dios es criador e fazedor de todas las cosas e que obra en todas las cosas e ninguna non obra en 'l.

Otrosí, es provado que Dios crió el omne e que non fue criado solamente por su naturaleza, mas que lo crió Dios de su propria voluntat. Otrosí, que lo crió apuesto de alma e de cuerpo, que es cosa corporal e cosa spiritual, e que es compuesto de cosa duradera e cosa que se ha de corromper; e éstas son el alma e el cuerpo, e que para éstas aver amas gloria o pena, convinía que Dios fuesse Dios e omne; e todo esto se muestra muy complidamente en aquel libro que dicho es.

E pues es provado que Ihesu Christo fue e es verdaderamente Dios, e Dios es todo poder complido, non puede ninguno negar que el sacramento que Él ordenó que lo non sea e que non aya aquella virtud que Él en 'l sacramento puso; pero que si alguno dixiere que esto tañe en fe e que él non quiere aver fe sinon en quanto se mostrare por razón, digo yo que demás de muchas razones que los sanctos e los doctores de sancta Eglesia ponen, que digo yo esta razón:

Cierto es que nuestro señor Ihesu Christo, verdadero Dios e verdadero omne, seyendo el jueves de la çena a la mesa con sus apóstoles, sabiendo que otro día devía seer fecho sacrifiçio del su cuerpo, e sabiendo que los omnes non podían seer salvos del poder del Diablo —en cuyo poder eran caídos por el pecado del primer omne, nin podían seer redemidos sinon por el sacrifiçio que dél se avía de fazer—, quiso, por la su grand bondat, soffrir tan grand pena commo sufrió en la su passión, e por aquel sacrifiçio que fue fecho del su cuerpo, fueron redemidos todos los sanctos que eran en 'l Limbo, ca nunca ellos pudieran ir al Paraíso sinon por el sacrifiçio que se fizo del cuerpo de Ihesu Christo; e aun tienen los sanctos e los doctores de sancta Eglesia, e es verdat, que tan grande es el bien e la gloria del Paraíso, que nunca lo podría omne aver, nin alcançar, sinon por la passión de Ihesu Christo, por los mereçimientos de sancta María e de los otros sanctos. E por aquella sancta e aprovechosa passión fueron salvos e redemidos todos los que fasta entonçe eran en 'l Limbo e serán redemidos todos los que murieren e acabaren derechamente en la sancta fe cathólica. E porque Ihesu Christo, segund omne, avía de morir e non podía fincar en el mundo e Él era el verdadero cuerpo porque los omnes avían a sseer salvos, quísonos dexar el su cuerpo verdadero assí complido commo lo Él era, en que se salvassen todos los derechos e verdaderos christianos; e por esta razón, tomó el pan e bendíxolo e partiólo e diolo a sus disçiplos e dixo: «Tomat e comet, ca éste es el mio cuerpo»; e después tomó el cálix, dio gracias a Dios, e dixo: «Bevet todos éste, ca ésta es la mi sangre»; e allí ordenó el sacramento del su cuerpo. E devedes saber que la razón porque dizen que tomó el pan e bendíxolo e partiólo es ésta: cada que Ihesu Christo bendizía el pan, luego él era partido tan egual commo si lo partiesse con el más agudo cochiello que pudiesse seer. E por esto dize en el Evangelio quel conosçieron los apóstoles después que resusçitó en 'l partir del pan; ca por partir el pan en otra manera commo todos lo parten, non avía la Sancta Scriptura por qué fazer mención del partir del pan, mas fázelo porque Ihesu Christo partía sienpre el pan, mostrando cómmo lo podía fazer tan marabillosamente.

E otrosí, dexó este sancto sacramento porque fincasse en su remembrança. E assí, pues se prueva que Ihesu Christo es verdadero Dios e assí commo Dios pudo fazer todas las cosas, e es çierto que fizo e ordenó este sacramento, non puede dezir ninguno con razón que non lo devía ordenar assí commo lo fizo; e que non ha complidamente aquella virtud que Ihesu, verdadero Dios, en él puso.

E 'l baptismo, otrossí, todo omne que buen entendimiento aya, por razón deve entender que este sacramento se devió fazer e era muy grand mester; ca bien entendedes vos que commo quier que el casamiento sea fecho por mandado de Dios e sea uno de los sacramentos, pero, porque en la manera de la engendraçión non se puede escusar algún deleite, por ventura non tan ordenado commo seríe mester, por ende todos los que nasçieron e nasçerán por engendramiento de omne e de muger nunca fue nin será ninguno escusado de nasçer en 'l pecado deste deleite. E a este pecado llamó la Scriptura 'pecado original', que quiere dezir, segund nuestro lenguaje, 'pecado del nasçimiento'; e porque ningund omne que esté en pecado non puede ir a Paraíso, por ende, fue la merçed de Dios de dar manera cómmo se alimpiasse este pecado; e para lo alimpiar, ordenó nuestro señor Dios, en la primera ley, la circunçisión; e commo quier que en quanto duró aquella ley cumplían aquel sacramento, porque entendades que todo lo que en aquella ley fue ordenado, que todo fue por figura⁴ desta sancta ley que agora abemos, devédeslo entender señaladamente en este sacramento del baptismo, ca entonçe circunçidavan los omnes, e ya en ésta paresçe que era figura que de otra guisa avía de seer; ca vos entendedes que el sacramento complido egualmente se deve fazer, pues el circunçidar non se puede fazer sinon a los varones; pues si non se puede ninguno salvar del pecado original sinon por la çircunçisión, çierto es que las mugeres que non pueden este sacramento aver, non pueden seer alimpiadas del pecado original. E assí, entendet que la circunçisión que fue figura del alimpiamiento que se avía de ordenar en la sancta fe cathólica que nuestro señor Ihesu Christo or-

---

⁴ *Figura:* representación, símbolo.

denó assí commo Dios. E quando Él ordenó este sancto sacramento, quísolo ordenar aviendo reçebido en sí el sacramento de la çircunçisión, e dixo que non viniera Él por menguar nin por desfazer la ley, sinon por la complir, e cumplió la primera ley en la çircunçisión, e la segunda, que Él ordenó, reçibiendo baptismo de otri, commo lo reçebió de sant Johan Baptista.

E porque entendades que el sacramento que Él ordenó del baptismo es derechamente ordenado para alimpiar el pecado original, parad en ello vien mientes e entendredes quánto con razón es ordenado.

Ya desuso es dicho que en la manera del engendramiento non se puede escusar algún deleite; contra este deleite, do conviene de aver alguna cosa non muy limpia, es puesto uno de los elementos que es el más limpio, e señaladamente para alimpiar, ca las más de las cosas non limpias, todas se alimpian con el agua; otrosí, en bapteando [5] la criatura dizen: «Yo te bateo en 'l nombre del Padre e del Fijo e del Spíritu Sancto»; e métenlo en el agua. Pues veet si este sancto sacramento es fecho con razón, ca en diciendo «yo te bateo en 'l nombre del Padre e del Fijo e del Spíritu Sancto» ý mismo dize e nombra toda la Trinidat e muestra el poder del Padre e el saber del Fijo e la bondat del Spíritu Sancto; e dize que por estas tres cosas, que son Dios e en Dios, sea alimpiada aquella criatura de aquel pecado original en que nasçió; e la palabra llega al agua, que es elemento, e fázese sacramento. E este ordenamiento deste sancto sacramento que Ihesù Christo ordenó es egual e complido, ca tan bien lo pueden reçebir, e lo reçiben, las mugeres commo los omnes. E assí, pues este sancto sacramento es tan mester, e fue ordenado tan con razón, e lo ordenó Ihesu Christo, que lo podía ordenar assí commo verdadero Dios, non puede con razón dezir omne del mundo que este sancto sacramento non sea tal e tan complido commo lo tiene la madre sancta Eglesia de Roma.

E quanto de los otros çinco sacramentos que son: penitençia, confirmación, casamiento, orden, postrimera

---

[5] *Bapteando:* bautizando. Más abajo: *bateo.*

unción, bien vos diría tantas e tan buenas razones en cada uno dellos, que vos entendríades que eran assaz; mas déxolo por dos cosas: la una, por non alongar mucho el libro; e lo ál, porque sé que vos e quien quier que esto oya, entendrá que tan con razón se prueva lo ál commo esto.

E pues esta razón es acabada assí commo la yo pude acabar, tornaré a fablar de las dos maneras en cómmo se puede omne e deve guardar de fazer malas obras para se guardar de ir a las penas del Infierno, e podrá fazer e fará buenas obras para la gloria del Paraíso.

Señor conde Lucanor, segund desuso es dicho, sería muy grave cosa de se poner por escripto todas las cosas que omne devía fazer para se guardar de ir a las penas del Infierno e para ganar la gloria del Paraíso, pero quien lo quisiesse dezir abreviadamente podría dezir que para esto non ha mester ál sinon fazer bien e non fazer mal. E esto sería verdat, mas porque esto sería, commo algunos dizen, grand verdat e poco seso, por ende, conviene que, pues me atreví a tan grand atrevimiento de fablar en fechos que cuido que me non pertenesçía segund la mengua del mío saber, que declare más cómmo se pueden fazer estas dos cosas; por ende, digo assí: que las obras que omne ha de fazer para que aya por ellas la gloria del Paraíso, lo primero, conviene que las faga estando en estado de salvación. E devedes saber que el estado de salvación es quando el omne está en verdadera penitençia, ca todos los vienes que omne faze non estando en verdadera penitencia, non gana omne por ellos la gloria del Paraíso; e razón e derecho es, ca el Paraíso, que es veer a Dios e es la mayor gloria que seer puede, non es razón nin derecho que la gane omne estando en pecado mortal, mas lo que omne gana por ellas es que aquellas buenas obras lo traen mas aína a verdadera penitencia, e esto es muy grand bien. Otrosí, le ayudan a los bienes deste mundo para aver salud e onra e riqueza e las otras bienandanças del mundo. E estando en este bienaventurado estado, las obras que omne ha de fazer para aver la gloria de Paraíso son assí commo limosna e ayuno e oración, e romería, e todas obras de misericordia; pero todas estas buenas obras, para que omne por ellas aya la gloria de Paraíso, ha mester que se fagan en tres maneras: lo primero, que faga omne buena obra; lo segundo, que la faga bien; lo terçero, que la faga por escogimiento. E, señor conde, commo quier que esto se puede assaz bien entender, pero porque sea más ligero aún, dezirvos lo he más declarado.

Fazer omne buena obra es toda cosa que omne faze por Dios, mas es mester que se faga bien, e esto es que se faga a buena entençión, non por vana gloria, nin por ipocrisía, nin por otra entençión, sinon solamente por serviçio de Dios; otrosí, que lo faga por escogimiento; esto es, que quando oviere de fazer alguna obra, que escoja en su talante si es aquélla buena obra o non, e desque viere que es buena obra, que escoja aquélla porque es buena e dexe la otra que él entiende e escoje que es mala. E faziendo omne estas buenas obras, e en esta manera, fará las obras que omne deve fazer para aver la gloria de Paraíso; mas por fazer omne buena obra si la faz por vana gloria o por ipocrisía o por aver la fama del mundo, maguer que faz buena obra, non la faz bien nin la faz por escogimiento, ca el su entendimiento bien escoge que non es aquello lo mejor nin la derecha e verdadera entençión. E a este tal contezerá lo que contezçió al senescal de Carcassona, que maguer a ssu muerte fizo muchas buenas obras, porque non las fizo a buena nin a derecha entençión, non le prestaron para ir a Paraíso e fuesse para el Infierno. E si quisiéredes saber cómmo fue esto deste senescal, fallarlo hedes en este libro en el capítulo XL.

Otrosí, para se guardar omne de las obras que omne puede fazer para ir al Infierno, ha mester de se guardar ý tres cosas: lo primero, que non faga omne mala obra; lo segundo, que la non faga mal; lo terçero, que la non faga por escogimiento; ca non puede omne fazer cosa que de todo en todo sea mal sinon faziéndose assí: que sea mala obra, e que se faga mal, e que se faga escogiendo en su entendimiento omne que es mala, e entendiendo que es tal, fazerla a sabiendas; ca non seyendo y estas tres cosas, non sería la obra del todo mala; ca puesto que la obra fuesse en sí mala, si non fuesse mal fecha, nin faziéndola escogiendo que era mala, non seríe del todo mala; ca bien assí como non sería la obra buena por seer buena en sí, si non fuesse bien fecha e por escogimiento, bien assí, aunque la obra fuesse en sí mala, non lo sería del todo si non fuesse mal fecha e por escogimiento. E assí commo vos di por enxiemplo del senescal de Carcaxona que fizo buena obra, pero porque la non fizo bien non meresçió aver nin ovo por ello galardón, assí vos daré otro enxiemplo de un cavallero que fue ocasionado e mató a su señor e a su padre; commo quier que fizo mala obra, porque la non fizo mal nin por escogimiento, non fizo mal nin meresçió aver por ello pena, nin la ovo. E porque en este libro non está escripto este enxiemplo, contarvos lo he aquí, e non escrivo aquí el enxiemplo del senescal porque está escripto, commo desuso es dicho.

—Assí acaesçió que un cavallero avía un fijo que era assaz buen escudero. E porque aquel señor con quien su padre bivía non se guisó de fazer contra [6] el escudero en guisa porque pudiesse fincar con él, ovo el escudero, entre tanto, de catar otro señor con quien visquiesse. E por las vondades que en 'l escudero avía e por quanto bien le sirvió, ante de poco tiempo fízol cavallero. E llegó a muy buen estado. E porque las maneras e los fechos del mundo duran poco en un estado, acaesçió assí: que ovo desabenençia entre aquellos dos señores con quien bivían el padre e el fijo, e fue en guisa que obieron de lidiar en uno.

E el padre e el fijo, cada uno dellos, estava con su señor; e commo las aventuras acaesçen en las lides, acaesçió assí: que el cavallero, padre del otro, topó en la lit con aquel señor con quien el su señor lidiava, con quien bivía su fijo, e por servir a su señor, entendió que si aquel fuesse muerto o preso, que su señor sería muy bien andante e mucho onrado, fue travar [7] dél tan

---

[6] *Contra:* para con.
[7] *Travar:* luchar.

rezio, que cayeron entramos en tierra. E estando sobre él por prenderle o por matarle, su fijo, que andava aguardando[8] a su señor e serviéndol quanto podía, e desque vio a su señor en tierra, conosçió que aquel quel tenía era su padre.

Si ovo ende grand pesar, non lo devedes poner en dubda, pero doliéndose del mal de su señor, començó a dar muy grandes vozes a su padre e a dezirle, llamándol por su nonbre, que dexasse a ssu señor, ca, commo quier que él era su fijo, que era vasallo de aquel señor que él tenía de aquella guisa, que si non le dexasse, que fuesse çierto quel mataría.

E el padre, porque non lo oyó, o non lo quiso fazer, non lo dexó. E desque el fijo vio a su señor en tal periglo e que su padre non lo quería dexar, menbrándose[9] de la leatad que avía de fazer, olbidó e echó tras las cuestas[10] el debdo e la naturaleza de su padre, e entendió que si descendiesse del cavallo, que con la priessa de llos cavallos que ý estavan, que por aventura ante que él pudiesse acorrer, que su señor que sería muerto: llegó assí de cavallo commo estava, todavía dando vozes a su padre que dexasse a ssu señor, e nombrando a su padre e a ssí mismo. E desque vio que en ninguna guisa non le quería dexar, tan grand fue la cuita, e el pesar e la saña que ovo, por commo vio que estava su señor, que dio tan grand ferida a su padre por las espaldas, que passó todas las armaduras e todo el cuerpo. E aun tan grand fue aquel desaventurado colpe, que passó a su señor el cuerpo e las armas assí commo a su padre, e murieron entramos de aquel colpe.

Otrosí, otro cavallero de parte de aquel señor que era muerto, ante que sopiesse de la muerte de su señor, avía muerto el señor de la otra parte. E assí fue aquella lit de todas partes mala e ocasionada[11].

---

[8] *Aguardando:* guardando, escoltando.
[9] *Membrándose:* acordándose.
[10] *Cuestas:* «Vale lo mismo que costillas», dice el *Dic. Aut.* «Echó tras las cuestas el debdo»: se echó a la espalda ('ignoró, no hizo caso') la obligación.
[11] *Ocasionada:* desgraciada.

E desque la lit fue passada e el cavallero sopo la desaventura quel acaesçiera en matar por aquella ocasión a su señor e a su padre, endereçó a casa de todos los reyes e grandes señores que avía en aquellas comarcas e, trahendo las manos atadas e una soga a la garganta, dizía a los reys e señores a que iva: que si ningún omne meresçía muerte de traidor por matar su señor e su padre, que la meresçía él; e que les pidía él por merçed que cumpliessen en él lo que fallassen quél mereçía, pero si alguno dixiesse que lo matara por talante de fazer traición, que él se salvaría ende commo ellos fallassen que lo devía fazer.

E desque los reyes e los otros señores sopieron cómmo acaesçiera el fecho, todos tovieron que commoquier que él fuera muy mal ocasionado, que non fiziera cosa porque meresçiesse aver ninguna pena, ante lo preçiaron mucho e le fezieron mucho bien por la grand leatad que fiziera en ferir a su padre por escapar [12] a su señor. E todo esto fue porque, commo quier que él fizo mala obra, non la fizo mal, nin por escogimiento de fazer mal.

E assí, señor conde Lucanor, devedes entender por estos enxiemplos la razón porque las obras para que el omne vaya a Paraíso es mester que sean buenas, e bien fechas, e por escogimiento. E las por quel omne ha de ir al Infierno conviene que sean malas, e mal fechas, e por escogimiento; e esto que dize que sean bien fechas, o mal, e por escogimiento es en la entençión; ca si quier dixo el poeta: «Quicquid agant homines intençio judicat omnes» [13], que quiere dezir: «Quequier que los omnes fagan todas serán judgadas por la entençión a que lo fizieren».

Agora, señor conde Lucanor, vos he dicho las maneras porque yo entiendo que el omne puede guisar

[12] *Escapar:* librar.
[13] Según M.ª Rosa Lida la cita latina la registra «Jakob Werner, *Lateinische Sprichwörter und Sinnprüche des Mittelalters,* Heidelberg, 1912, bajo el núm. 165, como proveniente de un ms. de comienzos del siglo xv, perteneciente a la biblioteca de la Universidad de Basilea» (1969, pág. 116).

que vaya a la gloria del Paraíso e sea guardado de ir a las penas del Infierno. E aún porque entendades quánto engañado es el omne en fiar del mundo, nin tomar loçanía [14], nin sobervia, nin poner grand esperança en su onra, nin en su linage, nin en su riqueza, nin en su mançebía, nin en ninguna buena andança que en 'l mundo pueda aver, fablarvos he un poco en dos cosas porque entendades que todo omne que buen entendimiento oviesse devía fazer esto que yo digo.

La primera, qué cosa es el omne en sí; e quien en esto cuidare entendrá que non se deve el omne mucho presciar; la otra, qué cosa es mundo e cómmo passan los omnes en él, e qué galardón les da de lo que por él fazen. Quien esto cuidare, si de buen entendimiento fuere, entendrá que non debría fazer por él cosa porque perdiesse el otro, que dura sin fin.

La primera, qué cosa es el omne en sí. Ciertamente esto tengo que sería muy grave de dezir todo, pero, con la merçed de Dios, dezirvos he yo tanto que cumpla assaz para que entendades lo que yo vos quiero dar a entender.

Bien creed, señor conde, que entre todas las animalias que Dios crió en 'l mundo, nin aun de las cosas corporales, non crió ninguna tan complida, nin tan menguada [15] commo el omne. E el complimiento que Dios en él puso non es·por ál sinon porquel dio entendimiento e razón e libre albedrío, porque quiso que fuesse compuesto de alma e de cuerpo; mas, desta razón non vos fablaré más, que es ya puesto en otros logares assaz complidamente en otros libros que don Johan fizo; mas fablarvos he en las menguas e bilezas que el omne ha en sí, en cosas, tanto commo en otras animalias; e en cosas, más que en otra animalia ninguna.

Sin dubda, la primera bileza que el omne ha en sí, es la manera de que se engendra, tan bien de parte del padre commo de parte de la madre, e otrosí la manera

---

[14] *Loçanía:* orgullo.
[15] *Menguada:* falta, imperfecta. En contraposición a *complida:* perfecta.

cómmo se engendra. E porque este libro es fecho en romance, que lo podrían leer muchas personas también omnes commo mugeres que tomarían vergüença en leerlo, e aun non ternían por muy guardado de torpedat al que lo mandó escrivir, por ende non fablaré en ello tan declaradamente commo podría, pero el que lo leyere, si muy menguado non fuere de entendimiento, assaz entendrá lo que a esto cumple.

Otrosí, después que es engendrado en el vientre de su madre, non es el su govierno [16] sinon de cosas tan sobejanas [17] que naturalmente non pueden fincar en el cuerpo de la muger sinon en quanto está preñada. E esto quiso Dios que naturalmente oviessen las mugeres aquellos humores [18] sobejanos en los cuerpos, de que se governassen las criaturas; otrosí, el logar en que están es tan cercado de malas humidades e corrompidas, que sinon por una telliella muy delgada que crió Dios, que está entre el cuerpo de la criatura e aquellas humidades, que non podría bevir en ninguna manera.

Otrosí, conviene que suffra muchos trabajos e muchas cuitas en quanto está en 'l vientre de su madre. Otrosí, porque a cabo de los siete meses es todo el omne complido e non le cumple el govierno de aquellos humores sobejanos de que se governava en quanto non avía mester tanto dél, por la mengua que siente del govierno, quéxasse; e si es tan rezio que pueda quebrantar aquellas telas de que está cercado, non finca más en el vientre de su madre. E estos tales son los que nasçen a siete meses e pueden tan bien bevir commo si nasciessen a nuebe meses; pero si entonçe non puede quebrantar aquellas telas de que está cercado, finca cansado e commo doliente del grant trabajo que levó, e finca todo el ochavo mes flaco e menguado de govierno. E si en aquel ochavo mes nasçe, en ninguna guisa non puede bevir. Mas, de que entra en el noveno mes, porque ha estado un mes complido, es ya descansado e cobrado en su fuerça, en qualquier tiempo que nasca

---

[16] *Govierno:* sustento, manutención.
[17] *Sobejanas:* excesivas.
[18] *Humores:* líquidos.

en el noveno mes, quanto por las razones dichas, non deve morir; pero quanto más tomare del noveno mes, tanto es más sano e más seguro de su vida; e aun dizen que puede tomar del dezeno mes fasta diez días, e los que a este tiempo llegan son muy más rezios e más sanos, commo quier que sean mas periglosos para sus madres. E assí bien podedes entender que, por qualquier destas maneras, por fuerça ha de soffrir muchas lazerias e muchos enojos e muchos periglos.

Otrosí, el periglo e la cuita que passa en su nasçimiento, en esto non he por qué fablar, ca non ha omne que non sepa que es muy grande a marabilla. Otrosí, commo quier que cuando la criatura nasçe non ha entendimiento porque lo sepa esse fazer por sí mismo, pero nuestro señor Dios quiso que naturalmente todas las criaturas fagan tres cosas: la una es que lloran; la otra es que tremen [19]; la otra es que tienen las manos çerradas. Por el llorar se entiende que viene a morada en que ha de bevir sienpre con pesar e con dolor, e que lo ha de dexar aún con mayor pesar e con mayor dolor. Por el tremer se entiende que biene a morada muy espantosa, en que sienpre ha de bivir con grandes espantos e con grandes reçelos, de que es çierto que ha de salir aún con mayor espanto. Por el cerrar de las manos se entiende que biene a morada en que ha de bivir siempre cobdiçiando más de lo que puede aver, e que nunca puede en ella aver ningún complimiento acabado.

Otrosí, luego que el omne es nasçido, ha por fuerça de sofrir muchos enojos e mucha lazeria, ca aquellos paños con que los han de cobrir por los guardar del frío e de la calentura e del aire, a comparaçión del cuero del su cuerpo, non ha paño, nin cosa que a él legue, por blando que sea, que non le paresca tan áspero commo si fuesse todo de spinas. Otrosí, porque ellos non han entendimiento, nin los sus miembros non son en estado, nin han complisión porque puedan fazer sus obras commo deven, non pueden dezir nin aun dar a entender lo

---

[19] *Tremen:* tiemblan.

que sienten. E los que los guardan e los crían, cuidan que lloran por una cosa, e por aventura ellos lloran por otra, e todo esto les es muy grand enojo e grand quexa. Otrosí, de que comiençan a querer fablar, passan muy fuerte vida, ca non pueden dezir nada de quanto quieren nin les dexan complir ninguna cosa de su voluntad, assí que en todas las cosas an a passar a fuerça de sí e contra su talante.

Otrosí, de que van entendiendo, porque el su entendimiento non es aún complido, cobdician e quieren siempre lo que les non aprovecha, o por aventura que les es dañoso. E los que los tienen en poder non gelo consienten, e fázenles fazer lo contrario de lo que ellos querrían, porque de llos enojos non ay ninguno mayor que el de la voluntad; por ende passan ellos muy grand enojo e grant pesar.

Otrosí, de que son omnes, e en su entendimiento complido, lo uno por las enfermedades, lo ál por ocasiones e por pesares e por daños que les vienen, passan siempre grandes reçelos e grandes enojos. E ponga cada uno la mano en su coraçón, si verdat quisiere dezir, bien fallará que nunca passó día que non oviesse más enojos e pesares que plazeres.

Otrosí, desque va entrando en la vegedat[20], ya esto non es de dezir, ca también del su cuerpo mismo commo de todas las cosas que vee, de todas toma enojo, e por aventura todos los quel veen toman enojo dél. E quanto más dura la vegez, tanto más dura e cresçe esto, e en cabo de todo viene a la muerte, que se non puede escusar, e ella lo faze partir de sí mismo e de todas las cosas que vien quiere, con grand pesar e con grand quebranto. E desto non se puede ninguno escusar e nunca se puede fallar buen tiempo para la muerte; ca si muere el omne moço, o mançebo, o viejo, en qualquier tiempo le es la muerte muy cruel e muy fuerte para sí mismo e para' los quel quieren bien. E si muere pobre o lazrado, de amigos e de contrarios es despreçiado; e si muere rico e onrado, toman sus amigos grand que-

---

²¹ *Vegedat:* vejez.

branto, e sus contrarios grand plazer que es tan mal commo el quebranto de sus amigos. E demás, al rico contesçe commo dixo el poeta: «Dives diviçias» [21], etc., que quiere dezir: «Que el rico ayunta las riquezas con grand trabajo, e posséelas con grand temor, déxalas con grand dolor».

E assí podedes entender que por todas estas razones, todo omne de buen entendimiento que bien parasse mientes en todas sus condiçiones, devía entender que non son tales de que se diviesse mucho presçiar.

Demás desto, segund es dicho desuso, el omne es más menguado que ninguna otra animalia; ca el omne no ha ninguna cosa de suyo con que pueda bevir, e las animalias todas son vestidas, o de cueros o de cabellos o de conchas o de péñolas, con que se pueden defender del frío e de la calentura e de los contrarios; mas el omne desto non ha ninguna cosa, nin podría bevir si de cosas agenas non fuesse cubierto e vestido.

Otrosí, todas las animalias ellas se gobiernan que non an mester que ninguno gelo aparege [22], mas los omnes non se pueden governar sin ayuda d'otri nin pueden saber cómmo pueden bevir si otri non gelo muestra. E aun en la vida que fazen, non saben en ella guardar tan complidamente commo las animalias lo que les cumple para pro e para salut de sus cuerpos.

E assí, señor conde Lucanor, pues veedes manifiestamente que el omne ha en sí todas estas menguas, parad mientes si faze muy desaguisado en tomar en sí sobervia, nin loçanía desaguisada.

La otra, que fabla del mundo, se parte en tres partes: la primera, qué cosa es el mundo; la segunda,

---

[21] Según M.ª Rosa Lida se encuentra en la misma colección citada (nota 13), «bajo el núm. 117, como originaria de un ms. del siglo xv de la Biblioteca de San Galo, la sentencia en hexámetros pareados:

Diues diuitias non congregat absque labore
non tenet absque metu nec deserit absque dolore»

(1969, pág. 116).

[22] *Aparege:* prepare.

cómmo passan los omnes en él; la terçera, qué galardón les da de llo que por él fazen.

—Çiertamente, señor conde, quien quisiesse fablar en estas tres maneras complidamente, avría manera assaz para fazer un libro; mas, porque he tanto fablado, tomo reçelo que vos e los que este libro leyeren me ternedes por muy fablador o tomaredes dello enojo, por ende non vos fablaré sinon lo menos que yo pudiere en esto, e fazervos he fin a este libro, e ruégovos que non me affinquedes más, ca en ninguna manera non vos respondría más a ello, nin vos diría otra razón más de las que vos he dicho. E lo que agora vos quiero dezir es esto: que la primera de las tres cosas, qué cosa es el mundo, çiertamente esto seríe grand cosa de dezir, mas yo dezirvos he lo que entiendo lo más brevemente que pudiere.

Este nombre del 'mundo' tómasse de 'movimiento' e de 'mudamiento', porque el mundo sienpre se muebe e siempre se muda, e nunca está en un estado, nin él, nin las cosas que están en 'l son quedas, e por esto ha este nombre. E todas las cosas que son criadas son mundo, mas él es criatura de Dios e Él lo crió quando Él tovo por bien e qual tovo por bien, e durará quanto Él tobiere por bien. E Dios solo es el que sabe quándo se ha de acabar e qué será después que se acabare.

La segunda, cómmo passan en él los omnes; otrosí, sin dubda, sería muy grave de se dezir complidamente. E los omnes todos passan en 'l mundo en tres maneras: la una es que algunos ponen todo su talante e su entendimiento en las cosas del mundo, commo en riquezas e en onras e en deleites e en complir sus voluntades en qualquier manera que pueden, non catando a ál sinon a esto; assí que dizen que en este mundo passassen ellos bien, ca del otro nunca bieron ninguno que les dixiesse cómmo passavan los que allá eran. La otra manera es que otros passan en 'l mundo cobdiçiando fazer tales obras porque oviessen la gloria del Paraíso, pero non pueden partirse del todo de fazer lo que les cumple para guardar sus faziendas e sus estados, e fazen por ello quanto pueden, e, otrosí, guardan sus almas quanto pueden. La terçera manera es que otros passan en este mundo teniéndose en él por estraños, e entendiendo que la principal razón para que el omne fue criado es para salvar el alma, e pues nascen en 'l mundo para esto, que non deven fazer ál, sinon aquellas cosas porque mejor e más seguramente pueden salvar las almas.

La primera manera, de los que ponen todo su talante e su entendimiento en las cosas del mundo, ciertamente éstos son tan engañados e fazen en ello tan sin razón e tan grand su daño e tan grand poco seso, que non ha omne en 'l mundo que complidamente lo pudiesse dezir; ca vos sabedes que non ha omne del mundo que diese por una cosa que valiesse diez marcos, ciento, que todos non toviessen que era assaz de mal recabdo; pues el que da el alma, que es tan noble criatura de Dios, al Diablo, que es enemigo de Dios, e dal el alma por un plazer o por una onra que por aventura non le durará dos días —e por mucho quel dure a comparación de la pena del Infierno en que siempre ha de durar non es tanto commo un día—, demás, que aun en este mundo aquel plazer o aquella onra o aquel deleite porque todo esto quiere perder, es çierto quel durará muy poco, ca non ha deleite por grande que sea, que de que es passado, que non tome enojo dél, nin ha plazer, por grande que sea, que mucho pueda durar e que se non aya a partir tardi o aína [23] con grand pesar; nin onra, por grande que sea, que non cueste muy cara si omne quisiere parar mientes a los cuidados e trabajos e enojos que omne ha de sofrir por la acresçentar e por la mantener. E cate cada uno e acuérdesse lo quel contesçió en cada una destas cosas; si quisiere dezir verdat, fallará que todo es assí commo yo digo.

Otrosí, los que passan en el mundo cobdiçiando fazer porque salven las almas, pero non se pueden partir de guardar sus onras e sus estados, estos tales pueden errar e pueden açertar en lo mejor; ca si guardaren todas estas cosas que ellos quieren guardar, guardando todo lo que cumple para salvamiento de las almas, açiertan en lo

---

[23] *Tardi o aína:* tarde o pronto.

mejor e puédenlo muy bien fazer; ca çierto es que muchos reys e grandes omnes e otros de muchos estados guardaron sus onras e mantenieron sus estados, e, faziéndolo todo, sopieron obrar en guisa que salvaron las almas e aun fueron sanctos, e tales commo éstos non pudo engañar el mundo, nin les ovo a dar el galardón que el mundo suele dar a los que non ponen su esperança en ál sinon en él, e éstos guardan las dos vidas que dizen activa e contemplativa.

Otrosí, los que passan en este mundo teniéndose en él por estraños e non ponen su talante en ál sinon en las cosas porque mejor puedan salvar las almas, sin dubda éstos escogen la mejor carrera; e digo, e atrévome a dezir que, çierto [24], éstos escogen la mejor carrera, porque desta vida se dize en 'l Evangelio [25] que María escogió la mejor parte la cual nuncal sería tirada. E si todas las gentes pudiessen mantener esta carrera, sin dubda ésta sería la más segura e la más aprovechosa para aquellos que lo guardassen; mas, porque si todos lo fiziessen sería desfazimiento [26] del mundo, e Nuestro Señor non quiere del todo que el mundo sea de los omnes desanparado, por ende non se puede escusar que muchos omnes non passan en 'l mundo por estas tres maneras dichas.

Mas Dios, por la su merçed, quiera que passemos nos por la segunda o por la terçera destas tres maneras, e que vos guarde de passar por la primera; ca çierto es que nunca omne por ella quiso passar que non oviesse mal acabamiento. E dígovos que desde los reys fasta los omnes de menores estados, que nunca vi omne que por esta manera quisiesse passar que non oviesse mal acabamiento paral su cuerpo e que non fuesse en sospecha de ir la su alma a mal logar. E siempre el Diablo, que travaja quanto puede en guisar que los omnes dexen la carrera de Dios por las cosas del mundo, guisa de les dar tal galardón, commo se cuenta en este libro

---

[24] *Çierto:* ciertamente.
[25] Lucas, X, 42.
[26] *Desfazimiento:* ruina, destrucción.

en el capítulo tal, que dio el Diablo a don Martín, que era mucho su amigo.

Agora, señor conde Lucanor, demás de los enxiemplos e proverbios que son en este libro, vos he dicho assaz a mi cuidar para poder guardar el alma e aun el cuerpo e la onra e la fazienda e el estado, e, loado a Dios, segund el mio flaco entendimiento, tengo que vos he complido e acabado todo lo que vos dixe.

E pues assí es, en esto fago fin a este libro.

E acabólo don Johan en Salmerón [27], lunes, XII días de junio, era de mil e CCC e LXX e tres años [28].

---

[27] *Salmerón:* castillo ganado a los moros en tierra de Murcia.
[28] Corresponde al año 1335.

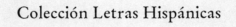
Colección Letras Hispánicas

ÚLTIMOS TÍTULOS PUBLICADOS

DE PRÓXIMA APARICIÓN